Anna Campbell

Originaire de Brisbane, en Australie, elle a commencé la rédaction de son premier roman alors qu'elle n'était encore qu'étudiante. Diplômée de littérature, elle a exercé divers métiers et beaucoup voyagé ; elle a notamment vécu plusieurs années en Angleterre. Puis elle a choisi de revenir à ses premières amours : l'écriture et le continent australien, où elle vit désormais. Auteur de romances historiques, ce dont elle a fait sa spécialité, elle a reçu en 2007 le prix Romantic Times de la meilleure romance. Ses deux premiers romans parus en France, se caractérisent par des

La robe écarlate

Anna CAMPBELL

La robe écarlate

Traduit de l'anglais (États-Unis)
par Julie Guinard

AVENTURES & PASSIONS

Vous souhaitez être informé en avant-première
de nos programmes, nos coups de cœur ou encore
de l'actualité de notre site *J'ai lu pour elle* ?

Abonnez-vous à notre *Newsletter* en vous connectant
sur **www.jailu.com**

Retrouvez-nous également sur Facebook
pour avoir des informations exclusives :
www.facebook/pages/aventures-et-passions
et sur le profil *J'ai lu pour elle*.

Titre original
TEMPT THE DEVIL

Éditeur original
Avon Books, an imprint of HarperCollins Publishers, New York

Je dédie ce livre à une femme remarquable qui m'a considérablement influencée depuis ma plus tendre enfance. Tante Joan, tu me manques toujours.

1

Avril 1826, Londres

Dans un coin du salon bruyant et bondé, Julian Southwood, comte d'Erith, étudiait la célèbre catin qui allait devenir sa prochaine maîtresse.

C'était un bel après-midi de printemps au cœur du quartier élégant de Mayfair. Pourtant, la puanteur du sexe à vendre était aussi âcre que sur les marchés d'esclaves de Marrakech ou de Constantinople.

La foule était essentiellement masculine, bien qu'on vît quelques femmes en tenue provocante. Nul ne leur prêtait la moindre attention. Personne non plus, hormis Erith, ne semblait remarquer les impressionnantes fresques ornementées représentant Zeus ravissant un Ganymède en pâmoison.

Sur une estrade, un pianiste et un violoniste s'escrimaient à interpréter une sonate de Mozart. La musique provenait d'un autre monde, un monde plus propre, plus pur, exempt de bestialité charnelle.

Un monde que le comte d'Erith n'habiterait plus jamais.

Il chassa de son esprit ces mornes ruminations et se tourna vers son voisin.

— Présentez-moi, Carrington.

— Avec plaisir, mon vieux.

Carrington n'interrogea pas Erith sur l'objet de son intérêt. À quoi bon ? Tous les hommes présents n'avaient d'yeux que pour la femme longiligne étendue avec une nonchalance étudiée sur la méridienne.

Erith devina qu'elle avait délibérément choisi cette place devant les hautes fenêtres orientées à l'ouest. Le soleil déclinant la baignait d'un halo doré et jouait avec le chignon lâche de ses cheveux fauves. Dans la lumière directe, sa robe d'un rouge éclatant, digne du Théâtre royal, faisait l'effet d'une torche ardente.

Même lui, qui connaissait par cœur les ruses des courtisanes, avait senti son souffle s'étrangler dès qu'il avait posé les yeux sur elle, pourtant à l'autre bout de la pièce. Un seul regard, et le sang dans ses veines avait fredonné un chant ténébreux de désir sous sa peau qui le picotait soudain.

Mais, bien entendu, ce n'était pas n'importe quelle courtisane. Sinon, elle ne se serait pas trouvée ici. Le comte d'Erith n'achetait que ce qu'il y avait de mieux. Les meilleurs costumes. Les meilleurs chevaux. Les meilleures femmes.

Et même pour un homme aussi exigeant que lui, celle-ci constituait un article de choix.

Deux femmes extraordinaires avaient bouleversé Londres ces dix dernières années. L'une, Soraya, distante, ténébreuse, aussi mystérieuse qu'un clair de lune, avait récemment épousé le duc de Kylemore et causé le scandale de la décennie. L'autre, radieux soleil aux antipodes de la lune qu'était Soraya, déployait à présent ses charmes devant Erith, à la façon d'un bijou précieux et unique.

Il l'observa attentivement, comme il l'aurait fait d'un cheval qu'il aurait envisagé d'acquérir.

Diantre ! Quelle silhouette extraordinaire… Ce fourreau de velours écarlate mettait en valeur son corps de façon spectaculaire. Sa minceur s'accorderait à la perfection à la haute silhouette d'Erith, même si, d'ordinaire, il préférait des rondeurs plus voluptueuses. Les charmes blonds et généreux de Gretchen, la maîtresse qu'il avait quittée à Vienne un mois plus tôt, se rappelèrent agréablement à sa mémoire.

Gretchen n'aurait pas pu être plus différente de cette belle de jour. Là où sa beauté tyrolienne offrait des courbes douces et charnues, cette femme n'était qu'élégance et retenue. Les seins que l'on devinait sous son décolleté profond n'étaient pas plantureux, sa taille était souple et allongée, et il pressentait que son étroite jupe cachait des jambes aussi gracieuses et élancées que celles d'un pur-sang.

En outre, alors que Gretchen était à peine sortie de l'enfance, cette femme-là devait approcher de la trentaine. À cet âge, la mousseline, le plus souvent, s'effilochait sur les bords. Pourtant, cet oiseau de paradis poursuivait son règne sans partage sur la moitié masculine de la haute société. Sa longévité en tant que courtisane la plus recherchée de Londres la rendait d'autant plus fascinante.

Il remonta les yeux vers son visage. De même que son corps, il ne ressemblait pas à ce à quoi il s'était attendu. Après les dithyrambes qu'il avait entendus dans les clubs, il s'était figuré des appas plus saisissants. L'avidité perçant dans la voix de ses admirateurs lui avait fait imaginer une catin plus insolente, plus ouvertement disponible.

Elle avait la mâchoire bien dessinée, presque masculine. Son nez était un peu trop long, ses pommettes un peu trop hautes. De là où il se tenait, dans l'encadrement doré de la porte, il était impossible de discerner la couleur de ses yeux. Mais ils étaient grands, brillants et légèrement bridés.

Des yeux de chat. Des yeux de tigre.

Et sa bouche...

Sa bouche, immense, expliquait peut-être qu'on qualifiât son allure de surnaturelle. Mais qui s'en serait plaint ? Aucun homme ne pouvait regarder ces lèvres appétissantes sans éprouver aussitôt le désir de les avoir sur son corps. L'entrejambe d'Erith se tendit alors que des images décadentes s'imposaient à son esprit.

Cette femme avait indéniablement... quelque chose.

Elle n'était pas une beauté classique, n'était plus de la toute première jeunesse, n'exhibait pas ses attraits comme des colifichets clinquants sur un étal de foire. S'il l'avait rencontrée lors d'une réunion respectable plutôt qu'au milieu de cette foule dissolue, il aurait presque pu croire qu'elle appartenait à sa classe sociale.

Presque.

Après tout ce qu'il avait entendu sur elle, voilà qui était surprenant. Décevant.

Pourtant, alors même qu'il dénigrait intérieurement le charme de l'odalisque, ses yeux revinrent vers ce visage étrangement aristocratique, cette bouche en forme de péché, ces cheveux luxuriants, ce long corps gracieux complètement détendu sur sa couche tandis que les hommes bourdonnaient autour d'elle dans un tourbillon de fascination sans fin.

Elle était sans conteste le personnage le plus éminent de la pièce. Même de loin, il sentait l'énergie sexuelle grésiller autour d'elle.

Elle balaya la salle d'un regard dédaigneux. La façon dont elle relevait le menton et l'ironie qui retroussait les coins de sa bouche indiquaient la méfiance, le courage, la provocation.

Erith tenta de nier l'attrait sensuel qu'elle exerçait sur lui... tandis que son cœur téméraire tambourinait furieusement.

Certes, elle ne ressemblait pas à ce qu'il avait escompté, mais il ne s'y trompait pas : elle était une conquête de premier choix.

Elle leva la tête et sourit à une chose que disait l'homme debout à côté d'elle. La courbe paresseuse de ses lèvres pulpeuses envoya une nouvelle secousse de désir brûlant dans le corps d'Erith. Ce sourire-là trahissait l'expérience et une intelligence hors du commun, ainsi qu'une assurance sexuelle que jamais, malgré les seize années qu'il venait de passer à voguer d'une maîtresse à l'autre, il n'avait rencontrée chez une femme. Sa bouche devint soudain aride et son intérêt, lassé de cette comédie qu'il jouait depuis trop longtemps, fut piqué avec une intensité qui le stupéfia. Le bourdonnement de son sang grimpa encore d'un cran.

Oh oui, elle allait être à lui.

Pas seulement pour une question de prestige, mais tout simplement parce qu'il la voulait.

Cela faisait bien, bien longtemps qu'il n'avait désiré quelque chose ainsi.

— Mademoiselle Raines, je suis heureux de vous voir. J'espère que vous vous portez bien.

Olivia leva les yeux de l'orgie romaine déchaînée peinte sur son éventail en soie. Lord Carrington se tenait devant elle. Depuis des années, il s'efforçait d'obtenir ses faveurs. Pour son bien, elle ne lui avait jamais cédé. C'était un homme bon et honnête, qui méritait mieux qu'elle. Cependant, parce qu'il était un homme bon et honnête, elle s'obligea à sourire et lui tendit sa main gainée d'un long gant rouge.

— Lord Carrington. Très bien, et vous ?

La sempiternelle mascarade sociale. Elle l'écœurait autant que sa vie actuelle.

Elle combattit obstinément l'ennui persistant qui menaçait de l'emporter. Elle était ici parce qu'il était grand temps qu'elle se choisisse un nouvel amant. Elle ne pouvait rester indéfiniment avec Perry, si ravi fût-il de l'accueillir chez lui. En ce moment même, il rôdait autour d'elle telle une duègne anxieuse.

Olivia aurait aimé manifester un semblant d'intérêt pour celui qui serait le prochain à partager sa couche. Il fallait qu'elle se décide. Sa réputation durement acquise d'éternelle dominatrice du sexe fort en dépendait.

Comme elle était lasse, aussi, de cette renommée…

— À merveille, merci.

Carrington se pencha brièvement sur sa main.

— Puis-je vous présenter le comte d'Erith, récemment revenu de l'étranger et à Londres pour la saison ?

Sans intérêt particulier pour celui qui n'était qu'un homme de plus, elle ôta sa main de celle de Carrington et jeta un coup d'œil à la haute silhouette qui se tenait à côté de lui.

La *très* haute silhouette. Son regard s'y arrêta, s'y fixa. Lentement, elle parcourut du regard un corps mince et musclé vêtu à la toute dernière mode, jusqu'à deux yeux gris qui semblaient faits de métal tant ils étaient froids.

Mais elle était Olivia Raines, la courtisane la plus célèbre de Londres. Elle avait beau avoir envie d'envoyer sa réputation au diable, elle était rompue à l'art de l'utiliser à la fois pour séduire et pour en imposer à un amant potentiel. Son expression impérieuse ne s'adoucit-elle donc pas lorsqu'elle tendit la main au comte d'Erith.

— Monsieur le comte.

— Mademoiselle Raines.

Comme l'avait fait lord Carrington, le comte lui prit la main et s'inclina dessus. Ses doigts étaient frais, même à travers son gant de satin. Pendant un moment étrange, le brouhaha de la pièce diminua. Elle n'eut plus conscience que des doigts gantés du comte autour des siens, et de sa tête noire et luisante penchée sur elle. Le duvet sur sa nuque se hérissa, et les battements de son cœur s'accélérèrent.

Que diantre lui arrivait-il ? Olivia cligna des yeux et s'obligea à revenir à la réalité.

14

Elle était là pour choisir son prochain protecteur.

Lord Erith, elle le voyait déjà, offrait un potentiel incontestable. Et elle discerna aussitôt son intérêt pour elle.

Il ne retint pas sa main plus longtemps que les bonnes manières ne le demandaient. Il ne darda pas de regard concupiscent sur son corps. Il ne manifesta aucun désir déplacé, aucune possessivité, pas même le dédain qu'elle lisait parfois dans les yeux des hommes et qui semblait signifier que sa liberté était méprisable, alors que la leur était cause de réjouissance.

Rien dans ce visage soigneusement composé ne trahissait ce que le comte d'Erith pensait ou ressentait.

Alors, pourquoi était-elle certaine qu'il avait l'intention de devenir son amant ?

Il était d'une beauté frappante, avec sa mâchoire volontaire, son nez long et hautain et ses épais cheveux noirs. Comment avait-elle pu ne pas le remarquer ? Cet homme-là ne passait pas inaperçu. Sa taille impressionnante et son physique avantageux auraient dû suffire à attirer son attention, même sans cet air d'autorité indéfinissable qu'il arborait comme une armure.

Une armure contre quoi ?

Elle réprima son élan de curiosité. Quelle importance ? Il n'était qu'un de ces rejetons gâtés de l'aristocratie. Encore un homme dont elle allait se servir avant de l'abandonner.

Avec un geste languide digne de la reine des courtisanes, elle releva son éventail et l'agita délicatement devant son visage, en veillant à ce que le dessin de deux hommes nus honorant une nymphe soit tourné vers lui. C'était puéril, mais quelque chose chez le comte d'Erith lui donnait envie de secouer son impassibilité.

Lord Carrington rosit et détourna la tête. Le regard de lord Erith se posa sur l'éventail, puis remonta vers elle. Les yeux argentés sous les lourdes paupières n'exprimèrent aucune réaction, mais elle devina que ce geste délibéré l'avait amusé.

— Comment trouvez-vous la capitale, monsieur ? s'enquit-elle avec calme.

— Je lui découvre des beautés insoupçonnées, répondit-il d'un ton neutre.

Ah. Le jeu commence.

— Comme c'est aimable à vous, dit-elle sans feindre de ne pas comprendre.

Elle avait toujours eu horreur des minauderies.

— J'espère que vous aurez l'occasion de vous y intéresser davantage.

— C'est mon souhait le plus cher, mademoiselle. Pourrai-je vous rendre visite ?

— Olivia est très occupée, intervint soudain Perry, à côté d'elle.

Il posa avec force une main sur son épaule, que le large décolleté de sa robe laissait nue.

Surprise, elle leva les yeux vers son ami et hôte. Il semblait franchement hostile. En vérité, elle avait presque oublié sa présence, toute à l'intensité du duel silencieux avec lord Erith.

— Je ne crois pas que nous ayons eu le plaisir d'être présentés, dit le comte du même ton neutre, en détachant enfin d'elle son froid regard métallique.

Carrington jeta un coup d'œil aux deux hommes et déclara vivement :

— Voici lord Peregrine Montjoy. Lord Peregrine, le comte d'Erith.

— Je sais qui il est, répliqua sèchement Perry.

Il resserra les doigts sur l'épaule d'Olivia. Que lui arrivait-il donc ? Il connaissait l'objectif de cette réunion. Ils avaient même évoqué ensemble les candidats envisageables. Certes, Erith n'en faisait pas partie, mais, quelques minutes plus tôt encore, elle ignorait jusqu'à son existence.

— Lord Peregrine, dit Erith en s'inclinant de nouveau.

16

Sa voix restait douce et profonde, mais ses mots firent l'effet d'un avertissement aux oreilles d'Olivia.

Elle prit une soudaine décision.

— Je reçois pour le thé ici à 16 heures demain.

— Le thé.

Le comte demeura imperturbable, mais elle devina qu'elle l'avait déconcerté.

— Oui, le thé.

S'était-il imaginé qu'elle écarterait les jambes dès leur prochaine rencontre ? Si c'était le cas, il était indéniablement resté trop longtemps loin d'Angleterre. C'était elle qui choisissait ses amants, elle qui fixait les règles. Son indépendance était notoire. Rien d'étonnant à ce qu'on se l'arrache.

Elle sentit l'espoir muet de lord Carrington d'être inclus dans l'invitation, mais n'en fit aucun cas. Il n'était pas fait pour les femmes de son acabit. Erith, en revanche, était d'une tout autre étoffe.

— Je vous remercie, je viendrai avec plaisir.

Pas l'once d'une satisfaction dans son murmure de basse. Comment, alors, avait-elle su que le triomphe bouillonnait sous ses manières mondaines ?

— À demain, donc.

— À demain.

Il s'inclina de nouveau sur sa main. Ses longs doigts effleurèrent les siens une fois de plus.

— Mademoiselle Raines.

— Monsieur le comte.

Il se fraya un chemin parmi la foule avec une aisance qui l'impressionna. Ceux qui se trouvaient là représentaient la crème de la société. Pourtant, devant le comte d'Erith, les riches et les puissants s'écartaient sans hésiter.

— Comment pouvez-vous vous intéresser à cette canaille ?

Drapé dans une somptueuse robe de chambre violette, Perry se jeta sur son lit et contempla la ronde de Cupidons en plâtre au plafond.

— Je n'ai pas encore pris de décision.

Olivia posa sa lourde brosse en argent sur la coiffeuse et regarda Perry dans le miroir. Elle n'avait pas besoin de demander à qui il faisait allusion. Le comte d'Erith imposait sa présence invisible depuis que Perry avait fait irruption dans sa chambre quelques instants plus tôt.

— Il croit qu'il vous tient, grogna Perry d'un ton boudeur.

— Il y a une différence entre ce qu'il croit et ce qui se produira.

Elle considéra en plissant les yeux le jeune homme sensuel allongé sur ses draps. On aurait dit un tableau vivant du Caravage.

— Pourquoi n'aimez-vous pas Erith ?

— C'est un imbécile arrogant.

— Certes, mais c'est le cas de la plupart des hommes du beau monde. Qu'a-t-il de particulier ?

— C'est un coureur de jupons, un séducteur invétéré. Il a quitté l'Angleterre il y a seize ans pour s'engager dans le corps diplomatique et est rarement revenu depuis. Partout où il va, il prend pour maîtresse la courtisane la plus en vue avant de l'abandonner pour la suivante.

— Cela n'a guère d'importance, répondit-elle tranquillement. Je n'envisage pas de consacrer ma vie entière à cet homme.

— Pour lui, les femmes sont des trophées.

Perry lui lança un regard rembruni, visiblement contrarié qu'elle ne partage pas sa réprobation.

— Il est d'une vanité imbuvable. En l'occurrence, il est revenu pour le mariage de sa fille...

— Sa fille ?

Elle resserra la main sur le manche gravé de sa brosse à cheveux. Curieusement, elle n'avait pas imaginé qu'il puisse avoir une femme. Quelle sotte ! Lord Erith devait approcher de la quarantaine, et les hommes de son âge étaient en général mariés.

— Est-il marié ?

Peut-être lord Erith lui serait-il inaccessible, finalement. Elle s'était fixé pour règle que ses amants soient célibataires. En dépit de maintes tentatives extravagantes visant à l'amadouer, elle s'était tenue à sa résolution de ne jamais briser sciemment le cœur d'une autre femme.

Les lèvres roses et charnues de Perry firent une moue.

— Non, il est libre, la peste soit de ce scélérat !

Il connaissait ses principes aussi bien qu'elle.

— Il s'est marié jeune et sa femme est morte dans un accident de cheval après lui avoir donné deux enfants, un garçon et une fille. On ne parle en ville que du futur mariage de la jeune fille. Je sais que vous êtes restée à l'écart du monde ces derniers mois, mais vous avez certainement entendu dire que lady Roma Southwood allait épouser Thomas Renton, l'héritier du vieux Wainfleet.

— Non, je l'ignorais.

Sa propre voix lui parut provenir de très loin. Elle prit une profonde inspiration. Était-ce du soulagement qu'elle ressentait ? Les hommes se valaient tous, bien qu'Erith eût l'air plus intéressant que la majorité de ses comparses. Mais peut-être était-ce seulement dû au fait que c'était un inconnu pour elle.

Dans le miroir, son regard était troublé. *Peut-être.*

Elle posa sa brosse et se tourna sur le tabouret vers Perry.

— Vous ne m'avez pas dit s'il était riche.

Perry lui fit la grâce de ne pas mentir.

— Comme Crésus.

— Il me paraît parfait.

Cet après-midi, pourtant, Erith ne lui avait pas paru parfait. Avec ses yeux gris pénétrants et son expression cynique, il lui avait fait l'effet d'un homme qui avait tout vécu et rien ressenti.

— Parfait ? répéta Perry d'un ton acerbe. C'est un vaurien totalement dépourvu de bonté et de gentillesse. Il a la réputation d'être insensible et coriace en affaires ; il s'est battu en duel sur le continent et a tué trois hommes que je connais. S'il n'était pas aussi compétent, les Affaires étrangères l'auraient rappelé depuis longtemps. Il fait honte à son pays et à son nom. Pour l'amour du Ciel, Olivia, le corps de sa femme n'était pas encore froid qu'il a laissé ses propres enfants à sa sœur, et il ne les a pratiquement plus revus depuis ! Il ne s'intéresse qu'à son plaisir égoïste, et malheur à quiconque se met en travers de son chemin. Est-ce là le genre d'homme que vous recherchez ?

L'indignation de Perry surprit Olivia.

— Pourquoi un tel emportement ? Vous n'êtes pas vous-même un parangon de moralité.

Il pinça les lèvres.

— Au moins, je prends soin de mes proches. Je vous ai connue plus prudente. Si vous devez vous donner à quelqu'un, que ce soit à Carrington, il a toujours été fou de vous. Ou bien restez ici.

— Je ne peux pas être votre pensionnaire, Perry.

C'était une vieille dispute. Les séjours occasionnels d'Olivia dans l'opulent hôtel particulier de son ami leur convenaient à tous les deux, mais elle ne souhaitait pas s'établir chez lui de façon permanente. Elle commença à tresser ses cheveux pour la nuit.

— Je briserais le cœur de Carrington. Je soupçonne qu'Erith n'a pas de cœur à briser. J'en fais mon affaire.

— Il est intelligent, impitoyable et égocentrique, Olivia. Il vous fera du mal tôt ou tard.

Ses mains s'immobilisèrent.

— Est-il violent ?

Elle en doutait fort, mais mieux valait s'en assurer.

— Non, admit Perry à contrecœur. Je n'ai jamais rien entendu dire de tel. Mais il y a bien des façons de faire souffrir une femme.

En effet... n'en était-elle pas la preuve vivante ? Elle reprit rapidement la parole, avant que le cruel souvenir n'enfonce ses griffes dans son cœur :

— Je sais prendre soin de moi. Vous prêtez à ce comte trop de pouvoir.

La colère s'effaça lentement du visage de Perry, laissant la place à l'inquiétude. Elle n'aimait que deux hommes en ce monde, et il était l'un d'eux. Elle était peinée de lui causer une telle détresse. Mais c'était elle et elle seule qui avait toujours choisi les hommes qu'elle mettait dans son lit.

— Tout ce que je peux dire entre dans l'oreille d'une sourde. Vous avez déjà pris votre décision, n'est-ce pas ?

Ce n'était pas impossible, songea Olivia. Mais ce serait après la conversation du lendemain autour du thé – elle sourit en se remémorant la surprise du comte lorsqu'elle l'avait invité à partager cette boisson inoffensive – qu'elle trancherait définitivement.

— Oui.

Elle noua l'extrémité de sa tresse, se leva et ôta son peignoir, sous lequel elle portait une chemise de nuit blanche très sobre.

— Mon prochain amant sera le comte d'Erith.

— Alors, que Dieu vous vienne en aide. Je n'ai rien de plus à ajouter.

Perry roula sur le lit et l'embrassa sur la joue.

— Bonne nuit, ma chérie.

— Bonne nuit, murmura-t-elle en contemplant le feu tandis que Perry refermait la porte derrière lui.

Que Dieu lui vienne en aide, en effet... mais elle n'était pas certaine qu'Erith ou elle fussent à la portée d'une aide céleste.

Elle n'avait pas révélé à Perry la véritable raison du choix de son protecteur.

Quand elle regarderait ses yeux froids, si froids, elle y verrait un homme sans âme. Quel meilleur amant pour une femme elle-même dépourvue d'âme ?

Erith se présenta à l'hôtel particulier de lord Peregrine à 16 heures précises. Tout en remettant chapeau, gants et canne au majordome, il examina la décoration tape-à-l'œil. Des miroirs, des chandeliers en argent, des dorures, des moulures peintes, des statues classiques, toutes masculines et arborant des attributs virils démesurés qu'aucune feuille de vigne ne cachait.

Lord Peregrine avait-il choisi ce style pour promouvoir la profession de sa protégée ? Olivia Raines n'avait pourtant nul besoin de recourir à de telles mesures.

L'hôtel particulier, magnifique bien qu'un peu surchargé, aurait pu être une coûteuse maison de plaisir, à un détail près : tout était de la meilleure qualité, et inabordable même pour la maquerelle la plus prospère. Curieusement, il avait imaginé sa future maîtresse dans un environnement plus dépouillé. Peut-être s'était-il laissé abuser, la veille, par la coupe si sobre de cette robe écarlate.

Pendant qu'il patientait sur une chaise diaboliquement inconfortable du vestibule, il s'interrogea sur la fabuleuse Mlle Raines.

Que faisait-elle ici, ouvertement sous la protection de lord Peregrine ? Et si Montjoy était son amant régulier, pourquoi aller chercher ailleurs ?

D'après ses renseignements, elle revenait toujours dans cette maison à la fin d'une liaison. Montjoy lui servait-il de souteneur bienveillant ? Qu'avait donc lord Peregrine pour la ramener à lui ? Et à quoi aspirait-elle pour le quitter inévitablement chaque fois ?

Peut-être n'était-elle qu'une banale cocotte infidèle. Pourtant, on disait que lorsqu'elle acceptait les faveurs d'un homme, elle lui restait loyale jusqu'à ce qu'elle se lasse de lui. Pour l'instant, d'après ce qu'il savait, aucun homme ne s'était lassé d'elle.

Il avait rencontré quelques heureux garçons qui avaient partagé son intimité. Le terme « heureux » n'était au demeurant pas nécessairement approprié : tous auraient renoncé à leur espoir de paradis en échange d'une nuit supplémentaire dans le lit d'Olivia Raines. Ils parlaient d'elle avec un respect mêlé d'admiration. Une personne plus sentimentale que lui aurait dit qu'elle gâchait ses amants pour les autres femmes.

Il avait remarqué une chose : aucun d'entre eux ne lui avait paru suffisamment viril pour elle. Soit ses appétits privaient les pauvres diables de leur masculinité, soit elle jetait son dévolu sur des spécimens dépourvus de tempérament.

Si tel était le cas, elle pouvait s'attendre à être surprise avec lui. Il aperçut son reflet dans un miroir encadré d'or sur le mur opposé et se redressa. Julian Southwood, comte d'Erith, était doté d'une belle assurance, et à juste titre, mais il n'était pas imbu de sa personne.

Cependant, son sang se réchauffait agréablement à la perspective du défi tacite qu'elle lui avait lancé la veille. Leur rencontre avait pétillé de connivence et de rivalité. Oh oui, il s'amuserait beaucoup avec Olivia Raines avant d'en finir avec elle.

— Par ici, monsieur le comte.

Le majordome le conduisit à l'étage, dans une petite pièce presque aussi clinquante que le salon dans lequel Olivia Raines avait reçu la veille.

Erith croisa le regard d'un des nombreux jeunes gens peints sur les fresques murales. Des lutteurs nus s'affrontaient sur trois murs dans un décor antique. Le quatrième était doté de hautes fenêtres donnant sur les parterres d'un jardin impeccablement entretenu.

— Lord Erith.

Olivia Raines se leva et fit une révérence d'une distinction dont une princesse n'aurait pas eu à rougir.

Il fit un pas en avant et prit sa main. Pas de gants aujourd'hui, remarqua-t-il en dissimulant un frisson de plaisir. Il se pencha et effleura ses doigts des lèvres. C'était la première fois qu'il touchait sa peau. Elle était fine et douce, légèrement parfumée. Du savon, peut-être. Mais, derrière l'odeur fleurie, il humait une essence féminine destinée à l'attirer dans le péché.

— Mademoiselle Raines. Pas de lord Peregrine ?

— Je mène toujours ces discussions seule, répondit-elle froidement en retirant sa main, avant de se diriger vers une table sur laquelle était posé le thé. Vous faut-il un chaperon, monsieur ?

Il ravala un éclat de rire. Il ne s'était pas trompé à son sujet. C'était une femme de tête, frondeuse et irrévérencieuse. Son intérêt aiguillonné, il focalisa son attention sur elle. Le jeu en valait la chandelle, pour la première fois depuis longtemps.

— Ma réputation survivra à une demi-heure en votre compagnie.

Une demi-heure pour l'instant. Et bientôt, des journées décadentes. De sensuelles volutes d'impatience s'éveillèrent en lui.

— Vous m'en voyez ravie.

La bouche voluptueuse qui s'était invitée dans ses rêves esquissa un sourire narquois. Dieu tout-puissant, depuis quand n'avait-il pas rêvé d'une femme ? D'une femme vivante, du moins.

Avec la grâce qui imprégnait chacun de ses mouvements, elle désigna un siège en face d'elle.

— Je vous en prie, comte, asseyez-vous.

Il obéit et, hormis quelques réponses sur la façon dont il aimait son thé, il garda le silence tandis qu'il l'observait. La veille, il s'était demandé si elle avait employé le mot « thé » comme un euphémisme pour un événement plus intéressant. À l'évidence, non. Ses chances de la culbuter rapidement dans cette pièce à la décoration oppressante étaient nulles.

N'eût été la tension sexuelle qui crépitait dans l'air, il aurait aussi bien pu prendre le thé avec sa sœur.

Elle était vêtue plus simplement que la veille d'une robe en mousseline vert pâle qui mettait divinement en valeur son teint laiteux et ses cheveux cuivrés. Il ne s'était pas trompé à propos de sa taille, avait-il remarqué quand elle s'était levée pour l'accueillir : le sommet de sa tête lui arrivait au menton. Rares étaient les femmes à pouvoir en dire autant.

— Vous savez pourquoi je suis ici, dit-il lorsqu'il eut obtenu toute son attention.

La plupart des femmes qui piquaient l'intérêt du comte d'Erith se donnaient du mal pour le conserver. Olivia Raines était aussi placide qu'une douairière sourde dans un concert de charité.

— Je veux être votre amant.

L'absence de préambule était un peu brutale, mais il sentait que cette femme ne réagirait pas à une cour hypocrite. Il n'avait pas oublié la façon dont elle avait agité sous son nez la bacchanale de son ridicule éventail. Elle avait voulu le choquer, l'impudente.

Choqué, il ne l'avait pas été. Intrigué, en revanche, assurément.

Ses lèvres tressaillirent, mais elle ne sourit pas. Il remarqua un petit grain de beauté au coin de sa bouche, et le désir de le goûter avant de s'emparer de ses lèvres le brûla soudain.

Sapristi ! Il n'avait pas été excité à l'idée d'un simple baiser depuis qu'il était un tout jeune homme convoitant les femmes de chambre.

Dieu merci, la table dissimulait l'ampleur de sa réaction à son élégant détachement.

— Bille en tête, je vois… dit-elle, songeuse.

Elle prit sa tasse pour boire une gorgée de thé, et il constata non sans irritation que sa main ne tremblait pas le moins du monde. Elle n'était visiblement pas impressionnée par le notable comte d'Erith. Situation inhabituelle pour lui, particulièrement vis-à-vis d'une demi-mondaine. Sa fortune, à défaut d'autre chose, lui valait toujours beaucoup d'égards.

— Préféreriez-vous une approche moins directe ?

À son grand dépit, il entendit la contrariété percer dans sa voix. Qui était cette péronnelle pour le désarçonner de la sorte ?

— Non. Je trouve votre franchise… rafraîchissante.

Elle reposa sa tasse et le considéra avec une curiosité distante. Julian était devenu un brillant diplomate grâce à sa faculté de déchiffrer les signes révélateurs les plus subtils. Cependant, même si sa vie en avait dépendu, il aurait été incapable de décrypter cette femme.

— Et de quelle façon comptez-vous procéder ?

Il aurait aimé procéder en la troussant sur le canapé. Il changea de position sur sa chaise délicate en acajou pour soulager son érection. Par quel mystère réussissait-elle à l'exciter à ce point ? Il l'avait à peine touchée, et elle n'avait rien dit d'ouvertement suggestif. Pourtant, son sexe était déjà aussi dur qu'une barre de fer.

Il déglutit et s'efforça de recouvrer son célèbre sang-froid. Mais, lorsqu'il répondit, sa voix était légèrement enrouée.

— Je suis à Londres jusqu'en juillet, puis je devrai reprendre mes fonctions diplomatiques à Vienne. Pendant la durée de mon séjour, je vous louerai une maison, vous fournirai des domestiques et vous octroierai une pension et une voiture.

— En échange de quoi je resterai à votre disposition.

— Exclusivement.

Il ne partageait pas. Il fallait qu'elle le sache avant que la négociation n'aille plus loin.

Et si elle lui refusait cette condition ? Avec n'importe quelle autre demi-mondaine, il aurait haussé les épaules et porté son attention sur une autre. Là, il n'était pas sûr de ce que serait sa réaction.

Satanée créature ! Comment s'y prenait-elle ? Il éprouva un brin de nostalgie à la pensée de la flegmatique et accueillante Gretchen, aussi stupide qu'un mouton, mais incapable de lui causer la moindre inquiétude ni la moindre surprise. Il savait déjà qu'Olivia Raines était l'opposé de sa dernière maîtresse. De toutes ses maîtresses, au demeurant, songea-t-il avec un pincement d'appréhension.

Dans ce cas, pourquoi ne se levait-il pas pour prendre congé ? Le fait qu'il fût incapable de répondre rapidement à cette question constituait une source d'irritation supplémentaire.

— Je ne peux croire que vous ayez franchi le seuil de cette maison hier sans vous être renseigné avant sur mon compte, fit-elle remarquer froidement.

Ses yeux, d'un brun inhabituellement clair, ne trahissaient pas ses pensées.

— Vous avez entendu dire que je suis fidèle à mes amants.

— Oui.

Le mot « amants » prononcé par cette riche voix de contralto lui donna une petite suée. Ce fut tout juste s'il ne tira pas sur sa cravate, qui le serrait tout à coup désagréablement. Seigneur, il réagissait en véritable puceau !

— Tant que dure la liaison, cela va de soi.

Avec un aplomb qu'il lui enviait et qu'il détestait en même temps, elle l'observa d'un œil critique.

De toute évidence, les exigences du comte d'Erith ne l'impressionnaient pas. Son regard perçant le jaugeait, en aucune façon séducteur.

Et pourtant, Julian fut immédiatement séduit. Avec plus de force qu'il ne l'avait jamais été. Que Dieu le préserve si elle avait délibérément entrepris de l'attraper dans ses filets !

Elle continuait à parler comme s'ils discutaient d'une transaction commerciale. Pour elle, c'était probablement le cas. Si seulement il avait pu ressentir un dixième de son détachement !

— Vous avez certainement entendu dire également que je réclame une liberté complète vis-à-vis de mon protecteur. C'est moi qui décide à quel moment débute la liaison et quand elle se termine. Je dispose de mon temps à ma guise. Ma seule promesse est que, pendant toute la durée de l'histoire, je suis d'une fidélité absolue.

— Il me semble, madame, que c'est payer bien cher pour vous laisser libre de n'en faire qu'à votre tête, observa-t-il avec ironie.

Elle haussa les épaules.

— À vous de voir, monsieur. Il y a d'autres femmes à Londres.

Oui, et aucune d'entre elles n'était Olivia Raines. Et – maudite soit-elle ! – elle le savait aussi bien que lui. La crispation dans son entrejambe devenait insupportable. Pis : son indifférence attisait son désir.

Elle avait croisé les mains sur ses genoux, en une posture qui aurait pu paraître réservée à qui n'avait pas conscience de sa sensualité incandescente. Cela faisait longtemps qu'une femme ne l'avait pas provoqué avec une telle effronterie – peut-être même n'était-ce jamais arrivé. Celle-ci exsudait le défi, de ses cheveux parfaitement coiffés jusqu'aux délicates mules en soie qui dépassaient de l'ourlet de sa robe.

Il espéra qu'elle ne voyait pas ses mains frémir tandis qu'il fouillait dans la poche intérieure de sa redingote.

— Je vous ai apporté un gage de mon estime.

Il sortit l'écrin de velours plat et le fit glisser sur la table. Sans manifester un grand intérêt, elle l'ouvrit et consacra quelques instants de silence à examiner son contenu.

Peut-être venait-il enfin de l'impressionner. Il avait passé deux heures chez *Rundell and Bridge* ce matin-là à choisir le bracelet. Dès qu'il avait vu le magnifique rang de rubis en forme de fleurs entrelacées dans un treillis serti de diamants, il avait su qu'il avait trouvé ce qu'il cherchait.

Le bracelet était aussi insolite et spectaculaire que l'était Olivia Raines. Ses doutes initiaux au sujet de ses attraits s'étaient volatilisés. Il la considérait à présent comme la plus belle femme qu'il eût jamais vue.

Son visage n'exprima rien, mais une courtisane de son expérience devait connaître au penny près le coût d'un tel bijou.

Le message transmis par ce bracelet était sans équivoque : le comte d'Erith était riche, il était généreux, et si elle consentait à se mettre sous sa protection, il était disposé à la couvrir de trésors.

Très précautionneusement, elle referma l'écrin. Puis elle leva vers lui ses yeux topaze et le considéra avec une expression indéchiffrable.

— Oui, lord Erith, je serai votre maîtresse.

2

Alors même qu'Olivia prononçait les mots qui la plaçaient dans le lit de lord Erith, son instinct lui hurlait de se refuser à lui. Si sa raison lui disait qu'elle ne risquait pas davantage avec lui qu'avec un autre protecteur, son intuition, elle, lui soufflait que le comte était une menace pour tout ce qu'elle avait conquis depuis qu'elle avait accepté ce statut de femme entretenue comme son inévitable destin.

Une peur irraisonnée noua chacun de ses muscles.

La peur, son ennemi le plus vieux et le plus insidieux. Plus puissant que n'importe quel homme.

Je ne céderai pas à la peur.

D'ailleurs, pourquoi s'affoler ? Depuis qu'elle avait atteint l'âge adulte, elle n'avait rencontré aucun homme qu'elle n'ait su dominer. Lord Erith ne sortait en rien du lot. Elle prendrait un grand plaisir à le prouver. Au monde. À lui. À elle-même.

Une vive douleur au poignet lui fit prendre conscience de la force avec laquelle elle croisait les mains. Lentement, elle se détendit, mais elle savait déjà qu'il avait remarqué sa crispation.

Quelque chose – satisfaction, triomphe, possession ? – étincela sous ses lourdes paupières.

— Bien.

Il se leva et la contempla de toute sa hauteur. Elle n'avait jamais été aussi consciente de son impressionnante taille ni du pouvoir latent qui émanait de cet homme.

— À ce soir, Olivia.

C'était la première fois qu'il l'appelait par son prénom. Étant donné ce qu'ils feraient bientôt ensemble, cette marque d'intimité n'aurait pas dû avoir d'importance. Pourtant, curieusement, elle la troubla. Cet « Olivia » modulé d'une voix grave déchiquetait la façade de formalisme qui la protégeait, la rendant aussi vulnérable que si elle se tenait nue devant lui.

Je ne céderai pas à la peur.

Elle releva le menton et lui lança un regard noir.

— Je ne reçois pas mes amants sous ce toit, répliqua-t-elle d'une voix glaciale.

— Je m'en doute.

Sa bouche fine et sensuelle dessina un sourire ironique.

— Je veux que tous les hommes de Londres sachent que vous êtes à moi. Cela fait partie du plaisir.

La froideur de la voix d'Olivia baissa encore de quelques degrés quand elle rétorqua :

— Je n'appartiens à personne, lord Erith.

— Vous m'appartiendrez, déclara-t-il avec calme.

Sans lui laisser le temps de réagir, il se pencha au-dessus de la table et lui prit le menton. Olivia, dans un état second, perçut son odeur propre et fraîche, la chaleur de ses doigts sur sa peau, tandis que son esprit notait l'épaisseur presque féminine des cils qui frangeaient ses froids yeux gris. Les narines d'Erith frémirent lorsqu'il huma son parfum, tel un animal avant l'accouplement.

Son étreinte ferme étouffait toute velléité de lutte. Aussi haletante qu'un oisillon piégé, elle attendit que sa bouche se pose sur la sienne. Son cœur battait si vite qu'elle craignait qu'il ne jaillisse hors de sa poitrine.

Pendant un instant d'angoisse, elle eut l'impression d'être une vierge niaise prisonnière des rets d'un débauché.

Ses lèvres fermes, presque cruelles, capturèrent les siennes. Une tension intense flottait entre eux, aussi brûlante que le feu, aussi dure que l'acier.

Le baiser cessa brusquement.

Il lâcha son menton et s'inclina en reculant d'un pas.

— À ce soir.

Avant qu'elle ait pu songer à une réponse appropriée, il tourna les talons et quitta la pièce en quelques enjambées.

Éblouie et tremblante, Olivia serra et desserra les poings sur ses genoux. Quand elle lécha ses lèvres, elle faillit laisser échapper un gémissement. Elle avait gardé la bouche fermée durant ce baiser importun. Même ainsi, le goût des lèvres du comte s'attardait sur les siennes. Puissant. Séducteur. Suggestif.

La peur resurgit et la submergea.

— Maudit sois-tu, Erith, chuchota-t-elle. Que le diable t'emporte.

Erith marqua une pause à l'entrée du grand salon où il avait vu Olivia Raines pour la première fois. Il était tard, plus de minuit. La pièce quasiment vide, uniquement éclairée par deux chandeliers, paraissait caverneuse. Une demi-douzaine d'hommes rassemblés autour du feu, négligemment assis sur les deux canapés ou debout contre le manteau de la cheminée, fumaient en buvant du brandy. Il régnait entre eux une ambiance détendue, qui se dissipa, remarqua-t-il, à l'énoncé de son nom par le valet de pied.

Où se trouvait Olivia ? Lord Peregrine tourna vers la porte son physique de gravure de mode sensuelle. Les quatre jeunes gens assis se levèrent pour l'accueillir. Ils étaient si beaux qu'ils auraient tous pu poser pour le Ganymède nu boudant sur les fresques murales. Erith accorda à peine un regard au dernier gentleman qui s'attardait dans la pénombre.

C'est alors que celui-ci avança avec une grâce languide dans la lumière. Et Erith se trouva face aux yeux bridés couleur caramel d'Olivia Raines.

Son souffle s'étrangla dans sa gorge tandis que le choc, en lui, le disputait à une admiration stupéfaite. Il crispa les bras contre ses flancs pour s'interdire de franchir les quelques mètres qui les séparaient.

Dieu tout-puissant, elle était magnifique !

Olivia était vêtue comme un homme d'un pantalon chamois, d'une redingote noire étroite, d'un gilet de brocart blanc et d'un foulard élégant. Ses longs cheveux étaient attachés sur sa nuque, ce qui expliquait qu'il ne se soit pas rendu compte tout de suite qu'il se trouvait en présence d'une femme. Celles qu'il connaissait ne s'habillaient pas en homme.

Le foulard immaculé mettait en valeur son teint parfait, et la coupe cintrée de ses vêtements masculins épousait son corps gracile aussi étroitement que la main d'un amant. Erith éprouva un élancement de désir, et son cœur s'emballa. Il resserra encore les poings. Il la voulait sous lui, nue et pantelante de plaisir.

Vous êtes à moi. Il faillit prononcer les mots à voix haute.

— Lord Erith, dit-elle avec calme avant d'inhaler une bouffée d'un long et fin cigare.

Il ravala un grognement en regardant ses lèvres charnues se refermer sur le cigare. Des images sulfureuses pulvérisèrent dans son esprit toute pensée cohérente.

Olivia soutint son regard, un éclair provocant dans les yeux. Elle savait pertinemment quel effet elle exerçait sur lui.

Avec difficulté, il batailla contre la clameur lubrique de son sang et parvint à retrouver sa voix.

— Mademoiselle Raines.

Il s'inclina.

— Messieurs.

Visiblement, lord Peregrine savait qu'Olivia avait accepté son offre, car il lui parut encore plus hostile que la veille. La relation qu'entretenaient le décoratif jeune homme et sa future maîtresse, pourtant, continuait à intriguer le comte. Il sentait entre eux une intimité dénuée du frisson de l'attirance sexuelle.

Il étudia les hommes, puis jeta un nouveau coup d'œil aux fresques. Aucune silhouette féminine n'ornait les murs. Aucune femme non plus n'était présente dans la maison, à l'exception d'Olivia. Un soupçon se forma dans son esprit, soupçon que des Anglais non avertis n'auraient sans doute pas eu, mais que pouvait facilement concevoir un homme comme lui, qui avait voyagé en Europe et en Asie. Si ce soupçon se confirmait, cela expliquerait beaucoup de choses.

— Désirez-vous un brandy, lord Erith ? lui proposa tranquillement Olivia. Perry a débouché une bonne bouteille ce soir.

Son attitude ouvertement théâtrale lui donna envie de rire. Elle le mettait au défi d'exploser de rage, mais elle avait choisi la mauvaise cible. Il était capable de se montrer plus malin que n'importe qui à ce genre de jeu. C'était ce qui faisait de lui un brillant diplomate.

— Pourquoi pas ? accepta-t-il d'un ton aimable. Lord Peregrine, je ne crois pas connaître vos amis.

Pendant que Montjoy faisait les présentations, Erith regarda Olivia prendre la carafe posée sur la desserte Boulle et lui en verser un verre. Curieusement, la tenue si sévèrement masculine qu'elle avait choisie ne la faisait paraître que plus féminine. Ses yeux s'attardèrent sur ses jambes. Comme il l'avait imaginé, elles étaient longues et minces. Bientôt, elles s'enrouleraient autour de lui pendant qu'il la pénétrerait…

Il émergea de sa brève rêverie pour la découvrir en train de lui tendre le verre. Très posément, elle caressa ses doigts des siens. C'était la première fois qu'elle se livrait à un acte ostensiblement séducteur, et Julian sentit sa peau frémir à ce contact.

Il la désira immédiatement. En l'espace de vingt-quatre heures, l'attirance qu'elle exerçait sur lui était devenue insupportable.

Pour l'instant, cependant, il lui faudrait bien la supporter.

Elle tira de nouveau sur son cigare, avant de souffler des volutes de fumée bleue qui nimbèrent ses traits anguleux. Des traits qui formaient un ensemble bien plus saisissant qu'un visage d'une beauté académique. Rien d'étonnant à ce que les hommes soient à ses pieds.

— Lord Erith, voici sir Percival Martineau, dit lord Peregrine sèchement.

Manifestement, on lui avait parlé pendant qu'il se perdait dans la contemplation d'Olivia.

— Sir Percival.

Seigneur ! Il serait bien incapable de se souvenir des noms des amis de lord Peregrine. Olivia l'avait ensorcelé.

Ensorcelé ?

Nom d'un chien, quelle mouche le piquait ? Elle n'était qu'une femme comme une autre. Il la posséderait et découvrirait qu'il n'y avait rien de nouveau entre ses jambes ni entre ses oreilles. Il ne comptait plus les maîtresses qu'il avait eues depuis la mort de son épouse, et aucune n'avait touché son cœur. Son corps, oui, abondamment. Un corps, qui, pour l'heure, bourdonnait comme si on le traversait d'un courant électrique. Une seule femme l'avait bouleversé ainsi, lors de sa première saison, mais alors l'amour et le respect tempéraient l'impétuosité de son désir.

Dieu tout-puissant, par quelle association d'idées cette catin pouvait-elle lui rappeler sa Joanna ? Cette garce hypocrite n'éveillerait jamais en lui de beaux sentiments. C'était bien autre chose qu'il recherchait chez elle.

Un frisson de plaisir anticipé lui parcourut l'échine.

Elle désigna avec calme un sofa.

— Désirez-vous vous asseoir ?

— Non, je souhaite vous parler. En privé.

Elle haussa les épaules, posa son verre sur le manteau de la cheminée et éteignit son cigare.

— Comme il vous plaira. Par ici.

Il la suivit le long d'un couloir au bout duquel se trouvait une bibliothèque. Les lampes jetaient une lumière tamisée sur des reliures en cuir aux chaudes couleurs et faisaient briller les lettres sur des rangées de livres.

Olivia se tourna face à lui et prit à moitié appui sur un bureau, avec une grâce qui lui coupa le souffle.

— Qu'y a-t-il ?

Il se rendit compte qu'il souriait.

— Cette pièce. C'est la seule que j'aie admirée jusqu'à présent dans cette maison.

À sa surprise, elle lui rendit son sourire. Un sourire sincère, chargé d'une immense affection pour le propriétaire des lieux. Une émotion désagréable envahit Erith. Ce n'était pas de la jalousie. Il n'était jamais jaloux. Du reste, à quoi bon être jaloux alors que ses soupçons au sujet de l'hôte d'Olivia s'étaient changés en certitude ?

— Perry ne lit pas beaucoup. Il n'a pas encore redécoré la bibliothèque.

— Elle vous plaît, dit-il doucement.

C'était la première pièce dans laquelle il la voyait qui ne jurait pas avec l'opinion qu'il se faisait d'elle. Il s'adossa négligemment contre le chambranle de la porte et l'étudia.

— En effet, répondit-elle.

Elle courba la tête, et la lumière jeta des reflets de bronze sur sa luxuriante chevelure. C'était en vérité une femme d'une beauté extraordinaire. Davantage encore lorsqu'elle se comportait avec naturel.

— Il y a une bibliothèque dans la maison que je vous ai trouvée.

Lorsqu'il avait vu cette pièce aux livres bien ordonnés dans la maison de York Street, il avait supposé que sa nouvelle amante s'en désintéresserait. Il n'en était plus si sûr à présent.

Elle releva la tête, sa méfiance déjà ravivée. Le regret qu'il en conçut le surprit. Pendant un instant, il avait ressenti un réel lien avec elle – un lien distinct de l'attirance sexuelle. Brièvement, le fantôme d'un attachement différent avait plané, qui en d'autres circonstances aurait pu se transformer en amitié. À supposer que l'amitié soit possible entre deux êtres aussi endurcis qu'eux.

— Vous avez déjà trouvé une maison ?

Elle n'avait pas l'air particulièrement contente.

— Quelque chose s'est libéré.

Il ne lui dit pas qu'il avait fait ratisser Londres par toute une armada dans le but d'y dénicher une résidence convenable, ni que cette quête avait débuté dès qu'il était rentré chez lui après l'avoir vue pour la première fois.

L'endroit qu'il avait loué était parfait. Petit, luxueux, intime, et suffisamment proche d'Erith House pour qu'il puisse mener une double vie sans afficher son aventure à la barbe de sa famille. Après des années à vivre comme il l'entendait, en célibataire qui se moquait du qu'en-dira-t-on, il n'était plus habitué à la discrétion. Malgré tout son charme, Olivia Raines ne ferait que lui offrir une diversion. Son véritable propos à Londres consistait à se réconcilier avec ses enfants, et il ne voulait pas risquer de nuire à cette entreprise.

Il se demanda s'il avait été bien prudent dans son choix. Son nouveau statut de protecteur d'Olivia Raines s'était répandu dans Londres comme une traînée de poudre. En buvant un porto après le dîner à Erith House, il avait répondu aux remarques envieuses de ses amis tout en évitant le regard lourd de reproches de Carrington. Combien de temps encore avant que l'histoire n'atteigne des oreilles plus respectables ?

Il était trop tard pour changer d'avis. Il brisa le silence :

— J'espère que vous y emménagerez demain.

S'il l'avait pu, il l'aurait soulevée de terre, entraînée dans la jolie petite maison et se serait appliqué à combattre l'inopportune fascination qu'elle exerçait sur lui, mais ses hommes devaient travailler toute la nuit sur de petites modifications et les lieux ne seraient disponibles que le lendemain matin.

Surprise, elle répéta :

— Demain ?

— Y voyez-vous une objection ?

— Je ne m'attendais pas à une telle diligence.

Elle s'exprimait avec la diction pure et les inflexions caustiques d'un diplômé de Cambridge. Était-elle née dans le ruisseau ? Si tel était le cas, elle montrait une remarquable maîtrise des bonnes manières de la haute société.

Il haussa les épaules, feignant un détachement fort éloigné de la réalité.

— Je suis un homme qui se décide vite.

— À l'évidence.

Ses lèvres se retroussèrent sur ce petit sourire narquois déjà familier.

— Demain matin, j'enverrai ma voiture pour vous conduire dans cette nouvelle maison, puis j'y passerai le soir afin que nous discutions de notre organisation. Nous nous rendrons éventuellement à Tattersalls le lendemain pour y choisir vos bêtes. J'avais pensé à deux chevaux pour votre voiture ainsi qu'à une haquenée. J'ai également commandé un cabriolet qui devrait beaucoup plaire.

— Vous avez fait preuve d'une grande efficacité, monsieur, dit-elle avec une ironie non dissimulée. Resterez-vous dîner, demain ?

Ils savaient tous deux qu'elle proposait là davantage que le couvert. Une vague de chaleur le traversa et réveilla son érection.

— Je vous remercie, ce sera avec plaisir.

Et quel plaisir...

Pourquoi attendre ? Jusqu'à présent, les modestes libertés que sa future maîtresse s'était autorisées n'auraient pas suscité un haussement de sourcils chez les dames patronnesses les plus pudibondes de l'Almack. Enfin, ce n'était pas tout à fait vrai. Olivia Raines possédait un art consommé de l'équivoque. Et le baiser brûlant qu'il lui avait donné le hantait encore.

Brûlant, unique, possessif.

Et trop court.

En l'embrassant, il avait goûté sa colère. Et sa surprise. Elle n'avait pas voulu lui rendre son baiser, mais ce moment flamboyant avait dissipé tous les doutes de Julian. Et émoussé même la douleur lancinante de la culpabilité et du chagrin qui le tourmentaient en permanence depuis des années. C'était avec la plus grande difficulté qu'il s'était forcé à interrompre ce baiser.

Un baiser qui avait scellé son sort. Il lui fallait cette femme. Elle seule saurait lui offrir un répit.

Il rêvait de l'embrasser encore. Il se redressa et fit quelques pas sur le somptueux tapis turc rouge et bleu. Elle se tendit, comme une proie flairant un prédateur.

— Monsieur, je vous ai expliqué mes règles concernant cette maison.

Elle replia les doigts sur le bord du bureau en bois. Ainsi, son assurance n'était pas aussi inébranlable qu'elle se plaisait à le lui faire croire, comprit Julian, se sentant soudain moins impuissant face à l'inexorable attirance qu'il éprouvait pour elle.

Sans ralentir, il répondit :

— Je peux patienter jusqu'à demain soir. Mais peut-être, d'ici là, un baiser ?

L'angle provocant de son menton ne laissait pas place au doute quand elle répliqua :

— J'aurais dû vous expliquer plus précisément, cet après-midi, ce que j'attends d'un amant.

— Vous avez toute mon attention, madame, chuchota-t-il.

Très lentement, il plaça ses deux mains sur le bureau, de part et d'autre des siennes. Il ne la touchait pas, mais formait de son corps une cage autour d'elle.

— Je vous écoute.

Sans même rosir, elle baissa les yeux vers l'endroit où son érection déformait son pantalon. Elle n'était pas innocente. Tant mieux. Autrefois, il avait été innocent, avant que la tragédie ne l'anéantisse.

Elle était mal à l'aise et nerveuse, ce qui lui plut également. Il batailla contre l'envie de se presser contre elle. Il sentait, tout proche, le délicat parfum de sa peau. Lilas. Rose. Miel. Une essence chaude et féminine qui émanait d'elle et non d'un flacon en verre. Ses narines palpitèrent tandis qu'il emplissait profondément ses poumons de son odeur.

— Je n'embrasse pas, lord Erith.

Elle avait baissé la voix, et son contralto voilé vibra dans les os de Julian.

— Du moins, pas sur la bouche.

Il se pencha en avant pour humer un nouvel effluve délicieux. Seigneur, cette femme était superbe...

— Vous m'embrasserez.

Ses lèvres formèrent une ligne obstinée.

— Non. C'est ainsi, comte, que je conçois mes liaisons : mon temps m'appartient, je suis entièrement fidèle à mon amant, et je n'embrasse pas.

Il était à quelques centimètres de goûter la peau crémeuse de son cou. Une vrille de cheveux s'était libérée

40

de son sévère chignon. Il tendit une main pour la rabattre derrière son oreille, et elle se raidit à son contact.

— Que de règles, Olivia ! murmura-t-il. Les règles sont faites pour être enfreintes.

— Pas les miennes.

Elle s'efforçait de paraître autoritaire, mais sa voix la trahit. Il était si près que son souffle effleurait son visage et qu'il pouvait percevoir un soupçon de brandy et de tabac dans son haleine.

— Si mes conditions vous rebutent, il n'est pas trop tard pour annuler notre arrangement.

— Ce serait dommage…

Il laissa ses doigts glisser jusqu'à sa nuque.

— … alors que je me suis donné tant de mal pour vous.

Il se pencha et posa brièvement sa bouche sur son cou. À cet endroit, sa peau douce ressemblait à de la soie vivante. Le miel de son parfum laissa un goût sucré sur sa langue. Elle était exquise. Il ne se rappelait pas avoir jamais autant désiré une femme. Son cœur s'emballa subitement.

Oh, la goûter… ou plutôt la dévorer tout entière, comme l'y exhortait l'ardeur sensuelle qui bouillonnait dans son sang. Il leva la tête et plongea son regard dans ses yeux circonspects de la couleur du whisky. Ses lèvres étaient entrouvertes, et il entendait son souffle léger. Son sexe se dressa douloureusement. Ses doigts se resserrèrent sur la nuque d'Olivia.

— Je n'ai jamais embrassé une femme en pantalon…

Il regarda sa gorge mince remuer tandis qu'elle déglutissait.

— Et ce n'est pas aujourd'hui que vous le ferez. Je vous le répète, je n'embrasse pas sur la bouche. Je suis surprise que vous ne compreniez pas mes exigences.

— Ah, vos exigences, Olivia… J'ai hâte de les connaître mieux.

Il sourit. Le plaisir qu'il prenait à la découvrir croissait autant que son désir.

— Je vous aurai pour moi tout seul demain soir. Pourquoi ne pas m'offrir un échantillon de vous afin que je rentre chez moi la tête pleine de doux rêves ?

Dans ses yeux remarquables passa quelque chose qui ressemblait à de la peur. Cette pensée lui déplut, mais pas au point de le freiner. Au diable ses règles ! Elle avait mis au pas la totalité de la gent masculine londonienne. Mais il était le comte d'Erith. Aucune femme ne le tenait en laisse.

Il posa sa bouche sur la sienne. Ses lèvres étaient douces, tendres. Et résolument closes. Ce fut comme si on lui claquait au nez les portes du paradis.

Qu'à cela ne tienne ! Il existait de nombreux détours pour accéder au paradis autrement que par la grande porte.

Olivia demeura rigide et immobile sous le baiser de lord Erith, tandis qu'une panique croissante l'étreignait et menaçait de lui faire perdre pied. Elle étouffa un cri – il aurait été trop humiliant de lui révéler à quel point son baiser la bouleversait – et batailla pour émerger de ce puits noir. Elle pouvait survivre à cela. Elle pouvait survivre à tout, et sans perdre sa dignité.

Cet homme ne la mettrait pas en échec.

Dieu tout-puissant, elle n'était pas une enfant sans défense ! Mais son poids et son corps musclé et solide lui donnaient l'impression d'être atrocement désarmée. Son odeur musquée d'homme excité imprégnait l'air. Son baiser la tourmentait, l'effrayait, lui rappelait des événements qu'elle avait désespérément essayé d'oublier.

L'horrible et ténébreuse sensation d'étouffement ne dura qu'un moment, mais son âme la reconnut, se recroquevilla et se crut de nouveau plongée dans un cauchemar sans fin.

Il ne lui faisait pas mal, pourtant. Sa bouche n'était pas brutale, et la main derrière sa tête caressait ses cheveux presque tendrement. Bien qu'implacable, son étreinte était douce. Erith n'usait pas de son incontestable pouvoir pour l'allonger sur le bureau, arracher son pantalon et s'imposer à elle.

Mais rien de tout cela ne comptait. Ce qui comptait, c'était cette impression d'être écrasée, contrainte. Sa fierté farouche se fissura. Elle était sur le point de laisser jaillir un cri quand, soudain, le baiser changea.

L'insistance s'atténua. Erith effleura ses lèvres d'un torrent de petits baisers, en apparence chastes – quoique la chasteté, elle le savait déjà, fût un mot inconnu de cet homme.

Ces baisers-là étaient ceux d'un séducteur aguerri, d'un homme sûr de lui et convaincu qu'en prenant son temps, en berçant sa proie d'un sentiment de sécurité factice, il obtiendrait ce qu'il voulait.

Eh bien, il ne savait pas à qui il avait affaire.

Aucun homme ne faisait d'Olivia Raines une victime impuissante. Saisie d'un sursaut de colère qui la galvanisa, elle leva les mains et, de toutes ses forces, repoussa sa large poitrine. Et arracha sa bouche à la sienne.

— Non !

Sans bouger d'un pouce, il déposa un dernier baiser en travers de ses lèvres. Puis il s'écarta, indiquant tacitement que la décision de la libérer n'appartenait qu'à lui. Sa respiration était précipitée, et ses yeux luisaient comme de l'argent. Pour une fois, ils n'étaient pas froids du tout.

Ainsi, il la désirait. Naturellement. C'était pour cela qu'il avait payé une fortune. Les hommes la désiraient toujours, et ce depuis qu'elle était enfant. Mais c'était elle qui détenait le pouvoir. C'était elle qui choisissait.

— Vous n'aviez pas le droit, cracha-t-elle.

Son ressentiment n'entama pas l'arrogance du comte.

— Inutile d'en faire toute une histoire. Vous devez savoir que j'ai l'intention d'aller plus loin qu'un baiser, Olivia. Cette pruderie ne vous sied pas.

— Il ne s'agit pas de pruderie, riposta-t-elle sèchement.

Elle prit une profonde inspiration pour calmer les battements de son cœur, mais elle était encore trop affolée pour recouvrer son sang-froid. Délibérément, elle baissa la voix afin de redevenir Olivia Raines, la reine des courtisanes, et non la petite fille effrayée qu'elle avait été.

— Je n'embrasse jamais sur la bouche. Mes amants ne se plaignent pas de ma générosité dans les autres domaines.

Sa réponse ne berna pas Erith. Elle était plus pâle qu'à l'accoutumée et ses lèvres sensuelles, rougies par ses baisers, avaient pris un pli étrangement vulnérable. Ce baiser l'avait affectée. Mais, hélas, pas en l'incitant à s'abandonner, comme il l'aurait aimé.

Non, c'était autre chose qui s'était produit.

Et, nom d'un chien, il se demandait bien quoi.

Resterait-elle aussi inerte au lit ? Certainement pas. Ses amants précédents lui avaient parlé avec lyrisme des plaisirs qu'ils avaient connus avec elle.

Pourtant, elle lui avait fait l'effet d'une statue chaude et parfumée sous ses lèvres. Aucune réaction, moins encore que ce qu'il avait pu obtenir d'elle cet après-midi-là.

Il se pencha pour humer de nouveau son parfum, mais sans la toucher. Il pouvait attendre. Tant pis si ses testicules étaient en feu.

— Nous nous reverrons demain, Olivia.

Il crut voir une incertitude fugace assombrir son visage.

— Lord Erith...

Elle lui saisit le bras. Malgré les épaisseurs de laine et de batiste, il sentit la chaleur brûlante de ce contact.

Avant qu'elle ait pu la retirer, il posa une main sur la sienne.

— Oui ?

— Je crains d'avoir accepté votre proposition avec trop de hâte.

Presque distraitement, il lui caressa les doigts.

— Je vous croyais plus courageuse, mademoiselle Raines. Allez-vous déclarer forfait dès le premier obstacle ?

Les yeux qu'elle leva vers les siens étaient sombres et troublés. Derrière son calme apparent, de furieux orages grondaient.

— Il ne s'agit pas d'une partie de chasse sur vos terres, lord Erith, riposta-t-elle avec une pointe de rudesse dans la voix. Vous croyez m'acheter comme vous achèteriez un cheval ou une nouvelle paire de bottes. Mais il y a davantage en jeu, et vous le savez. Nous ne sommes pas faits pour nous entendre, vous et moi.

Ah, Dieu merci, elle se ressaisissait. Il détestait l'idée qu'il avait pu lui faire peur. D'ailleurs, chez une femme aussi forte, la peur était une réaction stupéfiante. En particulier vis-à-vis d'une chose aussi éphémère qu'un baiser. Même si ce baiser, sur le moment, ne lui avait aucunement paru éphémère...

— Nous nous entendrons très bien, répondit-il tranquillement.

— C'est à moi d'en décider.

Il tendit une main et souleva son menton pour plonger les yeux dans les siens. Sans tressaillir, elle soutint son regard.

— N'êtes-vous pas curieuse de savoir comment nous serions ensemble ?

Un sourire ironique se dessina sur ses lèvres.

— Quand on exerce ma profession, la curiosité est quelque peu amoindrie, monsieur.

— Alors, faites-le parce que vous êtes suffisamment femme pour me dompter. C'est manquer de courage que de mettre un terme à notre affrontement avant que nous n'en venions aux mains.

Le sourire d'Olivia s'accentua, et le regard de Julian se posa de nouveau sur ce petit grain de beauté aguichant au coin de sa bouche. Il avait désespérément envie de l'embrasser encore. Seul son manque de réaction à son dernier baiser l'en empêcha.

— Il ne s'agit pas non plus d'un match de lutte.

Il rit doucement et la laissa aller. Le fantôme de sa chaleur s'attarda sur ses doigts.

— Il y aura pourtant de la lutte.

— Et de l'escrime.

— Absolument. Mon braquemart est prêt.

— Votre braquemart est toujours prêt.

— Uniquement quand je rencontre un opposant digne de ma lame. Mais mon adversaire préférée prétend qu'elle n'est pas de taille.

— Vous revoilà en train de lutter ?

— De boxer, Olivia. Je veux vous faire voir des étoiles.

— Vous ne perdez pas de temps en fausse modestie, n'est-ce pas ?

— Je ne perds pas de temps, point.

Il marqua une pause.

— Viendrez-vous à moi demain, ou bien la femme la plus capricieuse et la plus indépendante de Londres aurait-elle rencontré un homme qu'elle est incapable de soumettre ?

Elle haussa les sourcils avec un parfait dédain.

— Vous espérez me convaincre en me narguant de façon si puérile ?

— Oui, je l'espère. D'après ce que j'ai vu, vous n'avez assujetti qu'une poignée de chiffes molles. Mesurez-vous donc à un opposant plus coriace. Pourquoi ne pas mettre à genoux le tristement célèbre comte d'Erith ?

46

Elle émit un petit ricanement amusé.

— À vous entendre, j'ai autant de chances d'y parvenir que de voler jusqu'à la lune.

— Mais j'ai hâte de vous regarder essayer, Olivia. N'êtes-vous pas lasse des conquêtes trop faciles ?

— Vous croyez tout savoir au sujet des hommes qui ont partagé ma couche.

— Un bon sportif se renseigne sur ses rivaux.

— Si vous me parlez à présent de monter en selle, je vous jure que je vous gifle.

Il éclata de rire. À chaque instant, il l'appréciait davantage.

— Je n'aurai pas cette vulgarité, mademoiselle Raines.

— Non, vous êtes un parangon de bienséance, railla-t-elle.

— Pas toujours. Comme vous allez me permettre de vous le prouver, je l'espère.

Il hésita. La réponse à sa prochaine question était plus importante qu'il ne l'aurait cru possible la veille. Ou même une heure plus tôt.

— Demain ?

Quand elle le regarda, son visage était animé par l'excitation du défi.

— Demain.

3

Olivia s'arrêta dans la courbe de l'escalier élégamment sculpté et contempla le vestibule en contrebas. C'était la nuit, et lord Erith venait d'arriver dans la ravissante petite maison qu'il lui avait louée à côté de Regent's Park.

Le comte se tenait debout sur le dallage noir et blanc, beau comme un diable. La lumière des lampes faisait briller ses épais cheveux noirs tandis qu'il confiait son chapeau et sa canne au majordome.

Il était magnifique avec sa redingote et son pantalon noirs, sa chemise blanche amidonnée et son foulard. La tenue de soirée lui allait à merveille. Les broderies de son gilet de soie luisaient dans le doux éclairage. Quand il leva les yeux vers la pénombre de l'endroit où elle se trouvait, ses prunelles lancèrent des éclairs argentés affamés.

— Olivia.

Sa voix rocailleuse de baryton était empreinte d'autosatisfaction.

Tout dans sa posture dénotait le propriétaire, remarqua-t-elle. Propriétaire de la maison. Propriétaire de la femme qui s'y trouvait. L'agacement lui fit lever le menton alors même que son ventre se nouait.

Maudite vulnérabilité ! Elle ne devait pas oublier qui elle était, qui il était. Erith n'était qu'un homme. Il ne se passerait rien, ce soir, qu'elle ne connût déjà. Dès que le vieux ballet éculé aurait commencé, elle y trouverait sa place et exécuterait la chorégraphie qui était devenue sa seconde nature. Pourtant, ses doigts se crispèrent sur la rampe au point que ses articulations blanchirent.

Le majordome se retira discrètement.

— Monsieur, dit-elle, s'efforçant de parler d'une voix claire.

— Pardonnez mon retard. Un petit problème familial.

Elle fut surprise qu'il s'excuse. Après tout, il la payait pour qu'elle se tienne à sa disposition.

— Ce n'est pas grave.

Elle restait immobile au-dessus de lui, telle Juliette s'adressant à son Roméo de son balcon. Cette pensée fugitive lui laissa un goût amer dans la bouche. Ni lord Erith ni elle n'étaient jeunes, innocents ou passionnés.

Ou amoureux.

Le grand amour entre un homme et une femme était aussi chimérique que les dieux libidineux que Perry avait fait peindre sur ses murs. Toutes ces années passées au service de ses clients le lui avaient appris.

Le comte la dévisageait sans ciller, et son regard brûlant la léchait comme une flamme. Son désir pour elle émanait de tout son être. Elle avait eu tort de le croire dénué de passion. Elle avait vu cette expression intense sur trop de visages masculins pour se méprendre sur sa nature.

Désespérément, elle tenta de retrouver l'axe de sérénité et de calme qui lui donnait des forces lorsqu'elle recevait ses amants… et constata avec horreur qu'elle en était incapable : elle n'était qu'une masse tumultueuse de peur et d'angoisse. Sa paume devint moite sur la rampe vernie.

Peut-être les baisers importuns d'Erith l'avaient-ils déstabilisée. Ils lui avaient inspiré de mauvais rêves, dont elle s'était réveillée tremblante et baignée de sueur.

À moins qu'elle ne soit perturbée parce qu'elle n'avait pas eu d'amant depuis des mois. Les intervalles entre ses liaisons s'étaient allongés. Il ne s'agissait nullement d'un calcul destiné à se faire désirer : à mesure que s'écoulaient les années, elle appréciait de moins en moins d'avoir un homme dans son lit.

Sans doute était-il temps que la grande Olivia Raines cesse sa croisade à l'encontre du sexe masculin. Elle avait de l'argent et était horriblement lasse de cette vie. Lasse à en mourir.

Mais, avant cela, il fallait qu'elle survive à cette soirée ainsi qu'aux nuits qui suivaient en conservant sa réputation de charme détaché, jusqu'à ce qu'elle décide de se débarrasser de lord Erith.

Elle avait beau être prête à se retirer, elle voulait terminer sa carrière triomphalement. Elle ne sortirait pas par la petite porte. Elle se glorifierait d'une dernière victoire sur un amant avant de disparaître avec panache.

C'était une question d'orgueil.

Le silence, chargé de sombres courants de désir et de résistance, se prolongea désagréablement. Olivia s'obligea à parler :

— Voulez-vous monter ?

— Avec plaisir.

Elle s'efforça de ne pas prêter attention à la façon dont il avait prononcé « plaisir ». Quel timbre profond… Sa voix suave résonna, et les battements de son cœur s'affolèrent.

Dans un froufrou de jupes, elle pivota et gravit les marches jusqu'au palier. Entre autres préparatifs organisés pour elle par lord Erith figurait une garde-robe raffinée en provenance de sa modiste préférée. Il avait dû dépenser une fortune pour que tout soit prêt si vite.

Elle l'entendit monter derrière elle. Chacun de ses pas était lourd et assuré, et le claquement de ses bottes

50

retentissait comme une sentence implacable. Elle dut réprimer un frisson.

Elle s'arrêta devant la porte fermée et il s'approcha, si près qu'elle perçut son odeur, mélange de savon et de bois de santal. Des gouttes de sueur se formèrent sur sa nuque, sous son chignon. Elle évita de lui montrer son visage, qui aurait trahi sa vulnérabilité.

Elle devait devenir folle. Elle n'avait pas ressenti pareil émoi depuis qu'elle était toute jeune. Seigneur, si elle ne se ressaisissait pas, elle serait totalement sans défense. Et elle avait appris à ses dépens ce que les hommes infligeaient aux femmes sans défense.

Elle prit une inspiration saccadée et maudit le bruit révélateur qui s'échappa de ses poumons. Erith était trop intelligent pour ne pas remarquer le moindre signe de faiblesse.

Il était l'ennemi, comme tous les autres hommes.

Courage, Olivia.

Elle se redressa et tourna vers lui un regard parfaitement neutre.

— Les domestiques ont préparé un souper fin.

Le visage résolu, il ne sourit pas.

— Plus tard.

Sa morgue ranima la colère d'Olivia. Et enfin, Dieu merci, la courtisane sereine et mondaine chassa l'enfant terrifiée qui avait soudain resurgi en elle.

— Nous ne sommes pas des animaux, monsieur. Une liaison est une œuvre d'art.

— Foutaises.

Cette fois, elle poussa un soupir distinctement ennuyé.

— C'est ainsi que je conduis mes affaires, lord Erith. Nous souperons, nous discuterons, nous jouerons peut-être un peu de musique, puis je me retirerai et me préparerai, et vous viendrez prendre votre plaisir. Le plus grand plaisir qu'on vous ait jamais donné.

— Voilà une fameuse promesse, fit-il remarquer sans s'émouvoir.

Elle prit une voix plus grave et déclara dans un ronronnement séducteur :

— Si vous me laissez faire à ma guise, vous découvrirez une extase dépassant vos rêves les plus fous.

Espérant sans grand optimisme que ses promesses extravagantes l'avaient convaincu, elle poussa la porte, qui s'ouvrit silencieusement sur une pièce éclairée par des chandeliers et décorée de bouquets de jacinthes, de freesias et de fleurs de cerisier. Sur une desserte chinoise en laque rouge, un somptueux souper froid attendait, ainsi qu'une bouteille de champagne dans un seau à glace.

D'un pas assuré, elle entra et attendit que lord Erith la suive. Plus loin, la porte de la chambre entrouverte laissait entrevoir d'autres bouquets et un lit immense dont les draps étaient déjà rabattus.

Elle fit halte au milieu de la pièce et se tourna vers lui, le dos droit, le menton relevé, le regard tranquille. Il avança, franchit le seuil et ne s'arrêta pas, la mâchoire déterminée et les yeux brillants.

Olivia refusa de reculer. Il envahit son champ de vision. Enfin, au moment où elle crut qu'il allait la piétiner, elle dut reculer d'un petit pas.

Réalisant qu'elle avait effectué cette minime concession, elle s'immobilisa brusquement. Mais il continua d'avancer sur elle. Il allait la renverser. Et, à chaque pas en arrière réticent, la porte de la chambre derrière elle se rapprochait dangereusement.

— Que faites-vous ? demanda-t-elle vivement.

— C'est une question stupide, Olivia.

Sa voix était empreinte d'une dureté qui lui donna la chair de poule. Elle avait déjà entraperçu cette facette d'Erith, mais ce soir elle était seule avec lui, et à l'évidence il avait des projets qui ne requéraient pas son assentiment.

Et pour cause. Il avait payé une fortune pour son corps, et elle avait accepté le marché.

— Monsieur, je vous ai expliqué de quelle façon j'entends agir.

Elle voulut se dérober en faisant un écart sur le côté, mais il tendit un bras puissant pour l'empêcher de fuir.

— En effet.

Elle serra les dents.

— Je ne...

Elle tenta de s'échapper de l'autre côté, mais il plaça son corps puissant devant elle à la façon d'une barrière.

— Nom d'un chien, monsieur, je ne suis pas un mouton ! Cessez de m'acculer ainsi !

Il esquissa un léger sourire.

— Si vous insistez.

Elle eut tout juste le temps de prendre conscience de la façon dont sa bouche se pinçait et ses yeux se plissaient. Puis il la saisit de ses mains implacables et la souleva de terre dans un bruissement de soie jaune.

Depuis qu'elle l'avait aperçu, dominant la foule dans le salon de Perry, elle avait compris que c'était un homme d'une force sans pareille. Mais c'était tout autre chose de sentir contre elle les muscles durs de sa poitrine et de ses bras.

Et sa chaleur. Un véritable brasier.

— Reposez-moi ! s'étrangla-t-elle, outrée.

— Non.

Il se pencha et la mordilla à l'endroit où son cou rencontrait son épaule.

— Aïe, protesta-t-elle, bien qu'il ne lui eût pas fait mal.

C'était enrageant de le voir s'en tirer à si bon compte sans la moindre violence.

— J'attends ce moment depuis l'instant où j'ai posé les yeux sur vous, déclara-t-il en traversant la pièce en direction de la chambre.

— Ce n'était qu'avant-hier, riposta-t-elle.

— Une éternité.

Il raffermit son étreinte autour d'elle et l'emmena vers le lit.

— Cessez donc de gigoter ainsi. Vous savez bien que je ne vous ferai pas mal.

— Comment le saurais-je ? Vous vous conduisez comme un sauvage.

Olivia tira brutalement sur les boucles noires à l'arrière de sa tête. Elle s'était attendue à trouver des cheveux grossiers comme du crin, mais ils étaient doux, aussi doux que de la soie sauvage.

— Petite tigresse ! Soit, je vous pose.

Il s'arrêta au bord du matelas et la laissa tomber sans cérémonie. Elle rebondit sur les draps délicats, le souffle coupé.

Furieuse, elle voulut descendre du lit, mais Erith bondit au-dessus d'elle et l'emprisonna sous son corps massif. Elle entendit la soie fragile de sa jupe se déchirer lorsqu'elle fit une autre vaine tentative pour s'échapper.

D'autres hommes avaient essayé d'user de leur supériorité physique pour la dominer. Grâce à son indifférence, à sa force, à son obstination, elle avait toujours pris l'ascendant sur eux. Si un amant lui réclamait plus qu'elle n'était disposée à lui donner, elle le quittait. Son détachement lui conférait un pouvoir sur ses clients dont peu de courtisanes jouissaient.

Et pourtant, elle était là à fulminer, impuissante, sous le corps de lord Erith. Comment avait-elle pu se retrouver ainsi à sa merci ?

Par tous les saints, elle contrôlerait le comte d'Erith, comme les autres !

— Cessez immédiatement, ordonna-t-elle d'une voix glaciale, aussi raide qu'une poupée. Vous ne me traiterez pas comme une prostituée ramassée à Covent Garden.

— Il n'en a jamais été question, concéda-t-il tranquillement. De même que vous ne me traiterez pas comme l'un de vos toutous.

Olivia ne prit pas la peine de contester cette description insultante de ses anciens protecteurs. Il avait raison, et c'était le plus contrariant.

Il déposa un baiser à l'endroit qu'il avait mordu. Elle s'écarta brusquement, mais ce contact fugace continua de résonner dans son sang à la façon d'une musique lointaine.

— Laissez-moi me lever, lord Erith.

Elle était allongée, haletante et tremblante, dans l'ombre de son corps.

Pas plus impressionné qu'auparavant, il demanda :

— Vous a-t-on déjà dit que vous étiez plutôt autoritaire, mademoiselle Raines ?

— Personne qui ait survécu avec ses parties génitales intactes, riposta-t-elle.

Il éclata d'un rire surpris. C'était la première fois qu'elle l'entendait rire, et cela l'étonna. Elle le connaissait mal, et sans doute ne le connaîtrait-elle jamais mieux, mais elle l'avait considéré jusque-là comme un homme doté d'une maîtrise de soi presque inhumaine. Cette hilarité soudaine et sans retenue démentait cette impression.

— N'hésitez surtout pas à toucher mes parties intimes si vous le désirez.

Il abaissa les hanches jusqu'à ce que son érection effleure son ventre. Même à travers leurs vêtements, la chaleur de son sexe était aussi ardente que celle d'un tison.

Il était généreusement pourvu. Elle aurait dû s'en douter. L'aplomb dont il faisait preuve était le signe d'un homme sûr de sa virilité.

Elle posa les deux mains sur sa large poitrine pour le repousser, mais elle aurait aussi bien pu s'acharner sur un énorme rocher. Son odeur la submergea. Savon. Peau propre. Désir. Physiquement, il était plus impressionnant que n'importe lequel de ses anciens amants. Il était non seulement grand et puissant, mais il émanait de lui une énergie intense qui donnait l'impression que l'air autour de lui vrombissait et tourbillonnait, comme s'il créait partout où il allait ses propres conditions atmosphériques, tempête ou soleil.

Elle le repoussa plus fort, et il émit un ricanement moqueur.

— Renoncez, Olivia. Je ne m'en irai pas, et vous non plus. Nous sommes destinés à finir dans ce lit. Vous n'avez besoin d'aucune technique particulière pour me séduire. Vous m'avez séduite dès que je vous ai vue.

Elle étudia désespérément son visage, y cherchant une faiblesse, mais n'y vit qu'une volonté farouche et le regard brûlant d'un homme déterminé à posséder une femme. Elle était assez intelligente pour comprendre qu'elle avait perdu ce combat-là.

— Soit, chuchota-t-elle de la voix qui lui garantissait son emprise sur le commun des hommes.

— Soit ? répéta-t-il, soupçonneux. Est-ce aussi facile que cela ?

Il lui rappelait que, s'il était incontestablement un homme, il avait une personnalité plus complexe que la plupart des membres de son sexe. Entre la crainte de surestimer son pouvoir et celle de sous-estimer son intelligence, elle devait se livrer à un délicat numéro de funambule. Traiter avec lord Erith revenait à traverser une rivière infestée de crocodiles affamés sur un pont de cordes délabré.

— Ne réfléchissez pas trop longtemps, monsieur, sans quoi la proposition risque de ne plus tenir, dit-elle aigrement. Laissez-moi me relever de cette ridicule position et nous pourrons procéder.

Encore un petit rire, et aucune velléité d'obéir.

— On croirait entendre une gouvernante guindée. C'est étrangement excitant.

Elle examina le visage expressif de lord Erith et prit la décision qui la hantait depuis un bon moment : il serait le dernier homme avec lequel elle coucherait pour de l'argent. Compte tenu du mépris dans lequel elle tenait le sexe fort, cela signifiait tout simplement qu'il serait son dernier amant.

Elle irait jusqu'au bout du jeu avec lord Erith, puis ne se montrerait plus en public. Olivia Raines, la reine des courtisanes, ne serait plus.

Dieu merci.

Mais sa liberté devrait attendre que son orgueil soit satisfait. Pour l'instant, il fallait qu'elle contrôle un mâle dominateur à la stature impressionnante.

Contrôler. Son mot préféré. Celui de lord Erith aussi, elle l'aurait parié.

— Souhaitez-vous que je reste ainsi allongée pendant que vous ferez de moi ce que vous voudrez ? demanda-t-elle d'une voix teintée de sarcasme. Quel gâchis, alors que vous avez dépensé une fortune pour mes talents... mais à votre guise, monsieur.

— Votre conscience professionnelle vous honore.

Une expression amusée éclairait son visage lorsqu'il se pencha pour embrasser la base de sa gorge, à l'endroit où son pouls lançait des ruades affolées. Son geste signifiait clairement qu'il savait quelle nervosité cachait son sang-froid apparent.

Il releva la tête, le regard pétillant de rire.

— Quel détachement ! Est-ce ainsi que vous procédez d'ordinaire avec vos amants ? Vous analysez vos actes, les leurs, pour déterminer qui a l'ascendant ?

Non, ce n'était pas le cas. En général, ses amants étaient si éblouis à la perspective de coucher avec la légendaire Olivia Raines que le moindre souhait qu'elle formulait était immédiatement exaucé.

Lord Erith la désirait, assurément. Mais il n'était en aucun cas ébloui.

Sans attendre de réponse, il poursuivit :

— J'ai de plus en plus envie de vous embrasser.

Elle réprima un frisson. Rien de ce qu'il lui avait fait ce soir n'était important comparé au baiser de la veille.

— Vous pouvez m'embrasser. Mais pas sur les lèvres.

— C'est fort généreux, dit-il avant de rouler sur le côté et de se lever. Venez par ici.

Elle emplit entièrement d'air ses poumons pour la première fois depuis qu'il l'avait soulevée de terre.

— Encore des ordres ?

— Bien sûr.

Il lui prit la main. Elle s'attendait qu'il la tire brutalement, mais il l'aida très délicatement à se lever. Quand elle tendit la main vers son foulard pour le lui ôter, il immobilisa ses doigts.

— Je veux vous déshabiller.

— Nous n'avons que jusqu'en juillet, grinça-t-elle. Ne devriez-vous pas commencer ?

— Votre impatience me flatte.

Sa longue bouche étroite s'ourla sur un sourire qui dessina deux fossettes dans ses joues tannées. C'était incontestablement un bel homme, mais quand il souriait, il était tout simplement renversant. Le cœur agité d'Olivia abandonna son galop sauvage pendant un instant d'égarement et cessa de battre.

Il tendit une main. Elle attendit, sans respirer, en proie à une tension qu'elle avait honte de ressentir, qu'il dénoue le bustier de sa robe. Au lieu de cela, il retira délicatement une épingle de ses cheveux. Une longue mèche brune et brillante se déroula sur le sein que l'on devinait sous le décolleté de sa robe.

Il souleva la mèche et la frotta entre ses doigts.

— Joli.

L'espace d'un instant, Olivia redevint enfant, une enfant qui regardait son père caresser entre ses doigts la laine tondue des moutons de ses métayers. Un élan de nostalgie étouffa la réplique cinglante qui lui montait aux lèvres.

Lentement, il défit une deuxième épingle. Une autre boucle tomba. Puis une autre, et une autre encore, jusqu'à ce que le chignon sophistiqué élaboré par sa femme de chambre ne soit plus qu'un souvenir.

Lord Erith caressa l'épaisse masse mordorée, lissa les boucles. Ses yeux brillaient, fascinés. Il porta à son nez une poignée de cheveux.

— Ils sentent aussi bon que des fleurs.

Il laissa tomber la mèche et enfouit son visage dans le creux de son cou, à l'endroit où il l'avait mordue puis embrassée.

— *Vous* sentez aussi bon que des fleurs.

— Ce sont les bouquets.

— Non.

Ses mains descendirent vers les agrafes dans le dos de sa robe. Malgré toute son expérience, Olivia devait admettre que l'attention avec laquelle il entreprenait de la dévêtir ne manquait pas de charme. Avec une parfaite aisance, il écarta les pans de sa robe et la laissa glisser de ses épaules. Malgré le feu qui crépitait dans l'âtre, Olivia frissonna en sentant l'air se poser sur la peau nue de ses bras et ses épaules.

Précautionneusement, il fit glisser les manches sur ses mains, et le haut de la robe retomba autour de sa taille. Debout dans son corset et sa robe à moitié défaite, elle redressa le menton et déglutit pour humecter sa gorge que la nervosité asséchait. Se retrouver presque nue en présence d'un inconnu la mettait mal à l'aise, peut-être parce que, ce soir, elle ne maîtrisait pas la rencontre.

Des feuilles de lierre et des tulipes étaient délicatement brodées sur son corset. Il posa les yeux à l'endroit où ses seins dépassaient du galon lacé. Sa respiration devenait moins régulière. Quand il leva les yeux, leur gris s'était adouci et semblait aussi profond qu'une mer de brouillard sans fin. Au fond de ce regard, l'excitation couvait comme de la braise. La moindre étincelle mettrait le feu à son désir.

— Retournez-vous, dit-il d'une voix rauque.

Il avait manifestement de plus en plus de mal à se contenir.

Sans un mot, elle lui présenta son dos, baissa la tête et écarta ses cheveux afin qu'il dénoue son corset. Le vêtement s'affaissa, et elle l'ôta. Puis elle se tourna vers lui. Son buste n'était plus masqué que par sa chemise transparente. La soie en était si fine que ses mamelons se voyaient nettement à travers. Ses seins étaient petits et ronds. Bien qu'elle eût plus de trente ans, ils étaient parfaitement fermes. Elle n'avait pas honte du tout de son corps, aussi mince et élancé que lorsqu'elle était jeune fille.

Elle se demanda si lord Erith aurait préféré des courbes plus rondes. Puis elle s'étonna de se poser cette question. La mode de l'époque ne dissimulait pas sa silhouette. Il n'avait aucune raison d'espérer découvrir une poitrine généreuse sous ses vêtements.

Cette incertitude, aussi brève qu'inhabituelle, disparut lorsqu'un sourire enchanté traversa le visage du comte, le rajeunissant considérablement.

— Parfait, dit-il doucement.

Elle souleva l'ourlet de sa robe, mais là encore il l'interrompit.

— Laissez-moi faire.

Elle obtempéra, se contentant de relever les bras lorsqu'il passa le vêtement au-dessus de sa tête. Se montrait-il aussi attentionné avec toutes ses maîtresses ? On aurait presque pu croire qu'il éprouvait des sentiments pour sa partenaire...

Dommage qu'il gaspille une telle prévenance pour une femme incapable de l'apprécier.

Elle ne résista pas lorsqu'il posa les mains sur ses épaules nues et la poussa, doucement mais fermement, sur le lit, jusqu'à ce qu'elle se trouve allongée sous lui. Il fit glisser ses chaussures et ses bas, puis l'observa d'un regard apparemment endormi. Mais elle n'était pas dupe : il était aussi endormi qu'un léopard affamé à l'affût d'un troupeau d'antilopes.

Il ôta sa redingote, qu'il jeta sur le dossier d'une chaise sculptée posée contre l'élégant papier peint à rayures citron et bleu marine. Puis, en quelques mouvements sobres de ses mains habiles, il se retrouva pieds nus et torse nu devant elle.

Il était bâti comme un lutteur. Non : comme un jeune boxeur agile. À l'approche de la quarantaine, c'était un homme en pleine force de l'âge. Sa poitrine était bardée de muscles. Une fine toison couvrait ses pectoraux avant de rétrécir jusqu'à la taille. Ses épaules étaient larges et carrées ; ses bras forts et musclés.

Il se plaça à califourchon au-dessus d'elle, et sa chaleur lui fit l'effet d'une couverture. L'air était soudain étouffant, alourdi par l'odeur épicée de son désir et par le parfum douceâtre des fleurs. Olivia avait du mal à respirer. Elle serra les poings, se préparant à le sentir prendre possession d'elle.

Mais il repoussa ce moment. De ses doigts, il effleura son corps, passant de la courbe de ses épaules à ses flancs, de ses côtes au creux de sa taille, du délicat renflement de ses hanches à la fermeté de ses cuisses.

Elle remua, mal à l'aise. Cette lente séduction la décontenançait. Pourquoi ne touchait-il pas ses seins, son sexe ? Pourquoi ne lui écartait-il pas simplement les jambes pour la prendre ?

Il plaça une main en coupe autour d'un sein et se pencha pour en embrasser la pointe durcie avant de l'aspirer entre ses lèvres. Sa bouche était brûlante sur sa chair. Il s'intéressa ensuite à l'autre sein, qu'il caressa et suçota comme un morceau de fruit exotique délicieux.

Longuement, Olivia resta immobile sous ses caresses. La sensation de ses lèvres sur sa peau n'était pas désagréable, certes. Elle avait connu des hommes moins habiles.

Enfin, il s'écarta et se leva, puis retira son seul vêtement restant, le pantalon, d'un autre de ses mouvements lestes.

Elle aurait dû être préparée à sa nudité. Mais, malgré toute son expérience, elle sentit sa gorge se nouer lorsqu'elle découvrit lord Erith en tenue d'Adam.

Il était superbe.

Il n'y avait rien d'un jeune garçon en lui. Rien qui soit inachevé. Il exsudait l'assurance, la virilité et la force. La plupart des hommes paraissaient diminués, sans leurs vêtements, tels des escargots sans coquille. Lord Erith, au contraire, n'en semblait que plus souverain. Lentement, elle examina ses pieds solides, ses jambes puissantes, son sexe large et épais dans son nid de boucles noires.

L'inéluctable moment était venu. Le moment où son amant l'écrasait sur le lit et plongeait en elle son membre enflé. Son cœur se mit à battre à tout rompre, et ses muscles se resserrèrent sous l'effet d'une résistance machinale.

Elle n'avait pas pu endosser l'armure mentale impénétrable d'Olivia Raines, reine du demi-monde. Elle n'avait pas réussi à convaincre Erith qu'il aurait beau faire, il ne la posséderait pas entièrement. Sa suprême inaccessibilité impressionnait toujours ses amants, qui la laissaient mener la danse.

Mais ce soir, avec lui, tout était différent. *Pourquoi ? Pourquoi ? Pourquoi ?*

Elle résista à l'envie de remonter le drap sur elle. La pudeur était un luxe qu'elle ne connaissait plus depuis l'âge de quatorze ans. Une émotion inopportune l'envahit, réveillant sa vulnérabilité.

Puis elle s'aperçut qu'il n'exerçait plus aucune pression sur elle. Au moins allait-elle pouvoir procéder à ses préparatifs les plus essentiels, préparatifs qu'elle effectuait généralement en privé avant que son protecteur ne la convoque. Elle se tourna sur le côté et chercha un petit pot en céramique dans la table de chevet.

Une main puissante lui encercla le poignet.

— Que faites-vous ?

— C'est… c'est un onguent qui augmente le plaisir.

Elle maudit son léger bredouillement. Bon sang ! Aucun homme ne la faisait bredouiller.

— Nous n'en aurons pas besoin.

Il fit pivoter son corps raide afin qu'elle se trouve de nouveau face à lui. Nu, immense, vigoureux, il était agenouillé au-dessus d'elle.

— La crème aidera à empêcher la conception, ajouta-t-elle.

Ce n'était pas vrai, mais l'argument était convaincant. Ou aurait dû l'être.

— Je me retirerai, contra-t-il, implacable.

Ses yeux gris brûlaient d'un feu intense tandis qu'il l'étudiait.

— Je veux vous sentir, vous et vous seule, la première fois que je vous baiserai.

À ces mots crus, à la détermination qu'ils trahissaient, elle sentit le sang se retirer de ses joues.

— Monsieur, je revendique une certaine liberté dans mes liaisons.

— Vous me l'avez dit, en effet.

— Navrée d'être monotone, riposta-t-elle sèchement.

Il esquissa un sourire ironique.

— Je pense que, dans quelques instants, vous serez suffisamment intéressante.

Elle saisit l'onguent, mais il fut plus rapide et le lui subtilisa.

— Non, Olivia.

— Vous n'avez aucun droit de me dire cela !

— Je le prends.

D'un mouvement abrupt, il jeta le flacon contre le mur, où il se fracassa. Le précieux onguent gicla sur le papier peint. Une odeur de plantes recouvrit le parfum des fleurs.

— Lord Erith...

Elle était plus choquée que furieuse.

— Vous êtes à moi, déclara-t-il comme si elle n'avait rien dit, comme s'il ne venait pas de se conduire en barbare. Êtes-vous prête, Olivia ?

Après cet incident, elle ne s'était pas attendue à une telle considération. Dissimulant sa réticence sous un masque d'impassibilité, elle se glissa sous lui et demeura immobile.

— Oui, mentit-elle.

Que Dieu lui donne de la force et un meilleur talent de comédienne. Elle contempla le visage de lord Erith et tendit les bras en signe d'invitation muette.

4

Même dans ses rêves les plus fous, Erith n'aurait pu imaginer femme plus désirable que celle qui se trouvait sous lui. Et il se demanda pourquoi, malgré sa fièvre sensuelle, son instinct lui dictait de se méfier.

Mais, que Dieu lui vienne en aide, la chair était faible. L'irrésistible appel du plaisir étouffait tous ses doutes.

Il s'agenouilla entre ses jambes, le cœur tambourinant, puis se pencha pour mordiller et lécher le côté de son cou tout en inspirant profondément sa douce odeur. Ce chaud parfum d'elle était plus grisant que du vin.

Elle gémit dans un souffle.

Il passa une main sur ses cuisses, jusqu'aux boucles douces de son mont de Vénus. Sa paume décrivit des cercles délicats pendant qu'il prenait dans sa bouche son joli petit sein. Un élan de plaisir le transperça quand il sentit sous sa langue le goût de miel de sa peau. Ses caresses lui arrachèrent un gémissement étouffé, et elle resserra sa prise sur ses épaules. Il glissa une main plus bas pour y toucher la preuve moite de son désir.

Elle était sèche.

Incrédule, il immobilisa sa main à la jonction de ses cuisses, releva la tête et la fixa du regard.

C'était le visage d'une femme en extase.

Que diable se passait-il ?

La tête inclinée en arrière, les paupières papillonnantes, les lèvres entrouvertes et la poitrine soulevée, elle poussa un nouveau gémissement. Un son rocailleux, passionné, féminin. Ses longues jambes minces encadraient ses hanches. Elle était consentante, offerte.

— Prenez-moi, murmura-t-elle en lui pétrissant les épaules.

Elle avait envie de lui. Tout le lui signifiait.

Devenait-il fou ? Précautionneusement, il caressa de nouveau son sexe.

Pas la moindre trace de lubrification.

Encore un gémissement. Elle se plaqua contre sa main, au paroxysme du désir.

Nom d'un chien, quelle partie de cette femme était un mensonge ?

C'était une déesse dans ses bras, l'incarnation de tous ses fantasmes. Mais elle, que voulait-elle ? En tout état de cause, elle n'était pas prête.

Au prix d'un effort surhumain, il surmonta la pulsion qui l'incitait à plonger en elle. Tout à son empressement, il était sans doute allé trop vite pour elle. Avait-elle besoin de plus longs préliminaires ?

Il trouva la petite protubérance de chair et la stimula doucement.

— Oui, oh oui... chuchota-t-elle en se tortillant contre lui.

Précautionneusement, pour ne pas lui faire mal, il enfonça un doigt en elle. Elle lui mordit l'épaule, embrasant son désir. Il tressaillit et faillit perdre le contrôle.

Mais elle était toujours aussi sèche.

Bon sang, cette femme ne montrait aucune preuve physique de désir sexuel ! En revanche, c'était une simulatrice hors pair.

— Arrêtez, grogna-t-il en retirant sa main.

Elle se tordit comme si elle allait mourir s'il ne la prenait pas immédiatement. La fausseté de toute l'affaire le dégoûta soudain. Il s'arracha à elle, furieux et – que le diable emporte cette femme ! – quasiment aveuglé par la frustration.

— J'ai dit, arrêtez !

Aussi brusquement que s'il l'avait arrosée d'un seau d'eau glacée, la sirène disparut. Quand Olivia rouvrit les yeux, aucune passion ne rendait vitreux son clair regard topaze.

Et pour cause : cet emballement des sens n'avait été qu'une comédie.

Malheureusement, l'insupportable douleur dans ses testicules et son sexe, aussi dur et brûlant qu'une barre de fer incandescente, n'avait rien d'un artifice. Julian contracta la mâchoire et s'efforça de recouvrer son sang-froid.

Il n'avait jamais eu de maîtresse indifférente. La froideur d'automate d'Olivia blessait sa vanité – l'émotion la plus profonde qu'une femme lui eût causée depuis des années.

— Qu'y a-t-il ?

Elle se redressa contre la tête de lit et replia les jambes sous elle. Elle semblait ennuyée, pas du tout frustrée.

Il retomba lourdement sur le dos et serra les dents en se concentrant sur la maîtrise de son désir. Il ne la toucha pas. S'il la touchait, il exploserait. Il la désirait avec une ardeur farouche, et il la désirait maintenant. Le brasier qui le consumait menaçait de le réduire en cendres.

— Vous n'êtes pas obligée de simuler, dit-il avec difficulté en regardant le plafond sans le voir.

Son cœur comprimé semblait se débattre pour s'extraire de sa poitrine. Ses poings se serraient et se desserraient contre ses flancs au rythme de sa respiration saccadée.

— Simuler ? répéta-t-elle avec stupéfaction.

— Bon Dieu, Olivia !

Elle étouffa un petit cri et recula encore contre la tête de lit. Miséricorde, il n'avait pas voulu lui faire peur !

Afin qu'elle ne se méprenne pas sur ses intentions, il se tourna vers elle et lui parla lentement et distinctement :

— Je ne suis pas dupe de votre jeu. Il est inutile de continuer à faire semblant.

Elle devint soudain livide. Le joli petit grain de beauté à côté de sa bouche se détachait comme un pois noir sur une toile blanche.

— Si je vous donne du plaisir, répondit-elle, j'honorerai mon contrat.

D'une voix amère, il répliqua :

— J'ai payé pour une maîtresse, Olivia. Pas pour une excellente actrice qui se contente de jouer un rôle.

Il n'avait pas voulu se montrer cruel, mais elle tressaillit. Puis elle releva le menton avec morgue.

— Je ne suis certainement pas la première femme qui ne se liquéfie pas dans les bras du grand comte d'Erith, riposta-t-elle, acerbe.

— Vous êtes la première avec laquelle je couche qui ait besoin de garder une huile dans sa table de chevet pour faciliter le passage d'un homme.

Sans relever son petit cri consterné, il poursuivit, impitoyable :

— Car telle est bien la fonction de votre onguent, n'est-ce pas ? Il pallie les carences de votre corps.

Vive comme l'éclair, elle se redressa et plongea vers le bord du matelas. Il lui saisit le bras et l'obligea à se tourner vers lui.

— Je n'ai pas terminé.

Elle haussa les sourcils, et ses yeux se posèrent sur sa magnifique érection.

— Je vois cela.

— Aimez-vous les femmes ? Est-ce là le problème ?

— C'est plus simple que cela, lâcha-t-elle avec un rire méprisant. Je ne vous aime pas.

Au lieu de le mettre en colère, son aveu excita sa curiosité. Peut-être ne l'aimait-elle pas, mais quelque chose lui disait que le problème ne relevait pas d'une simple antipathie pour un protecteur désagréable.

— Êtes-vous frigide ?

Il perçut son minuscule sursaut.

— Votre suffisance n'a donc pas de limites ?

— J'essaie de comprendre.

— Ne cherchez pas midi à quatorze heures. À présent, libérez-moi, s'il vous plaît. Je vais m'habiller et retourner chez Perry.

— Ne partez pas, Olivia, dit-il doucement. Notre histoire ne fait que commencer.

Il la sentait trembler sous ses doigts. De colère ou de peur ?

— Vous n'en avez pas eu pour votre argent ? lança-t-elle d'une voix que le sarcasme rendait cassante. Je vous prie de m'en excuser. Tout n'est pas perdu. Au moins, la prochaine femme que vous achèterez pourra emménager dans cette maison.

— Je ne veux pas d'autre femme, répondit-il avec calme. C'est vous que je veux.

— Eh bien, moi, je ne vous veux pas.

— Pour l'instant.

— L'arrogance de l'aristocrate anglais ne lasse pas de m'émerveiller.

Elle le toisa d'un regard froid. Puis, d'un ton posé et prosaïque, elle reprit :

— Vous pouvez me prendre avant que je parte, si vous le souhaitez.

L'esprit de Julian éclata en un millier de tessons d'excitation. Sa bouche devint sèche.

Elle était à lui, s'il la voulait. *À lui.*

— Non, Olivia, répondit-il d'une voix enrouée par la tristesse. Je suis large et vous n'êtes pas prête. Je vous ferais mal.

Elle haussa les épaules. Pendant un moment, il avait touché la vraie femme à l'intérieur de la ravissante coquille, mais elle était redevenue la courtisane sûre d'elle qu'il avait rencontrée dans le salon de Montjoy.

Ses traits se durcirent légèrement quand elle déclara :

— Eh bien, voyons si je ne peux pas faire autre chose pour vous.

Elle se dégagea et il ne l'en empêcha pas, sentant que pour l'instant elle ne s'enfuirait pas.

Pour elle, partir maintenant reviendrait à s'avouer vaincue, or il avait appris une chose au sujet de cette femme : elle avait un orgueil au moins égal au sien. Il songea aux efforts, à la classe et au courage qu'elle avait dû déployer au fil des années pour créer la légende de l'irrésistible, l'invincible Olivia Raines. Elle ne sacrifierait pas si facilement une réputation aussi durement gagnée.

— Allongez-vous, dit-elle froidement.

Il obéit sans discuter, sans la quitter des yeux, en proie à un mélange insoutenable de curiosité et de désir. Et il attendit.

Ce qu'elle fit alors lui coupa le souffle.

Elle vint se placer entre ses jambes. Il tressaillit lorsque sa main fraîche encercla sa chair brûlante. Sa vision devint floue, tandis que chaque goutte de son sang convergeait vers son pénis palpitant.

Elle commença à le caresser en rythme, resserrant puis relâchant la pression jusqu'à ce qu'il ferme les paupières et voie exploser des étoiles. Elle jouait de son organe comme un grand musicien d'un instrument. Tantôt des gammes endiablées, tantôt des accords rugissants, des cadences effrénées... Le monde se réduisit pour lui à une ivresse des sens. Un râle jaillit de sa gorge, et il rejeta la tête en arrière. Si elle cessait de le toucher, il mourrait à coup sûr.

Quelque chose de chaud et de soyeux effleura son entrejambe. Un nuage de cheveux. Cette sensation qui s'ajoutait aux autres le mit au bord de l'explosion. Il rouvrit des yeux éblouis et regarda sa tête cuivrée se baisser avec une hésitation taquine.

Elle esquissa un sourire moqueur. Provocant. Triomphant. Elle avait pris l'avantage.

La jubilation se peignit sur son visage quand elle se pencha pour se rapprocher encore de lui. Puis elle s'arrêta. Le souffle de Julian sembla gonfler ses poumons et ne jamais plus vouloir en sortir.

Elle attendit, sachant que chaque seconde durait une heure cruelle et le tirait vers la folie.

La magnifique sorcière...

Elle était si proche de son sexe que son souffle effleurait sa chair affamée et turgescente.

En le régalant d'un nouveau sourire, et avec une lenteur délibérée, elle recula.

Oh oui, elle voulait le torturer.

Sa main continuait à le presser et à le caresser, à accroître encore son désir. Le moindre contact le perforait comme une baïonnette. Mais sa main seule ne suffisait plus.

Et pourtant, elle restait hors de portée.

— Enfer et damnation, gronda-t-il en bataillant contre l'envie de lui attraper la tête pour la plaquer contre lui.

Son intuition lui disait de ne jamais la forcer : elle avait l'intention de lui donner du plaisir... mais également de le tourmenter.

Et ce dosage de plaisir et de tourment reposait entre ses mains à elle.

— C'est au paradis et non en enfer que je vais vous emmener, murmura-t-elle tout contre lui.

Enfin, sa tête s'abaissa des quelques centimètres manquants. Si elle continuait à le faire attendre, il allait devenir fou. Mais elle encercla le sommet de son sexe de ses lèvres pleines et charnues.

Divine chaleur.

Divine moiteur.

Il ferma les paupières et s'abandonna. Peu lui importait qu'elle fasse cela pour lui montrer de quoi elle était capable. Sa main et sa bouche jouaient une sublime mélodie.

— Olivia, croassa-t-il, vous me tuez.

À l'aveuglette, il plongea les mains dans sa chevelure tandis qu'elle accélérait le rythme. Il avait rêvé de cette caresse dès l'instant où il avait posé les yeux sur elle. Mais sentir ses lèvres l'aspirer dépassait tout ce qu'il avait pu imaginer. D'une secousse, il se rapprocha d'elle. Il lui en fallait plus.

Elle immobilisa ses doigts, puis les fit remonter vers son ventre. Elle n'allait tout de même pas le laisser ainsi, tremblant...

Seigneur, il ne pourrait le supporter !

L'air frais effleura sa chair enflée et ultrasensible. Un grognement jaillit de sa gorge contractée.

Délicatement, elle lécha l'extrémité de son sexe. Il frissonna sous la caresse de sa langue. Il n'allait plus pouvoir se retenir longtemps.

— Prenez-moi dans votre bouche, ordonna-t-il d'une voix gutturale qu'il ne reconnut pas.

De nouveau, elle lécha la pointe de son sexe. Il se cambra en enfonçant les mains dans les draps pour s'empêcher de l'empoigner et de la contraindre à faire ce qu'il souhaitait. Il ne pouvait prendre le risque de l'interrompre maintenant. Cela le tuerait.

— Prenez-moi, Olivia, supplia-t-il, piétinant allègrement son amour-propre.

La seule chose qui comptait était qu'elle pousse son plaisir à son paroxysme avant d'en finir avec lui.

Une dernière fois, elle le lécha. Puis, brusquement, elle céda et l'enserra de nouveau dans la chaleur sombre et éblouissante de sa bouche. Il perdit toute notion de la réalité.

Avec un cri rauque, il se cambra et se donna à elle.

Pendant un long moment, plus rien n'exista en dehors de cette libération farouche. Elle avait si bien exacerbé son désir qu'il inonda sa bouche dans un orgasme qui lui parut durer indéfiniment.

Quand il eut fini, il se sentit épuisé, vidé. Elle avait absorbé sa vitalité jusqu'à la dernière goutte. Jamais il n'avait connu pareille jouissance dans la bouche d'une femme.

Jamais il n'avait connu pareille jouissance.

Enfin, avec une lenteur insupportable, elle fit glisser ses lèvres le long de son sexe, jusqu'à l'extrémité.

Il se laissa retomber sur le matelas, hors d'haleine. Son cerveau avait cessé de fonctionner. Il n'était plus que satiété animale.

Durant ces secondes extraordinaires, il s'était envolé vers un paradis de mille soleils. Il avait entendu des anges chanter des alléluias célestes.

Non, pas des anges. Le diable entrait en trop grande part dans cette séduction. Mais le péché était glorieux. Julian était tout disposé à affronter les flammes de l'enfer si elle voulait bien recommencer.

Quand elle le regarda, un lent sourire victorieux ourlait sa bouche rougie et enflée. Elle lécha sur ses lèvres la dernière trace de sa semence. Un désir farouche de la posséder s'empara alors de lui.

Elle serait à lui, de ses cheveux fauves à sa bouche brûlante jusqu'à ses orteils pâles et élégants. Il ne la laisserait pas partir ce soir, ni de sitôt.

Elle secoua les cheveux et les rejeta derrière ses épaules dans un mouvement qui exprimait silencieusement son triomphe.

Oui, elle avait remporté cette manche.

Lui aussi : elle était toujours là.

À l'exception de son souffle saccadé, la pièce était silencieuse. Dehors, un cheval renâcla. C'était étrange que le monde continue à tourner alors que sa vie avait radicalement changé.

Une lueur nouvelle brillait dans les yeux topaze qu'elle posait sur lui, comme si, en le goûtant entièrement, elle avait pris possession de son âme.

Pour l'amour du Ciel, Erith, arrête. L'âme n'a rien à voir dans cette transaction. Et même si c'était le cas, tu as perdu la tienne depuis longtemps.

— Je vous le concède, vous m'avez impressionné, dit-il d'une voix traînante.

Feindre la nonchalance l'épuisa. Seigneur, il avait à peine l'énergie de parler.

— Vous ai-je convaincu de me laisser mener la danse ?

Avec une grâce qui lui coupa le souffle, elle croisa les jambes et s'assit au pied du matelas. Elle était impudente. Ou l'aurait été si sa nudité n'avait pas paru si naturelle.

Il marmonna un juron, sauta du lit et ramassa sa chemise.

— Tenez, mettez ceci, dit-il en la lui lançant.

Elle attrapa la chemise et le contempla comme s'il était devenu fou. N'était-ce pas le cas, au demeurant ? Il n'avait jamais débuté une liaison de la sorte. Il éprouva une soudaine nostalgie à la pensée de la douce Gretchen, si peu compliquée. Mais il s'était lassé d'elle bien avant la fin de leur histoire.

— Allez-vous enfiler cette maudite chemise ? demanda-t-il d'une voix étranglée.

En voyant ses lèvres se retrousser, il faillit la supplier de poser de nouveau cette bouche ensorcelante sur lui.

Miraculeusement, malgré cet orgasme titanesque, il avait encore envie d'elle.

— Vous semblez bien nerveux, comte.

Elle passa la chemise par-dessus sa tête. Maintenant qu'elle avait caché son corps remarquable, il allait pouvoir se calmer. Pourtant, quelque chose dans la grâce candide avec laquelle elle sortit sa masse de cheveux du col et la laissa tomber dans son dos lui fit l'effet d'une secousse électrique.

Le mouvement n'était pas destiné à séduire, mais il le fascina. Sa bouche large et sensuelle était luisante. Sans la moindre gêne, elle passa une main en travers de ses lèvres pour les sécher.

Cette bouche l'avait enfermé plus étroitement qu'un gant neuf. Qu'en serait-il quand il la pénétrerait ? L'enserrerait-elle aussi intimement ? Davantage encore ? Il déglutit péniblement à cette perspective.

— Je ne souhaite pas que le jeu s'arrête déjà, si c'est ce que vous voulez dire.

Sa voix lui parut rouillée. Il ramassa prestement son pantalon et l'enfila négligemment sur ses longues jambes et son sexe qui, de nouveau, se raidissait.

Elle semblait troublée, et lorsqu'elle prit la parole, ce fut d'un ton sombre et dénué de toute taquinerie.

— Mon bon sens me souffle qu'il vaut mieux nous séparer, monsieur.

Son cœur fit un grand bond de protestation. Non. Il ne pouvait pas la laisser partir. Pas maintenant. Pas après avoir entraperçu le plaisir qu'elle pouvait lui donner. Après ce qu'elle venait de lui faire, comment accepter de la perdre ?

Malgré sa panique, ce fut d'une voix égale qu'il demanda :

— Que dira-t-on si je vous rejette à la rue après la première nuit ? La réputation de l'irrésistible Olivia Raines pourrait bien en prendre un coup fatal.

La bouche voluptueuse se pinça.

— Ou peut-être pensera-t-on que vous n'avez pas été à la hauteur.

— J'ai la réputation d'être un amant hors du commun, mademoiselle Raines. Je crains que les ragots ne penchent en ma faveur.

Un pli creusa son front.

— Je me moque des bavardages.

— Menteuse. Tous les hommes de la haute société sont à vos pieds et vous adorez cela.

Elle ne prit pas la peine de nier.

— Ainsi, mes charmes ne vous ensorcellent pas... dit-elle.

— Reprenez-moi dans votre bouche et vous verrez si je ne suis pas ensorcelé.

Elle pouffa. Cela la fit paraître soudain plus jeune, plus sincère. Elle était radieuse assise ainsi, décoiffée, vêtue de sa coûteuse chemise d'homme chiffonnée au col ouvert.

Les pointes de ses seins se pressaient impudemment contre la batiste. Il dut s'interdire de se pencher pour les goûter. Déjà, son sang battait dans ses oreilles.

Olivia et lui se livraient à une joute subtile pour savoir qui des deux aurait l'ascendant sur l'autre. Il était tombé sous son joug une fois ce soir. La fois suivante, il comptait bien l'emporter.

À sa surprise, les pommettes de la jeune femme se colorèrent.

— Ce que j'ai fait là était un geste d'adieu, lord Erith.

Il ne se rappelait pas la dernière fois qu'une femme l'avait quitté. Était-ce même jamais arrivé ? Rien d'étonnant à ce qu'elle l'accuse de suffisance.

Il chercha désespérément quelque chose à dire pour la faire rester. N'importe quoi. Ce n'était pas une question d'argent. Étrange, pour une femme qui vivait de ses charmes...

Mais que voulait-elle donc, alors ?

Ni l'argent. Ni le luxe. Ni, maudite soit-elle, le plaisir sexuel.

Quel dommage... Il lui aurait donné les trois sans sourciller.

Une femme bien compliquée que cette Olivia...

Mais il était le comte d'Erith, et il ne connaissait pas la défaite. Son instinct lui disait que seul l'orgueil d'Olivia la précipiterait vers sa chute. En l'occurrence, sa chute dans ses bras accueillants.

Son plan était rusé. Manipulateur. Merveilleux. Tout à sa jubilation, il faillit éclater de rire.

— Lord Erith ? fit-elle d'un ton soupçonneux. Que mijotez-vous ?

— J'ai remarqué que vous aimiez vous travestir.

— Je trouve parfois les vêtements masculins commodes. Cela ne va guère plus loin.

— Il peut vous arriver de relever un pari de gentleman ?

Il garda une voix désinvolte et une expression de simple intérêt. Dieu merci, il avait toujours été très doué, aux cartes, pour bluffer. Si elle avait su à quel point il avait envie de la garder, elle se serait enfuie à toutes jambes.

Son regard se fit curieux. Il pouvait presque entendre son esprit fourmiller de questions.

— À l'occasion, concéda-t-elle, une étincelle dans les yeux. Je travaille trop dur pour dilapider mon argent.

Il ignora l'insulte implicite dans la description de son « dur travail ».

— Alors, que diriez-vous d'un petit pari ?

Méfiante, elle répondit :

— Je ne pense pas posséder une chose que vous convoiteriez.

Il haussa un sourcil incrédule et émit un grognement méprisant.

— Vous ne pouvez être si naïve.

— Et vous, qu'auriez-vous à me donner ? riposta-t-elle.

— Vous voudriez ma soumission, n'est-ce pas ? dit-il brusquement.

Enfin, leur rivalité éclatait au grand jour. Olivia Raines aimait avoir la situation en main. Eh bien, lui aussi. Et il l'avait toujours emporté.

Elle ne capitula pas, comme il s'y était attendu. Il avait raison : la fierté était la clé de voûte de son personnage.

— Et vous la mienne.

Il sourit triomphalement.

— Parions sur lequel de nous deux cédera le premier.

Elle prit une profonde inspiration, et il s'efforça d'ignorer la manière dont ses seins effleuraient la fragile barrière de la chemise. Il ne fallait pas qu'il l'allonge de nouveau sur les draps. Ce serait la victoire assurée… pour elle.

— Pourquoi m'en soucierais-je ? demanda-t-elle en affichant une parfaite indifférence.

Mais un éclair dans ses yeux de tigresse indiquait qu'il avait éveillé son intérêt.

— Parce que si vous prenez le dessus sur le libertin le plus célèbre du monde, le comte d'Erith, chacun s'accordera à reconnaître en vous la plus grande courtisane d'Europe.

Un nouveau petit rire, dont le seul son – miséricorde ! – l'excitait cruellement.

— Ce n'est pas la modestie qui vous étouffe.

— La modestie est la vertu des tièdes.

— Lord Erith, vous vous méprenez quant à l'intérêt que je vous porte.

— Si vous renoncez maintenant, on pensera que vous n'avez pas su dompter un homme trop viril pour vous. Quelle pitoyable débâcle pour la célèbre, la superbe, la conquérante Olivia Raines dont j'ai tant entendu parler en arrivant à Londres.

Elle continuait à donner l'impression que cela lui était indifférent, mais il surprit un éclair de curiosité dans le regard qu'elle leva vers lui.

— Que suggérez-vous donc, monsieur ?

— Accordez-moi un mois. Si je ne puis vous éveiller au plaisir durant cet intervalle, je me mettrai publiquement à genoux devant vous et clamerai haut et fort que vous êtes la seule femme qui m'ait jamais fait déposer les armes.

Elle haussa un sourcil délicat.

— Déposer les armes ?

— Nous aurons tout le loisir de discutailler de la terminologie. Si vous gagnez, vous pourrez me quitter et conserver tous les avantages en nature qui vous seraient revenus si vous étiez restée jusqu'en juillet.

— Et si vous l'emportez ?

— Vous admettez votre défaite et demeurez ma maîtresse enthousiaste jusqu'à mon départ pour Vienne.

Elle sourit. Un vrai sourire, comme celui qu'elle lui avait adressé dans la bibliothèque la veille. Sa chaleur lui donna l'impression qu'un ruisseau de feu le parcourait.

— Vous ne pensez pas courir le moindre risque de perdre, n'est-ce pas ?

— De même que vous êtes persuadée d'être irréductible, madame.

Il retint son souffle, et son ventre se noua : malgré toutes ses ruses, il ne parviendrait peut-être pas à gagner ce duel.

— Est-ce donc convenu ? Ou le courage vous fait-il défaut ?

Elle laissa fuser un petit rire.

— Me croyez-vous si facile à manipuler ?

— L'êtes-vous ? demanda-t-il avec un intérêt qu'il ne pouvait plus dissimuler.

Elle prit une profonde inspiration et répondit avec un calme imperturbable :

— Absolument. Lord Erith, pari tenu.

5

Résignée, Olivia attendit que lord Erith la couche sur le lit et la possède. Mais il resta tranquillement debout à côté du lit, en la dévisageant comme s'il lisait dans ses pensées.

C'était impossible. Aucun homme n'en était capable.

Elle ne l'avait pas rassasié avec sa bouche, malgré tout son talent. D'ordinaire, elle ne ressentait que du mépris lorsqu'un amant s'abandonnait en frissonnant sous ses lèvres adroites. Sa réaction quand lord Erith avait enfin cédé à l'orgasme avait été plus ambiguë. Elle devait admettre une chose : il était l'homme le plus viril qu'elle eût jamais connu. Il avait joui avec une ardeur volcanique.

À présent, un pari diabolique les liait pour un mois.

Il ne lui avait guère laissé le choix. Aucun choix, du moins, que son orgueil eût pu souffrir. À peine sortie de l'enfance, elle avait pris la décision de dominer le sexe méprisé qui avait détruit sa vie. Chacun de ses amants était tombé sous son emprise.

Lord Erith serait son dernier protecteur, mais ce serait son seul titre de gloire. Il était hors de question qu'il se distingue aussi comme étant le seul homme à avoir pris le dessus sur elle. Après tant d'années de triomphe, elle ne supporterait pas un échec.

Elle avait été jetée de force dans cette vie, mais de sa flétrissure elle avait fait une œuvre d'art. Elle quitterait le demi-monde en reine, pas en mendiante. C'était une question d'orgueil.

Si lord Erith et elle se séparaient après la première nuit, la façade reluisante de sa légende se fissurerait. Le monde qui s'intéressait avidement au moindre de ses faits et gestes risquait de voir en elle une femme sur le retour offrant de fausses promesses d'un plaisir sexuel incomparable. Une femme dont l'heure de gloire était passée. Une femme qui, au fond de son cœur, était brisée.

Non, cela, nul ne le saurait jamais.

À l'exception d'Erith.

Elle dissimula un frisson en se rappelant le moment où il avait découvert que son corps n'était pas plus ému qu'un morceau de bois. Elle aurait dû deviner qu'il y verrait un défi.

Il était maintenant déterminé à obtenir une réaction sincère de sa maîtresse frigide. Mais il ignorait à qui il avait affaire. Elle remporterait ce pari pour une raison très simple : elle était insensible au plaisir. Toute l'assurance et l'habileté de lord Erith n'y changeraient rien.

Mais s'il ne lui avait fallu qu'une soirée pour la percer ainsi à jour, quels autres secrets découvrirait-il avant la fin de leur marché infernal ?

Des gouttes de sueur froide coulèrent le long de sa colonne vertébrale.

Erith lui adressa son sourire paresseux. Ses yeux argentés brillaient sous ses paupières lourdes. Les hommes la laissaient insensible, mais elle devait bien admettre que le comte était séduisant, en particulier dénué de sa carapace de cynisme. Il semblait à l'aise et très content de lui. Et pour cause. Il était convaincu d'avoir fait un pari qu'il ne pouvait pas perdre.

— Un souper somptueux nous attend à côté, dit-elle.

Il fit un pas vers elle. Physiquement, il n'y avait rien en lui à critiquer. Il était robuste et musclé, et la nature avait été généreuse avec lui. Il savait s'y prendre avec le corps d'une femme. Rien d'étonnant à ce qu'il soit si sûr de lui.

— Avez-vous faim, Olivia ? Ou préférez-vous examiner mes charmes virils ?

Elle fut brutalement tirée de sa distraction et se rendit compte qu'il lui tendait la main. Elle haussa les épaules et répondit :

— Vous savez que vous êtes bel homme.

Il sembla surpris par sa sincérité, et elle faillit éclater de rire. Elle prit sa main et se leva avec sa grâce coutumière. Quand elle remporterait la victoire, elle voulait qu'il regrette d'avoir perdu son pari, mais aussi de n'avoir pas réussi à pénétrer le mystère qu'Olivia Raines représentait.

— Je ne suis pas aveugle, comte.

— Moi non plus, grogna-t-il en lui lâchant la main et en se dirigeant vers le salon.

Il revint quelques secondes plus tard avec un vêtement rouge et chatoyant, qu'il lui jeta.

— Si vous ne voulez pas me rendre fou, enfilez ceci.

Olivia dissimula un nouveau sourire et découvrit entre ses mains un peignoir chinois brodé de dragons. Avec une lenteur qu'elle savait être un tourment, elle le passa par-dessus la chemise.

— Vous avez payé une rançon de roi pour me voir nue. N'est-il pas pervers de me couvrir ?

— Cessez de me taquiner.

— Pourquoi ? demanda-t-elle en faisant un nœud lâche autour de sa taille avec la ceinture. J'adore vous taquiner.

Il esquissa un sourire narquois.

— Comme un chat joue avec une souris. Sachez que je ne suis pas une souris.

Il ouvrit la porte du salon et attendit qu'elle l'y précède.

— Venez, renoncez à m'asticoter et allons nous restaurer.

Il tira à son intention l'une des élégantes chaises Sheraton, puis il alla sélectionner sur le buffet un assortiment des mets fins préparés par le chef français. Elle avait l'habitude des amants généreux, mais lord Erith n'avait lésiné sur rien.

Elle trouvait donc étrange qu'il ne manifeste pas plus d'empressement à la mettre dans le lit qu'elle était là pour réchauffer. Il endossait à présent le rôle d'un charmant compagnon plutôt que celui d'un amant empressé, ce qu'elle n'était pas certaine d'apprécier. S'il avait montré plus d'avidité à la posséder, elle aurait pu retourner cela contre lui.

Il glissa l'assiette devant Olivia et se servit à son tour avant de déboucher le champagne. Il en remplit deux coupes et lui en tendit une en s'asseyant, torse nu et magnifique, en face d'elle. D'un point de vue purement esthétique, c'était un homme d'une virilité impressionnante.

— À nous, dit-il avec un sourire entendu.

— À la victoire, dit-elle calmement en levant son verre.

Le vin pétilla agréablement contre son palais, se mêlant au goût salé de la semence d'Erith qui s'y attardait.

Il sourit brièvement avant de boire une gorgée de champagne et de déplier sa serviette.

— Cela me plaît que vous ne capituliez pas si facilement.

Avec un sourire sarcastique, elle répondit :

— À mon avis, vous préféreriez pourtant que je m'avoue vaincue.

Ils parlaient comme si elle avait le choix. Que Dieu lui vienne en aide s'il apprenait qu'elle n'était qu'une victime impuissante !

Elle posa sa serviette sur ses genoux recouverts de soie rouge et but une nouvelle gorgée de vin. Elle aimait le champagne. Les bulles lui rappelaient que, malgré sa solitude et la vie dissolue qu'elle menait, son existence n'était pas dénuée de plaisir.

— Voulez-vous me mettre à l'épreuve ? demanda-t-il en l'observant sans ciller.

Elle savait que son visage n'exprimait rien. Très jeune, elle s'était entraînée à demeurer aussi mystérieuse que le sphinx.

— Je ne me suis pas refusée à vous, lord Erith, dit-elle calmement en commençant à manger.

Curieusement, elle avait faim. Après les émotions de ce soir, la nourriture aurait pourtant dû lui rester en travers de la gorge.

— Vous m'avez refusé ce que je voulais, riposta-t-il avec le même calme en mordant dans un petit feuilleté au homard.

C'était un homme incroyablement physique. La plupart des femmes devaient le trouver irrésistible. Même elle, dont aucun homme n'avait jamais éveillé le désir, sentait l'air se charger d'excitation en sa présence. C'était terrifiant. Contrariant. Déprimant.

Quelle tristesse… Malheureusement, elle ne pouvait rien faire pour changer ce qu'elle était. Lord Erith non plus ne pouvait rien y faire, quoi qu'il en pense.

— Attendez-vous toujours de vos maîtresses qu'elles aient du plaisir ?

— Oui.

Il contempla sa coupe de champagne, songeur. Ses longs doigts jouaient distraitement avec le pied en cristal. Ce mouvement d'une sensualité inconsciente rappela à Olivia ses mains sur sa peau nue. Un étrange frisson la saisit. Peut-être avait-elle froid, malgré le feu qui brûlait dans l'âtre. Il leva les yeux vers elle. Pour une fois, ils n'étaient pas voilés de cynisme.

— Si ma maîtresse reste insensible, l'expérience est sans intérêt.

Ces mots simples ébranlèrent ses défenses.

Pour elle, l'expérience était *toujours* sans intérêt. Une partie si essentielle de la vie lui avait été volée par la convoitise, l'insouciance et la cruauté masculines. La gorge complètement nouée, pour la première fois depuis des années, elle avait envie de pleurer.

Il n'était pas question qu'elle se laisse aller devant un homme. Elle batailla pour recouvrer son sang-froid, mais ce fut d'une voix légèrement enrouée qu'elle répondit :

— Vous n'êtes pas comme je vous imaginais.

Un bref éclair amusé traversa son regard. Sa barbe naissante noircissait sa mâchoire, et ses cheveux étaient ébouriffés. La douce lumière du feu jetait des reflets dorés sur les muscles durs de sa poitrine et de ses bras. Il était beau comme un dieu, songea-t-elle soudain. Pas à la façon dont l'étaient Perry et ses amis. Il avait la beauté d'un étalon, d'une tempête ou d'une mer démontée. La beauté de tout ce qui était puissant, vital et dangereux.

— Vous non plus.

— La plupart des hommes traitent les prostituées comme des marchandises.

— Vous ne vous considérez pas, je n'en doute pas, comme une vulgaire prostituée.

Elle haussa les épaules.

— J'échange mon corps contre de l'argent. Comment devrais-je me qualifier ? Je n'ai pas honte de la façon dont je gagne ma vie.

— Non, et c'est l'une des choses qui sont séduisantes chez vous. Mais vous choisissez vos amants, vous maîtrisez vos liaisons. Vous avez plus en commun avec des débauchés de mon espèce qu'avec les tristes créatures qui mettent en avant leurs appas à Covent Garden.

Seule la grâce de Dieu lui avait épargné ce sort. Et sa détermination obstinée : quitte à être une catin, qu'elle en soit la reine.

— Dans le fond, nous sommes semblables.

— Non, répondit-il d'une voix ferme.

Il but une nouvelle gorgée et commença à manger. Olivia le considérait avec surprise. Jamais elle n'avait rencontré un homme pareil.

Ce pari n'était-il pas trop risqué pour elle, finalement ?

— Je m'étonne que vous ne vous soyez pas remarié, monsieur. Vous êtes dans la force de l'âge, et vous vous trouveriez mieux avec une épouse qu'avec une maîtresse.

Le visage du comte se durcit, et ses poings se serrèrent sur la nappe damassée. Avec une difficulté manifeste, il répondit :

— Vous êtes au courant, pour ma femme, bien sûr.

Sa douleur muette était palpable, malgré toutes les années qui s'étaient écoulées depuis la mort de lady Erith. Olivia Raines, si sophistiquée et détachée soit-elle, se surprit pour la première fois de sa vie à s'excuser dans un murmure maladroit.

— Pardonnez-moi. Je n'avais pas le droit d'évoquer votre femme, lord Erith.

— Je ne me remarierai jamais.

Il y avait dans sa voix un tel désespoir qu'elle ne sut que dire. Que cachait une réaction aussi véhémente ? De l'amour ? De la haine ? De l'indifférence ?

Non, tout sauf de l'indifférence.

Comment savoir quel jeune homme il avait été ? Il avait dû être d'une beauté époustouflante. Elle essaya d'imaginer un lord Erith innocent, sans succès. Son visage aristocrate en avait trop vu pour que la vie ne l'ait pas marqué. Mais peut-être, jadis, son regard argent avait-il exprimé l'espoir, la confiance… *l'amour*.

Lord Erith aimait à se présenter comme un monolithe insensible, mais cette image déjà chancelante venait de voler en éclats. Il pouvait se montrer aussi dur et cynique qu'il le voulait, elle n'était pas dupe.

— Je suis navrée d'avoir réveillé des souvenirs malheureux, dit-elle doucement. Ma seule excuse est que... cette soirée ne se déroule pas comme je l'avais escompté.

Il secoua la tête.

— Certains souvenirs affleurent trop près de la surface, qu'on les évoque ou non.

— Oui.

Elle baissa les yeux vers son assiette. Elle n'avait pas mangé grand-chose. Lui non plus. Elle se sentait étrangement mal à l'aise, elle qui était toujours dans son élément en présence d'un homme. Lorsqu'elle reprit la parole, ce fut avec une certaine nervosité.

— Voulez-vous retourner au lit ?

Il la regarda avec un sourire à la fois amusé et teinté d'autodérision.

— Non.

Stupéfaite, elle répéta :

— Non ?

Les poings de Julian se desserrèrent.

— Allons, vous savez à quel point je vous désire. Mais vous n'êtes pas prête à me donner ce que je veux.

— Je ne puis croire que vous songiez seulement à un dîner au coin du feu quand vous m'avez offert ce spectaculaire bracelet de rubis.

— Vous avez raison. Mais cette soirée est mémorable.

Elle retint un sourire. Il disait vrai. Il se leva et passa derrière elle pour retourner dans la chambre.

Des effluves de son parfum, bois de santal et musc, lui chatouillèrent les narines, lui donnant l'impression de le goûter de nouveau. Au souvenir de la manière dont son membre engorgé avait jailli sous ses lèvres, son ventre se noua. Elle but un peu de champagne pour chasser cette crispation, mais l'alcool ne suffit pas à l'apaiser.

Erith revint avec un écrin en velours carré qu'il lui tendit.

— Je voulais vous donner cela plus tôt, mais j'ai perdu toutes mes facultés intellectuelles dès l'instant où je vous ai aperçue dans l'escalier.

Dans son autre main, il tenait une chemise, qu'il passa par-dessus sa tête. Elle ne put s'empêcher de regretter qu'il couvre ce superbe torse.

— Ouvrez-le, demanda-t-il.

Toute à son admiration, elle avait oublié le coffret.

C'était cependant pour cela qu'elle était ici. Pour les bijoux, l'argent, le prestige. Pas pour le plaisir de regarder un bel homme s'habiller. Le rouge lui monta aux joues. Après tant d'années passées à tenir en équilibre tel un acrobate sur une corde raide, elle risquait la chute alors qu'elle était sur le point d'atteindre la rive opposée.

Après le bracelet, elle s'était attendue à quelque autre babiole extravagante. Son cœur cessa pourtant de battre lorsqu'elle découvrit un collier de rubis et de diamants assorti au bracelet. De toute sa vie de courtisane, elle n'avait jamais rien vu d'aussi somptueux.

Elle contempla le bijou, abasourdie.

— Vous plaît-il ? demanda-t-il.

Elle leva vers lui des yeux troublés.

— Il est magnifique.

Le petit sourire ironique déjà familier tordit ses lèvres.

— Oui, mais vous plaît-il ?

— C'est un collier.

— En effet, dit-il patiemment.

— Vous désirez que je le porte pour prouver que je vous appartiens.

Le comte poussa un long soupir et se carra contre le dossier de sa chaise, tout en jouant avec son verre. Il avait bu étonnamment peu.

Ce soir, le grand débauché qu'était lord Erith, comme l'avait décrit Perry avec bien peu de bienveillance, ne s'était noyé ni dans le sexe ni dans l'alcool. Elle commençait à soupçonner que cette image de cynique dépravé n'était qu'une carapace, aussi fabriquée que l'Olivia Raines détachée et licencieuse que connaissait le monde.

Il haussa un sourcil noir dans sa direction et afficha un sourire satisfait.

— Rien de tel qu'une femme intelligente.

L'air se chargea d'une tension sexuelle. Par quel miracle avait-il réussi cela ? Ses amants ne lui inspiraient jamais aucune réaction, et pourtant le duvet sur son corps se hérissait, comme dans l'attente d'un éclair.

Elle se raidit imperceptiblement.

— Vous n'avez aucun droit sur moi. Je crains que vous ne preniez vos désirs pour des réalités, lord Erith.

Son sourire s'accentua.

— Vous me plaisez beaucoup. Mais cela, vous le savez.

Elle haussa les épaules. À quoi bon protester ? Cela allait de soi. Elle plaisait toujours aux hommes. Et si elle avait été un autre genre de femme, une femme normale, lui chuchotait une petite voix, elle aurait facilement pu être séduite par lui.

— Je n'ai pas gagné ce cadeau, dit-elle d'un ton cassant.

Il ne se laissa pas démonter par sa mauvaise humeur.

— Ce sera le cas quand nous aurons terminé.

Il lâcha un petit rire et ajouta :

— Diable ! Vous êtes une étrange créature. Je suis le protecteur d'une femme célèbre et spectaculaire, et tous les hommes m'envient. Je suis censé la couvrir de bijoux, cela fait partie du jeu.

Elle avait accepté les largesses de ses autres amants sans se faire prier. Tout ce qu'elle pourrait gagner maintenant ne serait que du superflu, du confort pour la fin de sa vie. Pourtant, un sentiment plus fort que la logique lui fit refermer la boîte et la poser sur la table.

— Je ne porterai pas un collier comme si j'étais votre chien.

— Ce bijou de rajah serait bigrement extravagant pour un chien, madame, si fougueux soit-il, dit Julian, amusé. Ce sont les rubis les plus précieux que j'aie jamais vus.

C'étaient les plus précieux qu'elle eût jamais vus également. Mais ce cadeau lui semblait déplacé.

— Ils ne me plaisent pas.

Il reprit l'écrin, l'ouvrit, contempla son contenu étincelant, puis le referma. Il le poussa de nouveau dans sa direction.

— Acceptez ce collier, même si vous ne le portez pas.

À contrecœur, elle hocha la tête, mais ne toucha pas à la boîte, qui resta entre eux, énigmatique, au milieu de la table.

— Qu'est-ce qui vous ferait plaisir, monsieur ? demanda-t-elle.

Cette question, elle l'avait posée maintes fois à ses amants. Pourquoi, aujourd'hui, était-elle si lourde de sens ? Peut-être parce que, pour une fois, Olivia n'avait aucune idée de la réponse qui lui serait donnée.

— Mon plaisir, mademoiselle Raines, est de bavarder, si c'est également le vôtre.

La stupeur la rendit muette. Elle fit un effort pour se ressaisir.

— Bavarder ?

Il rit doucement. Il avait un rire agréable, grave et profond. Il jaillit, rocailleux, de sa poitrine et l'entoura de sa chaleur.

— Oui, discuter en êtres civilisés.

Lui donner accès à ses pensées et à ses sentiments constituait une pire menace que de lui accorder l'usage de son corps. Mais, alors qu'il l'observait par-dessus la table, une chose qu'elle avait étouffée depuis son enfance refit surface : une curiosité que cet homme pouvait satisfaire.

Elle inspira profondément.

— Quand j'ai demandé à Perry qui vous étiez, il m'a dit que vous aviez voyagé.

Elle ne reconnaissait pas sa voix. C'était celle de la petite fille qu'elle avait été autrefois, avant que le destin ne la jette aux loups.

— Je suis diplomate. Je voyage pour gagner ma vie.

Il avait répondu d'un ton neutre, mais une étincelle éclairait ses yeux gris.

Il ne pouvait pas la briser simplement en apprenant qu'elle rêvait de parcourir le monde, de connaître une liberté dont peu de femmes disposaient. À Londres, elle avait joui d'une indépendance rare pour son sexe, dans un certain cadre, mais ces limites l'entravaient.

— Vous avez dû voir bien des choses…

Elle se pencha en avant et tendit la main comme pour lui demander de la prendre. Réalisant cela, elle la ramena vivement à elle et cacha son tremblement sur ses genoux.

— Où rêvez-vous de vous rendre ?

— Partout.

Il rit de nouveau. Elle aimait quand il riait, et cela l'inquiéta.

— De quoi voulez-vous que je vous parle ?

Elle aurait tout donné pour visiter un pays en particulier.

— De l'Italie, répondit-elle.

Il croisa les bras.

— Va pour l'Italie.

6

Le lendemain soir, Olivia se mit au piano. Il était tard, presque minuit, et son esprit n'était pas à la sonate qu'elle jouait, mais concentré sur l'homme qu'elle avait accepté comme amant et sur l'étrange pari qu'ils avaient fait.

Et sur l'issue plus étrange encore de leur première soirée ensemble.

Elle fit une fausse note et reprit l'allegro. Ses doigts trouvèrent automatiquement les bonnes touches, et elle se détendit dans la cascade de notes. Au cours de toutes ces années agitées, la musique et les livres avaient été son réconfort. Elle se rappelait ce moment étrange, presque de camaraderie, avec lord Erith dans la bibliothèque de Perry. Il avait eu l'air de la comprendre.

Non, il ne comprenait rien.

Pourtant, il s'était montré étonnamment patient lorsqu'elle l'avait questionné sur l'Italie, et il était reparti sans lui imposer un baiser d'adieu, ni l'entraîner de nouveau vers le lit.

À cette évocation, elle se rendit compte qu'elle se léchait les lèvres, et ses doigts s'emmêlèrent sur une série de fausses notes. Que lui arrivait-il donc ? Elle n'avait jamais apprécié ce qu'elle faisait avec ses protecteurs.

Avec un soupir, elle retourna à la première page de la sonate. Lord Erith viendrait la voir ce soir, elle en était certaine. Il avait annulé leur visite prévue à Tattersalls ce jour-là. Une affaire de famille le retenait, disait le message qu'elle avait reçu. Le billet était court et exempt des compliments habituels – il ne la qualifiait pas de déesse, ne se jetait pas à ses pieds avec adoration. Pourtant, les quelques mots rédigés d'une écriture fluide lui avaient fait plaisir.

Du reste, la plus grande partie de son attitude de la veille lui avait plu.

Quoi d'étonnant à cela ? Il était brillant, spirituel, cultivé. Et il la traitait en égale.

Elle souleva ses mains des touches avant de les écraser en plaquant un horrible accord semblable à une cacophonie de cloches fêlées.

— Je ne pense pas que cela figure dans la partition de Herr Haydn.

En levant les yeux, elle découvrit lord Erith en tenue de soirée qui l'observait, dans l'encadrement de la porte. C'était typique de lui, songea-t-elle. Il s'arrêtait toujours ainsi sur le seuil avant d'entrer dans une pièce, afin d'étudier préalablement le terrain.

— C'est regrettable, riposta-t-elle.

— Cela ressemblait davantage à du Beethoven.

Tout comme la veille, elle oublia qu'Erith était son protecteur et elle sa maîtresse temporaire.

— Connaissez-vous Beethoven ?

— Nous nous sommes rencontrés. Je n'irais pas jusqu'à dire que je le connais.

— Vous voulez bien me parler de lui ?

Elle ne pouvait dissimuler son intérêt. Il lui avait dressé un portrait de l'Italie tellement passionnant... Elle avait écouté avec ravissement ses descriptions de peintures, de palais, de places. Le soleil d'été brûlant. La mer Méditerranée bleu marine. Les neiges des Dolomites.

Il allait à présent lui raconter Vienne. Elle brûlait d'impatience.

Il lui adressa ce sourire qui lui était déjà si familier. Comment avait-il pu accomplir ce prodige en quelques rencontres, toutes brèves à l'exception de la veille, où il était resté des heures, presque jusqu'à l'aube, à lui parler ?

Jamais elle n'avait passé ainsi une nuit en compagnie d'un homme sans être nue dans ses bras. Après son départ, elle s'était sentie à la fois fatiguée et stimulée. Bien davantage que lorsqu'elle recevait un amant dans des conditions ordinaires.

— Il va vous falloir gagner votre récit, Olivia.

Brusquement, la petite bulle en elle qui était peut-être du bonheur éclata.

Doux Jésus, comme elle était sotte ! Comment avait-elle pu oublier la raison de sa présence ? La soirée de la veille avait été une exception, à tous points de vue.

Elle s'obligea à afficher une expression neutre. Avec la plupart des hommes, elle savait qu'elle y parvenait. Avec lord Erith, elle n'en était pas certaine. Elle se leva cependant du tabouret de piano avec la langueur gracieuse que lui avait enseignée son premier amant, l'homme qui, avec la complicité de son propre frère, l'avait détruite. Elle fit se retrousser ses lèvres sur le sourire de la courtisane prête à n'importe quelle comédie pour satisfaire son protecteur.

Il n'y avait rien qu'elle n'ait déjà fait. Il n'y avait rien qu'elle ne puisse refaire.

Lord Erith avait de la chance.

Sa morosité lui laissa un goût amer dans la bouche. Où, bientôt, elle goûterait lord Erith.

— Désirez-vous du vin avant que nous ne commencions, monsieur ?

— Non, merci, dit-il doucement.

Olivia se maudit d'être aussi bête : elle avait cru percevoir de la compassion dans sa voix grave.

Erith emboîta le pas à sa maîtresse dans l'escalier, suivant des yeux son dos mince et les mouvements de ses hanches gracieuses, dont chaque ondulation accélérait les battements de son cœur. Son déshabillé rose indiquait qu'elle l'avait attendu.

Bien évidemment. Quelque chose d'inexorable les attirait l'un vers l'autre. Il aurait aimé comprendre quoi. Ce n'était pas le sexe. Peut-être le serait-ce bientôt.

Était-elle frigide ?

Il n'en croyait rien. Mais il savait que s'il voulait obtenir d'elle davantage que des ruses de courtisane, il lui faudrait faire preuve d'une extrême habileté doublée d'une grande sensualité.

Quoi de plus galvanisant pour un séducteur notoire tel que lui ?

Il l'avait écoutée jouer assez longtemps pour comprendre que, malgré la retenue qu'elle s'imposait, il y avait de la passion en elle. Il avait entendu cela dans son jeu, en dépit de ce qu'il avait de haché. Olivia jouait à la façon d'un homme : elle attaquait la musique comme si elle se lançait dans un combat. Et ce n'était pas la seule chose qu'elle faisait comme un homme. Son sang s'enflamma lorsqu'il se la rappela en pantalon, buvant du brandy comme n'importe quel gentleman de la haute société.

Sa femme avait été la créature la plus féminine du monde... excepté sur le dos d'un cheval. C'était une cavalière démoniaque. Sa témérité l'avait tuée et avait fait de lui un homme brisé à l'âge de vingt-deux ans.

Choqué, il marqua une pause sur le palier. Pourquoi le souvenir de son épouse lui revenait-il en cet instant précis ? On ne pouvait concevoir deux femmes plus différentes que Joanna et Olivia Raines. L'une était aussi pure qu'un ange, l'autre vendait ses faveurs au plus offrant.

Non, il était injuste.

D'après ce qu'il avait entendu, Olivia choisissait scrupuleusement ceux qu'elle acceptait dans son lit. Elle ne prenait qu'un ou deux amants par an. Moins, dernièrement.

— Monsieur le comte ?

Sa voix enrouée fit se dresser son sexe comme un maudit soldat à la parade.

Une résolution farouche se forgea en lui. Il lui montrerait un monde qu'elle n'avait jamais connu. Il la ferait sienne si irrévocablement qu'elle ne l'oublierait jamais.

Il avança pour la rejoindre. Dans l'espace confiné du seuil de la chambre, ils étaient tout près l'un de l'autre, mais aucun ne prit l'initiative de combler la distance qui les séparait. Il entendit son souffle doux et irrégulier, preuve qu'elle n'était pas aussi maîtresse d'elle-même qu'elle en avait l'air.

Et pour cause. La veille au soir, elle avait été sur le point d'avoir confiance en lui, et voilà qu'il la trahissait, pensait-elle, en l'emmenant au lit.

— J'ai racheté de l'onguent, déclara-t-elle d'un ton cassant.

— Vous n'en aurez pas besoin.

Elle baissa les yeux sans rougir vers le renflement qui révélait son désir.

— Cela me sera plus facile.

Il lui toucha le bras. Sa peau était fraîche et lisse. Il transforma ce contact en caresse et fit glisser sa main jusqu'à la sienne pour la prendre.

— Je ne vous ferai pas de mal.

Une expression cynique se peignit sur les traits d'Olivia.

— Votre plaisir sera plus grand si vous me laissez agir à ma guise, monsieur.

— À moi d'en juger.

— Quelle réponse typiquement masculine !

Elle se dégagea avec une adresse qu'il ne put qu'admirer et pénétra dans la pièce.

— Je suis un mâle typique, déclara-t-il en la suivant vers le lit.

Elle jeta un coup d'œil par-dessus son épaule avec un léger sourire et ne protesta pas.

— Souhaitez-vous que je vous déshabille ? demanda-t-elle.

La bascule permanente des forces en présence entre eux était à présent familière.

Après la soirée de la veille, elle pensait l'avoir jaugé, mais elle ne prendrait pas le dessus aussi aisément qu'elle l'imaginait. Julian avait un plan, et il comptait le mettre en œuvre dès cet instant.

— Non, c'est moi qui vais vous déshabiller.

Elle haussa les épaules comme si cela n'avait pas d'importance.

— Faites attention avec la robe. Je l'aime bien.

Erith éclata d'un rire bref.

— Maudite soit votre impudence, Olivia. Je ne suis pas votre bonne !

Elle baissa les paupières pour lui décocher un regard de tentation pure, et il dut se rappeler que ce n'était qu'une comédie.

Ce satané jeu se révélait un véritable casse-tête.

— Comment aimeriez-vous que je m'occupe de vous ? ronronna-t-elle en se retournant et en caressant sa mâchoire. Mmm, rasé de près.

— Votre peau est si délicate, je ne voudrais pas l'abîmer.

Il passa une main autour de son cou et sentit le duvet qui s'échappait de son chignon lui chatouiller les doigts. Il retint son souffle.

— Il faut que je vous embrasse.

Son expression se figea, et elle se dégagea sèchement.

— Non.

— Nous nous embrasserons avant que ce soit terminé, Olivia.

— Nous aurons terminé avant de nous embrasser. Dois-je détacher mes cheveux ?

— Laissez-moi faire.

Il avait l'impression d'être avec une nouvelle maîtresse. Mais il fallait dire que, la veille, il ne l'avait pas possédée. Et, malgré les apparences et son désir prédateur, il ne la posséderait pas non plus ce soir.

À moins qu'il ne perde le contrôle.

Le souvenir déchirant de la façon dont elle avait embrassé et aspiré son membre réduisit en miettes son assurance. Comme il aurait été facile de succomber, de la laisser décider de tout, d'accepter le plaisir sans qu'elle y participe réellement... Mais le fruit pourtant si appétissant de cet arbre était pourri de l'intérieur.

Une certitude qu'aucune logique ne justifiait animait Erith : s'il obtenait d'elle une réaction sincère, tous ses péchés lui seraient pardonnés.

C'était aussi évident, aussi important et aussi insensé que cela.

C'est pourquoi il avança vers elle en dissimulant son tourment et défit la première épingle de son épais chignon brillant. Une mèche tomba doucement sur son épaule. Il n'aurait su dire de quelle couleur étaient ses cheveux. Ils possédaient toutes les nuances du blond au bronze en passant par l'auburn. C'était un hymne à l'automne.

Il revint à une question qui le titillait :

— Aimez-vous les femmes ?

Elle ne fut, bien entendu, pas choquée. Elle n'était pas devenue la courtisane la plus recherchée de Londres sans rencontrer les variétés moins conservatrices des passions humaines.

— Dans mon lit ? Non.

— Ne craignez de ma part aucune condamnation. J'ai vu tant de choses à travers le monde que plus rien ne me semble contraire à la nature.

Olivia rit doucement, et le son de son rire s'enroula autour de lui comme une volute de chaleur.

— Des hommes et des chameaux ?

Julian découvrait avec surprise que, plus il passait de temps avec elle, plus il l'appréciait. Et pas seulement pour son époustouflante beauté.

Il rit à son tour.

— Peut-être pas jusque-là, répondit-il en reprenant son sérieux. Certaines courtisanes préfèrent les personnes de même sexe qu'elles parce que leur histoire avec le sexe opposé est trop cruelle.

Il se tenait si près d'elle qu'il entendit la rupture dans son souffle. Un indice qui ne lui plaisait pas. Un salopard l'avait maltraitée. Cela devait remonter loin : les hommes qui partageaient son lit à présent la vénéraient, ils n'auraient jamais eu le cran d'abuser d'elle.

Elle serra les mâchoires.

— Mon désintérêt pour ces choses-là s'étend aux hommes, aux femmes... et aux chameaux.

Il savait qu'elle détestait parler de cela. Non par pudeur, mais parce que cela menaçait quelque chose d'essentiel en elle. Ce fut pour cette raison qu'il insista. Elle ne déposerait pas les armes tant qu'il n'aurait pas renversé ces barrières.

— Je vous ai vue en compagnie de lord Peregrine, lui rappela-t-il.

Elle se raidit, et son expression se ferma.

— Oui ?

Il haussa les épaules et détacha une autre épingle de son chignon.

— Je sais ce qu'il est, Olivia.

Elle s'écarta doucement ; une nouvelle mèche bouclée retomba, et elle croisa les mains devant elle.

— Perry est mon ami.

Erith la considéra avec calme.

— C'est également un homme qui désire les hommes.

Elle blêmit. Pour la première fois, il remarqua de toutes petites taches de rousseur sur son nez fin. Elle avait dû être un garçon manqué quand elle était enfant, avec ses cheveux indisciplinés et son corps noueux et fort.

— Vous l'accusez d'un crime passible de pendaison.

Il remarqua qu'elle ne niait pas.

— Je ne l'accuse de rien. J'observe simplement que si vous trouvez du plaisir auprès des femmes, votre association avec lord Peregrine s'explique.

— Je fréquente lord Peregrine parce qu'il est bon et qu'il se soucie de moi.

Elle n'ajouta pas la conclusion tacite – « contrairement à vous ».

— Le reste ne vous concerne pas, monsieur.

— Je suis votre amant officiel. Il est évident que cela me concerne.

— Officiel, bien que virtuel, rétorqua-t-elle. Serait-ce parce que vous avez vous-même quelque chose à cacher que vous choisissez pour maîtresses les plus célèbres courtisanes ?

Il éclata de rire. Nul n'avait jamais osé remettre en question sa virilité.

— Bien joué, Olivia, mais vous savez aussi bien que moi que j'aime les femmes. Une femme en particulier, si ombrageuse et difficile soit-elle.

Sa tension était toujours palpable quand elle lui demanda d'un ton pressant :

— Comte, je vous en supplie, promettez-moi de ne pas ébruiter vos soupçons. Je ferais n'importe quoi pour protéger Perry.

Ces mots éveillèrent son ressentiment.

— Je n'ai pas l'intention de vous faire chanter pour que vous cédiez, Olivia, cracha-t-il. Je ne le ferais pas même si j'en avais besoin... À présent, venez ici.

— Vous ne direz rien ? insista-t-elle tout en s'approchant de lui, visiblement à contrecœur.

Que craignait-elle donc qu'il fasse ? Qu'il menace de divulguer les penchants illégaux de son ami si elle ne feignait pas d'être passionnée dans ses bras ?

— Votre secret est en sécurité avec moi, je vous en donne ma parole, répondit-il en reportant son attention sur ses cheveux.

Son irritation était balayée par un intense soulagement : Olivia ne s'intéressait pas aux personnes de même sexe qu'elle. Et il avait vu juste quant à sa relation avec Montjoy. Lord Peregrine et elle vivaient sans aucun doute en frère et sœur dans cette maison à la décoration surchargée. Il se demanda distraitement comment s'était tissé ce lien presque familial.

Ses cheveux dégringolaient en une cascade chatoyante sur ses minces épaules. Il ferma les yeux et se pencha pour inspirer profondément leur parfum. Quand il les rouvrit, il était suffisamment proche pour voir que les pupilles d'Olivia s'étaient dilatées. Son souffle était plus rapide à travers ses lèvres entrouvertes, ses joues légèrement colorées.

Elle manifestait tous les symptômes du désir. Jouait-elle la comédie ? Certainement pas. Elle savait bien qu'il ne serait pas dupe.

Il se pencha encore. Brièvement, il goûta son haleine sur ses lèvres. Elle était fraîche. L'essence d'Olivia. L'atmosphère du paradis. Elle paraissait sous l'emprise d'un sortilège. Pendant un étrange moment hors du temps, le cœur d'Erith cessa de battre. Puis elle cligna des paupières et s'écarta. Une lance de regret s'enfonça dans le ventre d'Erith.

Nom de Dieu, elle l'embrasserait un jour. De son plein gré. Interminablement. Passionnément.

C'était une offense à la nature qu'une femme aussi sensuelle et belle n'ait jamais connu le plaisir sexuel.

— Je suis à votre disposition, monsieur, dit-elle d'une voix rauque. Qu'attendez-vous de moi ?

De ses doigts agiles, il défit la robe dans son dos.

Elle souleva ses cheveux pour lui faciliter la tâche. Il délaça son corset, puis dégrafa son jupon. Le vêtement tomba par terre, révélant des bas blancs et de jolies mules en satin rose ornées de rubans noués autour de ses chevilles délicates. Les globes pâles et fermes de ses fesses se pressaient contre sa combinaison transparente. Il résista à l'envie d'y plaquer les mains.

Il déposa un baiser sur son épaule nue.

— Olivia, faites ce que vous avez envie de faire.

— Je n'ai envie de rien, répondit-elle d'une voix qui n'était pas son contralto musical habituel.

— Dans ce cas, ne faites rien.

7

Ne faites rien ? Quel genre d'homme était-il donc ?

Désarçonnée, toujours dos à lui, Olivia laissa lord Erith passer sa combinaison par-dessus sa tête. Ses mains étaient fraîches et assurées lorsqu'elles l'effleurèrent. Et agréablement sèches. Elle détestait les hommes aux mains moites.

Lord Erith embrassa sa nuque, puis il l'enveloppa de ses bras pour poser les mains sur ses seins, qu'il pétrit doucement. Paresseusement, il la plaqua contre lui. Elle perçut son soupir de plaisir lorsque son dos entra en contact avec la laine et la batiste qui recouvraient sa large poitrine.

Il pinça délicatement ses mamelons, qu'il fit rouler entre son pouce et son index. Elle devina le plaisir qu'il y prit. Curieusement, cela lui en procura également. Rien de commun avec la délectation de savoir qu'elle avait encore dominé un nouvel amant. C'était une satisfaction différente, plus suave.

— Ne vous déshabillez-vous pas, monsieur ?

Elle fut surprise de n'avoir pas à feindre l'étranglement dans sa voix.

Il émit un petit rire tout en embrassant sa nuque. Ses baisers légers étaient agréables, tels des papillons voletant sur sa peau.

— Mon plan consiste à vous plonger dans une ardeur voluptueuse et sensuelle.

— À laquelle vous comptez rester étranger ?

— Je dois demeurer stoïque et garder les idées claires. Les vêtements m'y aident.

Il appuya sa brûlante érection contre ses fesses nues. En grognant doucement dans son oreille, il se frotta contre elle et lui mordit l'épaule. Elle sursauta, bien qu'il ne lui eût pas fait mal. Comme le reste de sa personne, ses dents étaient grandes et solides. Il y avait quelque chose d'étrangement intime dans cette morsure, un mélange renversant de pouvoir et de sensibilité.

Elle se retourna dans ses bras pour voir son visage. Ses yeux lançaient des éclats argentés, et ses pommettes saillantes étaient colorées. Pourtant, il ne la serra pas contre elle, laissant entre eux un petit espace.

Elle prit une profonde inspiration avant de parler, et l'odeur musquée de son désir pénétra ses poumons comme un riche tabac. Il sentait bon. Elle l'avait remarqué la première fois qu'il l'avait touchée. Une odeur propre, masculine, exempte des parfums écœurants dont usaient tant d'hommes. Elle inspira de nouveau, pour le plaisir.

C'était étrange de se trouver nue face à cet homme toujours en tenue de soirée. Brièvement, elle s'interrogea sur la vie qu'il menait hors de ces murs. Sans doute consistait-elle à boire, à jouer et à courir le jupon, comme pour tous les autres célibataires de la bonne société. Cependant, son instinct lui disait qu'il n'était pas le goujat qu'il prétendait être et qu'il n'avait pas couché avec une femme ce soir-là. Ni la veille.

— Cela ne marchera pas. Il y a un... une sorte de lacune, en moi.

Bizarrement, elle était gênée qu'il fasse tant d'efforts pour elle alors qu'il s'exposait à un cuisant échec. Elle se tut et s'humecta les lèvres. Elle n'avait jamais eu à expliquer son handicap à un amant.

— Vous êtes un homme bien.

Il émit un petit bruit railleur.

— Ce n'est pas l'avis de tout le monde, répondit-il.

Il fit glisser ses mains le long de ses bras avant de prendre les siennes.

— Vous devriez plutôt faire de moi ce que vous voulez. Je sais que vous souffrez.

— Cela n'en rendra le plaisir que plus doux.

Il prit sa main droite et la posa contre son entre-jambe. Sous les doigts d'Olivia, il était dur comme de l'acier. Vivant. Elle le caressa à travers le pantalon, et le membre déjà immense grossit encore. Erith ferma les yeux.

— Mon Dieu, Olivia, grogna-t-il, vous damneriez un saint.

— Je vous soupçonne de ne pas en être en.

Elle augmenta la pression, jaugeant la forme et le poids de son sexe. Elle s'imagina le reprendre dans sa bouche. La veille, elle avait éprouvé une satisfaction particulière à détenir son dard en son pouvoir. Elle voulait ressentir de nouveau cette exaltation. C'était ce qui se rapprochait le plus, pour elle, du plaisir qu'on pouvait prendre à l'acte de chair.

Il était grand temps qu'elle affirme son autorité et tranche les fils de tendre intimité qu'il tissait lentement autour d'eux. Ce genre de lien n'était pas pour les femmes de son espèce.

— Allongez-vous, monsieur, murmura-t-elle de la voix qu'elle avait employée avec tant d'hommes.

Il prit une inspiration saccadée.

— Je ne suis pas un animal.

Elle fit glisser ses ongles en travers de sa poitrine, et les pointes de ses seins durcirent sous sa chemise.

— Entre mes mains, vous êtes de la pâte à modeler.

Il plaqua les hanches contre elle.

— Le terme n'est guère approprié.

106

— Vous êtes grand et fort. Jamais je n'ai vu d'homme aussi bien doté.

— Arrêtez, grogna-t-il tout en se laissant entraîner vers le lit.

— C'est la vérité.

Elle posa les mains à plat sur sa poitrine. Une petite poussée, et il tomba contre le matelas.

— Vous êtes magnifique. Quand je vous ai pris dans ma bouche hier soir, vous m'avez remplie entièrement. Vous en souvenez-vous ?

— Je m'en souviens, répondit-il d'une voix rauque.

— Je peux recommencer.

Elle s'humecta les lèvres et regarda l'homme étendu sur les draps. L'avant de son pantalon formait une tente, et ses traits étaient contractés par la force de son désir.

— Je sais, dit-il en fronçant les sourcils. Mais qu'est-ce que cela prouvera ?

Elle haussa les épaules.

— Pourquoi faudrait-il prouver quelque chose ? Le plaisir se suffit à lui-même.

— Qu'en savez-vous ?

Elle s'immobilisa et détacha ses yeux de son corps superbe pour les planter dans les siens. Mais elle savait déjà qu'elle n'y trouverait pas ce qu'elle cherchait : un regard vitreux sous l'effet d'un désir oublieux de tout le reste.

Il la désirait, oh oui. Mais il ne voulait pas céder.

Comme elle s'y était attendue, les yeux gris la dévisageaient sans ciller. Elle n'avait pas encore remporté ce combat. Sans doute devait-elle se donner un peu plus de mal.

— Vous n'êtes pas juste.

— Vous ne brillez pas non plus par votre fair-play, Olivia.

— Regardez-moi, c'est tout.

— Je suis incapable d'autre chose. Vous êtes la femme la plus fascinante que j'aie jamais rencontrée.

Cela ne semblait pas le ravir.

Elle posa un genou encore gainé de son bas sur le matelas et bascula l'autre jambe par-dessus les cuisses de Julian afin de l'enfourcher.

— Voulez-vous que je fasse la même chose qu'hier soir ?

— Non.

— Non ?

Elle haussa un sourcil sceptique et le contempla.

Son beau visage était déterminé. Elle laissa son regard s'attarder sur le front haut et droit, la proue arrogante de son nez, les angles de sa mâchoire. Sa bouche était plus pleine qu'à l'accoutumée, sa peau bronzée plus colorée.

— Cela ne vous a pas plu ?

Il esquissa un sourire amer.

— J'aurais eu du mal à vous cacher que vous m'avez envoyé au paradis.

— Et vous n'avez pas envie d'y retourner ?

— Non.

Elle eut un petit rire moqueur.

— Vous avez payé une fortune pour refuser mes attentions, lord Erith. Quel gâchis ! Autant posséder un Rubens et le dissimuler dans son grenier.

— Vous savez ce que je veux, répondit-il sans sourire.

— Et vous savez ce que je vous donnerai.

— Nom d'un chien, assez !

Son subit éclat la surprit. De même que son mouvement. La pièce pivota soudain lorsqu'il se redressa et la prit par les bras pour la faire basculer sur le dos. Machinalement, elle s'agrippa à ses épaules. Il se dressa au-dessus d'elle, entre ses cuisses écartées.

— Comte ! lâcha-t-elle dans un souffle plus excité que furieux.

Elle soutint son regard farouche, lui ordonnant silencieusement de se rendre. De lui prouver qu'il ne valait pas mieux que les autres.

Pour le tourmenter, elle plia les genoux et frotta ses cuisses contre les siennes.

— Sirène. Sorcière. Circé, gronda-t-il.

Il se mit à remuer avec le rythme familier de l'union entre un homme et une femme. Pourtant, il ne fit pas un geste pour ôter ses vêtements. Le poids de son corps sur elle déclencha quelque chose au creux du ventre d'Olivia, une sensation étrange qui lui rappela celle qu'on éprouvait en entendant le bruit lointain du tonnerre un jour ensoleillé.

Elle se cambra, s'offrant silencieusement.

— Traitez-moi de ce que vous voudrez, cela ne m'arrêtera pas.

Il rit et enfouit brièvement son visage dans son épaule nue. Curieusement, la chaleur humide de son haleine et le mouvement de ses épaules lorsqu'il rit la touchèrent. Elle s'appliquait à jouer la courtisane détachée, mais il rendait son numéro impossible.

Elle détendit les mains sur ses épaules, les remua. Ce n'était pas la caresse d'une catin invitant un amant à la passion pour laquelle il avait payé. Elle le caressait comme si elle en avait envie.

Que diable lui arrivait-il ?

Il dut percevoir sa tension soudaine, car il releva la tête et la regarda.

— Suis-je trop lourd ?

— Non.

Il se hissa sur ses coudes.

— Quelque chose ne va pas.

Il avait les yeux brillants. Avec ses cheveux noirs décoiffés et la mèche qui tombait en travers de son front, il paraissait plus jeune. Le cœur d'Olivia eut un étrange soubresaut.

Olivia, sois prudente.

L'avertissement fut aussi tranchant que la lame d'un couteau.

— Je triompherai, dit-elle dans un grognement.

Ses mains jusqu'alors presque tendres déchirèrent les vêtements d'Erith. Elle lui arracha son foulard et le jeta par terre. Sa chemise béait, et elle déposa des baisers fiévreux sur son torse.

— Puis-je vous embrasser ? demanda-t-il.

— Non.

Ses doigts d'ordinaire agiles s'escrimaient sur son pantalon sans parvenir à l'ouvrir.

— Dommage. Vous avez besoin qu'on vous embrasse.

— J'ai besoin qu'on me baise.

C'était un mot qui franchissait rarement ses lèvres. Elle était tombée bien bas, mais n'avait pas oublié son éducation.

— Alors que vous n'y prenez aucun plaisir ? Cela m'étonnerait.

Elle avait espéré le choquer, mais il restait aussi imperturbable qu'à son habitude.

— Et votre plaisir à vous ?

Enfin, son pantalon s'ouvrit, et elle y introduisit sa main tremblante.

— Je peux attendre.

La voix de Julian s'étrangla ; il bataillait autant contre lui-même que contre elle.

— À quoi bon ?

Elle caressa la longueur de son sexe. Il grogna et poussa les hanches en avant. Elle toucha, légèrement, très légèrement, l'extrémité de son pénis. Il tressaillit violemment. De nouveau, elle effleura cette partie sensible, où elle sentit la preuve humide de son désir.

— Vous me rendez fou, femme !

Dans un mouvement saccadé, il arracha sa redingote et sa chemise. Son torse était aussi magnifique que dans le souvenir d'Olivia. Elle l'admira pendant qu'il se débarrassait de son pantalon. Puis il se baissa au-dessus d'elle et reprit son frottement rythmique. C'était singulièrement troublant. Pas désagréable. Elle essaya de se décaler afin qu'il s'enfonce en elle, mais il la maintenait plaquée contre le matelas.

— Rendez-vous, murmura-t-elle dans un souffle.

— Jamais. Vous, rendez-vous.

— Jamais.

Elle émit un petit rire. Le duel excitait son esprit à défaut de son corps.

Elle parviendrait bien à faire voler en éclats cette superbe maîtrise de lui-même. Il semblait proche de l'implosion. Mais cet homme avait une volonté aussi farouche que la sienne.

— Ressentez-vous quelque chose ? demanda-t-il d'une voix enrouée, en relevant la tête pour regarder son visage.

Il frémit. Sa peau était humide de sueur ; sa poitrine se soulevait au rythme de son souffle précipité.

— Vous êtes lourd.

— Vous savez ce que je veux dire. Me désirez-vous ?

— Oui.

Il passa une main entre ses jambes, mais Olivia savait qu'elle était aussi sèche que la veille. Rien ne pouvait faire d'elle une vraie femme. Le plus terrifiant était que, pour la première fois de sa vie, elle regrettait de ne pas en être une.

Pour lui… Que le Ciel lui vienne en aide !

Chaque instant en sa compagnie l'enlisait plus profondément dans les sables mouvants. Et elle n'avait aucune idée de la façon dont elle allait en sortir.

Il saisit son menton afin qu'elle le regarde.

— Vous avez menti à tous vos amants. Ne me mentez pas.

— Pourquoi pas ? Qu'avez-vous d'exceptionnel ? demanda-t-elle, le souffle court.

— Cédez, et je vous le montrerai.

Son sourire confiant déclencha de nouveau ce drôle de petit coup dans son ventre.

— Je ne puis me rendre plus disponible que je ne le suis maintenant, rétorqua-t-elle.

— Vous adoreriez l'Espagne, dit-il d'une voix rêveuse.

Le rythme de ses caresses contre elle se modifia, ralentit, devint plus languide.

— L'air frais et pur sur les sommets des Pyrénées... Les danses gitanes passionnées... Le son des guitares... Lorsqu'on marche au bord de la Méditerranée, les vents soufflant d'Afrique sont chargés d'effluves épicés.

Plus que ses descriptions évocatrices, ce fut sa voix caressante qui la fit frissonner. Elle s'était beaucoup trop dévoilée, la veille. Elle lui avait laissé entrevoir ce qu'elle n'avait montré à personne d'autre, et il était assez impitoyable pour l'utiliser contre elle.

— Arrêtez.

— Aimeriez-vous venir en Espagne avec moi, Olivia ? On sait y apprécier les jolies femmes. Je vous imagine bien en Espagne, libre et heureuse.

— Monsieur...

— Je vous vois dans la lumière crue jetant des reflets sur toutes les nuances de vos cheveux. Vous danseriez sur des musiques sauvages, boiriez du *rioja* et mangeriez du poisson grillé pêché au pied de votre jardin, dans la mer où vous nageriez, nue et magnifique. Et vous seriez à moi.

Ses mots la faisaient souffrir. Si elle ne l'interrompait pas, il la détruirait.

— Je ne suis pas à vous. Je ne serai jamais à vous.

Elle devrait se montrer très prudente pour qu'il ne brise pas le cœur qu'elle n'avait jamais cru en danger. Elle se redressa pour poser la bouche sur son mamelon et l'aspirer goulûment.

Il grogna, et elle le sentit tressaillir.

Victoire !

112

Mais Erith lui saisit les bras et l'arracha à lui.

Il recula et, retenant son souffle, elle écarta les jambes, se préparant à l'invasion. Il rejeta la tête en arrière, et elle surprit l'expression tourmentée qui déformait ses traits.

Elle ferma les yeux.

Oh oui, elle avait gagné.

Tous les muscles de son corps se tendirent.

Mais, soudain, il roula de côté.

— Seigneur, grinça-t-il à travers ses dents serrées avant de se répandre en spasmes impétueux sur les draps.

8

Lord Erith resta allongé à côté d'Olivia sans rien dire, la tête enfouie dans l'oreiller. Elle ne voyait pas son visage, mais ses cheveux noirs étaient humides de transpiration et la peau nue de son dos luisait. Son corps vibrait encore sous l'effet de la tension.

Seuls leurs souffles saccadés meublaient le silence. L'atmosphère crépitait d'une violente émotion.

Un poids écrasant s'installa dans le ventre d'Olivia. Jamais encore elle n'avait ressenti un tel bouleversement. Elle était nerveuse, mal à l'aise, désemparée, furieuse mais sans cible pour sa colère, insatisfaite... ce qui était absurde, toute satisfaction dans les bras d'un amant étant exclue pour elle.

Elle se sentait triste et fatiguée, et ridiculement abattue. Elle aurait pourtant dû se réjouir d'avoir pris l'ascendant sur l'arrogant lord Erith.

Sauf qu'elle n'avait pas vraiment gagné. Il avait résisté à sa virtuosité sensuelle. Il ne l'avait pas pénétrée.

Alors qu'elle le croyait sur le point de céder, il avait remporté une victoire à la Pyrrhus qui les égarait tous deux dans de cruelles ténèbres. Elle ne décelait ni joie, ni jubilation, ni triomphe dans le corps tremblant allongé à côté du sien.

Elle ferma les yeux, mais cela ne fit que rendre encore plus vivant le souvenir de ce moment incendiaire et dévastateur. Le visage du comte avait été torturé, et son juron lorsqu'il s'était arraché à elle lui avait serré le cœur.

Elle entendit un froissement de draps quand il se retourna vers elle.

— Est-ce ce que vous vouliez ?

La question d'Erith faisait écho à l'amertume de ses pensées.

— Non.

Elle ouvrit les yeux et contempla le plafond en ordonnant à quelques larmes cuisantes de s'évaporer. Elle avait besoin de se ressaisir avant de croiser son regard gris et scrutateur.

Un nouveau silence tendu. Une bûche se désintégra dans la cheminée, les faisant sursauter. Elle prit une inspiration et se redressa contre les oreillers avant de le regarder enfin.

— Pourquoi ? Pourquoi, Erith ?

Le nom lui échappa avant qu'elle ait pu le retenir.

Malgré l'épreuve qu'ils venaient de vivre, il ne manqua pas de le remarquer.

— Vous ne m'avez jamais appelé ainsi.

— Et je ne commencerai pas maintenant.

— Nom d'un chien, femme, vous êtes allongée nue à côté de moi ! Appelez-moi Erith. Ou Julian, si vous le désirez. J'en serais ravi. Je n'attends pas de ma maîtresse qu'elle exécute des courbettes et des révérences avant de s'occuper de moi.

— Vous n'attendez pas de votre maîtresse qu'elle s'occupe de vous, riposta-t-elle d'un ton acerbe. Pour l'amour du Ciel, pourquoi ne pas vous servir de moi ? Vos nobles idéaux sont insensés.

Il serra les mâchoires avec obstination.

— Il peut y avoir davantage entre nous.

— Non, c'est impossible. Je suis la femme que vous payez pour partager votre lit, et vous êtes mon client.

— La nuit dernière, vous buviez mes paroles.

Une émotion qui ressemblait dangereusement à de la nostalgie la transperça. La veille, pendant un instant, elle avait oublié qu'elle était la froide et distante Olivia Raines, au corps disponible, aux mains habiles et à la bouche accueillante, et elle avait eu l'impression qu'il déployait le monde entier à ses pieds pour qu'elle s'en délecte.

Illusion ô combien dangereuse.

Elle eut envie de lui répondre sèchement que la soirée précédente n'avait rien signifié. Mais elle remarqua qu'il paraissait las, presque vaincu. Pour une fois, il avait l'air d'un homme frisant la quarantaine. Des rides marquaient ses yeux et le coin de sa bouche. La vibrante énergie qu'elle avait crue infinie l'avait déserté.

Sans réfléchir, elle tendit une main et toucha sa joue. Ce geste spontané recelait davantage de tendresse que tout ce qu'ils avaient pu partager durant cette harassante soirée.

— Je suis désolée de ne pas être ce que vous voudriez, dit-elle doucement, et avec une tristesse sincère qui l'aurait surprise elle-même deux jours plus tôt.

Il eut l'air moins morose, et un bref sourire flotta sur ses lèvres. Il appuya sa joue contre sa main et ferma les yeux.

— Je n'ai jamais dit cela.

Malgré tout, elle lui rendit son sourire. Elle n'aurait pas dû le toucher ainsi, mais c'était étrangement doux. Elle laissa sa main où elle était.

— C'est tout comme.

Il rouvrit les yeux et les plongea dans les siens.

— Le diable vous emporte ! Jamais personne n'a eu sur moi l'effet que vous me faites. En votre présence, je ne sais plus qui je suis. Quand vous n'êtes pas là, vous hantez mes pensées. Et, croyez-moi, je devrais les consacrer à bien d'autres choses.

Elle ne pouvait douter de sa sincérité. Ce difficile aveu était probablement le plus beau compliment qu'un homme lui eût jamais fait.

Elle fronça les sourcils et retira sa main. Sa paume la chatouillait.

— Si vous me preniez, peut-être cette obsession disparaîtrait-elle.

Il grimaça avec une ironie qu'elle trouva charmante. La passion était une arme qu'il déployait contre elle sans efficacité, mais l'humour la laissait sans défense.

— Je n'ai jamais rencontré de femme qui me nargue ainsi pour que je couche avec elle. En particulier lorsqu'elle n'apprécie pas cela.

Il s'affaissa sur le dos avant de se rasseoir.

— Je suis désolé, Olivia, ajouta-t-il.

Elle ne prit pas la peine de dissimuler sa propre tristesse.

— Moi aussi.

Il se pencha lentement au-dessus d'elle. Pendant un moment, elle demeura immobile et silencieuse, attendant qu'il touche sa poitrine ou son visage, ou même son sexe. Il lui fallut quelques fatales secondes pour comprendre qu'il voulait l'embrasser. Lorsqu'elle se déroba, la bouche du comte était presque sur la sienne. Ses lèvres atterrirent maladroitement sur sa joue.

— Non, chuchota-t-elle.

— Oh, Olivia. Comme vous avez peur, murmura-t-il.

Il déposa un minuscule baiser sur chacune de ses paupières avant de se lever.

— Venez, mon éblouissante maîtresse. Le souper nous attend.

Il lui tendit la main et sourit. L'espace d'un instant fugace, quelque chose s'épanouit dans le cœur d'Olivia, à la façon d'une fleur au soleil. Puis elle se rappela qui elle était, et la fleur se fana.

Le lendemain matin, de bonne heure, Erith chevauchait en direction de York Street, le sourire aux lèvres. Son pur-sang gris dansait sur les pavés, dans un joyeux claquement de sabots qui semblait refléter l'entrain de son cavalier.

C'était étrange, cette allégresse, alors qu'il avait reçu encore moins de satisfaction la nuit précédente que la veille. Ces moments humiliants où il s'était répandu sur les draps avaient été pitoyables et chargés de ressentiment.

Mais, curieusement, parmi le regret et la frustration, il avait trouvé de l'espoir. Car il avait vu au-delà de la splendide carapace derrière laquelle s'abritait Olivia Raines. Il avait entraperçu l'émotion. La vulnérabilité. Et, surtout, la tendresse. Le moment où elle avait touché sa joue résonnait encore dans son cœur comme le tintement d'une cloche d'argent.

Il était trop fier pour lui laisser la victoire. Elle aurait beau faire, il ne se rendrait pas. Il découvrirait la femme que cachait la courtisane.

Aucun amant ne lui avait donné de plaisir, jusqu'à ce qu'il commence à l'y éveiller. Cet exploit le consolait de toutes les épreuves qui jalonnaient sa quête.

Aujourd'hui, il comptait passer la journée et la soirée avec elle. Sa fille préparait son trousseau, avec l'aide de femmes ennuyeuses qui le harcelaient à la maison.

Cette nuit, il remporterait la victoire. Cette nuit, Olivia lui offrirait l'ardeur et la sensualité qu'elle n'avait jamais offertes à personne.

Il savait que la passion était enfermée dans son cœur. Il le sentait de la même façon qu'il sentait dans l'air matinal le parfum piquant de la poussière de charbon et les émanations de la Tamise. Il ne s'était jamais trompé au sujet d'une femme. Olivia Raines incarnait l'essence du désir. Il serait criminel qu'elle n'en profite jamais.

À chaque rue qui le rapprochait de la maison de York Street, son optimisme croissait. Son cheval hennissait, euphorique lui aussi en cette belle et claire matinée.

Il s'était levé tôt, bien qu'il fût resté fort tard chez Olivia.

Pour *bavarder*.

Depuis quand n'avait-il pas veillé pour discuter avec une femme ? Probablement pas depuis les débuts de son mariage.

Il tourna au coin de York Street et s'arrêta brusquement. Sous le choc, il demeura immobile sur sa selle.

Un élégant attelage stationnait devant la grille. Quatre magnifiques chevaux noirs qui n'auraient pas déparé sa propre écurie attendaient, harnachés. Des panneaux de bois dissimulaient les armoiries de la voiture fermée, et le cocher était vêtu d'une livrée anonyme distinguée.

En un instant effrayant, le bonheur d'Erith s'évapora. La journée s'obscurcit malgré l'éclat du soleil.

Olivia lui avait promis une entière fidélité pendant toute la durée de leur liaison.

Dieu tout-puissant, cela ne faisait que quelques heures qu'il l'avait quittée !

Il attira sa monture dans l'ombre du bâtiment le plus proche et observa la scène, en espérant que quelque chose, n'importe quoi, viendrait contredire ses odieux soupçons.

Pourquoi se serait-elle choisi un nouvel amant ? Elle était incapable de satisfaire le sien. Puis il songea à sa bouche agile, et son cœur battit violemment dans sa poitrine.

Oh si, elle était capable de satisfaire un homme. En particulier un homme qui n'était pas trop regardant quant au plaisir de sa partenaire.

Ce qui était le cas de la plupart des hommes.

La porte noire de la maison s'ouvrit et Olivia apparut, vêtue d'un ensemble qui ne faisait pas partie des tenues qu'il avait choisies pour elle chez la meilleure modiste de Londres. Modiste qui était d'ailleurs en train de prendre les mesures de sa fille pour sa robe de mariée.

Il s'attendait à voir défiler des domestiques portant des bagages – si elle l'abandonnait, elle voudrait emporter tout ce qu'il lui avait acheté. Mais personne n'emboîta le pas à Olivia, pas même une bonne pour offrir un semblant de convenance.

Le ventre en proie au bouillonnement d'une fureur rageuse, Erith la regarda monter dans la voiture et vit le laquais refermer la portière.

Il essaya de se convaincre que sa sortie était innocente. Sans doute allait-elle rendre visite à une amie ou faire des emplettes. Mais c'était compter sans cette voiture incriminante, sans son instinct aussitôt aux aguets.

Le cocher donna une secousse aux rênes, et le véhicule s'ébranla. Erith crispa les mains ; son cheval fit un pas de protestation.

— Désolé, mon vieux, chuchota-t-il en se penchant pour tapoter l'encolure luisante.

L'animal se calma tandis que le poing d'Erith, en revanche, se serrait contre son flanc.

Bon sang ! Il n'y avait qu'une chose à faire : lui rendre sa liberté, retourner à Erith House et lui envoyer un message hautain l'informant que leur arrangement était caduc. Elle pouvait garder ce qu'elle avait gagné, mais il ne dépenserait pas un penny supplémentaire pour elle. Il ne serait pas le dindon de la farce.

Il souhaita bonne chance à l'amoureux inconnu : elle lui serait tout aussi infidèle.

Qu'elle aille au diable ! Une de perdue, dix de retrouvées. Il n'avait jamais rampé devant une femme, il n'avait pas l'intention de commencer maintenant.

Il était le comte d'Erith. Les femmes, bonnes ou mauvaises, jeunes ou vieilles, se battaient pour attirer son attention. Bon sang, il pouvait à peine sortir de chez lui sans trébucher sur des gourgandines qui se disputaient le droit de se glisser dans son lit !

— La peste soit de cette créature, marmotta-t-il.

Il enfonça les talons dans les flancs de son cheval et s'élança sur les traces de l'élégante voiture qui disparaissait au coin de la rue.

Non sans difficulté, Erith suivit la voiture à travers la circulation déjà très dense. Il avait supposé qu'Olivia se rendait quelque part en ville, aussi fut-il surpris quand elle emprunta la route de Douvres.

Manifestement, les amants avaient prévu de s'offrir un intermède bucolique parmi les pommiers en fleur et les campanules. Erith grinça des dents et ravala un nouveau sursaut de colère.

Comment avait-elle pu le berner ainsi ? Depuis le début, il l'avait considérée comme une courtisane honnête. Ses yeux de la couleur de l'ambre lui avaient paru sincères.

Et pourtant, ils avaient menti.

Avec cet amant, son corps réagissait-il ?

Lui offrait-elle la passion dévorante qu'Erith percevait en elle ?

Curieusement, malgré la fortune qu'il avait dépensée pour elle et cette duplicité, c'était cela qui pesait dans son ventre aussi lourd qu'une enclume : le fait qu'elle donne à un autre ce qu'elle lui refusait.

À chaque tour de roue, la fourberie d'Olivia rongeait davantage le fragile écheveau de sang-froid qu'il avait tissé. Il détestait se sentir à la merci de quelqu'un. Perdu. En colère.

Après la mort de Joanna, il avait banni de son cœur ces émotions douloureuses et chaotiques. Il s'était cru à jamais protégé de leurs assauts. Jusqu'à Olivia. Cette femme l'avait envoûté.

Comment diable avait-elle pu le plonger dans cet état aussi rapidement ?

Ils avaient quitté Londres depuis si longtemps qu'il se demandait si elle n'allait pas jusqu'à Douvres même – peut-être s'enfuyait-elle vers le continent – lorsque la voiture bifurqua sur une route poussiéreuse. Un panneau délavé indiquait « Wood End », mais cela ne lui fut d'aucune aide. Il ne connaissait pas cette partie du pays. Ses propriétés familiales se trouvaient dans l'Oxfordshire, ou au nord.

À mesure que les routes se faisaient moins fréquentées, il avait accru la distance entre eux. Inutile que sa fourbe maîtresse se sache suivie. Il éperonna son cheval.

En vérité, il ne savait trop ce qu'il allait faire, et il se demanda une fois de plus quelle mouche l'avait piqué. Si elle le trompait, leur liaison était terminée, point final.

Il espérait qu'Olivia regretterait la perte de son généreux protecteur et se repentirait de son infidélité. Il soupçonnait plutôt, hélas, qu'elle hausserait les épaules, sourirait et retournerait chez lord Peregrine Montjoy, où elle n'aurait plus qu'à choisir un nouveau pigeon à bafouer.

Tout comme elle le faisait avec lui.

Il jura dans sa barbe, claqua de la langue et suivit la voiture à travers un bois touffu.

Dissimulé dans l'ombre des arbres, Erith observait la maison en pierre sans prétention dans laquelle Olivia avait disparu une heure plus tôt. L'ennui l'emportait presque sur sa colère. Presque.

Il avait chaud, soif et faim. Au lieu du somptueux petit déjeuner qu'il avait compté prendre dans le charmant petit salon de la maison de York Street, il avait avalé la poussière jusqu'ici sans même une gourde d'eau.

Il caressa les naseaux veloutés de son cheval.

— Bientôt, Bey. Un seau d'eau et de l'avoine pour toi, et pour moi une chope de bière pour faire descendre une entrecôte et des pommes de terre.

Les oreilles de l'animal tressaillirent. Erith espéra sans grande conviction qu'il ne mentait pas. Lorsque la voiture s'était arrêtée devant cette bâtisse modeste, tous ses muscles s'étaient bandés comme s'ils se préparaient au combat. La violence tapie dans ses tripes tel un cobra en colère, il avait attendu l'affrontement avec son rival.

Mais une femme d'une quarantaine d'années et un homme d'environ dix ans son aîné avaient accueilli Olivia avec de joyeuses embrassades. Plus surprenant, l'homme était apparemment pasteur. Erith avait remarqué alors le clocher d'une église qui surplombait les arbres tout à côté.

Malgré ses doutes soudains, il était resté, têtu, tandis qu'Olivia et ses hôtes rentraient à l'intérieur.

Enfin, la porte se rouvrit. Il se raidit, aussitôt sur le qui-vive.

Un grand jeune homme brun sortit aux côtés d'Olivia. Erith ne pouvait voir son visage en raison de la distance et de l'angle. Mais il n'était pas vêtu comme un domestique, et Olivia et lui étaient visiblement à l'aise ensemble. Elle lui prenait le bras et riait.

L'attitude d'Olivia indiquait qu'elle était totalement détendue. Même sa démarche était différente. À Londres, elle se déplaçait en ondulant des hanches, consciente que tous les regards masculins étaient rivés sur elle. Ici, elle marchait avec la foulée allongée des femmes nées à la campagne. Il avait toujours supposé qu'elle venait des bas-fonds de Londres, mais il se demandait maintenant si elle n'avait pas grandi dans un environnement aussi rural que lui. Elle n'aurait pas été la première jeune fille de la campagne à trouver la ruine dans le tourbillon de la capitale décadente. Cependant, il avait du mal à voir en elle une bergère écervelée ou une lavandière naïve.

Peu importait. Ce qui comptait à présent était qu'elle lui avait menti, et il avait la ferme intention d'exiger réparation.

Olivia et son compagnon contournèrent le presbytère. Sans réfléchir à ce qu'il ferait lorsqu'il confondrait les deux amants, Julian s'élança derrière eux, sans lâcher les rênes de son cheval.

Ce maudit scélérat était beaucoup plus jeune qu'Olivia. Ses goûts la portaient-ils vers une chair plus fraîche que celle de ses protecteurs ? Bien qu'il eût déjà la taille d'un homme, il n'en avait pas encore la maturité. Ses épaules étaient larges, mais son corps dégingandé, et ses membres avaient la maigreur maladroite d'un adolescent dont la croissance n'est pas terminée.

Julian serra les dents en regardant s'éloigner le long dos dans sa veste noire. Que fabriquait-elle avec cette fripouille ? C'était un homme qu'il fallait à une femme de son envergure, pas un gamin !

Sa main droite forma un poing tandis qu'il s'imaginait administrer une rossée à ce garçon. Il n'éprouvait pas le moindre désir de frapper Olivia. Au lieu de cela, il aurait voulu la plaquer au sol, remonter ses jupes élégantes et lui montrer ce qu'elle ratait en trompant le comte d'Erith.

Un grognement sourd sortit de sa gorge lorsqu'elle déposa un rapide baiser sur la joue du garçon. Il aurait donné tous les rubis de Birmanie pour un dixième de l'affection sincère qu'elle manifestait pour ce jouvenceau.

Qu'elle rôtisse en enfer !

Derrière la maison, quelques canards barbotaient sans enthousiasme dans un étang tandis que d'autres somnolaient sur la rive. Le jeune homme emmena

Olivia vers un banc de bois abîmé. La perfection pastorale du décor ne fit qu'accroître l'emportement d'Erith.

Il y avait des années qu'il ne s'était pas battu en duel, mais quelque chose en lui réclamait le sang de ce jeune homme. Parce qu'il lui avait volé Olivia, qui lui appartenait.

La possessivité sauvage qu'il avait ressentie la première fois qu'il avait vu Olivia Raines jaillit de nouveau en lui, suffocante. À travers le brouillard rouge de sa fureur, il les regarda s'asseoir. Ils se tenaient la main, et cette image innocente lui donna envie de vomir.

Un dernier vestige de raison l'exhorta à partir, à attendre d'avoir recouvré son sang-froid avant d'affronter les amants.

Son cheval ne l'entendait pas de cette oreille. L'appel de l'eau était trop irrésistible. L'animal s'ébroua et remua la tête pour échapper à la contrainte des rênes.

— Zut, marmonna Julian entre ses dents.

À cet instant, Olivia se retourna et le surprit en train de les espionner.

Il eut l'impression d'être un enfant quémandant des bonbons derrière une vitrine, image pathétique qui ne fit qu'ajouter à sa honte et à sa colère. Il prit une inspiration brutale et saisit la bride de son pur-sang en le maudissant silencieusement.

— Olivia, dit-il en avançant d'un pas.

Cela ressemblait davantage à un grognement qu'à un prénom.

Ébloui par le soleil, il ne remarqua pas tout de suite qu'en se levant, elle était livide et semblait terrifiée.

— Lord Erith, que faites-vous ici ?

Sa voix tremblait, et elle se tordait les mains avec une nervosité qu'il ne lui avait jamais vue.

— La journée m'a paru idéale pour une promenade à cheval dans la campagne, dit-il d'une voix douce.

Il aurait presque pu se délecter de son avantage si les crocs de la jalousie et de la déception ne lui avaient pas dévoré les entrailles.

— Vous m'avez suivie.

Son regard était furieux et accusateur. De quel droit le toisait-elle ainsi ?

— Oui.

— Vous n'avez pas cette prérogative.

— Je la prends.

Il s'approcha pour mieux voir son visage hypocrite.

— Nous avions un arrangement, dit-elle.

— Absolument, répliqua-t-il en se dressant au-dessus d'elle. À présent, si vous le voulez bien, nous allons rentrer à Londres et discuter de l'avenir de cet… arrangement.

— Il n'a pas d'avenir, monsieur.

Son ton glacial lui était plus familier que la voix effrayée de tout à l'heure.

Ah, elle retrouvait sa fougue. Tant mieux. Il avait envie de se bagarrer, or se mettre en colère contre une femme qui feignait d'avoir peur n'offrait aucune satisfaction. Elle se dressait devant lui, le menton relevé, le dos bien droit. À sa place, peu d'hommes auraient montré une telle audace. Elle était peut-être infidèle, mais incontestablement brave.

Il prit son bras gainé d'une manche verte ajustée.

— Nous parlerons de cela sur le chemin du retour, madame.

— Monsieur, lâchez Mlle Raines !

Le garçon bondit et agrippa la main d'Erith pour essayer de lui faire lâcher prise.

— On ne traite pas une dame ainsi !

— Si vous tenez à la vie, écartez-vous, blanc-bec, grinça Erith à travers ses dents serrées.

— Je ne suis pas un blanc-bec !

— Leo, reculez. C'est une histoire entre lord Erith et moi-même, supplia Olivia.

— Non, mademoiselle Raines. Cet homme n'est pas un gentleman.

— Un gentleman ?

Sans lâcher Olivia, Erith reporta son intention sur le jouvenceau.

Et se trouva devant un visage qui était la copie conforme de celui de lord Peregrine Montjoy.

9

Un goût plus amer que celui de l'aloès envahit la bouche d'Erith. Pendant un moment absurde, il resta paralysé, sous le choc, une main sur Olivia, l'autre crispée autour des rênes, et les doigts du garçon accrochés à son bras. Puis il se dégagea violemment, le souffle coupé.

Le garçon le toisait avec emportement, bien qu'il fût plus petit que lui d'une bonne tête. Son expression hautaine était si familière que le cœur d'Erith se serra dans sa poitrine.

— J'exige réparation, monsieur. Vous vous comportez comme un malotru. Donnez-moi le nom de vos témoins.

— Leo, non !

Olivia s'interposa entre eux, confirmant les soupçons d'Erith, qui n'en étaient déjà plus.

— Il ne parle pas sérieusement, Erith, déclara-t-elle d'une voix tremblante. Ce n'est qu'un enfant. Vous ne pouvez pas vous battre contre un enfant. Si furieux que vous soyez, vous ne ferez pas cela. Vous êtes un homme d'honneur.

— Je ne suis plus un enfant, mademoiselle Raines ! s'écria le jeune homme, dont le teint fonça tandis que sa colère se reportait brièvement sur Olivia.

— Non, bien sûr que non.

Erith se rappela avec un pincement combien l'orgueil d'un jeune homme pouvait être sensible. Et celui-ci ne manquait ni de courage ni de tempérament.

— Je vous prie d'accepter mes excuses les plus plates, dit Julian.

— Erith...

Olivia resta bouche bée.

Il lui en voulut un instant d'être surprise qu'il écoute la voix de la raison. Mais son accès de fureur s'était dissipé dès qu'il avait vu le visage du garçon. À présent, il n'aspirait qu'à des réponses.

Le jouvenceau ne se laissa pas amadouer.

— Ce n'est pas à moi que vous devez présenter des excuses, mais à cette dame, monsieur. C'est elle que vous avez offensée.

— Vous avez raison, répondit Erith d'un ton apaisant.

Il se tourna et s'inclina devant Olivia.

— Je vous demande pardon, mademoiselle Raines. Mon attitude était déplacée.

Avec une grâce régalienne, elle inclina la tête.

— J'accepte vos excuses, comte.

— Comte ? répéta le garçon avec stupeur.

Il n'avait pas dû entendre Olivia quand elle avait prononcé le nom d'Erith.

Le mécontentement se peignit sur le visage de la jeune femme, mais Erith l'avait placée dans une situation où les présentations étaient inévitables. Il refusa de lui venir en aide. La curiosité le brûlait comme un tison.

Elle poussa un soupir.

— Lord Erith, je vous présente mon filleul, Leonidas Wentworth.

— Monsieur Wentworth, dit Erith tandis que son esprit s'activait.

Il ne connaissait pas de Wentworth, mais cela n'avait pas d'importance. L'ascendance du garçon était inscrite sur ses traits. Rien d'étonnant à ce qu'Olivia le garde caché dans cette campagne reculée.

— Leo, voici un… un de mes amis, le comte d'Erith.

— Monsieur, fit Leonidas Wentworth avec un salut parfait quoique glacial.

C'était un jeune homme racé, Erith l'avait déjà remarqué. Certes, ses origines n'en laissaient pas espérer moins.

— Je n'ai encore jamais rencontré d'ami londonien de Mlle Raines, à l'exception de lord Peregrine.

Erith ne pouvait qu'approuver la raideur de ses manières. Cela signifiait que ses principes comptaient davantage pour lui que l'occasion de lécher les bottes d'un riche aristocrate.

Mais la dignité juvénile de Leo se fissura lorsqu'il jeta un coup d'œil derrière le comte vers le cheval qui reniflait avec intérêt l'herbe drue. Erith n'eut pas de mal à interpréter le désir qui brillait dans les yeux frangés de cils épais.

— Voulez-vous mener Bey à l'étang ? La pauvre bête n'a rien bu depuis que nous avons quitté Londres.

Un sourire éclaira le visage du garçon. Il était décidément très beau.

— Avec grand plaisir, monsieur. C'est un cheval espagnol ?

Erith fut impressionné. Le garçon s'y connaissait.

— Oui. Il y a une dizaine d'années, j'ai fait venir quelques chevaux andalous dans mon haras de Selden. Bey est l'un de leurs premiers rejetons.

Sa colère oubliée, Wentworth prit les rênes que lui tendait Julian. Avec un ravissement manifeste, il conduisit l'animal vers l'étang.

— Vous n'auriez pas dû me suivre, siffla Olivia entre ses dents en s'approchant de Julian.

— Non, c'est exact, reconnut-il.

— Quelle mouche vous a donc piqué ?

Elle vibrait comme un diapason.

Il leva vers elle un regard métallique.

— Vous le savez très bien. J'ai pensé que vous aviez un amant.

— Je vous ai dit que j'étais fidèle.

— Les femmes mentent.

— Pas moi.

— Si.

Pendant un moment chargé d'électricité, le souvenir des deux nuits précédentes, douloureux, incontrôlable, se dressa entre eux.

Olivia s'empourpra.

— Vous m'avez accordé l'entière liberté de mes mouvements lorsque j'ai accepté d'être votre maîtresse.

Il haussa les épaules.

— Que vous dire ? J'étais ivre de jalousie.

L'aveu le rongea. Et le stupéfia. Comment pouvait-il être en proie à de telles affres alors qu'elle ne représentait qu'un divertissement éphémère durant son bref séjour à Londres ? D'autant plus qu'il la connaissait depuis moins d'une semaine.

La fascination qu'elle exerçait sur lui pâlirait-elle quand il la connaîtrait mieux ? Il en doutait. Quelque chose lui disait que plus le temps passerait, plus il s'enferrerait dans cette attirance.

Le rouge disparut des joues d'Olivia tandis qu'elle prenait conscience de l'importance cruciale de cet aveu.

— Je ne vous crois pas.

— J'ai moi-même du mal à le croire.

Un sourire implacable se dessina sur les lèvres d'Olivia, et, avec un geste théâtral, elle écarta une mèche de cheveux venue chatouiller sa joue. Même sa coiffure était différente, ici. Plus simple. Plus lâche. Plus seyante.

Toujours à mi-voix, elle reprit :

— Notre relation ne peut se poursuivre. Vous en avez conscience, n'est-ce pas ? Il n'est pas question que je sois suivie, enfermée ou espionnée.

Elle marqua une pause avant de reprendre, visiblement à contrecœur :

— Monsieur, vous êtes un homme d'honneur. Je compte sur vous pour ne jamais parler de ce que vous avez vu ici.

Il éclata d'un rire sincèrement amusé. Elle avait réellement l'habitude de mener ses amants par le bout du nez.

— Allons, madame, vous ne vous en tirerez pas si facilement.

— Lord Erith...

— Vous pouvez me donner du « lord » autant que vous le voudrez, Olivia, c'est inutile. Il est trop tard pour prétendre que nous ne sommes que des étrangers.

— Nous ne sommes *guère plus* que des étrangers, répliqua-t-elle d'un ton boudeur.

— Des étrangers intimes, alors.

Il jeta un coup d'œil vers l'endroit où Wentworth s'occupait du cheval gris.

— Je vais aller chercher Bey, si ce garçon accepte de me le rendre. Ce dont je doute. J'ai l'impression qu'il a eu un véritable coup de foudre.

— Que savez-vous de l'amour ? grommela-t-elle, encore hérissée.

Il tendit une main pour lui toucher brièvement la joue.

— Plus que vous ne le pensez.

Elle écarta les lèvres, l'air surpris, et il se remit à rire.

— Vous croyez que j'ai grandi parmi les loups et que je suis un sauvage. Navré de vous décevoir. Je suis aussi humain que n'importe qui.

Avant qu'elle ait pu répondre, il laissa retomber sa main et reprit :

132

— Je vais me rendre au village. Je présume qu'il y en a un non loin de l'église et qu'il compte une auberge.

— En effet, Wood End se trouve de l'autre côté des arbres. C'est un endroit sinistre. Cela ne vous plaira pas, ajouta-t-elle avec une pointe de satisfaction.

— Je n'espère pas que cela me plaise, répondit-il avec un sourire narquois. Je veux simplement trouver un endroit où attendre que vous ayez terminé votre visite. Je présume que vous ne tenez pas à présenter votre amant fou au brave pasteur et à sa femme.

Elle pâlit, et il remarqua une fois de plus les taches de rousseur qui mouchetaient ses pommettes et son nez, comme une survivance de la petite fille qu'elle avait été.

— Non. Non, je ne veux pas que vous les rencontriez.

— Rejoignez-moi en voiture au village lorsque vous en aurez fini, et nous effectuerons le voyage de retour ensemble.

— Ne rentrerez-vous pas à cheval ?

— Non. Je préfère parler avec vous. Nous avons des choses à nous dire.

— Je ne suis pas d'accord.

Avec un autre sourire et un ample mouvement de sa redingote bleue, il s'assit sur le vieux banc et croisa les bras sur sa poitrine.

— Dans ce cas, discutons maintenant. J'ai tout mon temps.

Elle lui jeta un regard assassin, mais il savait que, pour une fois, c'était lui qui avait l'avantage. Elle désirerait la plus stricte intimité pour cet entretien. Même si elle ne comptait pas lui révéler quoi que ce soit, ses questions indiscrètes risquaient de semer le trouble dans cette paisible retraite.

— Je maudis le jour où je vous ai rencontré, lança-t-elle.

Sa bouche était crispée par le courroux, et le petit grain de beauté au coin de ses lèvres se détachait sur sa peau blanche à la façon d'une balise.

Le sourire de Julian s'élargit.

— Ne croyez pas qu'en étant gentille avec moi, vous me convaincrez de vous relâcher.

— Je ne suis pas un saumon, Erith, répliqua-t-elle d'un ton glacial. Je vous retrouve au village dans une heure. Si vous n'êtes pas devant l'auberge, je partirai sans vous. Et vous et vos menaces pourrez aller au diable.

Avec un froufrou de jupons irrité, elle retourna vers le presbytère. Son agacement lui donnait une démarche chaloupée. Cela lui plut.

Près d'une heure et demie plus tard, la voiture noire s'arrêta devant le pitoyable établissement qui ne méritait pas le nom d'auberge. Olivia n'avait pas exagéré. Erith avait passé une heure désagréable dans la salle malpropre à boire une bière allongée d'eau pendant que de frustes paysans le dévisageaient ouvertement.

Au bout d'une heure, il avait été heureux de sortir rejoindre Bey au soleil.

Son malaise n'était pas seulement dû à l'attention importune qu'il recevait des villageois. Dans cet obscur recoin du royaume, il était cerné par les odeurs, les paysages et les bruits de l'Angleterre rurale.

Cela faisait des années qu'il n'était pas venu à la campagne, sans doute depuis son mariage. Il avait oublié la douceur poignante du printemps, la beauté des champs verdoyants, la riche senteur des cultures anglaises poussant sous un soleil anglais.

Jeune homme, il avait cru qu'il vivrait jusqu'à son dernier jour sur les terres que lui avait léguées son père. Puis Joanna était morte, et sa vie joyeuse et agréable lui avait été arrachée.

Curieusement, ce n'était que maintenant qu'il se rendait compte combien la campagne et tout ce qu'elle avait de familier lui avaient manqué.

Le cocher d'Olivia descendit et se fraya un chemin à travers la foule de badauds crasseux pour prendre les rênes de Bey.

— Voulez-vous que je l'attache à l'arrière, monsieur ?

— Oui.

Comme Julian s'y était attendu, l'intérieur de la voiture était luxueux, des sièges en cuir marocain rouge aux coussins de soie à pompons, sans oublier la marqueterie. Il sentit le regard d'Olivia sur lui tandis qu'il s'installait face à elle, dos aux chevaux, étirait ses jambes et appuyait ses larges épaules contre le dossier capitonné.

Elle avait remis son chapeau à la mode et ses gants de citadine. Mais il en avait trop vu aujourd'hui pour croire qu'elle n'était rien d'autre qu'une froide courtisane.

Malgré le calme apparent d'Olivia, il percevait sa tension. Elle s'armait de courage en vue de leur affrontement imminent.

— Vous êtes en retard, dit-il en guise de préambule, plus pour briser le silence que pour le lui reprocher.

— Oui.

Sa voix était coupante. Elle était toujours en colère. Peut-être davantage maintenant qu'elle ne s'inquiétait plus pour Leonidas et qu'il n'y avait plus de témoins à leur entretien.

La voiture repartit, et il la regarda lever un bras mince pour se tenir à la sangle en cuir.

Il écarta nonchalamment les bras sur toute la longueur du dossier. Il n'avait aucun mal à deviner la stratégie d'Olivia. Elle comptait le réduire au silence par son attitude glaciale jusqu'à ce qu'ils atteignent Londres et qu'elle lui annonce qu'elle se retirait définitivement chez lord Peregrine.

Malheureusement pour elle, il avait d'autres projets. Et c'étaient ceux-ci qui l'emporteraient. Il prit une profonde inspiration et passa à l'offensive.

— Leonidas Wentworth est votre fils.

10

Quand Erith assena cette affirmation, Olivia tressaillit et devint blême. Arrachant sa main à la sangle, elle la pressa en tremblant contre sa poitrine. Son choc et sa frayeur étaient flagrants.

Dans le silence pesant qui suivit, Julian se demanda si elle allait nier.

C'était mal la connaître.

Il l'entendit prendre une inspiration frémissante. Puis elle releva le menton et répondit d'un ton farouche :

— Oui.

Son expression était froide et fermée, ses lèvres figées, et sa main gantée contre sa poitrine formait un poing. L'hostilité qui la hérissait était telle qu'elle était presque palpable.

Il regrettait de tout son cœur de la blesser en perçant ses secrets. Mais, pendant qu'il attendait au village, il avait eu le loisir de réfléchir aux révélations de la journée. Pour l'aider, il fallait qu'il sache ce qui lui était arrivé jadis.

Dès l'instant où il avait compris que Leo était son fils, un tourbillon d'émotions conflictuelles l'avait envahi. La stupeur. L'indignation. L'envie de la protéger. La tristesse. Une soif vorace de vengeance.

Une curiosité qui le brûlait comme un acide.

— Vous deviez être à peine sortie de l'enfance quand vous l'avez porté.

Il avait parlé d'un ton neutre, craignant, s'il perdait le contrôle, de se laisser aller à un tel éclat qu'il la terroriserait. Pourtant, sa colère n'était pas dirigée contre elle. Seigneur, pourquoi l'aurait-elle été ?

— Quel âge avez-vous maintenant ? Trente ans ?

— Trente et un, répondit-elle d'une voix cassante.

— Et lui ? Seize ans ? Dix-sept ?

La taille du garçon avait tout d'abord fait croire à Erith qu'il avait quelques années de plus. Leo ne ressemblait guère à sa mère, à l'exception de sa posture racée et de son orgueil farouche. Cet orgueil qu'il retrouvait à présent chez Olivia qui rivait sur lui un regard froid, le menton dressé.

— Cela ne vous regarde pas, monsieur.

Sa voix était glacée et tranchante.

La fragile intimité qui s'était établie entre eux ces derniers jours aurait aussi bien pu n'avoir jamais existé. La jeune femme avait érigé une véritable muraille autour d'elle. Malheureusement pour elle, il avait l'intention d'assiéger ses défenses et de les détruire si nécessaire.

Il soupira en se passant une main dans les cheveux. Il espérait de tout son être que ses motivations n'étaient pas entièrement égoïstes. Il ne le pensait pas. D'une voix plus douce, il reprit :

— Je sais que vous êtes têtue, Olivia, et après ce que j'ai appris aujourd'hui, je soupçonne que vous avez dû l'être pour survivre. Mais, de grâce, répondez-moi.

Elle pinça les lèvres avec animosité, et ses mains se crispèrent sur le réticule de velours vert posé sur ses genoux.

— Vous n'avez rien appris du tout.

Il inclina la tête en arrière et étudia les somptueux motifs rouge, bleu et or sur le plafond tapissé de brocart de la voiture.

— Croyez-vous ?

— Pourquoi vous y intéresser ? grinça-t-elle. Je ne suis rien pour vous. Juste une femme de plus pour chauffer votre lit. Il y en a eu avant moi et il y en aura après. Votre question n'est que le signe d'une curiosité malsaine et déplacée.

Certes, il y aurait d'autres femmes. Mais aucune comme elle.

Il ne comprenait pas ce besoin violent qu'il avait de connaître la véritable Olivia. Mais, pour quelque raison obscure, le défi qu'elle présentait lui semblait être sa dernière chance de sauver son âme, et une part irrationnelle et stupide de son être pensait qu'elle sauverait la sienne avec.

Pourquoi cette femme était-elle si importante pour lui, alors que les autres n'avaient été que des corps chauds destinés à combler le froid béant qu'il ressentait au fond de lui ?

C'était un mystère, qu'il résoudrait peut-être en même temps que le mystère d'Olivia... laquelle était manifestement déterminée à l'en empêcher à tout prix.

Il ne pouvait lui en vouloir. Il devinait déjà que son histoire recelait de douloureux secrets, mais son instinct lui soufflait qu'elle devrait faire la paix avec son passé pour se libérer de la gangue de glace qui l'emprisonnait.

Il plongea les yeux dans son regard houleux.

— Quel mal y aurait-il à me le dire ?

— Quelle importance si vous l'ignorez ?

— Je peux en deviner une bonne partie.

— Ou menacer de révéler l'existence de Leo, rétorqua-t-elle avec amertume.

Il aurait dû lui jurer qu'il garderait son secret, qu'il ne lui souhaitait aucun mal, ni à ceux qu'elle aimait, bien au contraire.

Mais il n'en fit rien et insista :

— Quel âge a votre fils, Olivia ?

Elle évita son regard.

— Leo aura dix-sept ans en août.

— Il ignore que vous êtes sa mère.

— Il ne doit jamais le savoir.

Derrière la colère, il discerna une indicible tristesse. Ainsi qu'un autre sentiment, qu'il n'aurait jamais cru voir en elle.

Une honte dévorante.

Il fronça les sourcils. Si ce qu'il supposait était vrai, rien ne justifiait cette honte. Il referma le couvercle de sa fureur bouillonnante. Il fallait qu'il en apprenne davantage.

Il ne prit pas la peine de se demander pourquoi il faisait sienne la cause de cette femme. C'était ainsi, point.

Il rêvait de la serrer dans ses bras, de lui offrir le réconfort de sa chaleur, mais il s'interdit d'aller vers elle. C'était la dernière chose qu'elle voulait de lui.

— Il vous aime.

— Oui.

Avec un geste irrité, elle lissa un pli inexistant sur sa jupe verte.

— Officiellement, ses parents sont Marie et Charles Wentworth.

Erith doutait que les gens soient dupes. L'affinité entre mère et fils, qu'il avait d'abord prise pour de l'attirance sexuelle, l'avait frappé avec force.

Son estomac se noua. Il dut se faire violence pour ne pas donner un coup de poing dans quelque chose et croisa les bras afin de dissimuler ses mains frémissantes.

— Vous aviez quinze ans quand il est né.

Il avait besoin de dire les mots, d'énoncer à voix haute l'atroce vérité.

Le fumier l'avait prise quand elle était à peine plus qu'une enfant. Le dégoût l'étrangla.

— Oui.

Elle gardait les yeux baissés.

Bon sang, Olivia, vous n'êtes pas coupable !

Il s'accorda le temps de ravaler les démons de la colère et de la violence. Puis, d'une voix néanmoins brusque, il reprit :

— Et pourtant, vous éprouvez de l'affection pour son méprisable père.

Elle fronça les sourcils et le regarda enfin.

— Son père ?

Ses yeux magnifiques et emplis de détresse avaient la couleur du sirop brûlé. Il ressentit un nouveau pincement de remords, mais il fallait qu'il sache la vérité.

— Lord Peregrine, cracha-t-il comme un juron.

Il fut incapable d'interpréter l'expression qui traversa son visage. Un morne amusement, peut-être.

— Vous croyez que Perry est le père de Leo ?

— La ressemblance est flagrante.

— Vous prétendiez pourtant que Perry préférait les hommes…

— À l'évidence, je me suis trompé, admit-il.

Elle émit un petit rire méprisant et lui lança un regard narquois.

— Je parierais que c'est la première fois de votre vie que vous prononcez ces mots.

— Eh bien, ne pariez pas trop cher.

— Cet interrogatoire est terminé, lord Erith.

Ses lèvres se raffermirent tandis qu'elle déclarait froidement :

— Je vous ai dit tout ce que j'avais l'intention de vous dire.

— Dois-je poser la question à Montjoy ?

— Laissez Perry en dehors de cela ! gronda-t-elle d'une voix blanche.

— Comment pouvez-vous supporter l'homme qui vous a violée quand vous n'étiez qu'une enfant ? s'emporta-t-il, outré.

— Il ne s'agit pas de Perry, répondit-elle en écartant le rideau afin de mieux voir le paysage.

— Ne mentez pas, Olivia. Ce garçon est son portrait craché.

— En effet.

Enfin, elle posa sur lui son regard limpide, presque impassible.

— Perry n'est pas le père, mais le *frère* de Leo. Le père de mon fils s'appelle lord Farnsworth.

Pour la deuxième fois de la journée, Erith eut l'impression que quelqu'un aspirait d'un seul coup tout l'air contenu dans ses poumons.

C'était l'infâme père du beau et doux lord Peregrine qui lui avait donné un enfant. La nausée le submergea.

Oh, Olivia...

Frederick Montjoy, lord Farnsworth, avait été un débauché malsain aux goûts notoirement pervers. Les femmes. Les hommes. Et même, chuchotait-on alors qu'il était mourant, les animaux. La douleur. Le sadisme. Julian découvrait à présent qu'il aimait aussi les enfants.

Jeune homme, Erith l'avait rencontré brièvement et n'avait vu en lui qu'un vieux monsieur sans intérêt, à qui, cependant, il n'aurait pas confié un chien errant.

— Vous en avez découvert suffisamment, monsieur. Plus que je n'en ai jamais révélé à quiconque.

La voix d'Olivia se brisa, et il remarqua que ses mains, qui trituraient son réticule, étaient agitées d'un tremblement incontrôlable.

— Je ne parle jamais à personne de cette époque. De grâce, je vous en conjure, permettez que le sujet soit clos.

Une compassion poignante le paralysait. Comment pouvait-il lui infliger cette souffrance ?

Puis il se rappela la peur qui brillait dans ses yeux magnifiques lorsqu'elle oubliait de maintenir ses barrières relevées. Il n'était pas impossible que cette confession, si difficile soit-elle, l'aide à vaincre les fantômes qui la hantaient.

— Racontez-moi ce qui s'est passé, demanda-t-il d'une voix dure.

Ses yeux topaze étincelèrent brièvement.

— Allez-vous donc cesser de me harceler ?

— Racontez-moi, Olivia.

Elle répondit avec aigreur :

— Mon frère m'a offerte à lord Farnsworth pour effacer une dette de jeu ; j'avais quatorze ans. Êtes-vous satisfait, à présent ?

Maudit soit son ignoble frère qui l'avait entraînée dans la prostitution ! Rien d'étonnant à ce qu'elle tienne les hommes dans un tel mépris.

— Je suis navré.

Les mots étaient horriblement inappropriés.

Avec un haussement d'épaules, elle se tourna de nouveau vers la fenêtre. Elle essaya de recouvrer son habituelle apparence de détachement, mais il avait touché de trop près sa vulnérabilité. Derrière son masque hermétique de courtisane, son visage était pâle et tiré, et sa bouche charnue crispée.

Ils atteignaient déjà la périphérie de Londres. Il avait été si concentré sur le peu qu'elle lui avait révélé de son passé qu'il avait perdu toute notion de la distance.

— Où se trouve votre frère, à présent ?

Il serra les poings, s'imaginant tordre le cou de ce misérable.

— Il s'est donné la mort il y a dix ans, incapable de rembourser ses dettes.

— Et, bien sûr, il n'avait pas d'autre sœur à vendre.

— Erith, dit-elle en se tournant vers lui, rembrunie. Je ne suis pas une princesse en détresse.

Il n'en était pas si sûr. Mais comment lui expliquer ce qui était encore obscur pour lui ? Il prit une profonde inspiration pour ravaler sa bile. Rien ne pouvait effacer de son esprit les horribles images que les aveux d'Olivia avaient fait naître en lui.

Imaginer sa fille contrainte de subir le même sort qu'elle lui donnait la nausée. Dieu merci, Roma avait une famille, un père, un frère, pour la protéger. La jeune Olivia n'avait vraisemblablement eu personne.

— J'ai une fille, dit-il.

C'était la première fois qu'il parlait de sa famille à une femme.

— Ah.

Elle posa sur lui des yeux compréhensifs.

Il attendit qu'elle le questionne, mais elle se contenta de se retourner vers la vitre. La circulation devenait plus dense, et la voiture dut ralentir.

Un silence gêné tomba, que seuls brisaient les craquements et grincements du véhicule. À chaque tour de roue, le chant des représailles battait plus furieusement dans le cœur d'Erith.

Maudits soient les deux scélérats à jamais hors d'atteinte ! Il ne pouvait plus venger Olivia.

Un problème plus immédiat le tira de ses mornes pensées. Il fallait à tout prix qu'il trouve un moyen de la garder près de lui.

Au bout d'un long moment, il reprit la parole.

— Notre arrangement n'est pas caduc.

Elle pivota et le foudroya du regard.

— Bien sûr que si. Je vous avais exposé mes règles, et vous les avez enfreintes.

— Je refuse qu'on en reste là, s'obstina-t-il.

— Vous ne pouvez pas utiliser mon secret pour me forcer la main, Erith, protesta-t-elle d'une voix où perçait le désespoir. Non seulement vous me blesseriez, mais vous feriez du mal à Leo et à ma cousine, ainsi qu'au brave homme qu'elle a épousé.

Sa cousine ? Intéressant. Il se rappela la femme au visage doux et bon qu'il avait aperçue devant le presbytère. Peut-être Olivia était-elle issue d'une classe sociale plus élevée qu'il ne l'avait imaginé. Si son frère était un gentleman, en termes de rang sinon d'honneur, son crime contre elle était encore plus odieux.

— Erith ?

Elle paraissait à présent sincèrement inquiète et avait perdu toutes ses couleurs. Il se rendit compte qu'il ne lui avait pas répondu.

— Contrairement à l'opinion couramment répandue, j'ai encore quelques notions d'honneur.

— Que voulez-vous dire ?

— Que je ne vous trahirai pas, ni Leonidas.

— Comment puis-je vous faire confiance ?

— Je vous donne ma parole, Olivia. J'emporterai votre secret dans la tombe.

Mais il savait qu'elle ne faisait confiance à personne. Visiblement peu convaincue, elle lui adressa un regard orageux.

— Même si je vous quitte ?

Il aurait été très facile d'utiliser ce qu'il savait pour la garder auprès de lui. Mais mentir, fût-ce par omission, lui aurait donné l'impression d'être mesquin et méprisable.

— Même si vous me quittez.

Il marqua une pause, puis s'accrocha à la seule prise qu'il avait encore sur elle.

— Et notre pari ? Admettez-vous que j'ai gagné ?

Elle fit une moue.

— Je ne considère pas une séparation par accord mutuel comme une capitulation de ma part.

— Le contraire m'eût étonné.

Il eut un petit rire et s'adossa à la banquette en croisant ses bottes.

— Il n'empêche qu'il s'agit bel et bien d'une reddition. Vous prenez mon exécrable comportement d'aujourd'hui comme prétexte pour justifier votre couardise.

Elle haussa un sourcil dédaigneux.

— Vous avez déjà essayé cette tactique, Erith. Elle a porté ses fruits une fois, mais, répétée, elle perd de son efficacité.

Il haussa les épaules et reprit d'un ton léger :

— Alors, restez pour le défi. Restez parce que vous le souhaitez. Restez parce que je repartirai après le mariage de ma fille et que vous pourrez tourner la page avec les souvenirs de la seule liaison qui n'aura pas emprunté le même chemin que les autres.

La voiture s'immobilisa brusquement, et le cocher cria une injure à quelqu'un. Dans l'habitacle, le silence crépitait de tension.

Olivia baissa les yeux vers ses mains, puis releva la tête, et il vit dans son regard une lueur troublée et tumultueuse.

— Ne prétendez pas que la situation est si simple, Erith.

Elle décrivit dans les airs un geste furieux.

— Vous en savez déjà plus à mon sujet que n'importe qui, hormis Perry. Cela vous confère un pouvoir que je ne puis accepter. J'ai passé ma vie à fuir tous les hommes qui essayaient de me dominer.

— Ce n'est pas pour vous dominer que je tiens à connaître votre histoire, répondit-il avec calme.

Après un léger silence, elle riposta d'une voix teintée d'une amertume nouvelle :

— Les hommes dominent les femmes, c'est ainsi.

— Mais ils ne vous dominent pas, vous.

— Cela n'a pas toujours été le cas.

— Je ne suis pas votre ennemi, Olivia.

Une ombre cynique durcit son visage. Brièvement, il se rappela la courtisane froide et manipulatrice qu'il avait rencontrée. Jamais plus il ne verrait cette femme en elle.

— Si.

Si, il incarnait l'ennemi.

L'organe que cachait son pantalon en faisait son ennemi. Ses passions viriles puissantes en faisaient son ennemi. Son désir pour elle en faisait son ennemi.

La voiture se remit en branle. Les quelques gouttes qui tombaient sur le toit se transformèrent en une pluie battante, en harmonie avec l'humeur morose de Julian.

Pour une fois, il se trouvait déconcerté dans une entreprise de séduction. Or, plus il fréquentait Olivia, plus il avait envie d'elle. De la femme réelle que dissimulait la belle carapace superficielle.

Il sombrait dans un gouffre de désespoir. Il ne se reconnaissait même plus…

Mais il ne regrettait pas d'avoir découvert ce qu'il savait maintenant. Olivia Raines lui avait fait éprouver plus d'émotions en quelques jours qu'il n'en avait ressenti ces seize dernières années. Des émotions dangereuses et douloureuses qu'il avait passé la moitié de sa vie à fuir.

Alors, pourquoi la perspective de lui dire adieu lui donnait-elle envie de casser quelque chose ?

À travers l'obscurité croissante accentuée par le rideau de pluie, il remarqua des façades familières. Ils n'étaient plus très loin de York Street.

— Que comptez-vous faire ? demanda-t-il. Je voudrais que vous restiez, ajouta-t-il avec difficulté.

— Jusqu'en juillet ? répliqua-t-elle d'un ton acerbe.

— Olivia, dit-il avec une pointe d'aspérité. Pour l'instant, j'essaie de vous convaincre de demeurer encore cinq minutes avec moi. Il est prématuré de s'inquiéter de la suite.

— Peu importe, Erith… commença-t-elle avec une détermination dans la mâchoire qu'il reconnut.

Il l'interrompit avant qu'elle ait pu prononcer les paroles irrévocables :

— Non.

Il cogna sur le toit jusqu'à ce que le cocher fasse coulisser le panneau derrière sa tête.

— Oui, madame ? Monsieur le comte ?

— Conduisez-nous à Hyde Park, ordonna brièvement Erith.

11

— Quelle mouche vous pique donc ? s'exclama Olivia. Nous étions presque revenus à York Street.

— Je veux vous parler.

Erith sentit le regard curieux du cocher lui vriller l'arrière du crâne, mais n'y prêta pas attention.

Un froncement de sourcils impatient traversa le visage de la jeune femme et lui redonna un peu de vie.

— Vous me parlez depuis que nous sommes montés dans cette voiture, pour l'amour du Ciel !

— Je veux vous parler à l'air libre.

— Mais il pleut à verse !

— Peu importe.

— Madame ?

Le cocher pensait manifestement qu'ils avaient perdu la tête. Olivia dévisagea Erith dans la pénombre comme si elle aussi le croyait devenu fou. De son côté, il n'était plus sûr de rien, sauf d'une chose : il ne comptait en aucune façon la regarder sortir de son existence sans rien faire.

Sans doute pour la première fois de sa vie, il avait l'intention de se battre pour obtenir ce qu'il voulait.

Pendant un long moment, elle étudia son visage, puis une détermination soudaine éclaira son expression.

— Sherrin, monsieur désire se promener dans le parc.

Elle regarda le cocher derrière l'épaule de Julian.

— Nous irons donc au parc.

— Oui, madame.

Le cocher n'avait pas l'air très content. Étant donné l'eau qui ruisselait sur sa cape en toile cirée, Erith ne pouvait lui reprocher son manque d'enthousiasme.

— Arrêtez-vous au premier kiosque.

— Très bien, monsieur le comte.

Sherrin referma le panneau coulissant.

Olivia décocha à Erith un regard excédé tandis que le véhicule se remettait en branle.

— Nous allons tous les deux attraper la mort. Sans parler de ce pauvre homme, qui a une femme et des enfants.

— Si je vous ramène à la maison, vous me quitterez, déclara-t-il.

Il savait qu'il se ridiculisait. Il aurait aimé s'en empêcher, mais un démon le possédait.

— Je peux m'enfuir du parc aussi bien que d'un salon.

Bientôt, la voiture s'arrêta. Erith jeta un regard par la fenêtre embuée et aperçut la masse imposante d'un temple grec. Le panneau coulissa de nouveau derrière sa tête.

— Ici, monsieur ?

— Oui, Sherrin. Attendez ici que nous vous appelions.

— Très bien, monsieur.

L'homme descendit du véhicule, et Erith le regarda courir à travers les torrents de pluie puis disparaître à l'abri du temple. Il se retourna vers Olivia.

— Voulez-vous faire une promenade ?

Elle écarquilla les yeux.

— Sous cette pluie diluvienne ?

— Ce n'est qu'une giboulée.

Il ouvrit la portière et sortit sous la pluie.

— Vous n'allez pas fondre.

— Sincèrement, je crois que votre place est à l'asile.

Il s'attendait qu'elle proteste encore, mais elle descendit et ils se trouvèrent bientôt tous les deux dehors.

— Probablement.

En quelques secondes, la pluie battante plaqua ses cheveux sur son front. Il cligna des yeux. Le vent couchait les gouttes d'eau à l'horizontale comme autant d'aiguilles glacées. Olivia avait raison. Il était devenu fou. Il fallait l'être pour sortir de son plein gré par un temps pareil.

Il lui prit le bras et la fit avancer obstinément vers un bosquet. Elle dut presser le pas pour le suivre. Sa robe élégante était déjà trempée, et son chapeau de paille ramolli s'affaissait.

Elle l'ôta, l'observa une seconde et le jeta.

— Irrécupérable, je le crains.

Elle devait hausser la voix pour couvrir le bruit de la pluie.

— Comme mon caractère, fit Julian.

— Comme le mien.

— Nous sommes donc faits l'un pour l'autre.

— Cela ne signifie pas que nous devons rester ensemble.

Elle courba la tête lorsqu'une bourrasque déversa sur eux un torrent d'eau glacée.

— Si je meurs de froid, que je décide de rester ou non avec vous n'aura plus d'importance.

— Dois-je en déduire que vous y réfléchissez ?

— Pour l'heure, je ne pense à rien d'autre qu'à un bon feu bien chaud et à des vêtements secs. Accompagnés peut-être d'un brandy et d'un cigare.

Ils avaient atteint le bosquet. Erith l'attira sous le couvert des arbres et lui lâcha le bras. Elle n'allait vraisemblablement pas s'enfuir maintenant qu'elle était venue jusque-là.

— Il *faut* que vous restiez avec moi, Olivia. Je suis le seul homme de toute la chrétienté capable de tolérer vos excentricités.

— *Mes* excentricités ? C'est l'hôpital qui se moque de la charité ! Qui a obligé l'autre à sortir en pleine tempête ? Perry m'avait dit que vous aviez une réputation d'homme impassible et calculateur. Je n'en vois guère la preuve. Ne pourrions-nous poursuivre cette discussion dans la voiture ?

Elle frissonna. Son visage était livide. Il était cruel de l'obliger à endurer ce déluge. Pourtant, mû par une sorte de superstition, Julian refusait de la laisser retourner dans la voiture qui l'emmènerait loin de lui.

— Vous essayez de me tenir à distance, lui reprocha-t-il d'un ton boudeur qu'il regretta aussitôt.

— Et en me noyant, pensez-vous que vous serez plus proche de moi ? Ne pourriez-vous au moins le faire dans un bain chaud ?

L'image de ses longs membres gracieux luisants d'eau savonneuse fit naître en lui un désir que même le froid et la pluie ne pouvaient éteindre.

Pour une femme entraînée en pleine tempête, elle n'avait pas l'air particulièrement en colère. Irritée, certes, mais pas furieuse. Il se demanda ce qui se passait dans son cerveau brillant, fascinant et compliqué. Et dans le sien, pour lui infliger cela.

Elle essuya son visage. Inutilement. L'eau continuait à y dégouliner. Ses deux tresses toutes simples, si différentes de ses habituelles coiffures sophistiquées, pendaient telles des queues de rat sous la pluie, qui leur donnait des reflets de bronze. Elle n'avait plus rien de la créature sensuelle et élégante qu'il avait rencontrée.

Et elle était d'une beauté renversante.

Elle le fixa d'un œil intransigeant.

— Dites-moi ce que vous avez à me dire et laissez-moi retourner à l'abri.

Il s'approcha, en partie pour la protéger de la pluie, en partie parce qu'il avait besoin de la sentir dans le refuge de son corps. L'odeur de la pluie saturait l'air agité, mais il perçut en filigrane son délicat parfum.

Il riva son regard sur elle. Une émotion brute et bouleversante le faisait trembler. Il se sentait perdu, vulnérable, menacé.

— Allez-vous partir ? demanda-t-il à brûle-pourpoint.

Le visage d'Olivia se contracta sous l'effet du désarroi.

— Ne vous mettez pas dans cet état, je n'en vaux pas la peine.

— Bien sûr que si, répliqua-t-il avec un sursaut de colère.

Il lui saisit le bras.

— Bon Dieu, Olivia, je me rends. Si vous restez, vous pourrez déclarer publiquement que vous m'avez assujetti.

— Je me fiche du pari, riposta-t-elle. Pourquoi est-ce si important pour vous que je sois votre maîtresse ?

Ce fut avec une honnêteté absolue et stupéfaite qu'il répondit :

— Je n'en ai aucune idée.

— Moi non plus. Vous n'avez pas eu de plaisir.

Julian était pénétré du ravissement que lui causait son esprit. Sa beauté. Sa vivacité. *Elle*, tout simplement.

— C'est faux.

— Non. Vous n'avez pas voulu de ce que je vous offrais, or je ne puis vous donner ce que vous me demandez. Et pourtant, vous me harcelez.

Ses yeux ressemblaient à des pierres précieuses entre les franges mouillées de ses cils. Son visage était pâli par le froid et la tension.

— Que voulez-vous, Erith ?

La pluie s'était calmée pendant leur discussion et ne formait plus maintenant qu'un contrepoint délicat à cette question brutale.

Il prononça à voix haute les mots que lui chuchotait son âme. L'âme qu'il avait crue calcifiée pendant seize années de chagrin et de solitude.

— Je vous veux.

Il surprit un éclair de douleur dans ses yeux brillants.

— Mais moi, je ne vous veux pas.

— Je peux faire en sorte que vous me désiriez, la pressa-t-il d'une voix brisée par le désespoir, tandis que sa poitrine se soulevait.

Il avait du mal à respirer.

— Non.

Elle tendit une main pour caresser sa joue. C'était le même geste qu'elle avait effectué la nuit précédente. Après leur dispute, cette tendresse soudaine lui avait alors déchiré le cœur, et le souffle lui manqua cette fois encore.

Il ferma les yeux et laissa la chaleur de ce contact l'imprégner. Elle disait ne pas vouloir de lui, mais il était loin de lui être indifférent.

Il n'aurait pas dû faire ce qu'il s'apprêtait à faire. Il savait que cela annihilerait toute chance de la convaincre de rester. Il rouvrit les paupières et resserra sa prise sur son bras, sans lui faire mal, mais suffisamment pour l'empêcher de s'éloigner.

— Olivia, chuchota-t-il pour le plaisir d'entendre son nom.

Il vit ses yeux clairs prendre la couleur du whisky ambré lorsqu'elle comprit ce qu'il allait faire. Elle tremblait sous sa main.

De froid ? De peur ? *De désir ?*

Il n'aurait su le dire. Mais elle ne se déroba pas lorsqu'il s'approcha.

— Non, Erith, prononça-t-elle dans un souffle.

Son haleine effleura ses lèvres et réchauffa sa peau glacée.

— Si, répondit-il sur le même ton.

Il plaça sa main libre en coupe autour de sa mâchoire et lui redressa doucement le menton.

Pendant un instant suspendu, la pluie, le vent, le froid disparurent. Il n'y eut plus que cette femme et la promesse du baiser à venir.

Elle gémit lorsque sa bouche toucha la sienne. S'ils n'avaient pas été si proches, il ne l'aurait pas entendue. Pendant un moment fugace, il goûta la fraîcheur de sa peau et de la pluie. Puis il s'écarta légèrement, afin que le fantôme du baiser plane entre eux.

Olivia entrouvrit les lèvres et prit une inspiration saccadée. Il attendit qu'elle se dégage, comme elle l'avait fait la fois précédente. Mais elle demeura parfaitement immobile, à l'exception des vagues de tremblements qui agitaient son corps mince et souple.

Il fallait qu'il s'arrête. Ce baiser représentait plus qu'elle ne lui avait jamais accordé.

Il avait son consentement réticent. Il n'avait pas le droit d'en exiger plus.

Mais il rêvait de l'embrasser depuis qu'il avait posé les yeux sur elle. Il se pencha et effleura de la bouche son grain de beauté. Puis, avant qu'elle ait pu protester, il goûta de nouveau ses lèvres. Elles étaient aussi douces et lisses que du satin humide.

Il l'avait déjà embrassée, mais sans savoir quel était l'enjeu, simplement par jeu.

Ce timide baiser-ci était plus important que la vie et la mort.

Délicatement, sa langue toucha la commissure de ses lèvres. Elle émit un léger ronronnement et entrouvrit la bouche un court instant. Son souffle caressa la langue de Julian et, presque imperceptiblement, elle remua les lèvres contre les siennes.

Il soupira, et la main qui tenait la mâchoire d'Olivia décrivit une caresse. Sa réponse infime, hésitante, déclencha chez lui un désir qui l'étourdit. Un désir tempéré par une tendresse insoutenable qui lui donnait envie de la chérir autant que de la ravir.

Il savoura son baiser pendant un moment interminable, sachant que réclamer davantage le mènerait au désastre.

Mais il ne put s'empêcher d'accroître la pression. Pendant un instant fugace, les lèvres d'Olivia s'adoucirent, s'entrouvrirent, répondirent aux siennes.

Puis elle se raidit sous ses mains et s'écarta, mais lentement, comme si elle s'éveillait d'un rêve. Elle avait fermé les yeux, et lorsque ses lourds cils se relevèrent, il vit la jeune fille qu'elle n'avait jamais eu la chance d'être.

Son expression éblouie se fit horrifiée.

— Vous m'avez embrassée.

— Oui, répondit-il, en proie à un tel désir qu'il aurait pu en mourir.

— Ôtez vos mains de moi.

Sa voix tremblait.

Avec un geste d'excuse ironique, il la relâcha. Elle se donnait du mal pour dresser des obstacles entre eux, mais elle était plus vulnérable qu'il ne l'avait imaginé.

Il se retiendrait de jubiler. Pour l'instant.

Maintenant que le contact était rompu, il reprenait conscience de ce qui l'environnait. La pluie était glacée, le vent s'était levé de nouveau, et le sol était boueux et détrempé sous ses pieds. Le tonnerre dans son cœur trouvait un écho dans le crescendo de l'orage.

— Je retourne à la maison. Ne venez pas avec moi.

— Laissez-moi vous accompagner jusqu'à la voiture.

Par un temps pareil, Hyde Park était désert, mais il refusait malgré tout de la laisser sans protection.

Le rire de la jeune femme ressembla à un sanglot étouffé.

— Je préfère rentrer à pied.

— Vous n'y pensez pas !

Il voulut lui prendre la main, mais elle s'éloigna.

— Ayez l'obligeance de m'accorder au moins cette liberté.

Elle tourna les talons dans un mouvement de jupes gorgées d'eau. Les épaules droites et la tête haute, elle sortit de sous les arbres.

Il ne pouvait la laisser partir ainsi, sans avoir rien résolu. Il lui prit le bras et, cette fois, l'empêcha de se dérober.

— Qu'allez-vous faire, Olivia ?

Elle lui coula un regard indéchiffrable.

— En premier lieu, changer de vêtements.

Elle était redevenue Olivia Raines, reine des courtisanes. Une reine tristement débraillée. Mais, aux yeux d'Erith, d'autant plus adorable.

Il lui lâcha le bras. Et articula les mots que le cynique comte d'Erith se serait jadis cru incapable de prononcer :

— S'il vous plaît, ne me quittez pas, Olivia.

Durant un bref instant, elle oublia sa hauteur, et il entrevit le tourment de son cœur avant qu'elle ne se détourne. Avec un juron étouffé, elle souleva ses jupes, et il la regarda avec désespoir courir sur le sol bourbeux de cet après-midi pluvieux.

12

La porte de la chambre s'ouvrit avec un fracas qui ébranla les vitres et agita les rideaux brodés de pivoines et de paons.

Le comte d'Erith se dressait sur le seuil. Puissant. Intense. Vibrant d'une détresse farouche.

Avec un petit cri, Olivia s'enfonça dans l'eau qui refroidissait, serrant devant elle son verre de brandy à moitié plein comme un bouclier. Sa bonne poussa une exclamation et laissa tomber le broc en porcelaine qu'elle soulevait pour lui rincer les cheveux. L'objet se fracassa sur le sol dans une gerbe d'eau.

— Doux Jésus, mademoiselle ! s'écria Amy.

Son regard affolé se posa sur Erith, et elle effectua une révérence maladroite.

— Monsieur le comte.

— Sortez, ordonna-t-il à la fille.

Ses vêtements étaient trempés, ses cheveux noirs dégoulinants collaient à son visage tiré. Ses yeux gris étincelants et fiévreux étaient rivés sur Olivia.

Amy était trop surprise par son apparition pour comprendre ce que cachait son calme apparent. Elle commença à jeter des serviettes dans la flaque d'eau.

— Le tapis va être gâché…

— J'ai dit, sortez, répéta-t-il avec plus de calme encore.

Cette fois, Amy comprit la menace. Elle laissa tomber les serviettes, exécuta une nouvelle révérence maladroite et rapide, et disparut dans le salon, les laissant seuls.

Pendant un moment tendu, le souvenir de ce merveilleux baiser sous la pluie resta suspendu entre eux. Pour Olivia, ce fut comme si elle sentait de nouveau la chaleur épicée de sa bouche contre la sienne, ses mains froides sur son visage. Il l'avait tenue comme s'il n'avait jamais rien touché d'aussi précieux de toute sa vie. Elle entrouvrit les lèvres en tremblant, tout comme elle l'avait fait sous son exploration délicate.

Ce baiser poignant l'avait lacérée.

Elle préférait ne pas y repenser.

Cela faisait plus d'une heure qu'elle s'était enfuie sous la pluie battante. Aveuglée par l'angoisse, elle était montée dans un fiacre libre à la sortie du parc. Transie, elle s'était précipitée dans la maison avec l'intention d'en ressortir aussitôt, avant qu'il ne recommence à la plonger dans le désarroi avec d'autres demandes, d'autres questions, et cette maudite tendresse qui la laissait perdue, sans défense.

Tout – sa raison, son instinct de survie, son expérience – lui hurlait de mettre un terme à cette liaison. Sur-le-champ, avant que cet étrange lien ne détruise la femme puissante qu'elle avait faite de la petite fille violentée et terrifiée d'autrefois.

Alors, que faisait-elle encore ici ?

Elle croisa son regard à travers la pièce, et une décharge électrique la traversa. Nervosité ? Peur ? Ressentiment ? Il ne s'agissait certainement pas d'excitation. Ses doigts se crispèrent autour du verre en cristal. Elle était incapable de détourner les yeux.

Erith entra dans la chambre et referma la porte avec des gestes soigneusement mesurés indiquant qu'il était au bord de l'implosion.

— Vous êtes toujours là, dit-il doucement, sans s'approcher.

— Oui.

D'une main, il arracha son foulard mouillé et le laissa tomber par terre.

— Pourquoi ?

Elle préféra ne pas répondre – elle n'était même pas certaine de pouvoir formuler une explication cohérente. Il n'y avait pas si longtemps, elle aurait pu clamer qu'elle restait pour ne pas nuire à sa réputation de courtisane. Mais à présent, ç'aurait été mentir. Peut-être avait-ce été un mensonge depuis le début. Elle ne pouvait plus nier que lord Erith l'avait toujours attirée tel un aimant.

Je suis ici parce que vous m'avez embrassée sous la pluie. Vous m'avez embrassée comme si je vous brisais le cœur.

Ridicule.

Elle essaya d'insuffler du pragmatisme à l'atmosphère de plus en plus intense.

— Erith, vous allez attraper la mort dans ces vêtements mouillés. Pourquoi ne pas commander un bain ? Je vais terminer le mien et demander qu'on prépare un souper, si vous restez.

— Oh, je reste, vous pouvez y compter.

Ses lèvres sensuelles s'ourlèrent sur une grimace qui n'était pas tout à fait un sourire.

— Pourquoi êtes-vous toujours ici, Olivia ?

Maudite soit son obstination ! Mieux valait passer à l'offensive, décida-t-elle. Mais comment en imposer, assise nue dans l'eau tiède, les cheveux mouillés ?

— J'ai cru comprendre, après votre petit numéro à Hyde Park, que ma présence était nécessaire à votre santé mentale, répondit-elle d'un ton sarcastique.

Naturellement, sa tentative puérile de le contrarier échoua. Il demeura parfaitement impénétrable, mais elle le connaissait assez pour deviner les courants turbulents qui tourbillonnaient derrière son masque. Elle se rappela le désespoir dans sa voix quand il l'avait suppliée de ne pas le quitter. Voir cet homme orgueilleux dans un tel état l'avait émue aux larmes.

— Je pensais vous trouver en train de faire vos bagages. Ou partie.

Il ôta sa redingote avec difficulté, car elle collait à son corps, et la jeta par terre à côté du foulard.

— J'ai ma dignité, monsieur. Je refuse qu'on voie Olivia Raines quitter cette maison avec la mine de quelqu'un qu'on a plongé dans la mer du Nord.

L'eau du bain était devenue désagréablement froide ; il l'avait déjà vue nue, et pourtant, une pudeur absurde, sans doute due aux émotions qui avaient émaillé la journée, la retenait.

C'était risible. Elle n'avait pas été intimidée depuis son premier amant.

— Vous n'irez nulle part.

— Est-ce une menace ?

— Une observation. Et non dénuée de fondement, en l'occurrence.

Comme pour appuyer ses dires, il se pencha pour la délester de son verre. Il en but une longue gorgée avant de le poser à côté des quelques serviettes encore pliées sur la coiffeuse.

Le frisson qui la secoua n'était pas entièrement dû à l'eau froide : en buvant dans le même verre qu'elle, il réclamait en quelque sorte des droits sur elle.

Nom d'un chien, elle n'allait pas rester assise dans cette baignoire indéfiniment. Elle était déjà fripée comme un pruneau.

— Passez-moi une serviette, Erith, dit-elle avec raideur. Si vous en trouvez une sèche.

Il prit une serviette sur la pile.

— Tenez.

Elle la lui arracha des mains et, avec une maladresse humiliante, s'en enveloppa pour sortir de la baignoire.

— Merci.

Une trentaine de centimètres de tapis détrempé les séparait à présent. Elle voulut reculer, mais ses jambes heurtèrent la baignoire.

— Prenez garde, dit-il doucement en tendant une main pour l'aider à retrouver son équilibre.

Puis il la lâcha.

Que mijotait-il ? Elle connaissait les hommes, leurs pulsions, leurs faiblesses, leur méprisable conception du monde qui justifiait tous leurs actes. Cependant, même si sa vie en avait dépendu, elle n'aurait su déchiffrer les pensées d'Erith.

— Vous ne me comprenez pas aussi bien que vous le croyez, reprit-elle.

Elle maudit son ton boudeur. Elle avait voulu paraître courageuse et provocante, et non donner l'impression d'être une enfant se voyant refuser une friandise.

— Vous n'avez toujours pas répondu à ma question.

Ses mains aux longs doigts élégants se posèrent sur les boutons de son gilet chic ruiné par la pluie.

Il le fit glisser le long de ses bras et le laissa tomber derrière lui. Cette façon qu'il avait de se déshabiller lentement accroissait encore la nervosité d'Olivia. Elle fit un pas sur le côté, incertaine, telle une jument flairant un étalon.

— Si je suis toujours ici, c'est parce que...

Brusquement, elle se tut et l'observa. Sa chemise mouillée moulait son buste musclé, soulignait ses côtes et ses larges épaules. Elle étudia sa mâchoire carrée, son menton déterminé, son nez hautain, droit et impérieux, ses yeux faussement endormis sous leurs paupières lourdes. Rien en lui n'inspirait la douceur. Jusqu'à ce qu'on s'arrête sur la frange épaisse et noire de ses cils ou sur la ligne soudain vulnérable de sa bouche.

Il était le plus bel homme qu'elle eût jamais vu. Son ossature était si puissante...

Comment pouvait-elle trouver un homme séduisant ? Les hommes étaient des bêtes et des brutes.

Mais sous le regard d'Erith, qui la dévisageait comme si son univers commençait et se terminait avec elle, elle fut incapable de ranimer la familière amertume. La bouche soudain sèche, elle s'humecta les lèvres et crut l'entendre étouffer un grognement. Son pouls battait si fort dans ses oreilles qu'elle n'en était pas certaine.

— Que le diable vous emporte, Olivia, grinça-t-il en avançant d'un pas.

Elle se retrouva, tremblante, dans l'ombre de son corps athlétique.

— Touchez-moi.

La main qui serrait la serviette humide se crispa. Son souffle s'étrangla ; son champ de vision se rétrécit, tandis que tout ce qui n'était pas Erith se perdait dans le brouillard.

Que Dieu lui vienne en aide ! Elle mourait d'envie de sentir sous ses mains sa chair ferme et musclée. Par plaisir. Par besoin. Elle ne se reconnaissait pas. Était-ce bien elle, cette femme à la merci de ses appétits charnels ?

Elle se mordit la lèvre, déchirée entre une crainte rationnelle et une audace aberrante. L'audace l'emporta d'un cheveu. Comme si elle prenait le plus grand risque de sa vie, Olivia se pencha pour poser la paume de sa main à plat sur le triangle de peau hérissée de poils que dévoilait la chemise ouverte d'Erith. Le choc du contact la fit vibrer des pieds à la tête. Il frémit sous ses doigts, mais la laissa poursuivre sa timide incursion.

Lentement, en prenant son temps, Olivia appuya sa peau nue contre la sienne, pour sentir sa chaleur et sa force, en une caresse presque aussi intime que leur bref et tendre baiser sous la pluie, qui se trouvait être la plus plaisante expérience sensuelle qu'elle eût jamais connue. Ce pudique contact l'unissait à une autre personne comme jamais ne l'avait fait l'invasion d'un homme dans son corps.

Il respira un grand coup, ferma les yeux, et ses pommettes se colorèrent, tandis que sa bouche à l'expression généralement cynique se détendait jusqu'à devenir pulpeuse et magnifique.

— Comme vous êtes chaud… s'étonna-t-elle dans un murmure.

Elle s'était attendue à trouver sa peau froide et mouillée, après sa marche sous la pluie. Instinctivement, elle se rapprocha de lui. Elle avait froid depuis si longtemps que la chaleur de lord Erith exerçait sur elle un attrait irrésistible.

— Laissez-moi vous réchauffer, chuchota-t-il en refermant les mains autour de ses épaules nues et humides.

Sans insistance. Sans brusquerie. Il lui offrait sa chaleur, et un sentiment de sécurité qu'elle n'avait encore jamais éprouvé auprès d'un homme.

Il se pencha pour l'embrasser. Elle se mit à frissonner, telle une biche face au chasseur, puis quelque chose en elle s'épanouit et elle avança au lieu de se dérober. Pour la première fois, elle leva la tête pour accepter la bouche d'un homme sur la sienne.

Elle attendit que le dégoût habituel survienne, l'odieuse sensation d'étouffement. Au lieu de cela, elle ressentit la même divine douceur qu'elle avait goûtée lorsqu'il l'avait embrassée sous l'orage. Et la trace séductrice sur ses lèvres du brandy qu'il lui avait dérobé.

Il n'exigeait pas de réaction. Il ne la plaquait pas contre lui, et ses mains autour de ses bras n'étaient pas serrées. Si elle le désirait, elle pouvait s'échapper. Tout dans la posture d'Erith indiquait qu'elle restait libre de ses décisions.

Ses lèvres hésitantes étaient aussi chastes que celles d'un enfant. Mais il n'y avait rien d'enfantin dans la passion brûlante du regard gris de Julian lorsqu'il releva la tête et la dévisagea. Comment avait-elle pu trouver ces yeux-là froids ?

Sur bien des points, cet homme était une énigme. Elle n'avait pas de réelle raison de lui faire confiance, sinon que son regard intense et intelligent paraissait transpercer tous ses artifices pour pénétrer jusqu'à son âme tremblante et solitaire. Et elle en avait par-dessus la tête d'être le joyau du demi-monde, à l'éclat et à la dureté d'un diamant.

Mais si elle renonçait à son rôle de courtisane, que resterait-il d'elle ?

— Voulez-vous que je cesse ? demanda-t-il doucement.

De la part d'un amant, c'était une question stupéfiante. Plus confondant encore, elle était certaine que si elle répondait par l'affirmative, il s'écarterait. Elle n'avait encore jamais rencontré d'homme comme Erith. Malgré tout, elle hésita. Elle avait appris à ses dépens à craindre le pouvoir d'un homme sur une femme.

— Je ne sais pas.

— Olivia, je jure de me plier à tous vos désirs.

— Je vous crois.

Même si la vie lui avait enseigné que tous les hommes mentaient.

Il se pencha et effleura ses lèvres des siennes en un bref baiser lumineux, terminé avant qu'elle ait eu une chance d'y répondre.

Sa gorge produisit un son de désir. Puis elle s'obligea à dire les mots qu'elle n'avait jamais adressés à un homme, des mots qu'elle n'aurait pas cru prononcer un jour :

— Embrassez-moi... Embrassez-moi encore, Erith.

— Olivia... fit-il dans un long soupir, murmurant son prénom comme si un ange lui avait ouvert la porte d'un paradis inaccessible.

Elle regarda son visage changer. Ses traits se détendirent, et ses paupières s'abaissèrent tandis que ses yeux se fixaient sur sa bouche. Elle resta figée sous ses lèvres, dans une expectative frémissante. On eût dit qu'un puissant sortilège la retenait captive, telle la princesse endormie d'un conte de fées attendant que le baiser de son prince charmant la ramène à la vie.

Elle revint brutalement, désespérément, à la réalité. Des anges ? Des princesses ? Des princes charmants ? Rien de tout cela n'existait dans son monde. Dans son monde, les hommes la payaient pour qu'elle se mette à leur service, de la même façon qu'ils payaient leur barbier pour les raser ou le garçon d'écurie pour nourrir les chevaux.

Mais ce sombre avertissement se dissipa pour n'être plus qu'un léger murmure à l'arrière de son esprit. Il ne pouvait briser le mystérieux enchantement dont elle était la proie.

Les mains d'Erith se resserrèrent et l'attirèrent plus près de lui. La délicieuse chaleur de son étreinte sur la peau douce de ses bras la fit trembler.

— Vous avez l'odeur d'un jardin sous la pluie. Une odeur de fleurs et d'air pur.

Il souffla doucement sur sa peau humide, à l'endroit où son cou rejoignait son épaule, et elle frissonna des pieds à la tête. C'était étrange, mais pas désagréable.

— Recommencez, dit-elle dans un murmure.

— Ceci ?

Il souffla de nouveau sur sa peau, puis se pencha pour la mordiller. Un chemin de feu courut dans les veines d'Olivia, la faisant tressaillir. Elle poussa un petit cri et se pressa plus près de lui encore.

Alors, il mordilla et suça son cou, déclenchant en elle une série de petits chocs. Son sang battait furieusement dans ses veines. Un poids se forma au creux de son ventre, et elle dut remuer pour dissiper une chaleur inhabituelle entre ses jambes.

Était-ce du désir ? Comment le savoir ? Elle n'avait aucun élément de comparaison.

Sa peau sensible lui paraissait soudain trop tendue pour contenir ses os. Elle tremblait tel un roseau plié par un vent violent et ne pouvait maîtriser sa respiration. Les dents de Julian effleurèrent son cou, et un gémissement de ravissement s'échappa des lèvres d'Olivia. Elle se raidit, stupéfaite. Ce son insolite ne pouvait provenir d'elle !

— Qu'y a-t-il ? demanda-t-il doucement.

Comment lui expliquer qu'elle ne se reconnaissait pas ?

— Ce... Je ne suis pas habituée à cela.

Sa voix était hachée, et sa main crispée sur la serviette avec une vigueur nerveuse.

— Moi non plus.

Il s'écarta pour étudier son visage. Qu'y vit-il ? L'attention qu'il accordait à la moindre de ses réactions l'ébranlait et l'effrayait à la fois.

Elle remua gauchement d'un pied nu sur l'autre et sentit le tapis mouillé produire un bruit de succion. Puis, parce que l'expression d'Erith ne reflétait aucune critique, uniquement l'inquiétude et une faim difficilement maîtrisée, elle s'obligea à poursuivre, si absurde que ce fût :

— Vous savez ce qu'est le plaisir.

— Oui. En effet. Mais je n'ai jamais eu à l'enseigner à quiconque.

Son visage se rembrunit soudain, et son regard devint opaque. Elle ne put se méprendre sur la tristesse déchirante qui rendit sa voix rocailleuse.

— Non, ce n'est pas vrai, corrigea-t-il. Une fois, j'ai eu à montrer à quelqu'un ce qu'était le plaisir. C'est l'un de mes plus doux souvenirs.

Le cœur d'Olivia se comprima brusquement, douloureusement.

Enfin, il lui ouvrait la porte de son être.

Elle regarda à l'intérieur... et y vit un amour éternel.

Il ne pouvait que faire allusion à Joanna. Le comte d'Erith avait aimé sa femme, avec une passion et un dévouement qui, maintenant encore, seize ans après sa mort, donnaient à ses yeux la couleur d'une mer tempétueuse et à sa voix une révérence lancinante. Seule la perte du grand amour pouvait entraîner dans son sillage ce chagrin infini.

Comme elle avait été aveugle ! Stupide ! Insensible ! Tant de choses qui l'avaient laissée perplexe au sujet de cet homme devenaient soudain claires, jusqu'à ses égarements, tentatives futiles d'apaiser une insupportable douleur.

Il lui avait dit qu'il comprenait l'amour, et elle ne l'avait pas cru. Quelle erreur ! N'importe quel imbécile aurait entendu l'amour et l'indicible nostalgie dans sa voix lorsqu'il parlait de sa femme. N'importe quel imbécile, apparemment, à l'exception de la catin la plus intelligente de Londres.

Olivia le considéra d'un œil nouveau et renonça à tout espoir de se protéger de l'attirance qu'il exerçait sur elle. Car elle était attirée par lord Erith. C'en était insoutenable.

Elle était capable de se battre contre un homme qui utilisait contre elle son pouvoir viril. Pas contre un homme dont l'arme était un cœur brisé.

Tôt ou tard, il la blesserait profondément. Elle le savait aussi sûrement qu'elle savait qu'il serait son dernier amant.

Son dernier amant, et celui qu'elle n'oublierait jamais.

13

Olivia était incapable de rester une seconde de plus séparée d'Erith. Pas après ce qui s'était passé ce jour-là. Pas après le baiser sous la pluie. Pas après avoir compris que sa vie de débauche depuis la mort de Joanna n'était que l'expression d'une intarissable et inconsolable douleur.

— Je suis à vous, Erith, chuchota-t-elle.

— Olivia...

Tendrement, il plaça les bras autour d'elle et déposa de minuscules baisers sur ses épaules et ses joues, son nez, ses paupières.

Elle se rapprocha de lui, hésitante. Elle avait eu tant d'hommes, elle aurait dû savoir s'y prendre... Mais les sentiments qui s'éveillaient en elle la rendaient aussi nerveuse qu'une vierge.

Il aurait été plus prudent de se sauver. Mais si elle partait maintenant, elle perdrait quelque chose de précieux et d'irremplaçable.

Ce n'était plus le moment de se raviser. Elle avait pris sa décision.

Il tira doucement sur la serviette dans son dos.

— Laissez-moi vous regarder.

Elle garda les doigts crispés sur le tissu.

— Vous m'avez déjà vue.

Cette serviette semblait constituer son dernier rempart. Avec ses autres amants, son corps n'était qu'un moyen de gagner sa vie, sa nudité n'avait pas d'importance. Ce soir, tout était différent.

Il recula pour la regarder.

— Vous continuez à ne pas me faire confiance, Olivia ? demanda-t-il gravement.

Devant la sombre beauté de son visage, elle retint son souffle.

— Ôtez votre chemise, dit-elle.

Le ravissement retroussa les lèvres de Julian.

— Si vous insistez.

— J'insiste.

Il s'écarta légèrement pour passer par-dessus sa tête la chemise de lin blanc, qu'il lança derrière lui.

— Est-ce mieux ainsi ?

— Oui.

Elle ne le quittait pas des yeux. Une impatience singulière palpitait dans son sang.

— Le pantalon, maintenant.

Les mains de Julian tremblaient tant qu'il eut du mal à défaire les boutons. Le voir si ému ébranla quelque chose dans le cœur d'Olivia, et elle se sentit moins à la merci de ce chaos dévorant.

Il s'interrompit lorsqu'il se rendit compte qu'il portait toujours ses bottes.

— Asseyez-vous sur le lit, je vais vous aider, proposa Olivia en resserrant fermement la serviette autour d'elle.

— Je suis couvert de boue. Appelons un valet de pied.

Elle secoua la tête.

— Non, j'ai envie de le faire.

— Comme il vous plaira.

Le regard qu'il posa sur elle était perspicace. Peut-être pensait-il comme elle que cette joie frémissante était trop fragile pour survivre à l'irruption d'une tierce personne. Il se dirigea vers le lit. Elle dissimula un sourire, mais pas assez vite.

— J'espère que vous ne vous moquez pas de moi, mademoiselle Raines.

— Non.

Un petit gloussement lui échappa. Il avait l'air idiot, assis là avec son pantalon à moitié défait, ses bottes aux pieds. Idiot, et plus séduisant que n'importe quel homme de sa connaissance.

— Si, avoua-t-elle.

— Attendez que je pose les mains sur vous.

— Oui, j'attends.

Elle s'agenouilla devant lui et appuya un mollet musclé contre ses genoux.

Ce geste, une épouse aurait pu le faire. Elle n'avait jamais été mariée. Jamais elle ne se placerait de façon définitive sous la coupe d'un homme. Ce n'étaient pas les propositions qui avaient manqué, venant d'amants qui ne se souciaient pas du qu'en-dira-t-on ou d'hommes tels que Perry, qui avaient des secrets à cacher.

Grands dieux ! Pourquoi penser soudain au mariage ? Était-ce parce que lord Erith, malgré sa réputation de libertin, lui donnait l'impression qu'il ferait un bon mari ?

Quelle réflexion absurde ! Aucun honnête homme ne lui proposerait le mariage. Du reste, elle ne voudrait pas d'un honnête homme. Elle serait morte d'ennui en une semaine.

Avec un sursaut d'énergie, elle tira sur la botte. Elle était très ajustée, et ce ne fut pas chose aisée. Olivia haletait quand elle porta son attention sur la deuxième botte. Ses cheveux, déjà séchés par la chaleur du feu, tombèrent en avant tandis qu'elle se courbait sur la jambe d'Erith et tirait de toutes ses forces. Et si ce zèle était dû au regret amer de ne pouvoir accomplir cette humble tâche pour Erith jusqu'à la fin de ses jours, tant pis.

Il lui releva le menton.

— Olivia, ne faites rien que vous n'ayez envie de faire.

Son regard brillait de sollicitude et de bonté. De convoitise, aussi, ce désir incandescent qui transformait ses yeux gris en argent fondu.

Elle cligna des paupières pour dissiper le brouillard importun qui voilait sa vision. Maudit Erith ! Comment pouvait-il exercer cet effet sur elle ?

— Vous ne retirez pas que des avantages de notre marché, répondit-elle.

Un éclat amusé éclaira ses yeux.

— Une femme ravissante et à demi nue agenouillée à mes pieds me contemple avec adoration. Quel homme ne m'envierait pas ?

— Je ne vous contemple pas avec adoration.

Elle se redressa et prit une inspiration hésitante.

— Jamais je ne tomberai si bas.

Il se pencha lentement en avant, et ses doigts saisirent le menton d'Olivia avec une telle tendresse qu'elle ne se serait pas écartée pour tout l'or du monde.

— Continuez à me narguer, Olivia.

Il posa ses lèvres sur les siennes, en un baiser qui était à peine plus qu'un effleurement, lui laissant cette fois encore la possibilité de se dérober. Puis il déposa un baiser léger à chaque coin de sa bouche, un autre sur son menton et un dernier sur le bout de son nez.

Il voulait cependant davantage que ce petit jeu gentillet : son souffle était précipité, et son pantalon à moitié déboutonné ne cachait pas son érection.

Erith déposa un dernier baiser mutin en travers de ses lèvres, puis releva la tête et la regarda. L'étincelle dans ses yeux s'était encore accentuée.

Malgré cette légèreté, elle n'était pas dupe : son désir musqué épiçait l'air. Elle savait avec une certitude absolue que, ce soir, il la posséderait. Pour le meilleur ou pour le pire, leur relation avait atteint un degré d'intensité auquel seul le sexe pouvait répondre.

— J'aimerais que vous puissiez voir votre visage.

Elle se renfrogna brièvement.

— Qu'a-t-il donc ?

— Rien. C'est juste la façon dont vous minaudez qui m'amuse.

Aucun homme n'avait jamais badiné ainsi avec elle. C'était étrangement excitant, même pour une femme froide comme elle.

— Je n'ai jamais minaudé de ma vie.

— Jusqu'à présent.

Il embrassa ses joues, et ce fut de nouveau un frôlement, de plus en plus agréable, puis il s'écarta.

— Allez-vous ôter la serviette ?

Elle la remonta d'un cran.

— Peut-être. Allez-vous ôter votre pantalon ?

— Vous voilà bien curieuse.

Elle haussa les épaules, affectant une indifférence moqueuse.

— J'ai déjà tout vu.

— Mais vous ignorez encore de quoi je suis capable avec ce que j'ai.

— Quelle vanité !

Malgré elle, elle sentit ses joues s'embraser. Il était le seul homme capable de la faire rougir. L'étrange désagrément entre ses jambes s'intensifia. Elle remua, mal à l'aise, pour apaiser cette sensation, puis maudit le haussement de sourcils entendu d'Erith.

Cette douleur… Ce ne pouvait pas être du désir. Elle était inapte au désir. Pourtant, cela y ressemblait… Elle n'était pas certaine de trouver la sensation plaisante. C'était… inconfortable, troublant.

Olivia bondit sur ses pieds pour se dérober à son regard. Dans le mouvement, sa serviette s'écarta et tomba à terre.

— Oh non ! s'écria-t-elle en se baissant pour la ramasser.

Julian fut plus rapide qu'elle et la lui arracha des mains. Sa peau était brûlante lorsqu'il encercla son poignet, et son parfum de bois de santal étourdissant.

— Lâchez-la.

Tremblante, elle était incapable de répondre. Le froid caressa sa peau nue et humide, brutal contraste avec la chaleur d'Erith. Elle lutta contre le désir insensé de se couvrir de ses mains frémissantes. Il l'avait déjà vue nue, avait exploré son corps, s'était livré à sa bouche rapace. Malgré cela, ce soir, c'était comme s'ils repartaient de zéro, et les poumons d'Olivia refusaient de libérer son souffle.

De sa main libre, il fit glisser à terre son pantalon et l'écarta d'un coup de pied. À la vue de sa nudité, elle resta pétrifiée.

Lord Erith était formidable, tel un arbre immense ou un dieu issu d'une légende ancienne. Tout en lui sortait de l'ordinaire, de ses larges épaules à ses longues jambes aux cuisses fermes de cavalier en passant par son torse viril. Même ses pieds proclamaient qu'il maîtrisait le sol sur lequel il était campé.

Elle relâcha son souffle par petites secousses et déglutit pour humecter sa gorge sèche. Son regard se posa inévitablement sur l'endroit où son membre se dressait dans son nid de boucles noires.

— Oui, je vous désire. Je n'ai pas honte de l'effet que vous produisez sur moi.

Il entrelaça ses doigts à ceux d'Olivia.

— Ce qui compte, c'est ce que j'éveille en vous…

De la peur. De la nervosité. L'envie de fuir.

Elle releva le menton en feignant un courage qu'était loin d'éprouver son cœur sans défense. D'un ton abrupt, elle annonça :

— Je suis prête.

Il se rembrunit.

— Olivia, inutile d'être sur la défensive. J'ai déposé les armes aujourd'hui. Je vous ai dit que je me rendais, et j'étais sincère. Vous êtes libre.

Elle ne se sentait pas libre. À chaque seconde, l'attirance qu'elle éprouvait pour lui se refermait un peu plus sur elle. Finirait-elle emprisonnée tel un moineau dans le filet d'un chasseur, condamnée à voleter jusqu'à ce que l'épuisement ait raison d'elle ?

Comme s'il avait deviné ses pensées affolées, il la prit dans ses bras très délicatement et l'attira contre lui. Elle eut l'impression de se trouver à côté d'un fourneau par une froide journée d'hiver. C'était confortable. Rassurant.

Elle posa la joue contre sa poitrine, sentit l'agréable chatouillement de sa toison et enroula les bras autour de sa taille, sans serrer. Peu d'hommes étaient assez grands pour qu'elle les enlace avec une telle aisance.

Sous son oreille, le cœur d'Erith battait assez calmement. Il prit une lente inspiration. Puis une autre. Légèrement, d'une main presque hésitante, il se mit à caresser son dos en petits mouvements circulaires, dissipant la tension de ses muscles.

Peu à peu, ses rotations s'élargirent, s'intensifièrent, devinrent de longues caresses remontant du creux de ses reins jusqu'à ses épaules. Ses mains étaient chaudes et légèrement rugueuses, agréables. Immobile, elle se laissa aller à apprécier ce culte silencieux de son corps nu.

Combien de temps restèrent-ils ainsi, dans une communion plus profonde que toutes les relations sexuelles qu'elle avait eues ? Elle n'aurait su le dire. La pluie tambourinait contre les fenêtres, le vent rugissait au-dehors, le feu crépitait dans l'âtre. La respiration d'Erith était en harmonie avec la sienne. Lente. Régulière. Ses mains se déplaçaient sur sa peau, et cette tendre exploration était d'une indicible douceur.

Ce fut Olivia qui finit par rompre le charme.

De nature, elle n'était pas une femme passive. Quelque part, son incertitude avait disparu. Elle était prête maintenant à s'adonner à la nuit à venir.

Elle se rapprocha de lui, resserra l'étreinte de ses bras autour de sa taille. Ce mouvement infime éveilla dans les muscles d'Erith une nouvelle tension.

À voir sa formidable érection, il lui fallait une force surnaturelle pour juguler son désir. La laisserait-il longtemps conduire le bal ? Erith n'était pas non plus un passif. C'était pour elle qu'il se maîtrisait, mais une passion volcanique grondait sous son sang-froid et ne demandait qu'à entrer en éruption.

Lentement, elle se frotta contre lui, et les pointes de ses seins durcirent au contact de son torse. Elle glissa les mains pour empoigner ses fesses et l'attira contre elle. Il palpitait contre son ventre, brûlant, impatient, vigoureux.

— Embrassez-moi, Erith, chuchota-t-elle en levant la tête et en plongeant les yeux dans son regard avide.

— Si je vous embrasse, je risque de ne pas m'arrêter, lui répondit-il sur le même ton.

— Eh bien, ne vous arrêtez pas.

Elle effleura sa bouche de la sienne, imitant les tendres baisers qu'il y avait déposés un peu plus tôt. Puis les lèvres de Julian remuèrent. D'un mouvement soudain, il la souleva, la porta jusqu'au lit et l'y allongea.

Il s'interrompit un instant pour la contempler. Cette fois, il l'embrassa avec moins de précautions.

Il était injuste d'attendre qu'il continue à la traiter comme si elle risquait de se briser en mille morceaux. Pourtant, avec cette brusquerie, une partie du plaisir ébloui d'Olivia s'évanouit.

Il releva la tête, le visage tiré et pâle. Sa mâchoire était contractée, et son corps vibrait sous l'effort qu'il fournissait pour se retenir.

— Olivia, mon désir pour vous est trop fort.

Il s'apprêta à s'écarter, mais elle le saisit par les épaules.

— Ne partez pas.

— Vous savez ce qui va se passer.

Sa verge effleura son mont de Vénus. Le ventre d'Olivia se serra presque douloureusement lorsqu'elle imagina cette chaleur et ce pouvoir s'enfoncer en elle.

— Oui.

Elle replia les doigts dans les muscles durs de ses épaules.

— Ne partez pas, répéta-t-elle.

— Oh, Olivia ! grogna-t-il.

Il embrassa chacun de ses seins avec une tendresse fervente. Ses mamelons se dressèrent, réclamant davantage. Les yeux de Julian s'assombrirent devant cette réaction incontrôlée.

Il aspira la pointe d'un sein dans sa bouche et la caressa de sa langue. Une sensation électrique la fit sursauter. Elle n'avait jamais ressenti cela. Son ventre se contracta de nouveau, plus violemment.

Il releva la tête.

— Vous ai-je fait mal ?

Peut-être existait-il un miracle de vie dans le désert de son corps, finalement ? *Seigneur, faites que ce soit le cas*. Sa réaction aux caresses de sa langue sur ses seins dépassait tout ce qu'elle avait pu connaître avec un homme.

— Non.

Un sourire ravi étira sa bouche, que le désir rendait pleine et sensuelle, et une étincelle brilla dans ses yeux. Il se pencha pour suçoter un sein tandis que ses doigts jouaient avec la pointe de l'autre. Enfouissant les mains dans ses cheveux épais, Olivia s'abandonna à cette exploration.

Sa peau réagissait étrangement. Elle était brûlante, hypersensible. Vibrante. Comme il était surprenant de découvrir qu'à trente et un ans, elle ne connaissait pas du tout son corps...

Il glissa une main entre ses jambes.

— Ouvrez-vous pour moi, Olivia.

Ensorcelées par le son de sa voix, ses cuisses s'écartèrent.

— Ah, voilà, soupira-t-il dans la plaine tendre de son ventre.

Tout en déposant d'extravagants baisers sur toute la surface de sa peau, il se mit à la caresser. Au début, la sensation ne fut pas aussi vive que lorsqu'il avait embrassé ses seins. Il reprit un de ses mamelons entre ses lèvres, moins délicatement, cette fois. Elle sursauta en sentant ses dents l'effleurer.

— Oh !

Elle crispa les mains dans la soie de ses cheveux.

Il la mordilla tout en appuyant sa main entre ses jambes. Elle gémit et se cambra vers lui, tremblante. Une pellicule de sueur recouvrit tout son corps.

— Voilà, murmura-t-il contre sa peau. Donnez-m'en davantage.

— Je ne suis pas un cheval, Erith, dit-elle avec un soudain éclat de rire qui se termina en un gémissement étranglé lorsqu'il exerça une nouvelle pression de sa main.

Il releva la tête et eut un sourire triomphant qui, au lieu de l'indigner, la rendit frémissante et brûlante. Elle prit son visage entre ses mains et osa déposer un baiser fervent sur ses lèvres.

Il l'accompagna tandis qu'elle retombait en arrière. Cette fois, il plaqua sa bouche sur la sienne, viril et passionné. De tout son poids, il s'enfonçait sur elle contre le matelas, lui coupant le souffle.

Elle essaya de se détendre, mais pour la première fois de la soirée, la vieille oppression s'imposa à elle. Fermant brièvement les yeux, elle se raidit tandis qu'une amertume plus tranchante qu'une lame de rasoir poignardait sa reddition éperdue et lui rappelait la sinistre et immuable vérité : elle ne pourrait jamais prendre de plaisir avec un homme.

Elle avait cru Erith trop éperdu de désir pour remarquer sa réaction, mais il releva la tête. La compassion qui se peignit sur son visage lui donna envie de pleurer.

— Olivia, je m'oublie.

Où étaient Olivia Raines et ses talents de courtisane aguerrie ? Elle ne voulait pas être cette femme vulnérable, trop facile à blesser, incapable de se dominer elle-même. Elle voulait redevenir la catin insensible et dominatrice.

— Pourquoi restez-vous ? demanda-t-elle, presque avec colère.

— Vous le savez bien.

— Pourquoi ? répéta-t-elle d'une voix qu'une angoisse furieuse faisait trembler.

— Parce que je ne peux pas m'en aller.

Soudain, il remonta ses genoux autour de ses hanches et s'enfonça en elle.

Il était large, et Olivia se prépara à l'inconfort qu'elle ressentait toujours, même après l'application de son onguent. Mais, pour une fois, son corps sécrétait sa propre lubrification. Il glissa en elle avec une aisance glorieuse qui la stupéfia et l'émerveilla tout à la fois.

Il poussa un grognement issu des profondeurs de sa poitrine et enfouit la tête dans le creux de son épaule. Machinalement, elle referma les bras autour de lui. Sa peau était moite, et la retenue qu'il s'imposait le faisait trembler.

Il n'avait pas besoin de se donner cette peine. Physiquement, elle ne ressentait rien de plus qu'à l'accoutumée. Elle n'était pas même déçue, mais savoir qu'il le serait la consternait.

Les cheveux humides de Julien lui chatouillaient la joue. Il l'emplissait complètement, mais sa respiration rauque et saccadée lui montrait qu'il luttait contre le désir de plonger encore et encore en elle.

Avec un autre homme, elle se serait lancée dans son habituelle comédie de gémissements et d'ondulations. Mais pas avec Erith. Il aurait su qu'elle mentait.

Avec lui, elle ne voulait pas mentir.

C'était bien là le plus effrayant de tout...

Elle se tortilla sur le matelas et sentit son membre dur remuer avec elle. Le cœur d'Erith tonnait contre sa poitrine, et ses tremblements s'accentuèrent. Instinctivement, elle passa les mains dans son dos. Elle aimait le toucher. D'une caresse timide, elle explora le sillon droit de sa colonne vertébrale, la chaleur douce de sa peau, les muscles autour de sa taille.

Il se retira, puis s'enfonça encore. Et encore. Et encore.

Il essayait de ne pas être brutal. Elle le savait, et elle l'acceptait en elle avec un naturel qu'elle n'avait jamais connu auparavant. Mais il n'y avait pas de plaisir. Pas même les étincelles qu'il avait éveillées en touchant ses seins ou en la caressant entre les jambes.

Cependant, elle se décala légèrement pour lui permettre un meilleur accès, et un gémissement brisé s'échappa de sa gorge. Ce bruit libéra quelque chose en lui. Ses va-et-vient se précipitèrent, lui donnant l'impression qu'un vent sauvage la saisissait et la projetait dans un ciel secoué par le tonnerre et les éclairs, tandis qu'elle, bien que dans l'œil du cyclone, restait étrangement insensible.

Au bout d'un long, très long moment, il se raidit et frémit. Il rejeta la tête en arrière, le visage pâle et figé, avant de céder enfin. Les tendons de son cou saillaient, ses narines palpitaient.

Un flot puissant pénétra ses entrailles mortes. Sa jouissance dura indéfiniment. Enfin, il émit un feulement et se laissa retomber contre elle. Il tremblait encore. D'épuisement, cette fois.

Elle glissa les bras autour de son dos et le berça contre ses seins nus. Jamais elle n'avait aimé le moment qui suivait l'orgasme, mais elle l'appréciait à présent. Le fait qu'il se soit donné si totalement à elle lui procurait une émotion qu'elle n'avait encore jamais ressentie. Si l'odeur du sexe était familière, cette sérénité ne l'était pas.

Il y avait quelque chose d'incroyablement touchant à le sentir s'abandonner complètement à son étreinte. Involontairement, elle resserra les bras autour de lui.

De longues minutes de silence s'écoulèrent.

La respiration d'Erith se stabilisa peu à peu, et son cœur cessa de battre follement contre les seins d'Olivia. Elle tourna la tête et déposa un léger baiser sur ses cheveux noirs humides.

Le regret l'étreignit lorsqu'il se retira enfin de son corps pour s'allonger à côté d'elle. Il n'avait pas dit un mot. Son corps était resté froid, et il le savait. Il comprenait, espérait-elle, que sa jouissance lui avait procuré un véritable plaisir, un plaisir qu'elle n'avait jamais connu dans les bras d'un homme.

Sa pomme d'Adam remua lorsqu'il déglutit. Avec un geste trahissant un dégoût horrifié, il plaqua un bras en travers de ses yeux.

— Malédiction, Olivia ! Je ferais n'importe quoi pour effacer ce qui vient de se passer.

14

— Malédiction ? répéta Olivia d'un ton menaçant.

À travers la culpabilité qui le taraudait, Erith perçut la crispation immédiate d'Olivia. De ce corps qu'il venait de remplir avec toute sa passion. Ce corps qui était resté aussi passif qu'une pierre pendant qu'il bouillonnait en lui.

Il s'en voulait atrocement. Il s'était comporté comme un goujat. Après tous ses discours moralisateurs, il l'avait prise et n'avait pas attendu qu'elle trouve son plaisir.

Il avait manqué à sa parole. Envers lui et envers elle.

— Olivia… commença-t-il.

— Espèce de malotru ! s'exclama-t-elle en lui donnant un coup de poing dans le flanc.

Elle se leva précipitamment.

— Que diantre faites-vous donc ?

Il la saisit par le bras.

— Lâchez-moi, gronda-t-elle en tentant sans succès de se libérer de son étreinte.

— Arrêtez !

Il se mit à genoux et la prit par la taille, en s'efforçant de ne pas prêter attention à la façon dont la fureur soulevait sa poitrine nue. Ses mamelons étaient d'un brun foncé magnifique. Il brûlait d'envie de goûter de nouveau leur douceur. Sa peau avait eu le goût du miel chaud sous ses lèvres.

Sa concentration vacilla un instant de trop.

— Monstre ! siffla-t-elle en lui donnant un coup dans le ventre.

Le choc lui coupa le souffle. Il articula laborieusement :

— Olivia…

Il dut se taire pour reprendre sa respiration.

— Olivia, je sais que je suis une canaille, mais de là à me tuer…

— Vous tuer, oui, voilà ce que je veux ! s'exclama-t-elle.

Il vit à la tension de sa mâchoire et à la lueur sauvage dans ses yeux couleur whisky qu'elle ne plaisantait pas. Les yeux en question se posèrent sur la partie la plus vulnérable de son anatomie, et il se rendit compte qu'il ne pouvait pas la laisser donner libre cours à sa colère. À moins qu'il ne tienne à chanter en soprano à Covent Garden.

— Oh non, marmonna-t-il en s'efforçant de la maîtriser.

Elle était forte, mais pas autant que lui. En quelques secondes, il lui attrapa les bras, la fit rouler en dessous de lui et immobilisa de son poids son corps souple.

— Lâchez-moi, sale crapaud !

Elle lança son pied en direction de ses parties intimes, mais il esquiva le coup par miracle. Son corps nu était aussi gracieux que celui d'un cobra et aussi glissant, doté d'une puissance élastique qu'il trouvait merveilleusement excitante. Elle ruait et se cabrait, ce qui éperonnait son désir de façon incontrôlable.

Que Dieu lui vienne en aide, elle avait raison. Il n'était qu'un sale crapaud. Elle voulait le tuer et il n'avait qu'une idée : la posséder.

Erith la plaqua contre le lit et lui souleva les mains au-dessus de la tête afin de la mettre hors d'état de nuire. Mais comment ignorer la manière dont ses jambes nues glissaient contre lui tandis qu'elle se tortillait pour se dégager ?

Difficile de croire qu'il venait de s'abîmer dans un orgasme volcanique. Il était déjà de nouveau rempli de désir pour elle.

Comment lui reprocher sa colère ? Il lui avait promis de se maîtriser et n'avait pas tenu parole.

— Je suis désolé de vous avoir prise…

— Je sais, pourriture, cracha-t-elle avant de retomber, immobile et haletante. Vous n'aurez plus à l'être, soyez tranquille.

— Vous n'avez pas aimé cela.

— Et vous non plus. « Malédiction », je crois que telle a été votre éloquente conclusion.

Elle inspira profondément, avec un tremblement qui souleva ses seins. Julian ravala un grognement. Il avait encore envie d'elle. S'il s'était imaginé que la posséder émousserait l'ardeur de son désir, il s'était lourdement trompé.

D'une voix grinçante, elle lança :

— Vous n'avez donc aucune décence pour vous plaindre ainsi après avoir joui à l'intérieur de moi ?

Soudain, il comprit. Et le regret fut si virulent qu'il étouffa sa concupiscence.

Bon sang, il était complètement idiot ! Il l'avait doublement blessée, d'abord en la possédant avec un égoïsme abominable, puis par sa réaction insensible. C'était une tragique méprise !

— Je ne vous ai pas procuré de plaisir, se désola-t-il.

— Non, mais moi je voulais vous en donner. Navrée que vous ayez trouvé l'expérience si repoussante.

Son sarcasme ne pouvait dissimuler l'ampleur de sa souffrance.

— Comment pouvez-vous dire une chose pareille ? Vous m'avez emmené au septième ciel, répondit-il. Bonté divine, Olivia, dormiez-vous, ma parole ?

Le visage de la jeune femme restait livide et furieux.

— Dans ce cas, pourquoi vous prétendre dégoûté ? Pourquoi vouloir effacer ce qui s'est passé ?

Il poussa un soupir impatient.

— Parce que vous avez raison : je suis un porc. J'ai été incapable de me maîtriser. J'avais envie de vous depuis trop longtemps et trop désespérément. Je me suis comporté comme une brute.

Il sentit la résistance déserter le corps élancé d'Olivia et desserra sa prise autour de ses poignets. Sous ses doigts, son pouls battait à une vitesse effrénée. Son souffle était encore irrégulier, et ses yeux luisaient d'une détresse farouche.

— J'ai voulu vous donner quelque chose, et vous m'avez jeté mon cadeau à la figure comme s'il n'avait aucune valeur.

Sa voix se brisa, et les larmes se mirent à couler le long de son visage blafard.

Il se maudit. C'était sa faute. C'était lui qui la faisait pleurer. Lui et sa stupidité masculine, lui et son désir insatiable. Un remords amer le submergea.

Elle devait détester pleurer devant lui. La femme qu'il avait rencontrée chez Montjoy était douée d'un trop grand sang-froid pour céder facilement aux larmes.

En général, il fuyait les femmes qui pleuraient. Mais voir Olivia en proie à un tel désespoir lui brisa le cœur. Une seule chose était certaine : sa douleur devenait la sienne. Il était bouleversé, terrifié, coupable, impuissant. Il se serait volontiers coupé la main droite pour lui redonner le sourire.

Il la prit dans ses bras. Il s'attendait qu'elle proteste, mais elle demeura silencieuse, à l'exception de ses sanglots déchirants. Il l'attira à lui et pressa son visage humide contre sa poitrine, comme il le faisait pour consoler ses enfants quand ils étaient petits. Avant que sa vie ne bascule dans le drame et le chaos, et qu'il ne soit plus capable de tendresse.

— Tout va bien, Olivia, chuchota-t-il.

Les mêmes paroles de réconfort qu'il avait offertes autrefois à Roma et à William.

— Tout va bien.

— Non, tout ne va pas bien, répondit-elle d'une voix amère en essayant mollement de se libérer.

Sans la lâcher, il se redressa jusqu'à ce que son dos rencontre la tête de lit. Ignorant sa résistance, il la prit sur ses genoux et noua les bras autour d'elle. Soutenant d'une main son dos nu, l'autre enfouie dans ses cheveux, il resserra son étreinte en murmurant de petits mots rassurants.

— Je suis ridicule, se lamenta-t-elle contre lui d'une voix assourdie.

— Tout le monde est ridicule, Olivia, à un moment ou à un autre, dit-il doucement.

Ses mains formèrent des poings contre sa poitrine.

— Je ne pleure jamais.

— C'est ce que je vois.

Elle éclata d'un petit rire mouillé suivi de nouvelles larmes. Il avait douloureusement conscience de sa nudité. À chaque hoquet, ses seins effleuraient sa poitrine. Ses longues jambes étaient étendues en travers des siennes. Il aurait été si facile de la renverser et de la prendre de nouveau...

Il savait déjà qu'elle ne le repousserait pas.

Et cela lui briserait le cœur de pénétrer ce corps magnifique et apathique... alors même que sa part animale jouirait sous l'effet d'un plaisir sublime.

Il était bel et bien un pourceau.

Pourtant, elle avait ressenti quelque chose ; du moins, avant qu'il ne la renverse sur le dos. Mais, il en était certain, pendant un moment fugace, elle s'était égarée autant que lui dans ce plaisir aveuglant.

Erith fixa un point dans la pénombre et sentit un petit bourgeon d'optimisme éclore au milieu du tumulte de ses regrets : avec de la patience et de la considération, il saurait l'éveiller de nouveau à la volupté. Il nourrirait cette étincelle de plaisir pour en faire un feu d'artifice qui métamorphoserait l'univers d'Olivia.

Au début, sa froideur s'était imposée à lui comme un défi. À présent, stimuler sa sensualité était devenu son but principal. Olivia avait tant perdu dans la vie… Le plus gros des dégâts était, hélas !, irréparable. Mais cela, il pouvait y remédier. Et, pourquoi pas, y trouver son salut.

La belle flambée dans la cheminée s'était réduite à quelques braises rougeoyantes. Il fallait qu'il se lève pour ranimer le feu. Mais il ne pouvait supporter l'idée de se soustraire à son contact. Elle semblait apaisée dans ses bras. Ses larmes douloureuses et poignantes s'étaient taries. Il sentait en elle une paix exténuée, maintenant que la tourmente s'était calmée.

Le problème qui le rongeait depuis qu'il l'avait prise revint alors au premier plan. Ce qu'il s'apprêtait à dire allait faire voler en éclats cette harmonie.

— Olivia, je ne me suis pas retiré.

Il s'était attendu à un regain de colère, mais elle répondit d'une voix sans timbre :

— Cela n'a pas d'importance.

Perplexe, il inclina la tête pour observer son expression. Elle avait certainement compris à quoi il faisait allusion.

— Je n'ai pas utilisé de préservatif. Vous n'avez pas appliqué votre onguent. J'ai joui en vous à n'en plus finir. Les conséquences pourraient être désastreuses.

Et pourtant, dans son cœur, cela n'avait rien d'un désastre.

Dieu tout-puissant, devenait-il fou ? Comment un homme de bientôt quarante ans pouvait-il souhaiter que sa maîtresse se retrouve enceinte ? Il avait été un père bien peu exemplaire pour ses deux enfants.

La voix d'Olivia résonna avec une certitude amère.

— Ne vous inquiétez pas. Je n'aurai pas de bébé.

— Vous n'en savez rien.

Elle fronça les sourcils et tenta vainement de s'écarter.

— Si, je le sais.

Sa voix était désormais plus ferme. Mais les larmes sur ses joues démentaient son ton provocant.

— Je ne vous présenterai pas un bâtard dans neuf mois. Vous pourrez repartir tranquille.

Il savait déjà, malheureusement, que ce serait loin de la vérité, qu'elle attende ou non un bébé.

Sous sa réponse cassante, il avait entendu une immense détresse. Une détresse différente du chagrin qu'il lui avait causé ce soir. Une détresse trop profonde pour être soulagée par des larmes.

— Comment pouvez-vous en être certaine ?

— Je le suis, c'est tout.

— Leo est-il votre seul enfant ?

— Non, répondit-elle avec sarcasme. J'ai une multitude de rejetons d'un bout à l'autre du royaume.

De nouveau, elle voulut s'éloigner, mais il ne la laissa pas faire.

— Parlez-moi de Leo.

— Allez au diable, Erith !

Ses yeux lançaient des éclairs.

— Racontez-moi.

La bouche d'Olivia se pinça. Rapidement, d'un ton grinçant indiquant qu'elle ne répondait qu'au prix d'une extrême souffrance, elle déclara :

— Je ne suis pas bâtie pour enfanter.

D'un mouvement vif, elle se dégagea et glissa à bas du lit. Cette fois, il n'essaya pas de la retenir. Elle se dirigea vers l'armoire, ses cheveux cascadant dans son dos, magnifique. Elle se déplaçait comme une jeune jument fière, toute en jambes, dos droit et élégance.

— Vous n'avez pas eu d'autres grossesses ?

— Laissez-moi tranquille !

D'un geste ample et colérique, elle ouvrit en grand la porte de l'armoire et en sortit le peignoir de soie rouge, qu'elle enfila, au grand regret de Julian. D'un geste irrité, elle serra la ceinture autour de sa taille étroite. Puis elle prit un autre peignoir, qu'elle lança dans sa direction. Le vêtement effleura le lit et glissa à terre.

Il eut un sourire de dérision et se redressa contre les oreillers.

— Ce n'est pas parce que je serai couvert que je vous épargnerai mes questions.

Elle le foudroya du regard. Puis ses yeux se posèrent sur sa poitrine. Son examen continua jusqu'à l'endroit où son sexe montrait des signes de vie indiscutables. Elle se ressaisit subitement, comme si elle émergeait d'un rêve.

— Cessez de vous exhiber ainsi. Vous allez faire peur aux femmes de chambre.

— Vous trouvez mon corps séduisant ? demanda-t-il avec une stupeur sincère.

Et un intérêt non moins sincère.

— Mon Dieu, quelle vanité, Erith !

Étonnamment, ses joues rosirent, et pendant un instant elle parut jeune et vulnérable. C'était cette Olivia-là qui émouvait son cœur. La femme à qui l'innocence et la joie avaient été dérobées, et qui pourtant avait trouvé le courage de triompher.

Il rit doucement.

— Je prends cela pour une réponse affirmative.

Elle lui jeta un regard dédaigneux, mais un sourire flottait sur sa jolie bouche.

— Vous n'avez nul besoin de quémander des compliments.

— Les vôtres, si, Olivia.

Il se pencha pour ramasser le peignoir de soie noire et le drapa sur ses épaules, où il le laissa pendre. Il aimait assez l'idée que sa peau nue la tourmente. Après tout, la sienne le torturait.

— Dans ce cas, oui, d'un point de vue esthétique, je vous trouve séduisant.

Elle s'exprimait avec la précision d'un apothicaire mesurant une poudre dans un flacon.

Erith éclata de rire.

— Merci.

Il prit un risque qui n'aurait pas dû en être un et tendit une main vers elle.

Olivia jeta un coup d'œil vers sa main, puis son visage. L'incertitude dansait dans ses yeux topaze. Elle se donnait du mal pour surmonter les émotions épuisantes qui l'avaient fait fondre en larmes. Mais il savait que, derrière sa façade d'ironie, elle était aussi fragile que du verre.

D'une voix attendrie par la compassion, il lui dit doucement :

— Venez vous asseoir avec moi.

Elle finit par accepter sa main et se hissa précautionneusement à côté de lui. Il la désirait plus qu'il n'avait jamais désiré aucune femme, mais ce qui le faisait trembler comme un jeune garçon amoureux pour la première fois, c'était ce qu'il ressentait auprès d'elle.

De l'espoir.

Tendrement, il prit son bras et le glissa sous le sien pour l'attirer contre lui. À sa satisfaction et son ravissement, elle se laissa faire. Elle était bien au chaud, ainsi blottie dans ses bras. Pendant un long moment, ils conservèrent un silence étrangement confortable. La pluie persistante formait une agréable toile de fond à l'exquise langueur de Julian. Son corps était alourdi par le bien-être engendré par l'orgasme. Malgré ses remords, il avait pris un plaisir fou à cette explosive libération.

— Vous étiez prête à me tuer quand vous avez cru que je menaçais votre enfant, dit-il enfin.

Elle était étendue contre lui, mais il savait qu'elle ne dormait pas.

— Qui est plus grand que moi et va bientôt partir pour Oxford, répondit-elle avec nostalgie.

190

Il devina qu'elle souriait en parlant, de cet adorable sourire si doux qu'il n'avait vu qu'une ou deux fois, et qu'elle ne lui avait jamais adressé. Sapristi !

— J'ai éprouvé un sentiment similaire en revoyant Roma et William après tant d'années. Roma a dix-huit ans et se marie en juin. William a un an de plus et étudie à Oxford.

Leurs fils évolueraient bientôt dans le même milieu... Peut-être même deviendraient-ils amis. Cette idée le troublait. Comme si les deux univers qu'il fréquentait n'étaient pas aussi distincts qu'il l'imaginait. Comme si la barrière qu'il avait toujours crue infranchissable était en réalité aussi fragile que le vase en verre de Venise posé sur la commode en acajou.

— Racontez-moi ce qui s'est passé à la naissance de Leo.

Il perçut plus qu'il n'entendit son soupir.

— Vous n'aurez donc de cesse de tout savoir...

Avec un petit sourire, il répondit :

— En effet.

— J'étais trop jeune et lui trop gros, et j'ai failli perdre la vie.

Elle parlait vite, comme si elle supportait à peine de prononcer ces mots.

— Depuis, je ne suis plus jamais tombée enceinte. Et même si cela arrivait, je doute de pouvoir porter un enfant jusqu'au terme. Si lord Farnsworth n'avait pas payé les meilleurs médecins, je n'aurais pas survécu. Et Leo non plus.

Sa douleur et son courage lui lacérèrent le cœur.

— Oh, Olivia, murmura-t-il en la serrant plus fort.

— C'est une bénédiction pour une courtisane d'être stérile.

— Non, c'est faux.

— En effet, c'est faux.

Elle avait parlé avec une infinie tristesse. Quand elle releva les yeux vers lui, il y lut l'angoisse.

— C'est commode. Mais ce n'est pas une bénédiction.

Il essaya d'imaginer à quoi avait ressemblé sa vie après la naissance de son fils. Elle était si jeune, et il lui avait fallu s'occuper d'un bébé...

— Que s'est-il passé ensuite ?

— Lord Farnsworth ne voulait plus d'une enfant qui était devenue mère.

Une rancœur aussi désabusée que tenace perçait dans son ton.

— Vous n'avez pas pu regretter cela.

— J'ai regretté de perdre la seule maison que j'avais. J'ai regretté de quitter Perry et de devoir renoncer à mon enfant.

Il resserra les mains autour d'elle tandis que le besoin soudain de tuer son premier amant coulait comme de l'acide dans ses veines. Mais il était trop tard, bon sang !

— Farnsworth ne vous a tout de même pas jetée à la rue ?

— Non, il m'a vendue à l'un de ses amis.

Sa voix était plate, presque dénuée d'émotion.

Seigneur... Comment avait-elle pu supporter tout cela ? Comment avait-elle pu devenir la femme merveilleuse qu'il connaissait ? Vendue enfant par son frère, telle une marchandise, à un homme dont le nom était synonyme de vice, puis rejetée comme une chaussure usagée lorsqu'elle n'avait plus présenté d'intérêt pour son amant pervers...

L'horreur étreignait la gorge d'Erith, l'empêchant de parler. S'il y avait une justice, cette ordure de Farnsworth rôtissait pour l'éternité dans les régions les plus brûlantes de l'enfer.

— Dieu tout-puissant, Olivia, c'est de la barbarie !

— J'ai survécu, répondit-elle d'une voix blanche.

Il commençait à comprendre d'où lui venait ce farouche orgueil. C'était la seule chose à laquelle elle avait pu se raccrocher pendant ce long cauchemar.

— Farnsworth ne voulait pas de Leo ?

Son petit rire méprisant était dénué de joie.

— Dieu merci, non. Farnsworth maltraitait ses enfants aussi bien que ses maîtresses. Il s'est montré plus cruel envers Perry qu'il ne l'a jamais été envers moi. Il estimait que la torture ferait de Perry un homme. J'ai confié Leo à ma cousine Marie. Charles et elle n'avaient pas d'enfants, et ils venaient de s'installer à l'autre bout du pays. Personne n'avait besoin de savoir que ce bébé n'était pas le leur.

— Personne, et Leo non plus.

Elle s'assit sur ses genoux. Ses yeux étaient immenses au milieu de son pâle visage. En cet instant, il n'avait aucune difficulté à se la représenter en enfant vulnérable obligée de sacrifier son innocence à un vieil homme libidineux. Cette idée répugnante fit monter de la bile dans sa gorge.

— Il ne doit pas l'apprendre. Marie et Charles l'aiment et l'élèvent. Ce sont eux qui ont fait de lui le fils dont je suis si fière. Même si je ne peux être une mère dont il serait fier.

Avec une sincérité venue du fond du cœur, Erith déclara :

— Vous le sous-estimez. Et vous vous sous-estimez. N'importe qui serait privilégié de vous compter parmi ses proches.

Même un scélérat aussi endurci que le comte d'Erith.

15

Olivia tressaillit comme s'il l'avait frappée.

— Cessez, ordonna-t-elle.

Erith fronça les sourcils.

— Que dois-je cesser ?

— Ceci.

De sa main gauche, elle décrivit un mouvement brusque, comme pour briser l'intimité qui lentement se tissait autour d'eux, aussi sûrement que le cocon d'une araignée emprisonnant une mouche.

— Ce... cet effort pour me comprendre. Pour vous rapprocher de moi.

Il poussa un soupir et s'appuya contre la tête de lit. Il percevait son angoisse. Après les horreurs qu'elle avait traversées, la peur devait être sa compagne permanente.

— C'est plus fort que moi, avoua-t-il.

Elle le fascinait. Chaque moment qu'il passait en sa compagnie le faisait succomber un peu plus à son charme.

Où mènerait cet ensorcellement ? Au désastre ou au bonheur ? Déjà, l'idée de lui dire adieu en juillet lui brûlait l'estomac.

— Nom d'un chien, Erith, moi qui croyais m'attaquer à la terreur de Vienne !

Elle bondit sur ses pieds et le dévisagea durement.

— Où est passé le fameux coureur de jupons ? L'homme qui culbutait une demi-douzaine de catins tous les matins avant son petit déjeuner ?

Son dégoût était si véhément qu'il éclata de rire.

— J'espère pour elles que c'était un petit déjeuner tardif.

L'expression d'Olivia ne s'adoucit aucunement. Les sourcils froncés, elle ressemblait à une déesse courroucée. Il plaqua les mains contre ses flancs pour s'empêcher de les tendre vers elle.

Il était temps qu'il se ressaisisse avant que le désir perpétuel que lui inspirait cette femme ne l'attire dans une histoire radicalement imprudente.

Une histoire qui le séparerait à tout jamais de sa famille.

— Je n'essaie pas de faire de l'humour, Erith.

Sa bonne humeur s'évanouit aussitôt.

— Je sais. Ni de m'insulter, même si c'est le résultat atteint. Je connais les commérages qu'on colporte sur mon compte, mais n'êtes-vous pas capable de vous forger votre propre opinion ?

Sans répondre à sa question, elle expliqua :

— Je me suis renseignée auprès de Perry avant d'accepter votre proposition.

— Et, naturellement, lord Peregrine est un expert en ce qui concerne ma vie et mes habitudes, répliqua-t-il.

— Il m'a raconté ce qu'il avait entendu.

— Un tas de sornettes.

— Niez-vous avoir tué des hommes en duel ?

Une vieille honte le prit aux entrailles. Ces hommes n'auraient pas dû mourir.

— Grands dieux, cela s'est passé il y a près de vingt ans, lorsque je ne me souciais pas de savoir si je serais encore en vie le lendemain. Ni si quiconque serait encore en vie, au demeurant.

Chacun de ces duels avait concerné l'honneur d'une femme. Il se rappelait cela, à défaut de se souvenir des femmes en question.

— Oh.

— Oui, « oh ».

Il marqua une pause, puis demanda :

— Ne souhaitez-vous pas savoir comment j'en suis arrivé là ?

— Non.

Elle recula d'un pas, comme s'il la menaçait physiquement, bien qu'il n'eût pas bougé. Elle se heurta à la commode en acajou derrière elle.

— Non ?

— Vous n'êtes pas le seul à être perspicace, Erith.

Elle lui coula un regard grave sous l'épaisse frange de ses longs cils.

— Vous aimiez votre femme, et sa mort vous a anéanti.

Les mots tombèrent entre eux tels des cailloux jetés d'une falaise, tandis qu'un silence tendu s'installait entre eux.

— Comment le savez-vous ? reprit-il enfin.

— Je l'ai deviné. Et alors, j'ai compris beaucoup de choses. L'homme dont j'avais entendu parler ne correspondait pas à celui que je commençais à connaître. Vous avez la réputation d'être froid et insensible, et pourtant...

Olivia jeta un coup d'œil vers la fenêtre aux rideaux tirés comme si elle y cherchait l'inspiration. Puis elle se tourna de nouveau vers lui, son adorable visage encore plus sombre.

— Et pourtant, vous vous êtes montré tout sauf insensible avec moi.

— Ma femme était la lumière de ma vie.

Il fut surpris de la facilité avec laquelle les mots lui échappèrent.

196

Il ne parlait jamais de Joanna à personne. Elle logeait dans un sanctuaire entouré de bougies au fond de son cœur, où elle demeurait intacte et aimée, pure et à l'abri de ses péchés.

Le plus bizarre était qu'il évoquât Joanna avec une femme déchue telle qu'Olivia Raines. Et qu'il soit convaincu qu'elle seule pouvait le comprendre. Il savait pourtant ce que son épouse aurait pensé de sa maîtresse : Joanna l'aurait méprisée.

— Vous l'aimez toujours.

Ce n'était pas une question.

— Oui.

— J'admire cela.

Elle se retourna, prit la carafe posée sur la desserte et remplit deux verres de vin.

— Ce devait être une femme remarquable. Vous avez eu de la chance.

— Oui, c'est vrai.

Quelle révélation... Il avait eu la chance de connaître le grand amour, et tout ce qu'il avait fait depuis, au lieu d'en remercier Dieu, était de se lamenter que cela ait duré si peu de temps.

Elle lui tendit un verre en cristal, puis s'installa à l'extrémité du lit et croisa les jambes. Trop loin pour qu'il la touche, hélas !

Sa grâce naturelle, la façon dont elle rabattait pudiquement le satin sur l'affriolante pâleur de ses cuisses lui rappelaient les femmes du sérail. Elle avait une allure folle. Il émanait d'elle un érotisme extraordinaire, un exotisme d'un charme redoutable.

Sans détacher son regard scrutateur du visage de Julian, elle but une gorgée de vin.

— Alors, pourquoi avez-vous abandonné vos enfants ?

Il s'étrangla sur son vin.

— Nom de Dieu, Olivia !

Il la considéra, choqué, puis reprit en grommelant :

— Ce maudit Montjoy est bien bavard.

— Perry m'a raconté ce qu'il savait.

— Ce qu'il croyait savoir.

— Voulez-vous dire qu'il s'est trompé ?

Il éprouva une furieuse envie de mentir. De lui faire ravaler son effronterie et sa curiosité jusqu'à ce qu'elle soit disposée à redevenir la femme qui l'avait séduit chez lord Peregrine.

Mais non... Il ne désirait plus cette femme froide et composée, malgré sa beauté spectaculaire et son intelligence hors du commun. C'était la femme échevelée qui le contemplait par-dessus son verre de vin et lui posait des questions auxquelles il n'avait pas envie de répondre qui le subjuguait.

Damnation, il la voulait, et pas seulement pour chauffer temporairement son lit. Et il ignorait complètement où cela allait le mener.

Aussi, à son corps défendant, lui répondit-il :

— Après le décès de Joanna, rester en Angleterre était au-dessus de mes forces. Je ne pouvais supporter la vue de mes propres enfants, car chaque fois que je les regardais, je voyais ma femme. Déjà bébé, Roma lui ressemblait terriblement. Et me rappelait que mon épouse était morte.

Ses souvenirs des premiers mois qui avaient suivi l'accident de Joanna étaient flous. C'était une époque à laquelle il ne repensait jamais, si bien qu'elle le hantait tel un fantôme en colère.

Olivia se pencha et posa une main délicate sur son genou dénudé. Il ne comprit pas pourquoi, mais il se sentit soudain plus entier qu'il ne l'avait été depuis ce jour tragique, seize ans plus tôt, où son monde s'était désintégré.

— Je suis désolée, Erith.

Même sa voix apaisait sa douleur. Par quel prodige ? Et comment vivre, désormais, sans le baume de sa présence ?

Très lentement, comme si ce geste avait une signification dans quelque inconcevable avenir, il souleva sa main libre et la posa sur la sienne. Il perçut sa tension momentanée avant qu'elle ne se détende, signe sans doute qu'elle acceptait son contact, qu'il existait davantage entre eux qu'un simple contrat entre un protecteur et une courtisane.

Il replia légèrement les doigts autour de sa main et reprit la parole.

— Ce n'est pas à cause de Roma et de William que j'ai eu l'impression de mourir avec Joanna. La vérité, c'est que ce n'était la faute de personne sinon la mienne, car je ne peux rejeter le blâme sur l'entêtement de Joanna.

— Que s'est-il passé ?

Il prit une gorgée de vin et sentit le liquide capiteux glisser le long de sa gorge. Sa main se raffermit autour de celle d'Olivia. Elle représentait son unique bouée de sauvetage vers le présent.

Olivia observait lord Erith tandis qu'il bataillait pour trouver les mots qui lui permettraient de décrire la mort de sa femme. Comme il était étrange de penser que, quelques jours plus tôt seulement, elle voyait en lui un homme sans cœur, automate froid et cinglant doté d'une intelligence blessante.

L'homme qu'elle avait sous les yeux était triste et las, et avait connu trop de douleur. Le plus souvent, sa vigueur et son esprit rendaient son âge difficile à cerner. En cet instant précis, il paraissait plus vieux qu'il ne l'était.

Elle avait longtemps refusé de reconnaître qu'il avait touché son cœur. Elle s'était finalement avouée vaincue dans un bosquet de Hyde Park arrosé par la pluie. Même si un cœur constituait un luxe que ne pouvait s'offrir aucune courtisane.

Quand il reprit la parole, sa voix était différente, plate et austère.

— Nous nous étions querellés. Elle venait de m'annoncer qu'elle portait notre troisième enfant et voulait partir faire une promenade à cheval. Joanna était une cavalière acharnée. Jamais je n'ai vu une femme comme elle sur le dos d'un cheval. Si vous l'aviez rencontrée dans un salon, vous l'auriez prise pour une parfaite lady. Mais, sur une selle, c'était une amazone. Cependant, elle avait eu deux accouchements difficiles. Je m'inquiétais pour sa santé et j'essayais de la choyer.

Une tristesse brute vibrait dans sa voix, et ce cœur dont elle refusait d'admettre l'existence souffrait pour lui. La honte la submergea au souvenir du récit détaché que Perry lui avait fait de la mort de lady Erith, et de la façon dont elle avait accepté les faits, avec une telle désinvolture.

Mais, bien sûr, à l'époque, elle était une femme différente.

Elle s'obligea à parler calmement.

— Naturellement, elle s'est rebiffée et est sortie à cheval.

— Elle est partie comme une furie, a fait seller sa jument préférée et...

La main refermée autour de la sienne se crispa. Pas au point de lui faire mal, mais avec une fermeté qu'elle ressentit jusque dans ses os.

Elle le vit déglutir. Ses yeux gris étaient plus ombrageux que la mer du Nord un jour d'hiver.

— Stupidement, je lui ai laissé une demi-heure d'avance afin qu'elle ait le temps de se calmer. Puis je suis parti la rejoindre. Elle empruntait régulièrement le même itinéraire dans le parc, et je savais où la trouver.

Il s'interrompit de nouveau, et sa voix de baryton tremblait lorsqu'il rectifia :

— Du moins, où je pensais la trouver.

— Erith, chuchota-t-elle.

La douleur d'Erith serrait la gorge d'Olivia ; elle avait du mal à respirer. Elle enlaça les doigts aux siens en un geste de compassion muette.

Il se pencha et posa son verre sur la table de chevet. Sa main tremblait tellement qu'il renversa un peu de vin. En voyant cet homme si fort affecté ainsi par le chagrin et les remords, elle eut envie de pleurer.

Comme il avait dû adorer sa femme ! Jamais elle n'aurait cru qu'un amour pareil puisse exister. La pureté de l'émotion qu'elle lisait sur son visage tendu lui déchira l'âme, la faisant souffrir comme elle n'avait pas souffert depuis la trahison de son frère, des années auparavant.

Jamais personne ne l'aimerait ainsi. Jamais. La lueur qu'elle vit dans les yeux de lord Erith, des yeux qu'elle avait un jour trouvés froids, la rendit folle de jalousie, tandis que la cruauté de la solitude à laquelle elle était condamnée la percutait de plein fouet.

— Je suis donc parti à sa rencontre. Arrivée à un coude du sentier à travers les bois...

Il s'interrompit, prit une inspiration.

— ... la jument a dû avoir peur de quelque chose. Nous n'avons jamais su exactement ce qui s'était passé. C'était un animal nerveux. C'est ainsi que Joanna aimait les chevaux, jeunes et fringants.

C'était également ainsi que Joanna aimait son mari, songea Olivia. Jeune et follement amoureux, Erith avait dû être d'une beauté à couper le souffle. Cette idée déclencha un nouvel élancement de douleur à travers tout son corps.

Erith vénérait toujours sa femme, malgré ses incartades auprès du sexe faible, qu'Olivia interprétait à présent comme de vaines tentatives pour remplir une vie que l'effondrement de son pilier central avait rendue inutile.

— J'ai entendu le cheval hennir. La pauvre bête s'était cassé une jambe et souffrait le martyre.

Il se tut. Sa main se replia sur la sienne, et elle comprit que même si des visions d'horreur défilaient dans sa tête, il savait parfaitement où il se trouvait et avec qui. Il ne l'avait pas lâchée, malgré la puissance des souvenirs qui le hantaient.

Et – Dieu ait pitié d'elle ! – ce détail signifiait davantage pour elle qu'il ne l'aurait dû.

— Et Joanna ?

Il eut un bref frisson, et ses yeux voilés rencontrèrent les siens.

— Je crois qu'elle est morte sur-le-champ lorsque le cheval l'a piétinée. Je ne peux en être certain. Son visage était paisible, et j'ai toujours prié pour qu'elle n'ait pas souffert. Je ne puis supporter l'idée qu'elle m'ait appelé et que je n'aie pas été là pour elle. De même que je ne puis supporter de me souvenir que nos derniers mots ont été des mots de colère.

— Elle savait que vous l'adoriez.

— Oui, répondit-il d'un ton morne. Je vénérais le sol qu'elle foulait.

— Alors, elle a été une femme heureuse, et la dernière chose qu'elle souhaiterait est que le remords vous détruise.

Il plissa les yeux, et son masque inexpressif et terrifiant se fissura. Il sembla s'éveiller d'un long cauchemar.

— Je n'ai jamais parlé de Joanna à personne.

Elle baissa les yeux, contempla leurs mains jointes, sa peau si bronzée comparée à la sienne. Désespérément, elle chercha des mots de réconfort.

— Il est triste de garder les êtres que l'on aime enfermés dans notre cœur et de ne jamais en parler. Notre silence les tue une deuxième fois.

— Pendant des années, les circonstances de sa mort m'ont hanté. Le simple fait de la connaître était une bénédiction. Elle était belle, pleine de vie et d'esprit. Et pourtant, je l'ai claquemurée dans le noir comme une prisonnière.

— Oh, mon chéri.

Ces mots tendres lui échappèrent avant qu'elle ait pu les rattraper. De même qu'elle ne put s'empêcher de le prendre dans ses bras.

Elle n'avait réconforté que deux hommes dans sa vie, qui n'étaient alors que des enfants. Perry, des années plus tôt, lorsque son père le tourmentait au point de le rendre fou. Et Leo, quand il était enfant.

Alors, pourquoi lui fut-il si naturel d'attirer la tête de lord Erith sur son épaule, de le presser contre sa poitrine et d'essayer d'insuffler de la chaleur dans son corps glacial ?

Elle pensait qu'il résisterait. Mais il se laissa aller en tremblant.

Le silence tomba sur eux. Elle ne parla pas, même lorsqu'elle sentit l'humidité de ses larmes contre son cou.

16

Erith tira sur les rênes de son cheval au pied d'un bosquet de chênes dans Hyde Park. Plusieurs centaines de mètres derrière lui, Roma rebondissait comme un sac de pommes de terre disgracieux sur sa pauvre monture. À côté d'elle, un domestique trottinait avec une expression stoïque indiquant que ce n'était pas la première fois qu'il assistait à ce spectacle.

Julian découvrait que sa fille n'avait en rien hérité du talent de ses parents en matière d'équitation. Que de choses encore ignorait-il à son sujet ? En vérité, c'était presque une inconnue pour lui.

Cette visite à Londres se révélait une salutaire leçon d'humilité. Il s'était figuré que ses enfants se jetteraient à son cou, éperdus de gratitude, dès qu'il manifesterait une parcelle d'intérêt pour eux. Il s'était aussi figuré que la maîtresse qu'il choisirait serait une conquête facile, comme les femmes l'avaient toujours été pour lui.

Ce qu'il s'était imaginé était si éloigné des dures réalités que c'en était risible.

Il avait quitté Olivia peu avant l'aube, sans lui avoir refait l'amour. Bien qu'il en ait eu très envie, il n'avait pas pu supporter la perspective d'une autre union insatisfaisante.

Insatisfaisante, excepté à son niveau le plus animal.

Il était parti au lever du soleil, purgé de seize années de poison. De cela, il pouvait remercier Olivia. Lorsqu'ils s'étaient rencontrés, il l'avait trouvée extraordinaire. Il ne savait pas alors à quel point elle l'était. Oui, Joanna lui manquait encore. Elle lui manquerait toujours, et il pleurerait à jamais le tragique gâchis de sa mort. Il regretterait éternellement que leurs derniers mots aient été prononcés dans la colère et qu'il n'ait pas pu lui sauver la vie.

Mais, avec le temps, cet affreux après-midi était devenu le seul souvenir qu'il gardait de sa femme. Or, depuis qu'il avait quitté la maison de York Street, les souvenirs heureux lui étaient revenus en foule.

Il se rappelait les semaines merveilleuses de leurs fiançailles, la douceur de la première fois où ils avaient fait l'amour, leur bonheur à la naissance des enfants. Des après-midi à rire. Des soirées à danser. Des nuits de plaisir presque innocent.

Il se remémorait d'autres choses également, que jusqu'à présent il avait oubliées, ou sur lesquelles la morsure de la culpabilité l'avait empêché de s'appesantir : que Joanna avait été têtue, parfois presque capricieuse. Que, par moments, il aurait aimé qu'elle réagisse plus rapidement à ses traits d'humour ou saisisse des allusions plus vivement.

Depuis cet instant d'ineffable douceur où Olivia l'avait pris dans ses bras, Erith avait ressenti la chère présence de Joanna. Son fantôme n'était ni vengeur ni accusateur. Au lieu de cela, il s'était senti inondé d'amour et de pardon.

Son cœur plus léger l'avait incité à demander à Roma, qui prenait généralement son petit déjeuner avec lui dans un silence boudeur, de venir faire une promenade à cheval. Sa fille n'avait pas réagi avec un grand enthousiasme – mais elle ne réagissait avec enthousiasme à rien de ce qu'il lui proposait. Elle lui avait réservé un accueil maussade lorsqu'il était rentré de Vienne et n'était guère plus chaleureuse depuis. Julian l'avait laissée exprimer ouvertement son ressentiment parce qu'il se sentait coupable.

Il était temps que les choses changent.

Il était revenu à Londres dans le but de se réconcilier avec sa famille. Et il avait la ferme intention de réussir.

Il avait eu tort de s'accuser pendant toutes ces années de la mort de Joanna. Cela n'avait été qu'un tragique accident.

En revanche, il était le seul responsable de la façon désastreuse dont il avait traité ses enfants. Dieu tout-puissant, c'était inexcusable... Il était temps qu'il remédie à ses défaillances et trouve un terrain d'entente avec eux. Obtenir leur affection était probablement trop demander, et pourtant il aurait tout donné pour partager avec eux ne serait-ce qu'une bribe du respect et de l'amour qu'il avait vus la veille entre Olivia et son fils.

Roma haletait quand elle le rejoignit. Elle était plus ronde que ne l'avait été sa mère. D'après ce qu'il voyait, ses activités consistaient essentiellement à rester allongée sur le canapé de sa chambre en dévorant les derniers romans à la mode et en se gavant de sucreries. Il était stupéfait qu'elle ait pu déployer l'énergie nécessaire pour attraper un être aussi unique que l'était Thomas Renton. Cependant, de temps à autre, Julian l'avait vue rire avec une amie et avait pu deviner une autre facette de sa fille. Du reste, elle lui avait paru tout à fait populaire lorsqu'il l'avait accompagnée à la succession de bals qui constituaient ses distractions nocturnes.

— Te rappelles-tu ta mère, Roma ? demanda-t-il lorsqu'elle l'eut rejoint.

Il avait délibérément choisi pour lui-même une monture plus petite que Bey. Malgré cela, il la dominait de toute sa hauteur. Le garçon d'écurie restait assez loin pour ne pas écouter leur conversation, mais il surveillait Roma du coin de l'œil. Erith songea soudain que sa fille avait peut-être du mal à tenir en selle et que le garçon l'avait déjà sauvée.

Cette pensée aurait dû susciter des souvenirs déchirants liés à l'accident de Joanna. Mais Roma allait rarement plus vite qu'au petit trot, si bien qu'il ne s'inquiétait pas pour elle. L'orgueil d'Erith souffrait à l'idée que sa propre enfant soit une si piètre cavalière.

Elle lui adressa le regard renfrogné et hostile qu'elle lui réservait depuis son retour à Erith House.

— Tante Celia m'a parlé d'elle. Je n'avais que deux ans à sa mort.

— Je me souviens très bien de l'âge que tu avais, dit-il avec calme. Et William avait trois ans. Si tu veux, je pourrais te parler de Joanna.

Il surprit un éclair de vulnérabilité dans les yeux bleus aux longs cils noirs fournis. Des yeux qui lui brisaient le cœur chaque fois qu'il les regardait, tant ils ressemblaient à ceux de Joanna. Puis elle reprit son humeur maussade, et il se demanda s'il n'avait pas rêvé.

— Vous n'aimiez pas ma mère. Et vous ne nous aimez pas. Vous êtes venu assister à mon mariage uniquement pour la galerie. Ensuite, vous retournerez à Vienne et à vos maîtresses, à votre boisson, à votre jeu, et vous jetterez de nouveau votre famille aux oubliettes.

Sa tirade le surprit. Roma montrait plus de vitalité qu'il ne lui en avait prêté. Elle fit repartir son cheval, et il lui emboîta le pas.

— J'aimais ta mère, Roma. Et ta mère m'aimait.

— Eh bien, c'est regrettable, déclara la jeune fille d'un ton bourru. Car vous n'êtes pas digne d'amour.

Cela n'avait pas été l'avis de Joanna. En mémoire d'elle, il insista. Certes, il avait tardé, mais il devait bâtir une forme de relation avec cette enfant qu'il chérissait mais ne connaissait pas du tout.

Il aurait à livrer le même combat avec son fils. L'attitude de William face à la désertion de son père consistait à prétendre qu'il n'existait pas. À ce jour, le garçon n'était revenu d'Oxford qu'une fois pour le voir, et manifestement au prix d'un gros effort.

Chaque jour qui passait, Erith constatait les dommages qu'avait causés son égoïsme. Une chape de découragement s'abattit sur lui lorsque l'évidence lui apparut : ses péchés étaient presque certainement impardonnables.

Mais, que Dieu lui vienne en aide, il devait essayer de se racheter.

— Je voudrais que vous partiez, déclara Roma d'un ton buté. Je voudrais que vous ne remettiez plus jamais les pieds à Erith House.

Les mots étaient puérils, mais ils ne l'en blessèrent pas moins.

— William et toi êtes ce que j'ai de plus précieux.

Roma eut un petit rire sarcastique.

— C'est pour cela que vous nous avez laissés à tante Celia quand nous étions petits et que vous n'êtes jamais revenu nous voir.

Elle lui brisait le cœur, mais cela ne l'empêchait pas de l'aimer. Il était prêt à mourir pour elle. Malheureusement, mourir pour elle serait chose aisée. Réparer les torts qu'il lui avait infligés était beaucoup plus difficile.

— Je te supplie de me pardonner, dit-il d'une voix sourde.

Elle fronça les sourcils.

— Je ne comprends pas.

Il immobilisa son cheval.

— Veux-tu descendre pour que nous bavardions en marchant ?

— Non, je veux rentrer à la maison.

Son ton boudeur ne lui parut pas aussi naturel qu'à l'accoutumée.

— Est-ce réellement ce que tu souhaites ?

Elle lui coula un regard haineux sous l'ombre de son chapeau.

— Me laisseriez-vous rentrer ?

Elle avait posé la question comme si c'était important pour elle. Il se demanda pourquoi, mais lui répondit avec sérieux :

— Bien entendu. Je ne suis pas un tortionnaire, Roma.

— Non, vous êtes simplement un homme qui ne prend jamais en compte les sentiments des autres.

— Ce n'est pas vrai.

Il aurait dû être en colère, mais ce fut la stupeur qui l'emporta. Depuis son retour à Londres, Roma avait rarement pris la peine de lui adresser la parole.

— Si, c'est vrai. Nous avez-vous une seule fois demandé notre avis, à William et à moi ? Nous avez-vous jamais laissé le choix pour quelque chose ?

— Tu étais un bébé, mon trésor.

Elle se hérissa. Visiblement, employer ce terme affectueux avait été une erreur.

— J'ai dix-huit ans, maintenant.

— Veux-tu rentrer à la maison ?

Après un instant de silence, elle secoua la tête.

— Non.

Puis, avec une pointe d'amertume, elle ajouta :

— Il m'a fallu ma vie entière pour obtenir ce peu d'attention de votre part. Ce serait dommage d'y mettre un terme prématuré.

Oui, elle avait indéniablement plus de caractère qu'il ne l'avait pensé. Elle n'avait plus rien de la jeune fille qui se déplaçait furtivement dans Erith House pour lui échapper.

Il mit pied à terre et l'aida à en faire autant. Roma était plus petite et moins svelte que Joanna, mais tenait suffisamment de sa mère pour que la ressemblance lui brise le cœur chaque fois qu'il posait les yeux sur elle. Maintenant qu'elle s'animait, cela le frappait davantage encore. Bouleversé, Julian se rendit compte que sa fille était d'une grande beauté. C'était une jeune femme qui avait des désirs et des ambitions. Et dont il ne savait strictement rien.

Seigneur, l'éloignement qu'il avait infligé à ses enfants avait été criminel !

Ils cheminèrent en silence, tenant leurs montures par les rênes. C'était une belle matinée, et le soleil mouchetait de taches lumineuses les petites pousses printanières. Malgré le manque de sommeil, Erith était galvanisé par le stupéfiant tourbillon émotionnel des dernières vingt-quatre heures.

— Puis-je te raconter pourquoi je vous ai confiés, William et toi, à ma sœur ? demanda-t-il enfin.

Roma ne vibrait plus d'animosité, mais combien de temps durerait cette trêve ? Quelle ironie... Lui qui était réputé pour ses talents de diplomate ignorait tout de la manière d'apaiser une jeune fille blessée et en colère.

— Ce n'est pas parce que je ne vous aimais pas.

— Pourquoi tant de gentillesse ? demanda Roma d'une voix teintée de suspicion.

Il sourit. Sa méfiance lui rappelait Olivia.

— Parce que je suis ton père et que je voudrais te faire comprendre que tu es ma fille bien-aimée.

— Il est trop tard.

Les mots prononcés avec calme lui lacérèrent le cœur. Comment pouvait-elle penser une chose aussi terrible ? Certes, son attitude lui avait donné l'impression qu'il ne se souciait pas d'eux. Mais la tragique vérité était au contraire qu'il les aimait trop.

— Crois-tu ?

Elle lui jeta un nouveau regard furieux en ôtant son chapeau. Ses cheveux bruns étaient ébouriffés, et des mèches encadraient ses joues, qui n'avaient pas encore perdu la rondeur de l'enfance.

— C'est la première fois que vous souhaitez me parler.

— J'espérais que tu me laisserais au moins m'expliquer.

— À quoi bon ? De toute façon, vous repartirez. Du reste, je vais me marier. J'ai ma vie à moi.

— N'éprouves-tu pas la moindre curiosité à l'égard de ton père ?

— Autrefois, si. À présent, je suis une adulte. J'ai d'autres préoccupations. Vous n'êtes pas important, pour moi.

C'était manifestement un mensonge, car la peau claire de Roma se colora.

— Eh bien, accorde-moi, je te prie, un peu de patience et écoute ce que j'ai à te dire.

Il s'attendait à quelque remarque acerbe concernant la patience, mais elle l'examina de ses yeux bleus si poignants et hocha la tête.

— Comme il vous plaira.

Puis elle ne put résister à l'envie d'ajouter :

— Mais je ne vois pas quel bien cela pourra faire.

Il poussa un grognement mi-amusé, mi-amer.

— La confession fait du bien à l'âme. Peut-être me soulagera-t-elle à défaut de t'aider.

Elle ne sourit pas, mais elle l'écoutait. Sur le sentier ombragé, les sons des sabots assourdis par le tapis de feuilles, les petits hennissements et les gazouillis des oiseaux apaisaient la tempête qui grondait dans les veines de Julian.

— Tu ressembles beaucoup à ta mère, tu sais, dit-il doucement. Elle avait les mêmes yeux et les mêmes cheveux que toi, et parfois je surprends une expression sur ton visage qui fait de toi son portrait craché.

— Je sais. Tante Celia me le dit souvent. D'ailleurs, j'ai vu le portrait du mariage.

Bien sûr. Il avait imaginé confusément, dans l'étourdissement de la douleur, que ce tableau créerait un lien entre ses enfants et leurs parents absents.

Avec le recul, cela lui faisait l'effet d'un bien fâcheux substitut à la présence réelle d'un père. Cruel, même.

Comment se faisait-il qu'il n'ait pas compris cela plus tôt ? Il n'était pas idiot. Mais le fait d'avoir découvert le passé d'Olivia lui donnait un tout autre regard sur bien des choses, y compris sur la façon dont il avait traité ses enfants.

Il avait été un mauvais père. Il avait laissé tomber William et Roma. Une fois de plus, il se demanda s'il parviendrait à se faire pardonner des péchés aussi graves.

— Dès l'instant où j'ai posé les yeux sur ta maman à Almack, j'ai été conquis. Elle était plus jeune que tu ne l'es aujourd'hui. Elle avait dix-sept ans, et moi seulement dix-huit. Mais notre union plaisait à nos familles, aucune barrière de rang ni de fortune ne s'y opposait. Nous étions jeunes, horriblement innocents et follement amoureux. Personne ne voyait de raison pour nous empêcher de nous marier dès que les convenances le permettraient.

Roma le considéra avec une curiosité circonspecte.

— J'ai du mal à imaginer que vous avez eu mon âge.

Il émit un petit rire.

— Crois-moi, je l'ai eu.

Son scepticisme l'amusa malgré le sérieux du moment. Il avait lui-même fait cette réflexion à son père quand il avait plaidé sa cause pour épouser rapidement la femme qui, il le savait déjà, était l'amour de sa vie. Malgré sa jeunesse, alors, il avait su écouter son cœur. Mieux que par la suite.

— Nous avons vécu ensemble pendant près de quatre ans et avons eu deux enfants que nous adorions tous les deux.

Roma avait dû tirer sur les rênes de sa monture, car celle-ci protesta en renâclant et en agitant la tête. Il attendit qu'elle discute le choix de ses mots, mais elle garda le silence. Il la savait attentive à ses propos, à défaut de savoir ce qu'elle ressentait.

— Quand ta mère est morte, j'ai voulu mourir avec elle. De bien des manières, je suis effectivement mort avec elle. Ta tante m'a proposé de s'occuper de toi et de William. Tout le monde me disait que c'était la meilleure chose à faire.

— Et vous vouliez vous enfuir.

— Oui, je voulais m'enfuir.

Comment expliquer à une fille de son âge ce qu'avait été sa douleur ? À quel point cela l'avait paralysé, aveuglé, submergé ? Il ne pouvait supporter de se trouver dans la même pièce que ses enfants, parce qu'ils étaient vivants et que l'amour de sa vie était mort.

— J'ai été lâche, avoua-t-il.

Elle l'étudia d'un regard calme qu'il ne put tout à fait déchiffrer. Il y lut certes de la condamnation – ce qu'il méritait, le Ciel lui en était témoin – mais également une chose qui pouvait être un début d'indulgence.

— Vous n'aviez que vingt-deux ans. Quatre ans de plus que moi.

— J'étais jeune. Cela n'excuse pas le mal que j'ai fait.

— Non, mais cela rend toute l'histoire un peu plus facile à comprendre.

Elle était cependant loin de lui offrir le pardon. Ses péchés étaient si grands...

Il avait eu tort d'abandonner ses enfants. Mais le chagrin causé par la perte de Joanna avait été si profond qu'il n'aurait pas été capable de s'occuper de son fils et de sa fille. Puis les années s'étaient écoulées, et il n'était jamais revenu endosser ses responsabilités de père de famille.

Là résidait son réel crime.

La culpabilité laissait un goût de rouille dans sa bouche. Il aurait tant voulu pouvoir changer le passé et réparer ses multiples fautes... mais il était trop tard. Il ne pouvait plus maintenant qu'aller de l'avant à tâtons, en espérant que l'avenir lui accorderait un lien avec ses enfants.

— Je suis heureuse que nous ayons eu cette conversation, dit-elle doucement tandis qu'ils émergeaient à la lumière du soleil.

Cet aveu, bien que formulé avec quelque réticence, donna à Julian l'impression d'être un roi. La gratitude le submergea soudain, et il bredouilla :

— Moi aussi.

Il n'avait pas atteint son but : gagner l'affection et le respect de Roma. Cela prendrait du temps, et beaucoup d'amour. Mais il lui semblait avoir franchi une petite étape vers ce à quoi il aspirait. Avec de la patience et de la bonne volonté de part et d'autre, peut-être ce premier pas serait-il suivi d'un deuxième, puis d'un troisième.

Olivia, vous m'avez tant appris.

Ils s'engagèrent dans une partie du parc plus fréquentée. Le temps des confidences était passé. Il se tourna vers sa fille et déclara :

— Je vais t'aider à remonter en selle. Il se fait tard. Ta tante Celia va penser que nous nous sommes perdus.

À sa surprise, elle se mit à rire. Il réalisa avec un petit coup au cœur que c'était la première fois qu'elle partageait un moment d'amusement sincère avec lui.

— Elle va surtout penser que je suis tombée et que vous avez dû courir après mon cheval dans tout le parc. C'est déjà arrivé.

— Je te donnerai des leçons d'équitation, si tu veux.

La nouvelle légèreté de Roma fit place à la méfiance familière.

— Je n'ai aucune prédisposition pour l'équitation. Il est inutile d'essayer de me changer.

— Je n'essayais pas… commença-t-il impatiemment, avant de comprendre qu'il s'agissait d'une mise à l'épreuve et qu'il s'apprêtait à échouer.

D'un ton calme, il reprit :

— La décision t'appartient, Roma. Je monte tous les matins. Si tu veux m'accompagner, tu es la bienvenue.

Les yeux de la jeune fille s'emplirent d'une stupeur qui perdura tandis qu'il l'aidait à se hisser en selle. C'était une torture de ne pas lui conseiller de redresser le dos et de décrisper ses bras raidis, mais il parvint à s'en abstenir.

Il cria un ordre au palefrenier assoupi sur son poney et grimpa sur son propre cheval. Il le faisait volter quand, soudain, son attention fut attirée par une femme qui chevauchait un pur-sang fougueux.

Olivia.

Elle était à l'autre bout de la clairière, mais il la reconnut immédiatement. Bien qu'elle lui tournât le dos. Bien qu'elle portât l'austère tenue d'équitation noire qui aurait pu être celle de n'importe quelle cavalière. Bien qu'elle eût ramené ses cheveux à la teinte si particulière sous un élégant chapeau presque masculin.

Son cheval s'agita, et elle l'apaisa d'un mouvement désinvolte et gracieux de la main. Joanna avait été une magnifique cavalière, mais Olivia la surpassait comme le soleil éclipse une bougie. Son cheval et elle semblaient ne faire qu'un. Son assiette était parfaite, sa posture distinguée, son assurance flagrante. Et son habit noir épousait sa silhouette si étroitement qu'on l'aurait cru cousu sur elle. C'était une astuce de courtisane qu'il connaissait déjà, mais jamais il n'en avait vu démonstration si glorieuse.

Le cheval lui-même attirait l'œil. Fringant, les jambes délicates, l'encolure racée, des courbes magnifiques. Assorti à sa cavalière.

Le cœur d'Erith cessa de battre.

À côté de lui, Roma avait du mal à contenir sa placide jument, mais, les yeux rivés sur Olivia, il n'en était que vaguement conscient.

Olivia bavardait avec deux jeunes gens. L'un d'eux lui était familier – sans doute s'agissait-il de lord Peregrine. Il n'avait jamais vu l'autre. Il était beau, blond comme un dieu nordique, jeune, manifestement riche, et il chevauchait un rouan presque aussi splendide que l'alezan de sa maîtresse.

Profitait-elle de sa promenade matinale pour choisir un nouvel amant parmi les jeunes gens qui fréquentaient le parc à cette heure-ci ? Cette pensée le rongea comme de l'acide, et ses mains se crispèrent. Sa monture dansa sous la morsure inattendue des rênes.

Il essaya d'étouffer ce furieux élan de jalousie. Une jalousie irraisonnée, inacceptable, et sans précédent.

Que lui arrivait-il donc ? Il avait toujours su qu'Olivia était une courtisane. Elle gagnait sa vie ainsi. Rien d'étonnant à ce qu'elle songe déjà à son prochain protecteur. Erith ne restait que trois mois à Londres.

Avait-il espéré qu'elle entrerait au couvent et pleurerait son absence jusqu'à la fin de ses jours comme une héroïne d'opérette ?

Elle avait une carrière. Lui aussi. Et leurs activités respectives mettraient bientôt un bras de mer et plusieurs pays entre eux.

Malheureusement, aucun de ces arguments n'apaisa la colère qui se tortillait telle une vipère en son sein.

Puis la monture d'Olivia se tourna face à lui. Même de loin, il sut qu'elle l'avait reconnu, bien qu'elle n'en montrât rien.

— Je ne vois pas ce qu'elle a de si spécial, déclara Roma à côté de lui.

— Que dis-tu ? demanda-t-il.

Elle inclina la tête dans la direction d'Olivia.

— Cette femme. Votre maîtresse. Je ne vois pas ce qu'elle a de si spécial.

Ce qu'Erith entendit le tira suffisamment de ses pensées pour qu'il reporte son attention sur sa fille.

— Mais que diable...

Il inspira profondément et batailla pour surmonter son bouleversement.

— Je te demande pardon, Roma.

— Vous allez me dire que je ne devrais pas être au courant de ces choses-là. Mais bien sûr que je le suis. Je ne suis ni stupide ni sourde. On ne parle en ville que de votre liaison avec cette catin. C'était déjà suffisamment difficile pour la famille quand vos maîtresses se trouvaient de l'autre côté de la Manche.

— Il est hors de question que j'en discute avec toi, dit-il doucement, en jurant intérieurement.

Comment avait-elle pu en découvrir autant ?

— Quoi qu'il en soit, je trouve cela déplorable, riposta-t-elle avant de talonner son cheval, qui partit au trot.

Le palefrenier s'élança aussitôt derrière elle avec inquiétude. À l'évidence, une telle célérité était inhabituelle pour lady Roma. Erith regarda sa fille disparaître. Roma bondissait sans aucun sens du rythme de sa monture. La pauvre bête devait avoir l'impression de porter sur son dos un sac de blé.

En relevant les yeux, il remarqua qu'Olivia l'observait. Elle était trop fine pour n'avoir pas deviné qui était la jeune fille qui se trouvait avec lui, et ce qui venait de se produire.

Un message passa entre eux, comme si elle lui envoyait silencieusement des forces.

Puis elle se tourna de nouveau vers ses compagnons en ignorant royalement Erith. Curieusement, ce fut ce qui lui déplut le plus dans toute cette détestable situation. Le pire n'était pas que sa trêve précaire avec sa fille ait été rompue, ni sa crainte de voir Roma tomber sur son aristocratique postérieur, ni même la perspective qu'Olivia séduise un autre homme.

Non, le pire de toute cette atroce matinée était qu'Olivia ne se trouvait pas à ses côtés, officiellement reconnue comme la femme qu'il était fier d'avoir pour maîtresse.

17

Le majordome ouvrit à Olivia. Il était plus de 19 heures, et elle n'était pas rentrée depuis sa promenade à Hyde Park ce matin-là. Perry avait eu besoin d'elle plus longuement qu'elle ne l'avait escompté pour les derniers préparatifs du bal qu'il organisait pour son trentième anniversaire, puis il lui avait demandé de rester prendre le thé afin de discuter tranquillement.

Il se sentait négligé, ce qu'elle comprenait. Cependant, son insistance à la garder auprès de lui paraissait délibérée, comme s'il essayait de l'éloigner d'Erith.

C'était le cas, bien sûr. Son animosité envers le comte était plus marquée que jamais.

Olivia était fatiguée et nerveuse. Tout l'après-midi, l'impatience l'avait tourmentée. Une impatience agréable, qui avait pour objet... un amant. Cela constituait pour elle une expérience si nouvelle qu'elle la choquait bien plus que les actes libertins auxquels elle s'adonnait. Mais que pouvait signifier la légèreté de ses pas, sinon le bonheur à l'idée de le revoir ?

Dieu merci, Erith quittait Londres en juillet, sans quoi elle aurait risqué de se ridiculiser complètement.

Son cœur battant prit un rythme fataliste. La perspective du départ d'Erith ne la réconfortait pas, contrairement à ce qu'elle aurait espéré.

Songeuse, elle ôta son chapeau et le donna au domestique.

— Je vais prendre un bain et un repas léger, Latham. Du thé. Pas de vin.

— Monsieur le comte est ici, madame. Dans le salon du premier étage.

Surprise, elle s'interrompit alors qu'elle enlevait ses gants. Après tout le temps qu'il lui avait consacré la veille, elle avait pensé qu'il aurait des obligations familiales aujourd'hui.

— Attend-il depuis longtemps ?

— Depuis 16 heures, madame.

Seize heures ? C'était étonnamment tôt.

— Merci, Latham. Mieux vaut ne pas faire préparer mon bain tout de suite.

— Très bien, madame.

L'homme s'inclina et s'en alla.

Bien qu'Erith patientât depuis plus de trois heures, elle marqua une pause avant de monter le rejoindre. Après la dangereuse tornade émotionnelle de la veille, elle voulait être sûre de rester maîtresse d'elle-même face à lui.

Dans le miroir du vestibule, elle croisa son regard troublé. La femme du reflet n'était plus la reine des courtisanes remplie d'assurance. La femme du reflet était vulnérable, irrésolue, et craignait d'avoir déjà trop donné d'elle-même.

Avec Erith, elle avait connu quelque chose d'entièrement nouveau. Une intimité étrange, électrique. Quand il avait pleuré dans ses bras, elle aurait été prête à tout donner pour lui épargner d'avoir à verser ces larmes déchirantes. Ce n'était pas seulement sa maîtresse qui avait souffert pour lui, mais la petite fille perdue encore tapie en elle. Et la mère aimante de Leo. Et la femme libre qu'elle espérait devenir le jour où elle quitterait à jamais cette vie décadente.

Elle ne comprenait pas ce sentiment, mais il était puissant et dangereux.

Dès le début, Erith avait cherché à établir entre eux un lien qu'elle n'était plus désormais en mesure de briser. Maudit soit-il pour l'avoir attirée dans ces sables mouvants ! Il savait pertinemment que l'éclosion de sentiments sincères entre eux ne pouvait se solder que par des déchirements. C'était un aristocrate, au sommet de la société. Il avait une famille, des devoirs et des responsabilités. Elle était une prostituée.

Pour tous deux, cette liaison ne pouvait représenter qu'un bref interlude.

Lentement, elle monta l'escalier, en restaurant scrupuleusement ses défenses à chaque marche. Elle était forte. Aucun homme ne pouvait lui causer de souffrance durable. Elle pouvait survivre à tout.

Cependant, en ouvrant la porte du salon, elle tremblait, tout comme elle avait tremblé lorsqu'il l'avait embrassée sous la pluie.

Erith était assis dans un large fauteuil en cuir, le dos tourné au feu. Il avait un livre sur les genoux, et ses cheveux étaient ébouriffés comme s'il y avait maintes fois passé les doigts. Dans son peignoir de soie noire, il paraissait parfaitement détendu, tenant son ouvrage d'une main, l'autre autour d'un verre de vin rouge.

Elle tenta de juguler le plaisir fou qu'elle prit à le voir ainsi.

Autant essayer d'endiguer un raz-de-marée.

Il la regarda entrer et lui adressa un petit sourire irrésistible.

Elle l'avait vu canaille et désinvolte. Elle l'avait vu ironique et amusé. Mais ce sourire était d'une tendresse si exquise que son cœur fut agité d'un soubresaut.

Allons, Olivia. C'est un homme. La seule chose qu'il peut t'offrir, c'est la douleur et l'esclavage.

Il était trop tard pour les avertissements. Sous l'effet de ce sourire, la glace qui entourait son âme fondait comme si le soleil la réchauffait après un hiver interminable.

Gèlerait-elle de nouveau, ou cette sensation était-elle une promesse d'étés à venir ?

— Bonsoir, Olivia.

Même son ton était tendre.

— Bonsoir, lord Erith.

Elle referma la porte en maudissant sa voix tremblante et fit quelques pas dans la pièce.

— Pourquoi un tel formalisme ? demanda-t-il en posant son verre sur la desserte en acajou.

Elle suivit des yeux le mouvement de sa main et vit un petit tas de soie colorée sur la surface vernie, à côté du verre.

Des rubans ? Elle reporta la résolution de cette énigme à plus tard, le regard de nouveau attiré vers son visage.

— Erith.

— Julian.

Elle ignorait pourquoi, mais l'appeler par son prénom signifierait qu'elle capitulait complètement. Cependant, elle hocha la tête.

— Julian.

Son sourire s'accentua.

— Merci, dit-il, aussi heureux que si elle venait de lui offrir la plus belle des récompenses.

Elle prit place dans le fauteuil situé face à lui sans le quitter des yeux. Elle était incapable de déchiffrer son humeur. La seule chose qu'elle comprit fut qu'il persévérait dans leur intimité de la veille.

Après l'avoir vu à Hyde Park, elle s'était demandé si, lors de leur prochain rendez-vous, il agirait comme s'ils n'avaient jamais échangé des confidences bouleversantes dans les petites heures tranquilles d'une nuit pluvieuse. Il aurait été plus simple qu'il suive cette ligne de conduite. Mais cet homme-là ne choisissait jamais les solutions les plus simples.

Ses yeux étaient d'un gris doux et voilé. Elle avait du mal à croire qu'elle avait trouvé ce regard scrutateur dur et froid.

Miséricorde, le gris était en train de devenir sa couleur préférée !

— Vous m'avez attendue tout l'après-midi.

C'était une remarque ridicule.

Il acquiesça de la tête.

— Oui.

— J'étais avec Perry.

Encore une phrase idiote. Elle ne devait à lord Erith aucune explication quant à son emploi du temps. Tel était leur marché.

Mais elle savait parfaitement que ce qui planait entre eux n'avait rien à voir avec un contrat formel, et que cela impliquait au contraire des émotions déchirantes et dangereuses qu'elle ne devait pas accepter.

Les événements de la veille l'avaient profondément ébranlée. Si seulement il ne l'avait pas suivie dans le Kent… Elle aurait peut-être pu étouffer ce brasier en elle, s'il était resté un étranger.

Le sourire d'Erith flottait encore sur sa bouche, et il ne l'avait pas quittée des yeux. Olivia était un objet de désir depuis des années, et pourtant, jamais aucun homme ne l'avait regardée avec une telle attention. C'était déstabilisant.

— Cela n'a pas d'importance. J'avais besoin de temps pour réfléchir.

À *quoi* ? Elle s'interdit de poser la question. Elle n'était pas sûre de vouloir entendre la réponse.

— Avez-vous dîné ?

— Je mangerai plus tard. Et vous ?

Elle avait mangé des gâteaux et des sandwichs avec Perry en milieu d'après-midi et avait eu faim en rentrant à la maison. Pourtant, cette étrange rencontre lui avait coupé l'appétit.

— Je n'ai pas faim, merci.

Il posa son livre sur la desserte, près du verre de vin et de la pile de rubans.

— Bien.

Elle se pencha en avant sur son fauteuil.

— Erith, je déteste l'admettre, mais vous me rendez nerveuse.

Son sourire se fit amusé.

— Vous n'avez pas à vous inquiéter.

Les mains qu'elle avait posées sur les accoudoirs se transformèrent en poings.

— Voilà qui achève de me mettre sur des charbons ardents.

— Voulez-vous du vin ?

— Pourquoi ? demanda-t-elle, soupçonneuse. Vais-je en avoir besoin ?

Il rit doucement.

— C'est possible. Je voudrais jouer à un jeu.

Elle reporta son regard vers la pile de rubans apparemment innocents. En vérité, il ne s'agissait pas tout à fait de rubans, constata-t-elle. C'était un assortiment multicolore de cordons de soie.

— Vous voulez m'attacher.

Sans doute en avait-il assez de s'évertuer à lui soutirer une réaction en usant de douceur et de patience. Maintenant, il projetait de la contraindre.

Elle l'aurait pensé plus original. Elle l'avait surestimé. Manifestement, son imagination suivait le même chemin éculé que celle des autres hommes.

Elle étouffa un soupir, se renfonça dans son siège et sentit s'écouler hors d'elle la frémissante tension. Au moins, elle se retrouvait en terrain familier.

Il l'observait sans ciller.

— Y voyez-vous une objection ?

Elle entreprit de déboutonner sa jaquette. Naturellement, il voudrait qu'elle soit nue, comme tous les hommes qui avaient pris plaisir à la retenir captive avant lui.

— Non. Je n'y vois pas d'objection.

Cela la laisserait aussi écœurée que frustrée. Et Erith aurait de nouveau ce regard triste et blessé.

Elle n'en avait aucune envie, mais elle s'y résignerait.

— Fort bien. Nous essaierons la prochaine fois, dans ce cas.

Ses doigts s'immobilisèrent sur le troisième bouton. Elle se leva en se demandant si ses jambes flageolantes allaient la soutenir.

— Je vous demande pardon ?

Erith prit les cordons et se mit à jouer avec. Elle fixa des yeux les mouvements hypnotiques de ses mains bronzées. C'était vaguement déstabilisant, incontestablement suggestif.

— J'ai dit : nous essaierons la prochaine fois, répondit-il calmement.

— Et que voulez-vous faire pour l'instant ?

Les mots franchirent difficilement sa gorge serrée.

Il se leva et s'approcha d'elle, assez près pour qu'elle le touche. Comme d'habitude, il la dominait de toute sa hauteur. C'était le seul homme qu'elle connaissait qui fût capable de lui donner l'impression d'être petite et féminine.

Il tenait toujours les cordons.

— Je voudrais que *vous* me ligotiez.

Olivia recula d'un pas. Jamais elle n'aurait pensé qu'Erith pouvait apprécier d'être soumis. Elle avait connu un amant qui avait besoin de souffrir pour parvenir à l'orgasme et avait rapidement mis fin à la liaison. Cela l'écœurait d'infliger à autrui le simulacre de la violence dont avait fait preuve envers elle son premier amant.

— Non.

Erith laissa doucement glisser les cordelettes de ses mains.

— Comme il vous plaira.

Le regard d'Olivia se posa sur les cordons chatoyants qui tombaient sans bruit sur la desserte en acajou. Même pour une femme froide comme elle, la lente chute de ces délicates mèches de couleur à travers les doigts élégants d'Erith avait quelque chose d'indéniablement sensuel.

Une étrange sensation la parcourut, et elle eut un petit frisson, comme si les doigts d'Erith avaient touché sa peau nue.

Puis elle se rendit compte de ce qu'il avait dit.

— Vous ne voulez pas que je vous frappe ? s'exclama-t-elle avec stupeur.

Il riva les yeux aux siens.

— En avez-vous envie ?

— Non.

Elle fronça les sourcils, de plus en plus perplexe.

— N'est-ce pas ce que vous m'avez demandé ?

Un sourire taquina de nouveau ses lèvres, et il lui prit la main. La chaleur de sa peau remonta le long du bras d'Olivia et fit fondre encore un peu plus de glace en elle.

Bientôt, il n'en resterait plus du tout. Et alors, que Dieu lui vienne en aide, que deviendrait-elle ?

— Vous m'avez vu avec ma fille ce matin.

— Oui.

— Elle m'a fait comprendre que mon plus grand péché envers elle n'était pas de l'avoir abandonnée, si terrible que ce soit. C'est le fait de l'avoir condamnée à subir des situations sans lui laisser de choix.

Il marqua une pause, et elle reconnut le fantôme de la tristesse de la veille.

— J'ai perdu Joanna parce que j'ai tenté de lui imposer ma volonté.

Elle inclina la tête et haussa les sourcils.

— Vous êtes un homme. Vous aimez donner des ordres.

— Pas ce soir. Pas à vous.

Il laissa aller sa main et se redressa. Son expression était plus sombre qu'elle ne l'avait jamais vue.

— J'ai énormément réfléchi à tout cela, Olivia. Et le fruit de mes réflexions éclaire mon inexcusable conduite envers vous. Envers toutes les femmes qui ont traversé ma vie.

— Vous avez été parfaitement correct vis-à-vis de moi. Et je ne me suis pas fait aimer de vous.

D'une main, il effleura sa joue. La tendresse de ce contact léger coula dans les veines d'Olivia.

— Ne dites pas de bêtises, Olivia. Vous faire aimer de moi est précisément ce que vous avez accompli.

Elle battit des paupières pour chasser l'ennuyeuse buée qui surgissait devant ses yeux quand il disait ce genre de chose. Surtout, ne pas y prendre goût : un jour, bientôt, il ne serait plus là.

Chaque fois qu'il s'exprimait ainsi, elle avait l'impression d'être une consommatrice d'opium à qui l'on donnait sa dose quotidienne de poison et, comme tous les pauvres diables prisonniers des rets de la drogue, elle n'aspirait qu'à en recevoir davantage.

— Je n'ai pas été une maîtresse bien satisfaisante, dit-elle d'une voix enrouée.

— Nous n'en avons pas encore terminé, mon amour.

Une vague de stupéfaction déferla sur elle. Perry l'appelait « mon amour » de temps en temps, avec désinvolture, mais ces deux mots n'avaient pas du tout cette légèreté, dans la bouche de lord Erith.

Elle s'en voulut d'être aussi sottement sentimentale. Mais rien ne pouvait empêcher son cœur de s'ouvrir telle une fleur au soleil.

— Je ne puis vous donner ce que vous désirez.

— Donnez-moi ce que vous pouvez.

Elle humecta ses lèvres sèches et redressa les épaules.

— Cela se résume à rien.

— C'est faux, Olivia. Vous m'avez déjà tant donné...

Le tendre sourire refit son apparition. Seigneur, comme elle aurait aimé qu'il cesse de la regarder ainsi... Chaque fois, cela lui transperçait le cœur. Il la poussait dans ses retranchements, l'obligeait à reconnaître ses failles, menaçait la carapace d'indifférence qui la protégeait.

Cet homme était tout bonnement un désastre pour elle.

Elle aurait largement préféré ne jamais le rencontrer. Si, à cet instant, on lui avait offert le monde en échange de son départ, elle lui aurait demandé de rester.

C'était absolument terrifiant.

Elle se mit à trembler, son cœur s'emballant comme un cheval sauvage.

— Que vous ai-je donné ? répliqua-t-elle d'un ton belliqueux.

— Ne comprenez-vous donc pas que vous m'avez rendu mon âme ?

Ces mots s'enfoncèrent dans sa colère comme un couteau dans du beurre mou.

Avec difficulté, elle s'obligea à ironiser :

— Dans ce cas, vous en avez pour votre argent, finalement.

Il ne s'emporta pas. Elle aurait dû s'en douter. Au lieu de cela, il eut l'air horriblement triste, ce qui l'anéantit davantage que n'aurait pu le faire son courroux.

— Olivia, arrêtez.

Ces deux mots prononcés d'une voix mélodieuse suffirent à mater les bêtes sauvages qui rugissaient en elle et qui avaient pour nom colère, agressivité et solitude.

— Je veux à mon tour vous rendre votre âme.

Il avait parlé si doucement qu'elle dut se pencher pour le comprendre. Les effluves de son odeur musquée l'étourdirent de désir.

De *désir* ? Jamais elle n'avait désiré un homme. Et si tel était le cas, à quoi cela pourrait-il bien lui servir ?

Son corps était indifférent aux caresses, son cœur réfractaire aux sentiments.

Un cœur qui, pourtant, à sa grande surprise, était à présent la proie d'une douloureuse émotion.

— Vous parlez de plaisir sexuel, dit-elle d'un ton morne.

À quoi bon ? Il devait savoir que cela ne les mènerait nulle part, quel que soit celui des deux qui serait attaché. La nuit précédente, pour la première fois de sa vie, elle avait presque eu envie d'un homme. Et quel pitoyable échec cela avait été !

— C'est un crime impardonnable de vous avoir volé votre aptitude à éprouver du plaisir.

— J'ai survécu.

— Survécu, mais pas vécu.

Ce qu'il venait de dire était si vrai, et si tragique. Elle cligna furieusement des yeux. Elle ne pouvait plus se mentir : non seulement il l'émouvait aux larmes, mais il lui donnait envie d'être la femme qu'il voulait qu'elle soit.

— Il est trop tard.

Erith secoua la tête.

— Non. Avez-vous confiance en moi ? demanda-t-il.

Elle lui coula un regard circonspect.

— Je n'ai confiance en personne.

— Je sais.

Il marqua une pause, puis reprit :

— Pouvez-vous me faire confiance pour ce soir ? Je ne vous demande pas que ce soit éternel.

— Les gens comme nous ne connaissent pas de sentiments éternels, répondit-elle avec tristesse.

— Si, répliqua-t-il d'une voix profonde et assurée. Accordez-moi au moins le privilège de votre honnêteté.

Elle rassembla les derniers vestiges de sa résistance. Comme elle aurait aimé le diminuer, le soumettre ainsi qu'elle l'avait fait avec tous les hommes pathétiques qui avaient partagé sa couche.

— Je suis une prostituée. L'honnêteté pour moi est un luxe.

— Avez-vous l'impression d'être une prostituée lorsque vous êtes avec moi ?

Comment répondre à une question pareille ?

— Que voulez-vous, Erith ? demanda-t-elle avec désespoir, comme elle l'avait fait un peu plus tôt.

— Je veux ce que *vous* voulez.

— C'est absurde.

— Sans précédent, peut-être.

— Aucun homme ne m'a jamais dit cela.

— Je sais.

Ses yeux s'emplirent d'une telle compassion qu'elle faillit tendre la main pour le toucher. Mais elle s'en empêcha.

Si elle abaissait ses défenses et qu'il la trahissait, cela la briserait, songea-t-elle, ignorant la petite voix qui lui soufflait qu'il avait fait tomber toutes ses barrières depuis bien, bien longtemps.

Il se baissa pour ramasser les cordelettes satinées et les lui tendit.

— Attachez-moi. Ensuite, faites ce que vous voudrez.

La stupeur la réduisit au silence. Puis au rejet immédiat et véhément de ce qu'il lui demandait.

Quelque chose d'essentiel en elle s'opposait à l'idée de le placer si ouvertement en son pouvoir. Une réaction alarmante, dans la mesure où prendre le pouvoir sur les hommes était sa raison de vivre depuis l'âge de quatorze ans.

Son vieux cynisme resurgit, une méfiance indissociable de l'Olivia qu'elle avait créée au fil de nombreuses années de malheur.

— Ne puis-je vous faire confiance si je ne vous attache pas ?

— Bien sûr que si.

Ce sourire, encore. Dieu tout-puissant, si seulement il avait pu s'arrêter...

— Mais si vous m'attachez, vous aurez la garantie de me tenir en votre pouvoir.

— Et je vous donnerai du plaisir. Quel sacrifice ! répliqua-t-elle, sarcastique.

— Vous ferez exactement ce que vous aurez envie de faire.

— Vous battre ? demanda-t-elle en sachant pertinemment qu'elle n'en ferait jamais rien.

— Si vous le souhaitez.

— Me désintéresser de vous ?

— Oui.

— Vous abandonner ?

Un muscle tressaillit dans sa mâchoire, et elle se rendit compte que son calme n'était qu'apparent.

— S'il le faut.

— Pourquoi faites-vous une chose pareille ?

Il haussa les épaules une nouvelle fois. Sa voix était extraordinairement grave.

— Nous devons trouver un moyen de sortir de cette impasse, sinon nous finirons par nous détruire.

— La solution la plus simple consisterait à nous séparer.

— Est-ce la simplicité que vous recherchez ?

Elle n'osa pas répondre.

— Donc, je vous attache et je fais exactement ce qui me plaît ?

— Oui.

Elle tendit la main et fut surprise de constater qu'elle ne tremblait pas.

— Donnez-moi les cordelettes.

18

Avec l'espoir fou qu'il savait ce qu'il faisait et qu'il survivrait à ce qui allait se passer, Julian tendit les liens de soie à Olivia.

Dès qu'elle avait compris son intention, elle était devenue étonnamment calme. En entrant dans la pièce, elle avait été visiblement déconcertée. Puis elle avait essayé de se draper dans l'enveloppe protectrice de la courtisane. Sans grand succès, avait-il constaté avec bonheur.

Cela signifiait certainement quelque chose.

Quelle était à présent son humeur ? Était-elle en colère, réticente, fataliste, triomphante ? Dégoûtée ?

Diable, il n'en avait aucune idée ! Avait-il raison de mettre en œuvre la stratégie audacieuse qu'il avait conçue après sa conversation avec Roma ? En théorie, cela leur permettait de sortir d'un impossible dilemme. En pratique, il avait l'impression de mettre la tête dans la gueule d'un tigre affamé.

Et Olivia ne l'avait même pas encore attaché.

Mais il était trop tard pour faire machine arrière.

Impériale, la jeune femme fit un geste dans sa direction.

— Ôtez le peignoir.

Il avait juré de faire ce qu'elle voulait. Et il tiendrait parole, si difficile que ce soit pour l'orgueil d'un homme de se soumettre à la volonté d'une femme.

Sans rien dire, il laissa tomber le vêtement de soie noire à ses pieds. Il ne parla pas non plus tandis qu'elle contemplait son corps nu. Elle fit glisser ses yeux sur ses épaules, sa poitrine, son sexe. Qui, comme il fallait s'y attendre, se dressa face à ce défi muet.

Il aurait fallu qu'il soit mort pour ne pas la désirer. Mais il ne se sentait pas à l'aise, debout ainsi devant elle. Elle l'étudiait comme une statue de marbre dans une galerie.

Lentement, elle tourna autour de lui, en l'observant de l'œil froid et détaché d'un amateur d'art. Les bras croisés sur la poitrine, elle semblait estimer que l'œuvre proposée n'était pas digne d'une appréciation particulière.

Le pire fut lorsqu'elle passa derrière lui. Elle parut le contempler indéfiniment. Tous ses muscles se tendirent le long de ses jambes, sur ses fesses, dans son dos. Il dut faire appel à tout son sang-froid pour ne pas se trémousser comme une vierge nerveuse lors de sa nuit de noces.

Nom de Dieu, il était un libertin notoire, un virtuose des arts de la sensualité ; il s'était dévêtu devant une multitude de femmes.

Et pourtant, jamais il ne s'était senti aussi... nu.

Il détestait cette sensation, c'était insupportable.

Et elle le savait, la sorcière.

Il s'arma de courage. Si cela devait permettre de briser la gangue de glace dans laquelle était enfermée Olivia, il se soumettrait avec bonheur à la pire des tortures qu'elle pouvait concevoir. Il avait atteint un stade où la libérer de la prison de sa frigidité comptait davantage pour lui que l'air qu'il respirait.

Il pouvait faire cela pour elle. *Il ferait cela pour elle.*

Comment avait-il pu en arriver là, au point où le bien-être de cette femme l'emportait sur son orgueil et son instinct de survie ? Mais il était trop tard pour se pencher sur les obscures motivations qui l'avaient incité à emprunter cette voie. À présent, il était perdu dans les bois. Il espérait simplement que son intuition lui montrerait le chemin du retour.

Le souvenir du visage d'Olivia lorsqu'elle lui avait raconté son passé lui donna de la force, et il redressa les épaules. Elle avait supporté les épreuves avec un remarquable courage. En récompense, il pouvait bien lui offrir cet asservissement silencieux. Il priait le Ciel pour que ce soit suffisant.

Il sentit ses yeux brûlants remonter de ses fesses à ses épaules nouées par la tension. Il attendait un frôlement de sa main, mais elle se contenta de revenir en face de lui.

— Allez vous allonger sur le lit.

Son visage était aussi lisse que de l'albâtre, et tout aussi froid. Ses yeux de tigre promettaient rétribution, punition… *plaisir*.

Sans protester, il se dirigea vers la chambre et s'étendit sur le lit. Dans le silence total, il entendit le léger froissement de ses jupes tandis qu'elle lui emboîtait le pas. Elle ramassa en chemin son peignoir, qu'elle jeta sur une chaise.

Le cœur de Julian battait sous l'effet d'un étrange mélange d'émotions. De l'excitation, certes, mais aussi de l'appréhension, ainsi qu'une pointe de rancune masculine qu'il ne put tout à fait réprimer.

Mais il n'avait à s'en prendre qu'à lui-même. Il s'était mis tout seul dans cette délicate position.

Jamais aucune femme ne lui avait donné d'ordres, en particulier dans la chambre à coucher. C'était toujours lui qui prenait les choses en main.

Obéir ainsi aux caprices d'une femme était une nouveauté perturbante. Mais il avait l'intime conviction que ravaler son orgueil serait la seule manière d'accorder à Olivia une véritable liberté. Si cela lui coûtait un peu d'humiliation – il espérait de tout cœur qu'elle n'envisageait rien de pire que cela –, il était prêt à le supporter.

Pour qu'elle manifeste une seule fois un désir sincère, il affronterait les flammes de l'enfer et se laisserait rôtir le sourire aux lèvres.

Malgré sa détermination, il sursauta quand elle prit un de ses poignets pour le remonter au-dessus de sa tête. Sa main ferme envoya une secousse de chaleur incendiaire à travers tout son corps. Il serra les dents et essaya de se maîtriser.

Elle était suffisamment proche pour qu'il l'attire dans ses bras. Mais en faisant cela, il anéantirait la fragile confiance qu'il tentait d'ériger entre eux.

— Détendez-vous. Cela ne va pas faire mal, murmura-t-elle pendant que ses doigts agiles entouraient son poignet d'une cordelette bleu marine, qu'elle attacha ensuite au montant du lit.

— C'est facile à dire, pour vous...

Il se rasséréna en se disant qu'elle se sentait suffisamment en sécurité pour se moquer gentiment de lui. Peut-être, finalement, tout se passerait-il bien. Une vrille d'espoir timide se forma dans son cœur affligé.

— C'est facile à *faire*, pour moi.

Elle attacha son deuxième poignet à l'autre montant du lit avec la même célérité impressionnante.

— Ce n'est pas la première fois que vous faites cela.

— Dans la propriété de mon père, il fallait savoir ligoter solidement les animaux indisciplinés, sans quoi nous étions condamnés à les chercher indéfiniment.

La propriété de son père ? Les hypothèses d'Erith concernant ses origines aisées se voyaient confirmées. Il ravala une nouvelle vague de colère à la pensée de ce qu'avait fait son frère.

Il eut du mal à conserver un ton léger pour demander :

— Me compareriez-vous à un animal, mademoiselle Raines ?

— Voyons cela.

Avec une infinie lenteur, elle passa une main sur sa poitrine nue, descendit sur son ventre plat. Tous les muscles de son corps se crispèrent tandis qu'il attendait qu'elle le touche à l'endroit où il en avait le plus envie.

Elle s'immobilisa juste avant son érection.

Il grogna entre ses dents serrées, ravala une supplique étranglée et pria en tremblant pour que sa main parcoure ces derniers centimètres.

Mais la main fraîche d'Olivia resta à plat sur son ventre. Proche. Pas assez proche.

Il souleva les hanches.

Un sourire infime effleura les lèvres de la jeune femme, et ses yeux félins pétillèrent tandis qu'elle retirait sa main. Une fois de plus, il songea que le grain de beauté velouté à côté de sa bouche était la marque d'une sorcière. Elle l'avait bel et bien envoûté, à la seconde où il avait posé les yeux sur elle.

— Vous me tourmentez, diablesse.

Son cœur battait aussi fort que s'il venait d'escalader une montagne escarpée. Ce n'était que le début du cycle de torture, et il se sentait déjà à l'article de la mort.

Comment allait-il y survivre ?

— Mmm, fredonna-t-elle.

— Que comptez-vous faire de moi ?

Sa voix était enrouée par l'effort qu'il produisait pour dompter son impérieux désir.

— Je ne sais pas encore, répondit-elle, songeuse, avant de descendre vers le bas du lit et de saisir fermement l'une de ses chevilles.

De nouveau, l'impact de sa main sur sa peau le secoua brutalement.

— Je crois que si.

Erith ne s'était certes pas toujours bien comporté avec les femmes, mais il en savait suffisamment à leur sujet pour reconnaître l'expression d'Olivia. Il avait vu exactement le même regard chez les chats lorsqu'ils tenaient une souris entre leurs pattes. Elle lui réservait à coup sûr divers tourments et, finalement, la destruction.

Malgré cela, il ne résista pas lorsqu'elle attacha l'un après l'autre ses pieds aux montants du lit. Il resta allongé, bras et jambes écartés, exposé devant elle.

Avant d'acheter les cordons de soie, il les avait essayés. Bien que doux et satinés, ils étaient affreusement solides. Il n'était pas certain de pouvoir les briser.

Telle était la confiance qu'il plaçait en Olivia. Pieds et poings liés, il se livrait à elle, véritablement sans défense.

Comme si elle lisait dans ses pensées, elle demanda :

— Essayez de vous détacher.

— Si vous voulez.

Il tira violemment sur les nœuds à ses poignets. Ils ne bougèrent pas. Il tenta de donner des coups de pied, sans succès. Ces animaux, sur la mystérieuse propriété de son enfance, n'avaient eu aucune chance de prendre la clé des champs.

— Rien ?

Elle se tenait au pied du lit et le scrutait d'un œil plus clinique qu'amoureux. Il s'efforça de ne pas lui en vouloir pour sa froideur, mais c'était difficile. D'autant plus que son désir le mettait au supplice.

— Rien.

— Parfait.

Elle passa un doigt sur son cou-de-pied, remonta le long de sa cheville et de son tibia jusqu'à son genou, où elle s'immobilisa longuement.

Plus haut... Plus loin...

236

Il serra les dents jusqu'à en avoir mal. Il avait promis de se laisser dominer complètement. Il avait juré d'accepter tout ce qu'elle lui ferait.

Sans ôter la main de sa jambe, elle contourna le lit. Son parfum de miel si séduisant se combinait à sa propre odeur musquée et l'étourdissait. Son regard sur sa nudité lui donnait des sueurs froides, malgré le sang brûlant qui affluait dans ses veines.

Elle décrivit de l'index un petit cercle diabolique sur son genou. Son sexe tressauta lorsqu'il imagina ce doigt glisser jusqu'à lui pour le caresser.

— Olivia, grinça-t-il.

Son esprit suivait exactement le fil qu'elle déroulait.

— Oui ? fit-elle d'un ton indifférent. Désirez-vous que je vous délie ?

Oui.

— Non.

— Tant mieux.

Comme pour le récompenser, elle fit une incursion vers le haut de ses cuisses. Toujours d'un seul doigt. Le cœur d'Erith manqua un battement tandis qu'il attendait qu'elle termine la caresse.

Elle savait à quel endroit il la voulait ! Sa bouche était sèche, et sa mâchoire lui faisait mal tant il serrait les dents.

Olivia, de grâce…

Elle souleva sa main et s'écarta du lit.

— Si vous avez besoin de quelque chose, appelez. Je suis certaine que les domestiques entendront.

Elle marqua une pause, avant d'ajouter :

— Tôt ou tard.

— Où allez-vous ?

Il détestait l'accent implorant de sa voix.

Elle était presque à la porte. Elle s'arrêta pour jeter un coup d'œil par-dessus son épaule avec un petit sourire de dérision.

— Au revoir, Erith.

Au revoir ? Qu'est-ce que cela signifiait ?

— Bon sang, Olivia !

Il se débattit pour se libérer de ses liens, avec beaucoup plus de force qu'il n'en avait déployé pour vérifier leur solidité un peu plus tôt. Ils étaient parfaitement serrés.

— Olivia ! Que...

Elle ouvrit la porte et sortit sans ajouter un mot.

19

Julian avait sombré dans un sommeil épuisé et inquiet quand la porte se rouvrit. Il souleva ses paupières alourdies et découvrit la chambre plongée dans la pénombre. Abruti par la détresse émotionnelle et physique, il supposa confusément qu'un domestique était enfin venu le libérer.

Il ne restait plus que quelques braises dans la cheminée ; la nuit était tombée. Ses bras étirés au-dessus de sa tête le faisaient horriblement souffrir. Il était allongé sur le dos depuis si longtemps que ses muscles hurlaient, douloureusement ankylosés, et il était frigorifié.

Après le choc du départ d'Olivia, il avait gaspillé une énergie stérile à se débattre avec acharnement. Il n'avait réussi qu'à se blesser les poignets et à resserrer encore ses liens.

Enfin, la raison l'avait emporté sur sa fureur. Il était vain d'essayer de se libérer.

L'espoir avait été beaucoup plus long à s'éteindre que la colère.

Au début, Julian avait refusé de croire qu'elle avait disparu en le livrant à son sort. Son cœur avait hurlé un déni incrédule lorsqu'elle avait refermé la porte derrière elle.

Elle allait revenir. Elle allait forcément revenir.

C'était un jeu, une provocation. Il avait toujours su qu'elle le tourmenterait avant de fléchir. C'était même lui qui l'y avait incitée en l'exhortant à lui faire tout ce qu'elle voulait.

Mais, à mesure que les lugubres minutes se transformaient en heures sans qu'elle donne signe de vie, la violente réalité s'était imposée à lui : il avait compris ce qu'il aurait dû deviner bien plus tôt.

Il lui avait offert sa liberté. En femme avisée, elle l'avait prise.

Il aurait pu suivre sa suggestion et appeler à l'aide. Pourtant, un reste d'amour-propre obstiné lui faisait ronger son frein en silence. Non seulement son amour-propre, mais, plus pathétique, l'espoir qu'Olivia reviendrait et le trouverait en train de l'attendre sagement.

Quel imbécile ! Elle ne reviendra pas.

Il referma les yeux et sentit la désolation s'insinuer dans ses veines telle une lente rivière gelée.

— Erith ?

Son cœur manqua un battement, puis se mit à galoper à un rythme frénétique. Était-il devenu fou ? Que Dieu le préserve, jamais il n'aurait pensé entendre de nouveau cette douce voix.

Il se tourna vivement dans sa direction avant de se rappeler les cordons qui l'immobilisaient. Dans la pénombre, son regard flou se fixa sur elle, stupéfait.

Elle s'appuya contre la porte refermée. Le faible rougeoiement du feu transformait son peignoir de soie rubis en un mystère chatoyant. Ses cheveux magnifiques drapaient ses épaules d'une cascade de bronze.

Dieu seul savait ce qu'elle avait l'intention de faire. Mais elle était là. Plus rien d'autre ne comptait.

Il brisa le silence tendu.

— Vous êtes revenue.

Ce fut un croassement qui sortit de sa gorge parcheminée. Un mélange insensé de joie et d'émerveillement lui inondait le cœur.

— Oui.

— J'ai cru que vous étiez définitivement partie, grinça-t-il.

— Je suis désolée.

— Non, vous ne l'êtes pas.

Son esprit, anéanti par le désespoir quelques secondes plus tôt, se remit à fonctionner, revigoré : elle ne l'avait pas abandonné.

— C'est ce que vous vouliez que je pense.

— Allez savoir…

Sa voix était énigmatique, et la lumière trop faible pour qu'il puisse déchiffrer son expression.

Puis vint la révélation.

— Mon Dieu, vous me mettez à l'épreuve… Voilà pourquoi vous avez accepté de prendre part à cette joute.

— Oui.

Elle s'approcha du feu, et il vit son visage. Il était calme, presque dénué d'émotion.

— Et je suis en train d'échouer.

Elle fit une petite moue qui lui donna envie de l'embrasser.

L'embrasserait-il encore ? Une certitude absolue naquit en lui : soit ils émergeraient de cette nuit aussi étroitement liés que les fils d'une bobine, soit ce serait la fin de tout entre eux.

— Je ne dirais pas cela, répondit-elle en s'approchant du lit. Vous devez avoir envie de vous lever.

— J'aurais pu appeler un domestique.

— C'est exact, reconnut-elle d'un ton neutre. Mais vous ne l'avez pas fait.

— J'allais bientôt m'y résoudre. Je ne sens plus mes jambes.

À ces mots, elle se précipita vers lui dans un bruissement de soie. Elle s'approcha assez pour qu'il hume son odeur propre de savon et, à l'arrière-plan, l'essence chaude de sa peau. De toute évidence, elle sortait du bain. Il avait pensé qu'il serait trop fatigué, qu'il aurait trop mal pour réagir à la proximité de son corps. Mais une tension sexuelle immédiate serpenta dans son ventre.

— Je vais vous libérer.

Son visage n'était plus impénétrable. Elle avait l'air bouleversée et coupable.

— Je vous ai laissé trop longtemps.

— Cela signifie-t-il que j'ai échoué ?

Un petit ricanement lui échappa devant son entêtement.

— Préféreriez-vous rester ici jusqu'à la fin des temps ?

— S'il le faut, oui.

Maintenant qu'elle était là, sa détermination refaisait surface : cette nuit-là marquerait un nouveau départ ou la mort de tout espoir.

Il en était venu à cette conclusion durant l'après-midi qu'il avait passé à réfléchir, avant qu'Olivia ne revienne de chez Montjoy. Il avait pensé s'être préparé aux risques qu'impliquait cette tentative ultime et désespérée de les sortir de l'impasse.

Il n'avait pas escompté pareille épreuve.

— Vous êtes d'une rare opiniâtreté.

Était-ce de l'admiration qu'il percevait dans cette belle voix grave ?

Il se força à articuler les mots qui devaient être dits :

— Cette expérience vous a-t-elle procuré de la joie ? M'avez-vous torturé suffisamment ? Cela compense-t-il, d'une manière ou d'une autre, ce qui vous est arrivé ? Je sais que vous réclamez réparation pour ce que vous avez subi, et je suis tout prêt à vous aider. Mais, Olivia, vous devez comprendre que rien n'effacera les monstrueuses injustices de votre passé.

Il perçut sa surprise. Puis il sentit le parfum délicieux de ses cheveux fraîchement lavés au-dessus de son torse tandis qu'elle se penchait pour dénouer les nœuds qui attachaient son poignet gauche au montant du lit.

— Pensez-vous savoir tant de choses à mon sujet ?

La peur que dissimulait sa méfiance était patente.

— Si je pense vous connaître ? s'écria-t-il avec un petit rire de dérision. Vous êtes plus mystérieuse que les profondeurs de l'océan Pacifique ou le désert arctique.

— Oh, tous deux sont horriblement froids et mouillés. Je ne suis pas sûre d'apprécier vos comparaisons, lord Erith.

— La jungle péruvienne ?

Elle s'escrimait toujours sur les liens.

— Humide et... Zut, il me faut davantage de lumière.

Au regret d'Erith, elle cessa d'effleurer ses côtes et se dirigea vers la commode. Elle alluma les lampes les unes après les autres, de sorte que chaque détail de sa beauté s'éclaira peu à peu, telles les étoiles apparaissant progressivement dans un ciel d'été.

La lumière jetait dans son épaisse chevelure une myriade de reflets. Bronze, auburn, chocolat, or... Les couleurs chatoyaient tandis qu'elle se déplaçait.

Elle se pencha pour ranimer le feu, et bientôt, son visage fut baigné d'une lueur dorée. Alors seulement, elle se retourna vers lui.

— N'allez-vous pas insister pour que je vous détache ?

— À vous de décider de tout.

— Sera-ce toujours le cas quand je vous aurai libéré ?

Il la regarda calmement. Les démons de l'enfer poignardaient son corps et envoyaient des braises incandescentes dans toutes ses terminaisons nerveuses. Mais il était capable de le supporter encore si cela signifiait qu'il pouvait atteindre son but.

— Qu'en pensez-vous ?

Elle lui sourit avec une approbation radieuse qui ranima le désir de Julian.

— Vous avez gagné votre liberté.

Elle se pencha de nouveau au-dessus de lui et libéra enfin ses poignets de leurs entraves.

— Merci, dit-il entre ses lèvres sèches.

Il voulut se redresser pour délier ses pieds, mais ses muscles s'étaient contractés. Quand le sang recommença à affluer dans ses membres, il laissa échapper un grognement de douleur.

— Oh, Erith ! s'exclama-t-elle, horrifiée. Je suis navrée.

Rapidement, elle dégagea ses chevilles.

— Je n'avais aucun droit de faire cela.

— Si.

Il grogna en tentant de s'asseoir. Il avait passé des heures à s'efforcer désespérément de remuer. Maintenant qu'il le pouvait, c'était un supplice indescriptible.

— Je vous en ai donné le droit.

— Ce n'était pas juste.

Elle fronça les sourcils, l'air désemparé, en lui tendant son peignoir. Puis elle se mit à lui frotter les jambes avec une vigueur fébrile.

— C'est révoltant de vous avoir fait payer pour les péchés d'autres hommes.

Sa sollicitude et sa gentillesse lui donnèrent l'impression d'être... aimé.

Cette pensée aurait dû susciter davantage d'appréhension qu'il n'était capable d'en éprouver en cet instant. L'amour n'avait jamais fait partie de leur arrangement. Mais après ce qui s'était passé cette nuit, leur relation ne pourrait jamais plus être la même.

— J'ai commis ma part de péchés, Olivia.

Maladroitement, il recouvrit sa nudité avec le peignoir.

— Pas envers moi.

Elle s'affairait au-dessus de la desserte, et il entendit un tintement de verre.

— Tenez. Vous devez mourir de soif.

— Merci.

D'une main tremblante, il accepta le verre et le porta à ses lèvres, savourant la divine fraîcheur de l'eau. Il n'avait jamais rien goûté de plus doux. À l'exception des baisers d'Olivia, gagnés de haute lutte.

Elle le considérait avec une expression choquée.

— Erith, je suis impardonnable de vous avoir infligé cela. Je ne sais pas ce qui m'a pris. Soudain, quand vous vous êtes retrouvé ligoté, ce n'est plus vous que j'ai vu, mais tous les hommes qui m'ont utilisée.

Olivia tordait ses mains devant elle avec une détresse palpable.

— Vous devez me trouver folle.

— Je vous trouve très belle, dit-il. Mais vous le savez, naturellement.

Elle se pencha pour reprendre le verre et le posa sur la desserte.

— Vous êtes aussi fou que moi, dit-elle doucement.

— Probablement.

Elle revint vers le lit et plaça son épaule sous le bras de Julian.

— Laissez-moi vous aider à vous relever.

Il accepta son soutien jusqu'à ce qu'il soit debout. Il chancela, et elle le rattrapa. D'une voix enrouée par les larmes, elle murmura en levant vers lui des yeux que le remords voilait :

— Vous devez me détester.

Il lui toucha la joue d'une main tremblante. Il se sentait peu à peu redevenir lui-même, maintenant qu'il était libéré de ces maudites cordelettes.

— Ne dites pas de bêtises, Olivia.

Il prit une profonde inspiration qui lui arracha une grimace. Il avait mal aux côtes et se sentait perclus de douleurs.

— J'ai besoin d'un moment d'intimité.

Curieusement, cela la fit rougir.

— Bien sûr.

Très lentement, il s'éloigna en boitant. Il subsistait en lui suffisamment d'arrogance pour qu'il déteste se montrer dans cette position de faiblesse.

Lorsqu'il revint, il vacillait sur ses jambes. Soudain, Olivia fut là qui l'épaulait. De nouveau, il inspira profondément, plus facilement cette fois, et savoura son délicieux parfum. Son bras mince et solide lui encerclait la taille, tandis que, de l'autre main, elle le soutenait contre elle.

D'une voix inquiète, elle demanda :

— Désirez-vous vous rallonger ? Ou vous asseoir dans le fauteuil ?

— Il faut que ma circulation reprenne, grogna-t-il.

— Je vais vous aider.

— Merci.

Mais il était si maladroit, et elle si extraordinairement déterminée à le soutenir, que l'équilibre se révélait de plus en plus délicat.

Il oscilla.

Elle lui saisit le bras.

Il trébucha.

Elle resserra son étreinte.

Il s'agrippa à elle, mais ses doigts gourds glissèrent sur la soie qui recouvrait ses épaules.

— Nom de Dieu, articula-t-il en grinçant des dents, et il l'entraîna dans sa chute tandis que leurs membres décrivaient des moulinets.

Olivia poussa un cri, plus choquée qu'effrayée. Erith grogna lorsque ses muscles meurtris protestèrent sous l'effet du mouvement soudain. Elle atterrit sur le matelas en rebondissant, et lui au-dessus d'elle.

Les yeux de la jeune femme, grands, étonnés, magnifiques, plongèrent dans les siens. Elle entrouvrit les lèvres, haletante.

Son torse lui écrasait les seins, ses hanches s'enfonçaient dans les siennes.

— Erith, dit-elle dans un souffle.

— Julian, corrigea-t-il avec un désir qu'il ne pouvait cacher.

Elle s'humecta les lèvres, et il retint un grognement. Puis, d'une voix altérée qu'il ne lui connaissait pas, elle soupira son prénom :

— Julian.

Il fallait qu'il s'écarte avant de l'écraser, mais il ne pouvait bouger. Olivia avait refermé les mains sur son dos pendant leur chute. Elle les fit remonter sur ses épaules et son cou, qu'elle caressa.

Avec plus d'emphase, elle répéta :

— Julian.

Ses doigts s'enfoncèrent dans sa chevelure épaisse. Avec une brusquerie impatiente, elle l'attira à elle des deux mains jusqu'à ce que leurs lèvres se rencontrent.

20

La bouche d'Erith recouvrit celle d'Olivia, vorace, exigeante. Elle ferma les yeux et attendit que les eaux sombres se rabattent au-dessus de sa tête, mais la familière sensation d'étouffement n'apparut pas.

Il n'y avait que cette incroyable chaleur, la proximité de son corps sur le sien, et le goût si particulier du baiser d'Erith. Ce n'était plus le baiser tendre échangé la veille sous la pluie, ni le baiser possessif qu'il lui avait imposé lorsqu'ils s'étaient rencontrés.

Là, c'était le baiser d'un homme se débattant pour conserver une prise sur la réalité.

Et elle l'embrassait avec la même férocité.

C'était prodigieusement étrange, nouveau... et merveilleux.

La main libre d'Erith soutenait sa tête, comme s'il craignait qu'elle ne disparaisse s'il ne la maintenait pas. Mais il savait certainement qu'elle était la proie d'un enchantement irrésistible, tout comme lui.

Il glissa une main tremblante sous son peignoir pour englober son sein. Le mamelon durcit sous sa paume, et elle ondula des hanches pour mieux sentir son membre dur et brûlant.

— Oh oui, souffla-t-il dans sa bouche.

Il la plaquait contre le matelas, ne lui laissant aucun doute sur l'ampleur de son désir. Seules deux épaisseurs de soie fine les séparaient, et sa chaleur irradiait à travers l'étoffe délicate.

Le sang tonnait dans les oreilles d'Olivia, la rendant sourde à tout hormis à la clameur du désir. Ses mains traçaient un chemin irrégulier dans le dos d'Erith, froissant le peignoir sous ses doigts. Elle avait hâte de sentir sa peau nue contre la sienne.

Des pulsions inédites s'emparaient d'elle. Elle aspira sa langue dans sa bouche, se délecta de sa saveur. Il avait le goût riche et entêtant d'un vin capiteux.

Comment un homme pouvait-il être aussi délicieux ?

La langue d'Erith glissa contre la sienne. Immédiatement, quelque chose s'embrasa dans le ventre d'Olivia. Cette réaction fulgurante la fit remuer de nouveau. Il grogna et intensifia le baiser, plongea la langue dans sa bouche à un rythme à la fois familier et aussi nouveau pour elle que de l'herbe tendre pour l'agneau qui vient de naître.

Et tel cet agneau, son cœur frétilla impatiemment… avant de s'arrêter complètement quand Erith lui pétrit doucement la poitrine.

Elle gémit et se cambra pour accentuer la pression sur son sein, tandis que ses lèvres mordillaient celles d'Erith, les léchaient, et que sa langue décrivait dans sa bouche une danse passionnée.

Avec un petit cri, il se détacha de son sein pour caresser délicatement ses joues, sa mâchoire, son cou. Étourdie, le souffle coupé, Olivia rouvrit les yeux.

Elle ne voulait pas d'air. Elle voulait les baisers d'Erith. Cela lui suffisait pour vivre.

— N'arrêtez pas, chuchota-t-elle.

— Oh non.

Puis, avec un accent désespéré, il ajouta :

— Dieu m'en est témoin, j'en serais bien incapable.

Elle malaxait ses épaules, ses muscles lourds, ses tendons. Toute cette force masculine aurait dû lui donner l'impression d'être à sa merci. Au lieu de cela, elle l'excitait. C'était elle qui maîtrisait sa puissance déchaînée. Il lui avait prouvé, dans les circonstances les plus impitoyables, que pour elle, il était capable de se dominer. Quel qu'en soit le coût.

La confiance.

Un seul mot, qui transformait l'univers d'Olivia.

— Embrassez-moi.

Jamais elle n'avait rien demandé à un homme. Mais elle était prête à se mettre à genoux pour réclamer un autre de ses baisers bouleversants.

— Vous me rendez fou, grogna-t-il.

Il se souleva au-dessus d'elle et la contempla avec une attention avide.

— Alors, soyez fou, chuchota-t-elle, à peine consciente de ce qu'elle disait.

C'était la première fois, de toute sa vie décadente, qu'elle désirait un homme.

Le tumulte croissant qui s'était emparé de son ventre, le rugissement dans son sang ne laissaient pas place au doute. C'était bien du désir. Un désir viscéral, primitif.

La violence de sa sensualité la choqua. Cette créature passionnée et rapace pouvait-elle être Olivia Raines ?

Erith ne se montrait ni tendre ni délicat. L'homme qui avait fait preuve d'une considération si émouvante pour sa vulnérabilité avait disparu. À présent, il la goûtait avec volupté des dents, de la langue et des lèvres. Il se repaissait d'elle comme un homme affamé convié au plus délicieux des banquets.

Jadis, Olivia aurait fui sa passion. Aujourd'hui, elle s'en délectait.

Il se mit à genoux, sans la quitter des yeux. Ses muscles impressionnants saillirent lorsqu'il se pencha pour la prendre par les hanches et la faire glisser en travers du lit. Après une si longue immobilisation, ses mouvements étaient maladroits.

Une bouffée de remords la frappa.

Elle lui saisit le poignet et l'entendit étouffer un grognement. En regardant de plus près, elle vit que sa peau était zébrée et écorchée.

De nouveau, la culpabilité lui mordit le cœur. Elle avait été horriblement cruelle de le traiter ainsi. Des larmes brûlantes lui montèrent aux yeux.

— Je suis désolée, murmura-t-elle.

— Cela n'a pas d'importance, répondit-il d'une voix frémissante.

— Si.

Très doucement, elle porta son poignet à sa bouche et déposa un baiser délicat sur les marques rouges. C'était une demande de pardon, un hommage.

— Olivia...

Sa voix se brisa. Il comprenait ce que lui transmettait silencieusement le tendre effleurement de ses lèvres sur sa peau blessée.

Elle releva la tête et plongea les yeux dans les lumineuses profondeurs argentées des siens.

Cette fois, quand il prit sa bouche, il y avait de la passion dans son baiser, mais aussi une révérence qui lui transperça le cœur. Avec lui, elle se sentait chérie. Avec lui, elle se sentait pure.

Pendant un moment, il fit preuve d'une maladresse attendrissante tandis qu'il s'efforçait de continuer à l'embrasser tout en se débattant pour se débarrasser de son peignoir. Leurs lèvres glissèrent, se séparèrent, s'unirent de nouveau. Son souffle saccadé et les jurons qu'il marmottait vibraient dans ses oreilles.

Il n'était pas question qu'elle le laisse s'échapper, aussi se pelotonna-t-elle contre lui lorsqu'il s'assit sur ses talons pour se dévêtir. Elle enroula les mains autour de son cou, les emmêla aux cheveux chauds et doux sur sa nuque, sans jamais cesser de l'embrasser.

— Il va falloir que vous me lâchiez, Olivia, dit-il, hors d'haleine, quand le peignoir tomba et qu'il pressa son corps nu contre le sien.

Il était grand, impatient, prêt.

— Jamais, répliqua-t-elle sans honte, en se frottant contre lui comme un animal en chaleur.

Elle *était* un animal en chaleur. Mais sa sauvagerie était pondérée par une douce tendresse.

Elle avait chaud ; elle était moite, agitée et étourdie. Jamais elle n'avait rien éprouvé de tel. Elle serra les cuisses pour essayer d'apaiser la pression croissante entre ses jambes, mais le mouvement ne fit qu'intensifier son désir de sentir Erith en elle.

— Olivia, il faut que je vous déshabille. Sur-le-champ.

— Je ne veux pas que vous vous éloigniez, murmura-t-elle.

— Soit, dit-il d'une voix rocailleuse. Bon sang, vous vous souviendrez que vous me l'avez réclamé.

— Bon sang, je m'en souviendrai, répondit-elle.

Son sourire se transforma en un petit cri tandis qu'il lui arrachait son délicat déshabillé. Avec la même inflexibilité, il la prit par la taille et la renversa sur le matelas.

La chambre tourna. Elle le saisit par les épaules ; il était le seul objet solide d'un monde qui tourbillonnait.

— Petite coquine, dit-il avec un sourire narquois en s'agenouillant entre ses jambes.

Jamais elle n'avait ri avec un homme ; le piquant que cela ajoutait à la situation était stupéfiant.

— Je vous demande pardon, lord Erith.

— Ne vous ai-je pas priée de m'appeler Julian ?

Il l'embrassa passionnément, et le plaisir crépita en elle tel un coup de tonnerre dans un ciel orageux. La chaleur qui palpitait dans le bas de son ventre décupla.

— Vous maîtrisez soudain à la perfection l'art du baiser, fit-il remarquer.

Elle releva le menton en espérant qu'il allait encore l'embrasser.

Des baisers impérieux. Des baisers tendres. Des baisers doux. Des baisers passionnés. Comment aurait-elle pu deviner qu'il en existait un éventail si délicieux ? Elle ne se lasserait jamais de sa bouche sur la sienne.

— Julian, dit-elle en faisant glisser de sa taille jusque sous ses seins les mains de son amant.

Elles étaient horriblement proches de l'endroit où elle rêvait de les sentir. Ses mamelons n'aspiraient qu'à leur caresse.

— D'aucuns pourraient même me trouver effrontée, dit-elle d'une voix sensuelle, en se tortillant pour l'obliger à remonter ses mains.

— D'aucuns le pourraient, en effet.

Elle se rappelait le plaisir foudroyant qu'elle avait ressenti quand il avait pris son sein dans sa main. Elle avait envie que cela recommence. Elle avait envie de *plus*. Avec un grognement de protestation, elle plia les jambes afin que l'intérieur de ses cuisses caresse les hanches d'Erith.

Il baissa la tête et mordilla son cou de ses dents éclatantes, lui arrachant un gémissement tourmenté. Elle était dans un tel état d'excitation que le simple frôlement de ses cheveux sur sa peau la faisait frissonner.

— Ne soyez donc pas si butée, lui dit-il d'une voix rauque. Cédez. Appelez-moi Julian.

— Je l'ai déjà fait.

— Recommencez.

Quand il mordit doucement le tendon entre son épaule et son cou, elle frissonna, le souffle coupé, en se pressant contre son membre rigide. Alors, quelque chose se libéra, fondit, se liquéfia en elle. Et elle sentit une liqueur chaude entre ses cuisses.

Pour la première fois de sa vie, son corps brûlait de recevoir un homme. Cette invraisemblance la tira brutalement de son brouillard sensuel.

Elle essaya en tremblant de refermer les jambes, de dissimuler cette réaction trop crue, trop révélatrice. Mais chaque tortillement rencontrait l'écran inamovible du corps d'Erith.

Elle sentit ses joues s'embraser... elle qui avait perdu le droit de rougir des années plus tôt.

Il releva la tête et la dévisagea. Ses yeux gris étaient extraordinairement brillants. Ses narines palpitaient comme s'il humait son désir.

— Olivia.

Ce fut tout. Simplement son prénom, d'une voix qui la fit trembler plus violemment encore.

Il avait aux lèvres un sourire d'une beauté extraordinaire.

— Vous me faites trop d'honneur... murmura-t-il, avant d'embrasser son sein droit juste au-dessus de la pointe dressée.

Elle cessa de respirer. C'était une caresse en apparence innocente, mais dont la tendre vénération accélérait les battements de son cœur.

— Oh, Julian.

Elle se rendit à peine compte qu'elle lui donnait spontanément ce qu'il essayait de lui soutirer en douceur depuis le début.

Très délicatement, il pinça le mamelon engorgé, le fit rouler entre ses longs doigts. Chaque attouchement déchaînait en elle un océan de sensations.

— S'il vous plaît, oh, s'il vous plaît, supplia-t-elle d'une voix brisée. N'attendez pas davantage. Je ne puis le supporter.

Une incontrôlable volupté l'aiguillonnait. Elle avait l'impression d'être aspirée dans un tourbillon.

De chevaucher un cheval sauvage lancé au galop en pleine forêt.

D'être embrasée par le... *désir*.

Elle bougea les hanches afin que son sexe humide effleure celui d'Erith et sentit les muscles de son dos se contracter sous ses mains fébriles. En frémissant, il se hissa sur ses bras, dont veines et tendons formaient un relief visible. Son dos devint aussi dur que de la pierre.

Il relâcha son souffle dans un long sifflement et la pénétra. Elle s'attendait à la difficulté et à l'inconfort habituels, mais il glissa sans peine en elle, délicieusement doux et brûlant.

Puis il s'immobilisa complètement.

Jamais elle n'avait connu une union si parfaite.

Émerveillée, elle riva ses yeux aux siens et eut l'impression de regarder deux miroirs en argent. Elle avait cru qu'il s'était enfoncé entièrement en elle, mais une petite poussée l'y logea plus sûrement, plus pleinement.

Sa taille exceptionnelle n'était pas étrangère à la magie. Il prenait possession d'elle comme aucun homme ne l'avait jamais fait.

Il remua encore et, à sa stupéfaction, la pénétra plus loin. Un gémissement s'échappa des lèvres d'Olivia, à peine audible, suffisant pour briser le filament doré du silence qui les liait.

En même temps que le silence, l'immobilité fut rompue. Lentement, centimètre après centimètre, il se retira. Après une pause insupportable, il recommença à s'enfoncer en elle, profondément, comme pour toucher son cœur et prendre possession de son âme.

Il se figea, avant de répéter le mouvement, encore plus lentement. Elle souleva les hanches pour venir à sa rencontre. Le plaisir était si insoutenable qu'il confinait au supplice.

Il se retira de nouveau, puis revint avec force, aussi implacable que la marée. Impitoyable. Dur. Dominateur.

D'une tendresse indescriptible.

Au sommet de chaque poussée, il marquait une pause, en équilibre sur un instant de communion parfaite.

La connexion était électrique, puissante, plus émotionnelle que physique. Les mains d'Olivia se transformèrent en griffes sur la peau moite de son dos.

Il continua ainsi, sans toucher ses seins, sans la caresser entre les jambes, à l'endroit où elle était si mouillée, sans l'embrasser.

On eût dit que l'intensité de leur union exigeait cette danse primitive et éminemment sexuelle, ce rythme lascif, les halètements et les doux gémissements de l'accouplement.

Olivia ferma les yeux et s'abandonna entièrement. Elle devint sa créature, pour le meilleur et pour le pire. Il pouvait la détruire par le plaisir, elle n'émettrait pas la moindre protestation.

Dans l'univers ténébreux au-delà de ses paupières, tout était Erith. Le monde sentait Erith, avait le goût d'Erith, la voix d'Erith. Dans ce monde, le soleil se levait et se couchait au rythme de ses va-et-vient. Chaque coup de reins forgeait un nouveau carcan autour de son cœur, et elle savait, avec une certitude fataliste, que lorsqu'il aurait terminé, c'en serait fini à tout jamais de sa liberté.

Les mouvements continus du corps d'Erith causèrent un étrange affolement dans son sang, une turbulence dont les volutes se transformèrent en tourbillons de sensations.

— Jouissez pour moi, Olivia, ordonna-t-il d'une voix qu'elle ne reconnut pas tant elle était profonde et âpre.

Ses mots la traversèrent dans un frémissement et firent se resserrer involontairement ses muscles autour de lui.

— Oh oui, ronronna-t-il de cette même voix rocailleuse. Recommencez.

— Ceci ?

Elle se contracta autour de lui, délibérément cette fois, et le sentit tressaillir.

— Encore.

Il avait émis cet ordre comme s'il était à bout de souffle.

Il modifia l'angle de la pénétration et s'enfonça en elle encore plus durement et plus profondément. Elle vibra, ses mains pétrissant les épaules d'Erith, sa seule ancre dans un monde en train de se dissoudre.

Que lui arrivait-il ? Elle n'avait jamais ressenti une chose pareille. Chaque coup de reins l'emmenait plus loin, vers un sommet inconnu et vertigineux.

Il approchait lui-même de l'orgasme et tremblait de tout son corps. Le rythme changea, s'accéléra, devint plus urgent, plus puissant, faisant grimper la pression en elle. Ses muscles se contractèrent alors que les poussées d'Erith se faisaient plus saccadées, moins contrôlées. Elle cambra le dos pour se hisser vers lui.

Il se retira une dernière fois, avant de revenir en elle d'une poussée plus ferme, plus assurée qu'auparavant.

Elle sanglota à voix haute, abandonnée en pleine mer. Elle coulerait avant d'atteindre le rivage, elle le savait. Les eaux glacées allaient l'emporter à jamais.

Un moment d'attente, infini...

Puis la vague noire se brisa et s'écrasa sur elle.

Quand les ténèbres la submergèrent, elle cria.

Vaguement, par-delà son vertige, elle l'entendit pousser un grognement long et guttural. Puis elle sentit sa semence brûlante l'inonder. Elle garda les yeux fermés sous la force de la déflagration qui la projetait loin de la réalité.

Il faisait noir, si noir...

C'est alors que, derrière ses paupières fermées, le ciel ténébreux explosa en un million d'étoiles. Un million de soleils qui illuminaient un monde nouveau.

Un monde merveilleux. Jamais elle n'avait rien vu d'aussi beau.

Pendant une éternité, elle plana au milieu de cet univers éblouissant, être stellaire de feu et de passion.

Erith s'effondra contre elle.

Lentement, les étoiles s'éteignirent, et Olivia revint des confins extrêmes des cieux. L'ouïe et la vue lui revinrent progressivement.

Pendant longtemps, très longtemps, aucun d'eux ne remua.

Erith gisait dans ses bras, épuisé. Il lui avait procuré un plaisir qui dépassait tout ce qu'elle aurait pu imaginer.

Lorsqu'elle fit jouer ses mains sur son dos luisant de sueur, il émit un son rauque qui ressemblait au grognement d'un lion repu. Il enfouit la tête dans son épaule, et ses cheveux humides lui chatouillèrent agréablement le cou.

À mesure que s'écoulaient les minutes, elle reprenait conscience de ce qui l'entourait. La chambre empestait la sueur et le sexe. Le vent ébranlait les fenêtres. Le feu qui pétillait dans l'âtre lançait des étincelles. Elle resserra les bras autour d'Erith et l'attira plus près d'elle. Ils étaient toujours unis.

Il releva la tête. Pendant un long moment, elle contempla son visage, mémorisa ses traits – son front droit, son long nez, ses sourcils noirs.

Sa bouche magnifique était tendre et détendue, ses yeux gris plus clairs que jamais. Elle eut l'impression d'y voir l'âme de son amant.

Il se pencha pour déposer un baiser léger sur son front. Un baiser dont l'innocence délicieuse contrastait violemment avec ce qu'ils venaient de vivre. Mais ce qu'ils venaient de vivre n'était pas non plus dénué d'innocence.

Le regard d'Erith était terriblement grave.

— Et maintenant, que va-t-il advenir de nous ?

21

— Il ne peut rien advenir de nous, répondit-elle avec une tristesse qu'elle ne parvint pas à dissimuler.

Sa voix était éraillée, comme si elle n'avait pas parlé depuis longtemps. Ou comme si elle venait de crier très fort, dans une extase aveugle.

Doucement, Erith se retira de son corps. Puis, s'allongeant sur le dos avec un long soupir satisfait, il inclina la tête de façon à l'observer de ses yeux argentés.

— Après ce qui vient de se passer ?

Il poussa un grognement amusé et secoua la tête.

— Bon Dieu, femme, quelles sornettes !

Elle s'efforça de rassembler ses défenses éparpillées aux quatre vents, de redevenir l'Olivia raisonnable, pragmatique, endurcie. Mais c'était impossible. Elle était pleine de la semence d'Erith, et de lentes vagues de plaisir continuaient à la parcourir.

— Cela ne change rien, déclara-t-elle d'un ton catégorique.

Quel mensonge éhonté ! Il venait de la métamorphoser.

La méfiante, solitaire et altière Olivia Raines, joyau du demi-monde, n'était plus. Cette créature au cœur de pierre s'était fracassée contre un orgasme dépassant l'entendement.

À sa place, Erith avait laissé une femme dont les muscles étaient alanguis par la satisfaction sensuelle, et dont le cœur était tragiquement ouvert, prêt à être blessé.

Elle redoutait la discussion gênée qui allait suivre. Erith voudrait fanfaronner, maintenant qu'il avait atteint le but qu'il s'était fixé le premier soir. Et il avait tous les droits de triompher.

Mais elle n'avait pas envie de parler de ce qui venait de se passer. Que dire ? Aucun mot ne pouvait décrire ce qu'elle avait éprouvé.

Lorsqu'il s'était enfoncé en elle, elle s'était sentie entière pour la première fois de sa vie. Plus encore : elle avait eu l'impression qu'ensemble, ils s'étaient élancés vers un paradis hors d'atteinte de ce monde.

Illusion ?

Possible.

Mais une illusion tenace, qui refusait de quitter son esprit ébloui.

Les mots ne pourraient que souiller l'émerveillement qu'elle venait de découvrir.

Mais Julian ne se glorifiait pas d'avoir pris l'ascendant sur elle. Non, son visage était grave et ouvert tandis qu'il la dévisageait dans le silence vibrant. Ses yeux n'exprimaient aucun triomphalisme. Au lieu de cela, elle lut dans les profondeurs grises de son regard la stupeur, la gratitude, *la paix*.

D'autres illusions dangereuses.

Il esquissa un bref sourire qui lui fit désirer ardemment tout ce qu'elle ne pourrait jamais avoir. Elle aurait voulu rester allongée à côté de lui ainsi à jamais. Elle aurait voulu lui appartenir sans honte et sans contrainte. Elle aurait voulu être la petite fille innocente qui avait grandi dans la propriété de son père en rêvant d'épouser un jour un homme comme le comte d'Erith. Elle aurait voulu une vie différente de celle qu'elle avait été obligée de mener.

Aucun de ses souhaits ne pourrait jamais se réaliser. Il était trop tard.

Elle ferma les yeux, accablée par un regret écrasant.

Seigneur, il fallait qu'elle lutte contre cette faiblesse. Qu'elle lutte contre Erith. Mais le plus difficile combat était celui qu'elle devait livrer contre elle-même.

— Approchez, Olivia.

Il remua pour l'attirer contre sa poitrine. Sa voix, aussi douce qu'un velours épais, l'enveloppa comme une grande cape chaude par un jour d'hiver.

— Vous vous disputerez avec moi demain.

Cette nuit longue et tendue, saturée d'émotions, l'avait laissée épuisée et sans défense. Les attentions qu'il avait pour elle ne firent qu'accentuer la crevasse à l'intérieur de son âme.

— Je n'ai pas envie que nous nous disputions, dit-elle, presque en larmes.

— Si. Mais vous ne gagnerez pas, ajouta-t-il en enroulant son grand corps chaud autour du sien.

— Si, je gagnerai.

Même à ses propres oreilles, son insistance paraissait faible et dérisoire.

Elle fut lâchement soulagée qu'il ne réponde pas. Il lui cala la tête sous son menton, et sa chaleur et son odeur l'enveloppèrent.

Il était aussi dangereux qu'idiot de se sentir en sécurité dans ses bras. Erith menaçait tout ce qu'elle avait construit dans sa vie. Pourtant, elle ferma les yeux et grava chaque détail de ce moment dans sa mémoire pour le revivre quand il serait parti.

En la sentant se détendre, il poussa un profond soupir. Il écarta ses cheveux emmêlés de son visage et remua afin qu'ils se lovent plus naturellement l'un contre l'autre. Tous ces petits gestes anodins transperçaient ses défenses, la rendant plus vulnérable que jamais.

Elle enfouit le nez dans la toison noire de sa poitrine et laissa son odeur s'infiltrer jusque dans ses os. Ses yeux se fermaient quand elle se rappela qu'elle avait quelque chose à lui dire.

— Demain, Perry donne un bal pour fêter son anniversaire.

— Mmm, fit-il avec indolence en frottant son menton contre ses cheveux.

Elle essaya de dire à la jeune fille sentimentale qui sommeillait en elle qu'elle était beaucoup trop sophistiquée pour trouver émouvante cette tendre affection. Mais la jeune fille sentimentale refusa d'écouter.

Miséricorde, elle allait au-devant de graves ennuis.

Elle s'obligea à revenir à la réalité.

— Ce qui signifie que je ne serai pas là.

— Moi non plus.

— Avez-vous une obligation familiale ?

— Non, je serai chez Montjoy. Avec vous.

L'assurance de sa voix endormie l'emplit d'un plaisir sourd.

— Lord Erith, vous devriez cesser de toujours vouloir tout décider.

Il se blottit contre elle. Sous les mains qu'elle avait croisées sur son torse nu, le cœur d'Erith battait régulièrement.

— Je m'appelle Julian.

Elle fournit un ultime effort pour défendre une forteresse déjà vaincue et ne releva pas.

— Nous ne sommes encore jamais sortis en public.

Il rit doucement, et son souffle chatouilla le sommet de son crâne.

— Avez-vous honte d'être vue en ma compagnie, Olivia ?

— Pas si vous vous tenez bien.

— Rien n'est moins sûr.

Sa voix baissait tandis qu'il glissait vers le sommeil.

— Et je m'appelle Julian.

Quelle importance pouvait avoir cette maigre concession alors qu'elle lui en avait déjà accordé de bien plus grandes ce soir ?

— Julian.

— Mon amour, chuchota-t-il dans ses cheveux, dans un souffle si doux qu'elle feignit de ne pas l'avoir entendu.

Mais elle l'avait entendu. Les deux mots tendres se heurtèrent contre son cœur jusqu'à ce que, incapable de résister davantage, elle les autorise à y entrer.

Erith laissa Olivia le précéder dans l'hôtel particulier somptueusement illuminé où lord Peregrine Montjoy fêtait son trentième anniversaire. Une musique lointaine mais étrangement discordante résonnait à l'intérieur, ainsi que des bruits de conversation qui s'élevaient et retombaient comme des rafales de vent. À l'évidence, il y avait un monde fou.

Il se rappelait la dernière fois qu'il était entré dans cette maison. Tant d'événements s'étaient passés depuis cette soirée où Olivia s'était exhibée habillée en homme ! Il espérait qu'elle porterait de nouveau des vêtements masculins pour son plaisir. Il espérait qu'elle ne porterait aucun vêtement pour son plaisir – pour leur plaisir à tous les deux.

Le cri qu'elle avait poussé en jouissant, la veille, avait résonné dans son cœur toute la journée ; il s'en souviendrait jusqu'au jour de sa mort. Et jamais sans sourire.

De même qu'il sourirait en se rappelant son corps humide et brûlant lorsqu'il l'avait prise, et la façon dont elle s'était refermée autour de lui pour l'étreindre de l'intérieur.

Olivia dans ses bras était un enchantement. La foudre. La flamme. Une fleur qui s'épanouissait en libérant son parfum dans l'air de la nuit. Elle lui avait offert une joie explosive et un plaisir fulgurant. Elle l'avait rendu vivant, pour la première fois depuis seize ans.

Et la plus grande satisfaction de toutes était de l'avoir vue s'abandonner entièrement à l'attirance qui frémissait entre eux depuis le premier instant.

Il avait deviné qu'elle cachait des réserves de passion derrière son allure austère. Mais la profondeur et la puissance de sa réaction l'avaient stupéfié et ému comme jamais. Elle l'avait aimé avec une ardeur volcanique, téméraire et sans entrave.

Dieu soit loué.

Il rêvait de la tenir de nouveau entre ses bras. Bientôt. Maintenant.

Il espérait qu'elle ne comptait pas rester trop longtemps chez Montjoy.

En gravissant le perron qui menait à la porte ouverte, il admira l'ondulation de ses hanches sous la cape bleu nuit. Erith baissa les paupières, revivant ce qu'il avait éprouvé à l'avoir sous lui, à la sentir se cambrer dans un besoin avide de s'unir à lui.

Elle jeta un regard par-dessus son épaule et le vit qui traînait.

— Comte ?

Un coup d'œil suffit à la renseigner sur la nature de ses pensées. Ses cheveux étaient couverts par la capuche de sa cape et la torche n'éclairait que partiellement son visage remarquable, mais il aurait parié une pile de lingots d'or qu'elle avait rougi.

Julian dissimula un sourire. Il monta les marches, lui prit le bras et la fit entrer dans le vestibule encombré. Il y eut un moment d'effervescence tandis qu'ils ôtaient manteau et cape. Puis Erith se détourna du majordome pour regarder Olivia.

Et s'arrêta net.

Les mots qu'il s'apprêtait à dire moururent sur ses lèvres. Son cœur tressauta violemment dans sa poitrine. Le brouhaha de la fête lui sembla soudain se taire.

Il ne pouvait détacher les yeux d'elle.

— Mon Dieu, je n'aurais jamais cru que vous le mettriez.

Sa voix était comme rouillée.

— Moi non plus.

Elle porta à son cou une main nerveuse aux longs doigts aristocratiques pour toucher le splendide collier de rubis qu'il lui avait offert et qu'elle avait d'abord repoussé parce qu'elle ne voulait arborer aucune marque d'appartenance à un homme.

Jusqu'à présent.

Le message était clair.

Le cœur de Julian se mit à galoper. Elle était à lui. Et elle le resterait, quoi qu'il arrive.

Il vint à elle et la prit dans ses bras pour l'embrasser sur ses lèvres. Ce fut rapide et dur, un témoignage de possession. Il sut quand il releva la tête et fixa ses yeux topaze stupéfaits qu'elle l'avait compris ainsi.

— Monsieur... bredouilla-t-elle.

Sous le bras qu'il avait passé autour de sa taille mince, elle vacillait.

Tant mieux. Il voulait l'affecter de la même manière qu'elle l'affectait. Après ce qui s'était passé la nuit précédente, ils se trouvaient sur un pied d'égalité. Il fallait que cet équilibre demeure.

Il rêvait de la garder auprès de lui.

Julian décida de ne pas s'appesantir pour l'instant sur cette idée choquante.

Confusément, il prit conscience du silence effaré qui s'était installé autour d'eux et s'obligea à détourner les yeux de son visage ravissant, stupéfait, stupéfiant.

Dans le vestibule, on les dévisageait avec saisissement. Les invités de Montjoy n'appartenaient pas tous au gratin de la société. Il y avait aussi là des demi-mondaines, des acteurs, des artistes et des musiciens.

Brièvement, il surprit l'expression anéantie de Carrington. Le pauvre diable avait l'air de voir soudain tous ses rêves pulvérisés.

Elle m'était destinée.

Erith vit son ami d'enfance comprendre et accepter le message muet. Puis il se tourna de nouveau vers sa spectaculaire maîtresse, élancée et gracieuse dans ses bras.

— Vous pouvez me lâcher, maintenant.

Le chuchotement d'Olivia recelait une délicieuse pointe d'humour.

— Nous avons causé suffisamment de scandale.

— Je n'ai fait que vous embrasser, marmonna-t-il en remarquant l'incrédulité, la réprobation et l'intérêt égrillard qui se manifestaient autour d'eux.

— Je n'embrasse aucun homme, dit-elle gentiment.

Puis, posément, elle leva le visage pour effleurer sa bouche de la sienne. Il tressaillit en sentant un petit bout de langue brûlant et taquin en travers de ses lèvres.

C'était une invitation au plaisir très clair, ou il ne s'appelait pas Julian Southwood. Un élan de désir se rua dans ses veines. Il était à deux doigts de l'arracher à cette cohue de prétentieux pour l'emmener dans un endroit tranquille où il pourrait la caresser à loisir.

Mais le baiser mutin fut fini avant qu'il ne puisse réagir. Elle rit doucement et se dirigea vers le pied du grand escalier. Ébloui, il lui emboîta le pas.

Dès le lendemain, le tout-Londres saurait à quel point le comte d'Erith était subjugué par cette irrésistible sorcière. Et, le plus tragique, c'était que le tout-Londres aurait raison.

Il lui reprit le bras et plia les doigts autour du long gant de soie noire qui lui arrivait presque sous l'aisselle. Le tissu était chaud. Une nouvelle vague de désir le submergea. Il fallait absolument qu'il se ressaisisse, sans quoi le monde parlerait de lui non seulement comme d'un homme éperdument épris, mais incapable de le cacher.

— Approuvez-vous ma tenue ? lui demanda-t-elle d'un ton taquin tandis qu'ils montaient l'escalier en marbre, avec sa rampe dorée et ses Cupidons en plâtre.

— Vous êtes éblouissante.

Sa robe de soie était d'une sobriété monacale, noire et sans aucun ornement de dentelle, ruban ni broderie pour l'égayer. Le décolleté, bas et carré au-dessus de ses seins, dégageait une étendue de peau laiteuse jusqu'à son long cou, où le collier de rubis étincelait tel un symbole d'esclavage barbare.

Puis il se rappela son cri guttural et sans retenue dans ses bras, la nuit précédente, et comprit qu'elle le portait pour célébrer sa liberté autant que pour témoigner de l'ensorcellement qui les unissait.

En achetant ce bijou insolite et extravagant, il avait su qu'il lui irait à merveille, mais il n'avait pas mesuré l'effet qu'il produirait sur elle. Ses cheveux étant rassemblés en un austère chignon, l'éclat flamboyant du collier attirait toute l'attention.

Olivia était d'une beauté éblouissante. Les rubis et les diamants n'éclipsaient en rien ses yeux de tigresse.

— Olivia... commença-t-il.

Mais ils avaient atteint le haut des marches, et Montjoy sortait de la salle de bal pour les accueillir. Quand ce dandy embrassa Olivia sur la joue et l'étreignit, il n'y eut aucun cri de surprise, aucun grognement réprobateur. Tous les invités, soupçonnait Erith, connaissaient les goûts de leur hôte.

C'était une foule dissolue, cynique, sophistiquée, qui s'attendait à tout sauf à une démonstration de passion authentique. Comme il était amusant qu'un simple baiser entre un homme et une femme les choque à ce point !

Il demeura en retrait pour laisser Olivia et Montjoy se saluer. Maintenant qu'il savait que son ami l'avait soutenue dans les périodes les plus sombres, Erith ne pouvait plus lui en vouloir.

Olivia était sortie forte et lumineuse d'horreurs qui auraient détruit la plupart des femmes. Le monde respectable la snobait ? Pas lui.

Elle était faite d'or pur jusque dans les profondeurs de son esprit courageux.

— Erith, dit froidement Montjoy.

— Montjoy, fit Erith en s'inclinant. Tous mes vœux pour votre anniversaire.

Montjoy lui décocha un regard assassin. Face à ses grands yeux couleur café, Erith fut de nouveau frappé par son physique avantageux. Rien d'étonnant à ce qu'Olivia et lui aient pu faire croire au monde qu'ils étaient amants. La beauté mince et racée de la jeune femme, ainsi que son teint chaud, s'accordait parfaitement au charme méditerranéen de Montjoy.

— Merci.

Montjoy se retourna vers Olivia.

— Naturellement, vous m'avez réservé toutes les valses ?

Olivia n'avait pas été sans remarquer l'échange silencieux entre les deux hommes.

— Une, peut-être, Perry.

Erith lui prit une main et la plaça sur son bras en un geste de propriétaire.

— Je suis navré, mon vieux, mais Mlle Raines ne danse qu'avec moi.

— Erith, c'est son anniversaire, protesta-t-elle, mais sans se dérober.

Encore un signe prouvant qu'elle l'acceptait ce soir comme jamais elle ne l'avait fait auparavant. Le cœur de Julian fit un bond orgueilleux. Mais un autre sentiment que la fierté régnait sur son cœur, plus dangereux. Très lentement, il souleva sa main, y déposa un baiser, puis la replaça sur son bras.

268

— Les valses sont pour moi.

— Olivia ? s'exclama Montjoy, manifestement stupéfait.

Et à juste titre. Erith avait une bonne idée de la façon dont elle avait traité ses précédents amants : comme de petits chiens de salon avec lesquels elle jouait ou qu'elle ignorait, et qu'elle rejetait à la fin de la liaison sans la moindre arrière-pensée.

Il en irait tout autrement avec lui.

— Mes valses semblent être réservées.

Elle émit un rire de gorge, dans lequel Erith perçut une douce note de satisfaction féminine.

— Votre proposition tient-elle pour une contredanse, Perry ?

Montjoy pâlit en considérant tour à tour Olivia et Erith. Sa colère et sa stupeur étaient manifestes, et sa profonde et sincère affection pour la femme à qui il s'adressa ne faisait aucun doute.

— Bon Dieu, Olivia ! Je vous avais bien dit que ce serait un désastre.

Le sourire taquin d'Olivia s'évanouit, et Erith devina son tourment intérieur.

Ils auraient dû parler, la veille. Mais le plaisir l'avait laissé trop fatigué et trop euphorique pour aborder l'épineux sujet de leur avenir. Toute la journée, il avait eu à faire avec sa famille. Et dans la voiture qui les avait amenés ici, Olivia avait soigneusement éludé toute conversation sérieuse.

Il regrettait amèrement, à présent, de n'avoir pas battu en brèche les défenses qu'elle avait dressées autour de tous les sujets importants. Manifestement, l'incertitude la tourmentait, tout comme lui.

— Perry, je suis navrée, chuchota-t-elle, ôtant son masque mondain le temps d'une seconde révélatrice. C'est arrivé malgré moi.

Elle n'était pas du tout à l'aise vis-à-vis des événements de la veille. Il fallait absolument qu'ils en discutent, mais Erith ne pouvait pas l'entraîner à l'écart au milieu du bal de son meilleur ami.

— Oh, ma chérie... fit Montjoy d'un air catastrophé.

— Soyez heureux pour moi, dit Olivia d'une voix fêlée.

Elle tendit sa main libre, que Montjoy attrapa. Erith fut consterné de remarquer que les doigts de sa maîtresse tremblaient.

— Je ne le puis, répliqua Montjoy d'une voix basse et âpre afin que personne alentour ne les entende. Quand ce sera terminé, je serai là pour ramasser les morceaux.

— Bon sang, ce n'est pas une tragédie grecque, intervint Erith un ton coupant.

Montjoy tourna vers lui un regard haineux.

— Non, simplement une tragédie. Dont vous vous détournerez avec un haussement d'épaules, sans vous soucier des dégâts que vous aurez pu occasionner.

— Perry, cessez, dit Olivia doucement. Nous sommes ici pour faire la fête.

Montjoy redressa la tête d'un mouvement sec, réalisant soudain que le lieu était mal choisi pour une conversation privée. Mais son expression disait qu'il avait bien l'intention de ne pas en rester là.

Erith écarta fermement Olivia et décocha à leur hôte un regard glacial et hautain.

— Ceci ne vous regarde pas, Montjoy.

— Tout ce qui concerne Olivia me regarde.

— Non, c'est moi que cela regarde.

— Arrêtez, tous les deux, siffla-t-elle. On dirait des écoliers. Je ne suis pas un os que deux chiens se disputent. Je suis une femme indépendante qui prend ses décisions toute seule.

Erith se rendit compte qu'il se conduisait en effet comme un dogue hargneux gardant sa brebis. Et, quoi que les deux hommes puissent éprouver l'un pour l'autre, finalement, ils souhaitaient tous deux ce qu'il y avait de mieux pour elle.

D'une voix radoucie, il se tourna vers la jeune femme.

— Vous avez raison, Olivia. Je vous prie de m'excuser. C'est un soir de fête.

Erith s'inclina devant elle. Quand il releva la tête, il remarqua que la stupeur avait remplacé la rage sur le visage de Montjoy.

— Mon Dieu, souffla ce dernier, je n'en crois pas mes yeux.

— Quoi donc ? demanda Olivia sans comprendre.

Un sourire d'une sincère gentillesse éclaira l'expression de Montjoy, et il se pencha pour déposer un baiser tendre sur sa joue, bien différent des petits baisers excités et joyeux avec lesquels il l'avait accueillie ; celui-ci véhiculait un message. Erith se demanda de quoi il pouvait bien s'agir.

— Rien, chérie. Je viendrai vous trouver pour notre danse.

— Perry ?

— Allez. Vous vous êtes donné tant de mal pour organiser les festivités. La moindre des choses est que vous vous amusiez.

Erith n'avait pas besoin d'autre encouragement pour mettre fin à ce désagréable entretien. Il entraîna Olivia dans l'immense salon où il l'avait rencontrée. La pièce, décorée comme un palais d'hiver russe avec des longueurs de mousseline blanche figurant la neige, était presque méconnaissable. Ce décor aussi élégant qu'impressionnant portait tellement l'empreinte d'Olivia qu'il ne put s'empêcher de sourire.

Les valets de pied – tous de beaux garçons, remarqua Erith – arboraient des costumes cosaques. Montjoy avait de la chance. Il faisait suffisamment doux pour qu'ils puissent porter uniquement d'amples chemises blanches sur des pantalons noirs. Des domestiques grelottants auraient pu ajouter une intéressante touche d'authenticité russe, mais ils ne se seraient pas déplacés parmi la foule avec la dextérité dont ceux-ci faisaient preuve, en portant sur leurs plateaux coupes de champagne et caviar.

Dans un coin jouait un orchestre de balalaïkas dont la musique se noyait dans le brouhaha des conversations. Erith s'entendit appeler à deux ou trois reprises, mais il fit la sourde oreille pour rester aux côtés d'Olivia.

Venant de la pièce voisine, il discerna les accents d'un ensemble plus traditionnel interprétant un quadrille. Lors de ses visites précédentes, il n'avait pas réalisé que l'un des murs se composait de portes en accordéon, ouvertes ce soir pour permettre aux gens de circuler entre le salon et la salle de bal.

— Ne vous tracassez pas au sujet de Perry, dit Olivia.

Son visage était éclairé par l'intérêt et le plaisir qu'elle prenait à observer la soirée.

Erith posa la main sur les siennes.

— Il essaie de vous protéger parce qu'il vous aime. Je l'admire pour cela, même si je lui en veux de réclamer votre attention.

Elle le contempla avec stupéfaction.

— Qu'y a-t-il ? s'étonna-t-il.

— Rien, marmonna-t-elle en détournant le visage. Aimez-vous cet effet de givre ? Nous avons eu un mal fou à l'obtenir.

— Olivia… grogna-t-il.

Elle avait été sur le point de révéler quelque chose d'important.

Elle se retourna en poussant un soupir.

— Vous êtes une tête de mule, Erith.

— Absolument. Et appelez-moi Julian.

— Pas en public.

Son maquillage était subtil, mais il mettait en valeur ses traits d'une façon remarquablement excitante. Elle avait noirci ses sourcils et ses cils, appliqué une touche de fard sur ses joues et rougi ses lèvres sensuelles. Des lèvres qui prenaient cette couleur naturellement lorsqu'il l'embrassait. Le désir rugit dans ses veines.

— Alors, expliquez-moi ce que vous alliez dire.

Elle haussa les épaules.

— Je suis toujours surprise de vous entendre parler d'amour aussi facilement que si c'était une chose de la vie quotidienne. Au même titre que... je ne sais pas, une chaise ou une table, ou votre calèche qui vous attendrait devant chez vous pour vous emmener au club.

Il lui rendit son sourire en se demandant comment une femme aussi intelligente pouvait être aussi aveugle.

— Eh bien ? C'est aussi réel que tout ce que vous venez de décrire.

Il resserra les doigts autour d'elle.

— Et maintenant, à moins que vous ne désiriez me voir choquer les pires canailles de Londres en vous enlevant pour m'occuper de vous dans un coin, il faut que nous nous mêlions à d'autres gens. Je dois me résoudre à attendre un peu – ce qui s'annonce difficile – avant de vous consacrer toute l'attention que vous méritez...

Il la vit promener son regard autour d'eux et constata que, tout comme dans le vestibule, ils étaient le point de mire de l'assistance. Elle se ressaisit avec la grâce et la dignité d'une princesse. Le masque pur de sa beauté reprit possession de son visage.

Elle était la reine de ce monde particulier. Il la laisserait y régner. Le pouvoir qu'elle exerçait sur lui était un sujet qui ne concernait qu'eux deux.

Il attrapa deux coupes au passage d'un valet, lui en tendit une et leva la sienne.

— Permettez-moi de saluer la femme qui me retient captif.

— Vraiment ? Dans ce cas, pourquoi ai-je autant que vous la sensation d'être victime ?

Il sourit et but une gorgée de champagne en espérant que la fraîcheur du breuvage apaiserait le feu qui brûlait dans son corps. Un vœu pieux, bien entendu.

— Jamais victime, Olivia.

Il reconnut la lueur déterminée qui fit briller ses magnifiques yeux topaze.

— En vérité, Erith, je suis heureuse que vous m'ayez accompagnée ce soir. Nous allons pouvoir faire table rase du passé entre nous.

Il fronça les sourcils. Quelque chose dans son ton lui disait qu'elle avait changé d'humeur, et son instinct lui soufflait qu'il n'allait pas apprécier ce qui s'annonçait.

— Que diantre voulez-vous dire ?

— Vous avez remporté votre pari.

Elle se tourna face à la foule.

— Mes amis, j'ai une déclaration à faire.

Ce fut parce que tant de gens les observaient, et non parce que sa voix couvrit le vacarme, que le niveau sonore diminua. Même ceux qui ne les regardaient pas se tournèrent avec curiosité pour découvrir ce que la fameuse, la sublime Olivia Raines avait prévu pour les distraire.

Leurs yeux brillaient d'impatience. Olivia suscitait un crépitement d'excitation partout où elle allait. Or, ce soir-là, c'était sa première apparition publique avec son nouvel amant.

Soudain, Montjoy surgit à ses côtés, la mine inquiète.

— Que se passe-t-il, Olivia ?

— J'ai fait une promesse à lord Erith.

Tous les muscles d'Erith se raidirent sous l'effet de l'incrédulité.

— Que dites-vous là ?

Elle ne pouvait pas s'apprêter à faire ce qu'il pensait ! Elle devait savoir que ce stupide pari ne comptait plus. Après ce qui s'était passé la nuit précédente, elle devait bien s'en être rendu compte !

Il lui attrapa le bras, mais elle se libéra d'une secousse et le tint à distance d'un regard impérieux.

— Vous savez ce que je fais. J'honore ma dette.

Elle tendit son champagne à Montjoy avec une grâce qui laissa Erith interdit, avant de se tourner vers lui. Dans la vaste salle, on aurait entendu voler une mouche. Même l'orchestre russe avait cessé de jouer. On percevait dans l'autre pièce l'ensemble traditionnel qui poursuivait sa banale mélodie.

— Lorsque j'ai accepté lord Erith comme protecteur, nous avons fait un pari.

Dieu tout-puissant, c'était de la folie ! Elle devait savoir qu'il se fichait comme d'une guigne de ce pari.

Mais, en la regardant dans les yeux, il comprit que sa dignité l'obligeait à accomplir ce qu'elle estimait être un devoir. Comme il était étrange de découvrir que cette libertine à la réputation sulfureuse était la personne la plus honorable qu'il avait jamais rencontrée ! Elle était tout simplement renversante.

Quoi qu'il en soit, si baroque que fût sa définition du code d'honneur, il n'était pas question qu'il la laisse s'abaisser.

— Olivia, non ! souffla-t-il avec horreur. Ne faites pas cela, dit-il à voix basse.

Mais ses efforts furent vains. Elle s'apprêta à s'agenouiller. La foule se pencha en avant, stupéfaite et curieuse, et l'atmosphère se tendit sensiblement.

— Un pari est une chose sacrée. Vous avez certainement appris cela tout petit, Erith.

— Olivia, pour l'amour du Ciel, le fait que vous portiez le collier suffit amplement, déclara-t-il d'un ton pressant.

— J'ai fait une promesse.

— Nom de Dieu, arrêtez !

Il tendit sa coupe à Montjoy sans même regarder ce dernier pour s'assurer qu'il la prenait, saisit Olivia par les bras et l'obligea à demeurer debout. À travers ses dents serrées, il siffla :

— Je ne veux pas de cela. Il n'en a jamais été question. Même au début.

Perplexe, elle resta figée entre ses mains telle une poupée.

— Erith, j'ai perdu le pari, vous le savez.

Une rafale de chuchotements et de petits cris éclata parmi les invités. Leur curiosité avide et malsaine était presque palpable.

— Vous n'avez pas perdu. Personne n'a perdu. Personne n'a gagné.

Il baissa la voix pour leur épargner au moins une partie des inévitables commérages.

— Je me fiche de ce maudit pari. Ce n'était qu'un stratagème pour vous inciter à rester. Vous alliez partir, et je n'ai rien trouvé d'autre pour vous en dissuader.

— Il n'empêche, je l'ai accepté en connaissance de cause. Je me suis engagée à me mettre à genoux devant vous.

Il s'efforça fébrilement de se rappeler cette soirée, quand le besoin de la garder auprès de lui l'avait rendu fou. Il avait du mal à croire, alors que chacun de ses mots, chacun de ses gestes n'avait été qu'un subterfuge, qu'il ait pu exiger son avilissement. L'amour-propre d'Olivia était l'une des choses qu'il avait toujours admirées chez elle.

Au désespoir, prêt à tout pour mettre un terme à cette scène hideuse, il insista :

— J'ai dit que moi, je m'agenouillerai devant vous. De votre côté, vous n'aviez qu'à capituler. Je ne vous demanderai jamais de vous humilier en public. Jamais.

Un éclair d'incertitude traversa brièvement ses traits.

— Vous vouliez m'entendre proclamer que vous m'aviez dominée.

— Je ne vous ai pas dominée, nom d'un chien ! Ne l'avez-vous donc pas encore compris ? Personne n'a dominé personne. C'est une amante que je veux, pas une esclave.

La mâchoire d'Olivia se contracta, mais, enfin, elle cessa de résister et n'essaya plus de s'agenouiller. La contrariété la faisait trembler.

— Vous vouliez que je me rende à vous.

— Jamais ainsi. Toute reddition de votre part devait rester strictement entre nous.

Il regarda autour d'eux et réalisa que l'intérêt de la foule était plus vif que jamais. Il fallait qu'il trouve un moyen de clore cette scène embarrassante.

Il éleva la voix.

— Mlle Raines désire vous annoncer à tous qu'à partir du mois de juillet, elle n'honorera plus de sa présence les salles de bal londoniennes. Elle a accepté de m'accompagner à Vienne lorsque j'y retournerai.

Choquée, elle tourna vers lui un visage livide que mangeaient ses yeux. Il lut la même stupeur sur les visages qui l'entouraient. Stupeur aussitôt remplacée par des spéculations et de la perplexité, et, dans le cas de Montjoy, par une détresse manifeste.

Des esprits plus vifs se seraient demandé pourquoi elle avait eu besoin de faire de ses intentions une annonce aussi spectaculaire, et pourquoi elle avait semblé sur le point de tomber à genoux. Erith serra les dents. Tant pis. L'idée de Vienne avait été la seule chose qui lui fût venue à l'esprit en ce moment crucial.

Montjoy contempla son amie, consterné.

— Olivia ? Qu'est-ce que cela signifie ? Est-ce vrai ?

— Non, non, Perry, bredouilla-t-elle sans détacher ses yeux stupéfaits du visage d'Erith.

— Si, déclara-t-il, implacable. Et à présent, dansez avec moi, Olivia. Pour l'amour de Dieu, inutile d'aggraver ce gâchis.

Presque brutalement, il la prit dans ses bras. Avoir exhibé ainsi sa vie privée lui donnait la nausée. En l'espace d'une heure, Olivia et lui avaient fourni aux amateurs de ragots suffisamment de grain à moudre pour de longues semaines.

Il rêvait de la soustraire à cette horde décadente. Il la voulait à lui tout seul. Mais un départ précipité n'aurait fait qu'alimenter le scandale.

— Si vous tenez tellement à vous mettre à genoux devant moi, faites-le plus tard, quand je pourrai profiter de votre position, marmonna-t-il avec fureur.

Devant cette suggestion prosaïque, les yeux d'Olivia brillèrent d'un feu doré, et ses joues reprirent des couleurs. Heureux de l'avoir ramenée à la réalité, il la fit tournoyer à travers la foule compacte et l'emmena jusqu'à la salle de bal, où commençait une valse.

22

Erith suivit Olivia dans la chambre à coucher éclairée par les chandeliers, puis il referma la porte et s'y adossa en croisant les bras sur sa large poitrine.

Cachant sa nervosité sous l'indignation, elle pivota face à lui.

— Vous étiez sincère lorsque vous avez fait ce pari.

Avec des mouvements violents et saccadés, elle ôta ses longs gants noirs et les jeta sur sa coiffeuse, sans se soucier qu'ils renversent les pots de cosmétiques en porcelaine.

Elle n'aurait su dire pourquoi il lui paraissait si important d'honorer leur pari. Peut-être avait-elle besoin de se rappeler une bonne fois pour toutes que le comte était un client et qu'il la payait pour faire ce que bon lui semblait.

En lui interdisant de proclamer sa victoire, il avait modifié les termes du contrat qui les unissait, la laissant désemparée et impuissante.

Deux mots qui ne la qualifiaient plus depuis qu'elle avait quinze ans.

— J'étais sincère, oui, et prêt à tout pour vous empêcher de quitter cette maison.

Il la dévisageait sous ses paupières lourdes, son regard d'argent brillant entre ses cils épais.

— C'est, du reste, toujours le cas.

Les émotions d'Olivia n'étaient qu'un écheveau inextricable. Ces derniers temps, elle ne se comprenait plus du tout. Par la faute d'Erith.

Elle avait toujours cru savoir ce qu'il voulait : qu'elle s'avoue vaincue.

Si ce n'était pas cela, que voulait-il alors ?

Elle préférait ne pas imaginer de réponse.

Olivia avait le ventre noué, l'esprit confus. Et, par-delà le courroux et la perplexité, la peur couvait, tel le souffle froid et solitaire d'un hiver à venir.

Le front barré d'un pli soucieux, elle se mit à arpenter la pièce dans un froufrou de soie noire. Elle était à bout de nerfs. Il fallait qu'elle bouge, sinon elle risquait d'exploser.

— Arrêtez, dit-elle.

— Que dois-je arrêter ?

— De dire des choses pareilles. Les débauchés insensibles devraient se cantonner à leur rôle de... de débauchés insensibles.

Il ne répondit pas. Elle s'immobilisa en tremblant et appuya une épaule contre un montant du lit. Une main refermée autour du bois verni, elle inspira profondément afin de calmer la tempête qui bouillonnait en elle.

Elle s'était sentie puissante, en mettant le magnifique collier de rubis. Elle s'était même sentie puissante quand elle avait décidé de s'agenouiller devant lui. Cette démonstration volontaire de son obéissance ne faisait qu'affirmer ce qu'elle était : une femme fière, totalement indépendante de son amant.

— La nuit dernière...

Elle se tut. Discuter des glorieux moments de la nuit précédente ne constituait pas la meilleure des tactiques pour affirmer ses défenses.

Pendant un instant aveuglant, il croisa son regard. Le trouble et la détermination obscurcissaient ses yeux. Puis il soupira et étudia le tapis turc aux riches couleurs, comme s'il détenait les réponses aux grandes questions existentielles.

Elle resserra nerveusement les doigts autour de la haute colonne en acajou.

— D'après les termes du pari, je devais vous reconnaître publiquement comme mon maître.

— Pas du tout.

Il leva une main et, du regard, lui intima le silence. Pour la première fois, sa voix recelait une pointe de colère.

— Nom de Dieu, je ne me souviens plus des termes de ce satané pari. Je doute même que nous en soyons venus aux détails. Je ne peux ni ne veux me les rappeler. Je n'ai certainement jamais exigé de vous voir à genoux devant la moitié de Londres. Le collier m'a suffi. Très largement.

— Vous exigiez ma reddition, dit-elle avec obstination.

Depuis le matin, elle se reprochait d'être devenue si vulnérable. Elle connaissait l'égoïsme des hommes, leur arrogance, leur faiblesse et leur indifférente cruauté. Erith était un homme, comme les autres.

Elle avait passé toute la journée à se prémunir contre lui.

Puis il était venu la chercher pour l'emmener chez Perry. Et, sans la moindre résistance, elle avait immédiatement succombé à son charme.

— Cessez donc de parler de reddition, s'emporta Erith. Il ne s'agit pas d'une guerre entre deux empires féodaux, mais de sentiments ! Je voulais que la femme que je désire me désire aussi. Je voulais que vous reconnaissiez l'attirance qui existe entre nous. Je voulais que vous preniez plaisir à faire l'amour avec moi. Tous ces objectifs étaient exclusivement intimes.

Elle s'arracha au lit et reprit ses allées et venues.

— Et cette histoire de m'entraîner à Vienne ? Êtes-vous tombé sur la tête ?

— C'est la meilleure solution.

Sa brève étincelle de colère disparue aussi vite qu'elle s'était allumée, il ajouta :

— En particulier après ce qui s'est passé la nuit dernière.

Son calme ne fit qu'attiser la colère d'Olivia.

— La nuit dernière ne signifie rien ! Nous avions un marché que vous piétinez allègrement maintenant qu'il ne vous convient plus. Je serai votre maîtresse jusqu'à ce que vous quittiez l'Angleterre. C'est ce que nous avions décidé avant de nous embarquer dans cette désastreuse liaison.

— Elle n'a rien de désastreux.

Il était si immobile qu'il aurait pu être de pierre.

— Elle relève du miracle.

La poitrine comprimée par une terrible appréhension, Olivia s'arrêta en frémissant à l'autre bout de la chambre. Son cœur s'affolait, mû par une peur prémonitoire. Un filet de sueur coula sur sa nuque.

L'expression de Julian devint plus grave encore.

— Tout a changé quand je suis tombé amoureux de vous.

Erith entendit ses propres paroles résonner dans le silence tendu. Olivia tressaillit violemment. Son visage se vida de son sang, et sa remarquable ossature parut soudain sculptée dans du marbre froid.

— Non... souffla-t-elle avec horreur. Non, c'est impossible. Vous ne pouvez pas parler sérieusement.

Sa dénégation immédiate fit à Julian l'effet d'un coup de couteau en plein ventre. Il avait eu tant de mal à formuler les mots...

Elle recula, comme si son amour était une maladie contagieuse. Ce ne fut que quand elle se heurta au mur derrière elle qu'elle dut cesser de battre en retraite.

— Bien sûr que je suis sérieux, dit-il d'une voix douce.

Il ne voulait pas l'effrayer davantage.

Comment avait-il pu imaginer qu'elle réagirait autrement ? Que l'exigeante et orgueilleuse Olivia se jetterait dans ses bras avec un joyeux abandon en proclamant qu'elle l'aimait aussi et voulait rester avec lui pour toujours ?

Non, dans le monde où ils vivaient, c'était impossible.

Une véritable guerre se livrait entre eux. Il venait de décocher le premier coup dans son camp, et il ne faisait aucun doute qu'elle avait l'intention de se battre.

Cela n'empêcha pas son virulent rejet de lui donner l'impression qu'elle avait réduit son cœur en charpie sous son talon.

Il refusait obstinément de se rétracter. Il avait admis ses sentiments à son corps défendant, et dans la douleur. Il l'avait aimée bien avant de se l'avouer. Après tant d'années passées à fuir la moindre émotion forte, ce n'était guère étonnant.

La veille, alors qu'il attendait dans le salon qu'Olivia rentre, il avait envisagé avec réticence un certain nombre de réalités gênantes. Notamment la brutale vérité : il était désespérément amoureux de sa maîtresse.

Dès l'instant où il avait rencontré Olivia, un mélange tumultueux d'émotions l'avait envahi.

Désir. Jalousie. Anxiété. Colère. Possessivité. Tendresse. Passion. Extase.

Seul l'amour pouvait expliquer le désarroi qui l'avait poussé à la suivre dans le Kent, ses rêves futiles de tuer ceux qui l'avaient persécutée, son besoin de lui procurer un peu d'apaisement, même si pour cela il devait endurer de véritables tortures.

Erith n'était pas idiot. Et il avait déjà été amoureux. Ce profond bouleversement de l'âme, il l'avait reconnu.

Seul l'amour pouvait l'amener à renoncer à sa domination dans la chambre à coucher.

Seul l'amour pouvait lui faire ouvrir à Olivia son cœur vulnérable.

Elle l'avait changé à tout jamais. Elle avait ressuscité un homme mort, lui avait montré qu'il existait encore de l'espoir dans ce monde.

Il voulait qu'elle fasse partie de sa vie. Pas seulement jusqu'au mois de juillet. Pour toujours.

— Vous m'aimez, dites-vous ?

Ses lèvres se tordirent sur un sourire cynique, mais les commissures de sa bouche frémissaient.

— J'ai entendu ces mots tant de fois... Bien des hommes se sont crus amoureux de moi.

— Cela ne change rien à mes sentiments.

La colère qu'aurait pu susciter son ton sarcastique mourut lorsqu'il vit à quel point elle tremblait. Les pierres précieuses du collier lançaient des éclairs à chaque mouvement convulsif.

Un ressentiment amer brillait dans ses yeux. Elle poursuivit sur le même ton agressif et moqueur :

— Ce que vous aimez, c'est le fait de m'avoir procuré du plaisir alors que personne n'y était parvenu. Cela nourrit votre inépuisable vanité.

Sa bien-aimée n'était pas une imbécile. Elle savait où frapper pour infliger le plus de souffrance. À chaque mot cruel, elle tranchait un peu plus profondément dans sa peau.

Le cœur de Julian battait à un rythme trépidant. Au prix d'un gros effort, il garda une voix calme, malgré l'angoisse glaciale qui lui nouait le ventre.

— Vous croyez que je me considère comme un chevalier venu secourir une victime impuissante ?

— N'est-ce pas le cas ?

D'un mouvement impatient, il ôta sa redingote noire et la jeta sur le tabouret de la coiffeuse.

— Non.

Cette réponse simple sembla la désarçonner.

Oh, Olivia, ma chérie...

Elle lui en voulait profondément d'arracher ses défenses une à une. Il connaissait le cocon sécurisant

284

que procurait l'hébétude, mais, avec le temps, le cœur enfermé à l'intérieur de ce havre de paix se mettait à s'étioler.

Le visage adorable d'Olivia était livide.

— Je ne resterai pas, dit-elle à travers ses lèvres pincées.

— Si, vous resterez.

Il déboutonna son gilet. Issue d'il ne savait où, une certitude se mit à couler dans ses veines, onctueuse comme du sirop : il fallait qu'il remporte cette bataille.

— Si vous vouliez réellement partir, vous m'auriez quitté il y a plusieurs jours.

— Nous avions fait un pari.

— Bon Dieu, vous n'êtes pas restée à cause d'un pari ! Cessez de prétendre que tout tourne autour de ce maudit pari, ce n'est guère convaincant. Je doute d'ailleurs que cela vous convainque vous-même, malgré vos louables efforts.

Ses mots méprisants durcirent l'expression d'Olivia. Il attendit qu'elle réfute ses conclusions. Au lieu de cela, elle releva le menton.

— Si ce n'est pas pour le pari, pourquoi suis-je ici ? Pour vos beaux yeux ? demanda-t-elle avec ironie.

— Je sais pourquoi vous restez.

Il se débarrassa du lourd gilet de soie français, qu'il laissa tomber sur sa redingote. Puis il respira un bon coup, rassembla son courage et prit le plus grand de tous les risques.

— Vous restez parce que vous m'aimez.

Elle rejeta la tête en arrière et éclata de rire. Son ricanement résonna dans toute la pièce.

— Votre suffisance est extraordinaire. Je n'aime pas les hommes. Je les mets dans mon lit, je m'occupe d'eux et je les méprise.

Toute trace d'humour disparut de son visage, et elle le considéra comme si elle le détestait avant d'ajouter :

— Tous, sans exception.

Elle était si blessée et si courageuse... Il souhaitait désespérément la prendre dans ses bras, mais la toucher maintenant aurait été une grossière erreur. Elle était si tendue qu'elle se serait brisée.

— Vous ne méprisez pas Perry, rétorqua-t-il. Vous ne méprisez pas Leo.

Il attendit, vit le doute s'insinuer dans ses yeux magnifiques.

— Et vous ne me méprisez pas.

— Si, répliqua-t-elle sans conviction.

— Menteuse.

Il passa sa chemise par-dessus sa tête et la laissa tomber par terre.

— Il suffit, lord Erith.

Elle souleva ses jupes dans un mouvement théâtral et se dirigea vers la porte. Elle marchait telle une reine allant vers la guillotine, altière, provocatrice.

Solitaire.

Il saisit son bras au moment où elle passait à côté de lui. Il ne put s'empêcher de lui dire, avec un accent suppliant dans la voix :

— Ne fuyez pas simplement parce que vous avez peur, Olivia.

— Je n'ai pas peur ! riposta-t-elle.

Elle tremblait pourtant sous sa main comme un poulain à peine sorti du ventre de sa mère. La terreur rendait vitreux le regard qu'elle posait sur lui.

— Olivia, j'ai peur moi aussi, avoua-t-il, ravalant son orgueil. Ne partez pas.

— Je ne vous laisserai pas me contrôler, crachat-elle en essayant de se dégager. Jamais je ne remettrai mon destin entre les mains d'un homme. Je me le suis juré quand j'avais quinze ans, et c'est une promesse que je ne briserai pas.

Pendant un bref moment, il avait cru pouvoir trouver les mots pour la convaincre de rester. De s'autoriser à écouter son cœur.

Mais, à l'évidence, elle ne voulait rien entendre.

Peut-être n'existait-il pas de mots.

La peine lui rongeait le cœur. Il la laissa aller avec un geste d'excuse. Il savait ce que représentait la liberté pour elle. Il ne pouvait se résoudre à l'en priver.

D'ailleurs, que gagnerait-il à la forcer ? Une amante récalcitrante ?

— Eh bien, partez, dit-il d'une voix rauque.

Elle posa sur lui un regard stupéfait.

— Vous ne me laisserez pas faire.

— Bien sûr que si. Vous êtes libre.

— Oui, je suis libre.

Elle paraissait ridiculement peu sûre d'elle. Une fois de plus, Erith vit derrière la femme flamboyante la petite fille qu'elle avait été avant qu'un monde cruel ne brise son innocence.

Il s'écarta de la porte, tous ses rêves anéantis, en songeant avec amertume que, quelques secondes plus tôt seulement, il avait cru avoir gain de cause.

Cependant, elle n'était pas encore partie...

Et, se dit-il avec un soudain sursaut d'espoir, elle n'avait pas nié qu'elle l'aimait.

Il lui fallut déployer un effort colossal pour maîtriser ses nerfs et mettre son hypothèse à l'épreuve. Il se pencha et ouvrit la porte.

— Au revoir, Olivia.

— Vous insistez pour que je me rende complètement.

Avec une pointe de rudesse, il répondit :

— Quiconque nous regarderait saurait que je suis maintenant à genoux et que c'est vous qui triomphez.

— Vous voulez dire que si je pars, j'aurai gagné ?

Elle interprétait délibérément ses propos de travers. Eh bien, il était capable de jouer à ce petit jeu. Il ouvrit la porte en grand.

— Si c'est ce que vous croyez, partez.

Les yeux d'Olivia, rivés sur la porte, n'exprimaient rien. Son visage était impénétrable. On eût dit que son âme s'était enfuie de son corps.

Elle fit un pas vers la porte.

Le cœur de Julian cessa brutalement de battre. Nom de Dieu ! Sa provocation insensée n'avait pas porté les fruits espérés.

Encore un pas. Bientôt, elle serait dans le couloir.

Puis hors de la maison. Et hors de sa vie.

Ses mains formèrent des poings tandis qu'il se battait contre l'affreux désir de la ramener contre lui. Mais il ne pouvait l'y contraindre. Trop d'hommes s'y étaient pris ainsi.

— C'est une ruse.

À l'entendre, elle l'accusait de meurtre.

— Vous me rattraperez.

— Est-ce ce que vous désirez ?

— Bien sûr que non, répliqua-t-elle. Ne vous imaginez pas que vous comptez pour moi. Vous n'êtes qu'un protecteur comme un autre.

— Ce n'est pas parce que vous avez mis beaucoup d'hommes dans votre lit que vous n'êtes pas digne d'amour, ma chérie.

L'attitude bravache d'Olivia s'évapora un instant, laissant voir une immense détresse.

— Si, précisément.

— J'ai mis beaucoup de maîtresses dans mon lit, moi aussi, Olivia. Cela me rend-il indigne d'amour ?

— Non, bien entendu, répondit-elle avec une emphase qui alluma une petite lueur d'espoir dans son pauvre cœur brisé. Vous êtes du sexe fort. C'est différent.

Un sourire sarcastique ourla les lèvres de Julian.

— Ai-je réellement affaire à la grande Olivia Raines ? À la femme brillante, superbe, opiniâtre, qui a battu tous les hommes du beau monde à leur propre jeu ?

— Je ne vous ai jamais battu, vous.

— Non, de même que je ne vous ai jamais battue. Ne croyez-vous pas qu'il y a quelque chose de merveilleux dans cette égalité ?

— Nous ne sommes pas égaux ! Vous êtes un lord, et je suis une catin.

Il ne put répondre que par la vérité gravée dans son être :

— Je suis un homme amoureux.

— Taisez-vous !

Elle plaqua ses mains tremblantes sur ses oreilles et ferma les yeux comme si elle ne pouvait supporter de le regarder.

— Arrêtez, arrêtez, arrêtez !

Il tendit les mains en un geste de désir impuissant, et ce fut des profondeurs de son cœur blessé que jaillirent les mots :

— Que dois-je arrêter, Olivia ? De vous aimer ? C'est impossible. Autant me demander de me couper le bras droit. Vous représentez pour moi le paradis sur terre. Comment pourrais-je ne pas vous aimer ?

Quand elle baissa les bras et rouvrit les paupières, il fut horrifié de voir des larmes couler de ses yeux.

— Rien de bon ne peut sortir de tout cela.

Ses paroles et son attitude constituaient une forme d'aveu. D'un geste décidé, il referma la porte. Elle n'irait nulle part ce soir.

23

Erith regarda Olivia tressaillir quand la porte claqua. Il attendit une protestation, un sursaut d'amour-propre. Mais elle garda le silence, ses grands yeux méfiants rivés aux siens.

Elle tremblait encore ; son visage pâle et son regard absent lui disaient qu'elle était au bord de l'épuisement. Il savait que cette paix entre eux ne constituait qu'une trêve. Mais il lui aurait fallu avoir le cœur bien sec pour réclamer en un instant pareil davantage que ce qu'elle lui accordait, tacitement, en ne sortant pas de la chambre.

Lorsqu'il lui prit la main, elle se laissa faire sans réagir. Doucement, il l'attira vers lui. Il avait envie de la choyer. Il espérait seulement qu'elle ne l'en empêcherait pas.

— Cessez de vous battre, Olivia, murmura-t-il.

— Je ne sais pas comment m'y prendre.

Elle le suivit docilement vers le lit, mais cette coopération n'était due qu'à son désarroi, pas au plaisir.

— Faites-moi confiance.

La veille, il avait cru avoir remporté la bataille. Il découvrait à présent qu'il devait tout recommencer. Sa seule arme était sa sensualité, et il avait bien l'intention de s'en servir.

— Je ne viendrai pas à Vienne, répéta-t-elle alors même qu'elle se tenait debout à côté du lit et le laissait défaire la longue rangée de boutons de soie noire dans son dos.

Une note de défi las tempérait le morne engourdissement de son ton.

— Nous en parlerons demain, dit-il d'une voix douce.

Il détachait les boutons les uns après les autres, découvrant son dos blanc et ses épaules, qu'il embrassa.

— Il n'y a pas plus frustrant que vous, dit-elle sans méchanceté.

Il la mordilla à l'endroit où il l'avait embrassée et l'entendit retenir son souffle. Ses caresses ne la laissaient pas insensible, loin de là. Au moins, cette partie de la victoire de la veille demeurait acquise.

La robe noire chatoyante glissa à terre. Erith lui tint la main pendant qu'elle enjambait l'étoffe étalée en corolle sur le sol. Elle acceptait son contact, dos à lui. Ce n'était peut-être qu'une concession due à l'abattement, mais il n'était pas d'humeur à s'interroger sur sa bonne fortune.

Quand elle inclina le cou, il ne put résister à l'invitation et embrassa l'arrondi de son épaule. Durement. Longuement. Elle en verrait la trace sur sa peau, le lendemain. Il était suffisamment sauvage pour se réjouir de savoir qu'elle porterait sa marque.

La campagne qu'il avait projeté de mener se transformait en empoignade. Elle repoussait son amour ? Il le lui ferait accepter par la passion.

Il avait déjà deviné quelle stratégie elle adopterait : elle pensait pouvoir lui faire oublier son amour en le transportant dans un paradis de sensualité. Quelle erreur ! L'immense désir qu'il avait d'elle faisait partie de son amour, de façon indélébile.

Son odeur envoûtante cernait Julian. Il enroula les mains autour d'elle et prit ses seins en coupe à travers le délicat tissu de sa chemise. Si elle décidait d'interpréter ses actes, elle verrait que tout dans son attitude lui disait combien il l'aimait.

Elle prit une inspiration saccadée, qui fit se soulever sa poitrine et emplit les paumes de Julian de chair féminine délicieuse. Il effleura des pouces les mamelons déjà dressés.

Ce soir, il avait l'intention d'être particulièrement attentif à son plaisir. De lui montrer qu'il existait plus encore que ce qu'elle avait connu la veille, si sublime que cela ait été.

Elle poussa un soupir voluptueux.

— Mmm...

— Il faut que je vous déshabille, chuchota-t-il.

— Qu'est-ce qui s'y oppose ?

Elle ne paraissait plus aussi fatiguée, ni aussi indifférente. Elle releva les bras au-dessus de sa tête et les enroula autour de son cou.

— Vous.

— Mmm...

Elle frotta sensuellement son dos contre lui, et il ne put s'empêcher de se presser en avant pour nicher son sexe dressé entre ses fesses.

Lentement. Lentement.

Elle se cambra pour reculer les fesses, d'abord timidement, puis plus hardiment. La vieille danse familière. D'avant en arrière, d'arrière en avant. Délicieuse friction, tourment sans fin des vêtements qui empêchaient l'ultime contact...

Avec une douceur telle que ce fut en soi une caresse, elle remonta ses bras le long des joues de Julian. L'exquise tendresse du mouvement lui noua le ventre, et il enfouit son visage dans ses cheveux avec un grognement. Il lui fallut quelques moments d'égarement pour comprendre qu'elle remontait sa chemise.

— Je voudrais faire ceci dans les règles de l'art, protesta-t-il mollement.

Elle se mit à rire. De lui, la petite effrontée.

Son rire vibra à travers lui comme la note grave d'un violoncelle.

— Oh, vous le ferez.

La femme courroucée et éperdue qui avait menacé de l'abandonner avait disparu, et il se réjouit de la voir de nouveau dans de bonnes dispositions. Il ne cherchait pas à la vaincre. Il voulait qu'elle vienne à lui, son égale en tout point.

Sa voix de gorge fit courir plus vite son sang dans ses veines. Sa chemise était à présent au-dessus de ses cuisses, mais sa culotte formait encore un infime obstacle entre lui et l'endroit où il rêvait de se loger.

L'atmosphère était alourdie par l'odeur de son désir. Elle était parfaitement prête pour lui. Soudain brusque, il agrippa sa taille mince et la fit pivoter vers le montant du lit.

— Tenez-vous bien.

Elle saisit la colonne et se pencha en avant, donnant à ses fesses une inclinaison délicieusement friponne. La chemise noire transparente remonta lentement jusqu'à ses hanches.

Il défit en hâte son pantalon. Son sexe jaillit, dur et impérieux. D'une main tremblante, il écarta la chemise d'Olivia pour arracher sa culotte. Il grogna en entendant le fin tissu de soie se déchirer.

Envoûté, il s'immobilisa pour contempler les globes pâles de ses fesses. Elles étaient aussi belles que le reste de son corps. Il lui aurait fallu une éternité pour vénérer cette femme comme elle le méritait.

Il se pencha pour appliquer un baiser fervent au centre de chaque sphère parfaite. L'odeur de son désir était plus enivrante que du vin.

— Dépêchez-vous, Erith.

Elle frémissait d'impatience.

Il mordilla une fesse et constata que cela suffisait à la faire trembler. Il aurait pu l'amener à l'orgasme sans même la pénétrer.

Mais il voulait être en elle. Il voulait savoir qu'elle était complètement sienne.

Il l'aimait. Et il le lui prouverait de la façon la plus primitive qui soit.

Elle avait beau refuser d'admettre que la moindre de ses caresses constituait une déclaration d'amour, cela n'entamait en rien la profondeur de ses sentiments pour elle. Ses mains étaient tendres lorsqu'il la fit se pencher vers le matelas. Son instinct animal exultait à l'idée de la prendre à la façon du lion s'accouplant avec la lionne.

— Écartez les jambes, ordonna-t-il d'une voix rauque.

À sa grande joie, elle s'ouvrit devant lui telle une rose. Elle était humide et prête à le recevoir. Il empoigna ses hanches et la fit basculer vers lui.

Lentement, presque avec dévotion, il s'approcha. Après un moment d'attente sublime, il entra en elle. Les muscles d'Olivia se contractèrent pour l'attirer. Mais il résista à cet attrait ô combien séduisant.

Elle gémit et repoussa ses fesses vers lui. Il s'enfonça un peu plus loin, et elle le serra plus étroitement. Un éclair crépita dans les veines de Julian. Son cœur battait furieusement.

Il avança progressivement, attentif à chaque ajustement qu'elle faisait pour le prendre en elle. Elle était si mouillée et si brûlante que le désir de la pénétrer brutalement était presque insoutenable. Ses doigts se crispèrent sur ses hanches, sa tête se mit à palpiter sous l'effort du sang-froid qu'il s'imposait. Son sexe était plus dur qu'un gourdin en laiton.

Mais il continua de se retenir. De s'immerger lentement.

— Julian...

Son nom jaillit de sa gorge entre deux sanglots. Elle projeta son corps en arrière pour l'aspirer davantage.

— Cessez de me tourmenter.

Il glissa un bras autour de sa taille pour modifier sa posture. Il l'enveloppait complètement. Au-dessus, par-dessous, à l'intérieur.

— Maintenant, grogna-t-il.

— Maintenant.

Le mot se termina sur un cri guttural lorsqu'il pénétra entièrement ses profondeurs humides et mystérieuses.

Contre son avant-bras, le ventre d'Olivia frissonna. Ses muscles se relâchaient et se contractaient à un rythme séducteur qui allumait des étincelles fiévreuses derrière les yeux de Julian. Il avait le souffle coupé, les poumons en feu.

Elle ondulait des hanches pour le prendre mieux encore. Un nouveau gémissement lui échappa, et il se pencha au-dessus d'elle, plaquant sa poitrine contre son dos, n'aspirant qu'à une chose : que cette sublime union dure éternellement. Il embrassa sauvagement son épaule.

— Julian, soupira-t-elle.

Ce nom fit voler en éclats toute sa retenue. Il se retira, puis s'enfonça de nouveau en elle, aussi loin qu'il le put. Elle frémit sous la force de l'assaut. Ses fesses étaient fermes contre son ventre.

— Oui, chuchota-t-elle en se cambrant. Encore.

Il se retira puis plongea, la sentit s'arc-bouter. Il ferma les yeux et laissa les ténèbres veloutées et vibrantes envahir son esprit.

Elle décrivit des cercles de ses hanches, modifiant la pression de la pénétration, l'axe, les sensations.

Oh oui.

Il entama alors des mouvements de va-et-vient, lui emplit les oreilles de ses soupirs haletants et de ses gémissements, sans relâche. C'était ce dont elle avait besoin maintenant, il le savait.

Il sentit monter l'orgasme d'Olivia, qui tremblait sur la crête d'une vague frémissante. Mais elle n'était pas encore prête à basculer. Il résista au désir de se perdre, au prix d'un effort tel qu'il crut entendre craquer sa mâchoire crispée.

Ce soir, il avait l'intention de la rassasier complètement.

Il se retira et demeura à l'orée de sa chair, savourant son long gémissement. Puis, tout en exerçant une nouvelle poussée, il baissa une main pour la toucher presque brutalement entre les cuisses.

Avec un cri éraillé, elle s'abandonna à l'extase, se cambrant jusqu'à ce que ses épaules atteignent sa poitrine. Ses spasmes l'enserraient, le possédaient, mais il la chevaucha en continuant à brider le déchaînement de sa passion impétueuse.

Des démons le crucifiaient avec des pinces brûlantes, des diables bondissaient dans son ventre, mais il se retint. Il batailla avec un acharnement aveugle, les muscles bandés jusqu'à en être douloureux.

Ce soir, il lui donnerait tout.

Cette union était pour elle. C'était le cadeau de son amour.

Elle sembla frissonner à n'en plus finir. Ses cris et sa respiration haletante le torturaient, l'incitaient à se laisser aller lui aussi. Le corps d'Olivia, contracté autour du sien, l'aspirait dans une spirale de plaisir.

Juste avant qu'il ne devienne fou, juste avant qu'il ne se heurte aux confins de sa volonté, l'extase tremblante d'Olivia atteignit son point culminant.

Il sentit son corps changer, se détendre, devenir soudain flasque entre ses bras. Sa respiration était inégale. Son plaisir avait été volcanique.

Épuisé, il la berça contre sa poitrine et enfouit son visage dans l'épaisse chaleur de ses cheveux, échappés de son chignon défait.

— Julian, répéta-t-elle.

Il ne se lasserait jamais de l'entendre prononcer son prénom.

— Ma chérie.

Il écarta ses cheveux et déposa un tendre baiser sur sa nuque.

Elle était humide de transpiration. Il inspira profondément, humant l'odeur de sa jouissance. Il n'y avait pas parfum plus suave au monde.

L'écho de son orgasme vibrait encore à travers elle. Quant à lui, il gardait sous contrôle l'assouvissement qui le narguait, s'interdisant de remuer, de trouver son propre soulagement.

— Jamais je n'ai connu cela... hoqueta Olivia.

Elle ravit son cœur une nouvelle fois lorsqu'elle enlaça ses doigts aux siens à l'endroit où il la soutenait. Ce contact témoignait d'une tendresse que sa passion débridée n'avait pas révélée et lui signifiait qu'elle ressentait davantage en cet instant qu'une satisfaction animale.

De même que lui. Dieu tout-puissant, il l'adorait ! Des mots d'amour s'étranglaient dans sa gorge. Avant la fin de la nuit, le ciel lui en était témoin, il l'obligerait à les écouter !

Enfin, elle émergea de son éblouissement repu et remua légèrement.

— Julian, vous n'avez pas...

— Joui ?

Sa pudeur était un ravissement. Il sourit à travers les mèches humides de ses cheveux qui s'emmêlaient dans le collier de rubis.

— Vous souriez, dit-elle.

La main posée sur la sienne se mit à la caresser doucement, en parfaite harmonie avec la façon dont le fourreau de son sexe caressait son érection.

— Comment le savez-vous ?

— Je l'entends dans votre voix. Cela me plaît.

Elle semblait à moitié endormie. Après cet orgasme cataclysmique, cela ne le surprenait pas.

Il modifia l'angle de ses hanches pour s'installer plus profondément en elle. Il avait désespérément envie de remuer et de la posséder. Bientôt, il le ferait. Pour l'instant, il ne pouvait supporter l'idée de briser cette précieuse intimité. À certains moments de la soirée, il s'était demandé s'il la tiendrait de nouveau dans ses bras un jour. Il avait la ferme intention de savourer chaque instant de ces étreintes durement gagnées.

L'autre main d'Olivia était toujours enroulée autour du montant du lit.

— J'aime vous sentir à l'intérieur de moi.

— J'aime me sentir à l'intérieur de vous.

Alors seulement, il remua, très doucement. Elle frémit aussitôt.

Il ferma les yeux, se délectant de sa réaction involontaire. Sa sensibilité à chacune de ses caresses le stupéfiait.

— Redressez-vous, je vais vous déshabiller.

Elle obéit sans protester. Chaque mouvement changeait la pression de son corps autour de lui, l'obligeant à fournir de suprêmes efforts de volonté pour ne pas s'abandonner. Dans la pénombre derrière ses paupières, de petites lumières dansaient.

Avant qu'elle ne soit complètement debout, il se retira. Elle étouffa un gémissement.

Peut-être avait-il été trop brutal. Il n'avait pas fait preuve de beaucoup de considération, tant il était affamé d'elle.

Il replia les bras autour de ses épaules et enfouit le nez dans la chair si fine de son cou, sous son oreille.

— Vous ai-je fait mal ?

— Non.

Elle retint son souffle lorsqu'il effleura de ses dents sa peau délicate. Puis, avec plus d'emphase, elle répéta :

— Non !

— Je n'ai pas été suffisamment tendre.

Elle encercla les poignets de Julian.

— Je ne suis pas si fragile.

Il la sentit prendre une inspiration, et elle frotta la tête contre son bras. La tendresse de ce geste donna à Julian un petit coup au cœur.

— Votre passion est excitante, lui dit-elle. Vous n'avez aucune idée de l'effet que cela produit sur moi. Je me sens désirée.

— Tous les hommes vous désirent.

— Ils désirent la courtisane. Vous, c'est *moi* que vous désirez.

Elle secoua la tête, et ses cheveux effleurèrent doucement ses bras.

À contrecœur, il s'écarta, et un petit grognement de déception échappa à Olivia. Il commença à dénouer les lacets de son corset de soie noire brodé de roses rouges. Mais ses gestes étaient maladroits. Ses doigts n'étaient bons à rien. Ce qui n'était guère étonnant : toutes les gouttes de sang de son corps convergeaient vers un seul organe.

— Au diable ce vêtement infernal ! M'en voudrez-vous si je le déchire ?

— Il est très joli et vous coûtera une fortune, répondit-elle d'une voix espiègle.

Il l'adorait quand elle le taquinait. Il l'adorait quand elle était sérieuse.

Il l'adorait, tout simplement.

— Je vous en achèterai un autre.

Avec un mouvement sauvage, il saisit les deux côtés du corset et l'arracha. Le petit cri qui échappa à la jeune femme résonna en même temps que l'étoffe craquait.

— Ne bougez pas, murmura-t-il.

La chemise était jolie aussi, avec ses broderies assorties à celles du corset.

— Je peux tout simplement l'enlever, dit-elle d'une voix tremblante où se mêlaient le rire et le choc.

— Pourquoi m'arrêter en si bon chemin ?

Il saisit l'arrière de la chemise et tira dessus avec force. La soie était si fine qu'elle se déchira dans un chuchotement et révéla le tracé lisse de son dos jusqu'à sa taille souple et gracile.

— Pourquoi, en effet ? dit-elle avec une pointe d'ironie, avant de se débarrasser du vêtement d'un haussement d'épaules.

— Vous êtes une splendeur, murmura-t-il en faisant courir ses mains le long de son échine.

Sa peau était douce et satinée sous ses doigts.

Puis il la fit pivoter face à lui et contempla son corps, la forme parfaite de ses seins, la ligne de son buste, son ventre plat, ses hanches souples, les boucles fauves qui cachaient le trésor de son sexe.

Entre eux, son pénis se dressa, dur, impérieux. D'une main, elle encercla l'organe turgescent. Une déflagration le parcourut, lui arrachant un frisson violent.

Elle l'embrassa, aspira sa lèvre inférieure dans sa bouche et la mordit doucement, tout en resserrant la main autour de son sexe. Il trembla, luttant de toutes ses forces pour ne pas céder au plaisir.

Il s'arracha à sa bouche le temps de déposer un sillon de baisers sur sa joue, son nez, son menton. Il rêvait de la dévorer. Qu'elle fasse partie de lui pour toujours.

— Montez sur le lit, lui dit-il d'une voix rauque.

— Vous continuez à me donner des ordres ?

Ses doigts poursuivaient leur danse diabolique sur sa chair brûlante.

— Vous adorez cela, riposta-t-il.

Il la prit par la taille et la fit basculer sur les draps. Elle atterrit sur le matelas en rebondissant, et ses seins s'agitèrent.

— Il peut arriver que je n'y voie pas d'inconvénient.

Sa voix vibrait de rire, de surprise, d'excitation.

— De temps en temps. Simplement pour vous plaire.

Il rit et s'agenouilla au-dessus d'elle.

— Non, vous aimez cela.

Vous m'aimez.

À chaque minute, il en était plus certain. Elle ne prononçait pas les mots, mais ses actes trahissaient ses sentiments.

— Vous êtes bien prétentieux.

Il se faufila entre ses jambes écartées. Elle noua les bras autour de son cou pour mieux l'accueillir. Comment avait-elle jamais pu se croire frigide ? Elle brûlait avec l'ardeur d'un feu éternel.

— La prochaine fois, je prendrai mon temps. Je vous montrerai pourquoi je suis la coqueluche de Vienne.

— Qui vivra verra.

Sa moquerie se termina sur un gémissement lorsqu'il la pénétra d'une poussée puissante.

Prenant appui sur ses coudes, il l'observa. Elle avait la tête inclinée et les lèvres entrouvertes, comme si le souffle lui manquait. Ses yeux papillonnaient, son front et ses joues brillaient.

Jamais il n'avait vu plus beau spectacle.

Il s'enfonça plus loin, chercha l'endroit le plus tendre. Elle gémit encore, perdue dans un océan de désir.

Il lui imposa sa cadence, et le rythme de ses soupirs lui indiqua qu'il avait atteint ce qu'il désirait.

— Regardez-moi, Olivia, grogna-t-il.

Elle rouvrit les paupières et se concentra sur son visage. Ses pupilles dilatées avalaient presque les somptueux iris topaze. Ses cils étaient humides. Il ne restait plus aucune trace de la coquette en elle. En plongeant dans ses yeux, il avait impression de sonder son âme.

Elle était faite pour lui. Elle serait sienne à tout jamais. Son corps la réclamerait éternellement.

— Ne vous retenez pas, cette fois, chuchota-t-elle. Je veux tout de vous.

— Je voudrais vous donner du plaisir toute la nuit, objecta-t-il d'une voix éraillée, en reprenant ses va-et-vient. Je voudrais tout vous montrer.

— Montrez-moi simplement que vous me désirez.

Elle releva les genoux pour le bercer entre ses cuisses.

— Je vous désire, Olivia, dit-il avec un dernier coup de reins.

Il ne pouvait retenir davantage le jaillissement de sa semence. Pas plus qu'il ne pouvait retenir les mots fatidiques :

— Je vous aime.

Sa déclaration hachée se changea en un grognement sourd tandis que la jouissance le submergeait. Une lumière blanche l'éblouit, et le tonnerre dans ses oreilles couvrit tous les autres bruits.

Les ongles d'Olivia écorchèrent son dos lorsqu'elle le rejoignit dans l'extase. Elle aspira de lui la dernière goutte d'amour. Même ensuite, ses muscles restèrent contractés autour de lui, comme si elle ne pouvait supporter que s'achève cette radieuse communion.

À bout de forces, il s'effondra sur elle et enfouit son visage dans son épaule, haletant.

— Je vous aime, Olivia, répéta-t-il d'une voix tremblante.

— Je vous aime, Julian.

Malgré le tumulte endiablé de son sang, il ne pouvait se méprendre sur l'inflexion vaincue, désespérée et amère de sa voix.

24

Il était tôt ce soir-là quand Olivia revint de sa visite hebdomadaire à Leo. Le printemps était enfin arrivé, et il faisait encore jour lorsqu'elle grimpa le perron de la maison de York Street.

Deux semaines s'étaient écoulées depuis cette extraordinaire nuit d'anxiété, de conflit et d'extase, durant laquelle Julian et elle s'étaient avoué leur amour. Deux semaines à s'enchanter d'une passion surpassant leurs rêves les plus fous.

Deux semaines à admettre avec fatalisme qu'elle était impuissante à empêcher le comte de lui briser le cœur.

Elle flottait sans résister sur le fleuve de satisfaction sexuelle qui menait à sa destruction. Une femme comme elle ne pouvait pas tomber amoureuse. Une femme comme elle ne pouvait pas s'exposer ainsi. Tels étaient les implacables principes de la courtisane.

Tôt ou tard, elle paierait le prix de ce fragile bonheur. Mais, de grâce, encore un peu de répit...

La fragilité même de leur félicité lui faisait chérir davantage encore le moindre de ces moments de joie. Chaque journée qui s'écoulait renforçait sa détermination farouche à en profiter autant qu'elle le pouvait.

Elle savait qu'Erith comptait toujours l'emmener à Vienne. La discussion à ce sujet avait été repoussée, pas oubliée. Elle ne doutait pas de son amour pour l'instant, mais les anciennes trahisons la faisaient hésiter à s'engager si entièrement avec un homme. Quel qu'il soit.

Comment pourrait-elle accompagner Erith ? Sa vie était ici. Leo était ici. Elle ne voulait pas suivre le comte d'Erith sur le continent en n'ayant pour rôle que celui d'une maîtresse complaisante. Elle n'avait pas envie de passer son existence à attendre que son amant revienne d'un monde auquel il appartenait et dans lequel elle n'avait pas de place.

Elle releva le menton en un geste de défi. Au diable l'avenir ! Elle refusait de s'inquiéter du lendemain tant qu'il ne hurlait pas pour réclamer son dû. Elle préférait penser à la façon dont Julian lui avait fait l'amour la nuit précédente, lentement, tendrement, avec une adresse époustouflante. Elle comprenait que les dames de Vienne, de Paris et de Constantinople aient soupiré après lui. Elle-même était encline à en faire autant.

Lorsqu'elle pénétra dans la maison qui représenterait toujours pour elle son paradis secret, le majordome s'approcha d'un air embarrassé.

— Vous avez une visite, madame.

— De qui s'agit-il, Latham ?

— Une jeune lady. Elle a refusé de donner son nom.

Olivia s'immobilisa sous l'effet de la surprise. Les jeunes ladies ne rendaient pas visite à une courtisane notoire. Et elle devinait à l'attitude solennelle de Latham qu'il avait soigneusement choisi ses mots.

— Où est-elle ?

— Dans la bibliothèque, madame.

— Je devrais monter me changer.

Elle était couverte de poussière, et sa jupe était tachée par le pollen des fleurs au milieu desquelles elle s'était promenée.

— La demoiselle attend depuis plus d'une heure, madame.

Olivia se détourna du miroir et rencontra les yeux graves de Latham. Son imperturbable majordome voulait que cette jeune femme sorte au plus vite d'ici, mais il était trop discret pour le dire.

— Ah. Merci. Dans ce cas, elle devra faire avec la poussière de mon voyage. Je vais la rejoindre.

Il s'inclina.

— Je crois que cela vaut mieux, madame.

Un mauvais pressentiment tempérait la curiosité d'Olivia tandis qu'elle se dirigeait vers la charmante pièce du rez-de-chaussée qu'elle utilisait rarement. Sa vie dans cette maison se déroulait essentiellement dans les décadents salons du péché, à l'étage.

À son entrée, une silhouette vêtue de noir et lourdement voilée jaillit de son siège. Elle était petite et ronde. Sous tant de métrages d'étoffe, il était difficile d'en dire plus à son sujet.

— Je suis Olivia Raines. On me dit que vous désirez me voir.

Olivia coula un regard sous les épaisseurs de tissu. Comment diable le majordome avait-il deviné que cette femme n'avait rien à faire ici ? Il pouvait s'agir de n'importe qui, de la duchesse de Kent à une prostituée de bas étage. Ou plutôt, non. Ces vêtements impressionnants avaient dû coûter très cher.

D'un geste théâtral, la femme leva ses mains gantées et tira son voile en arrière.

L'estomac d'Olivia fit un bond. Latham avait eu raison de s'inquiéter.

Droite et fière, la jeune fille décocha à Olivia un regard haineux.

— Je suis Roma Southwood, la fille de lord Erith.

Ignorant son animosité, Olivia fit une brève révérence. Il était tout naturel qu'une vierge issue d'une bonne famille méprise une prostituée. Tels étaient les usages qui régissaient leur monde. Mais, au nom du

Ciel, que faisait ladite vierge chez ladite prostituée ? Et comment la renvoyer avant qu'un scandale n'éclate ?

— Je sais qui vous êtes, mademoiselle, répondit-elle avec calme.

— Dans ce cas, vous vous doutez de ce qui m'amène.

La jeune fille vibrait de mépris.

— Non. Mais je sais que vous devez partir. Vous êtes restée sous mon toit déjà trop longtemps.

— Ce n'est pas votre toit. C'est la maison de mon père. Vous êtes sa putain. Avec laquelle il assouvit ses répugnantes passions.

Malgré la gravité de la situation, Olivia ne put réprimer un sourire amusé. La jeune lady Roma avait un goût adolescent pour le mélodrame. En témoignaient sa tenue de deuil et ses cheveux noirs coiffés en chignon sévère.

— Comment osez-vous vous moquer de moi ?

La jeune fille serra les poings et fit un pas menaçant en direction d'Olivia.

— Vous n'êtes qu'une... une catin de basse extraction qui écarte les jambes pour n'importe qui du moment qu'on lui rémunère ce privilège peu enviable.

— C'est parfaitement exact, répondit Olivia avec sang-froid.

Devant son acceptation tranquille de l'insulte, lady Roma rougit, ce qui lui conféra une authentique beauté. Elle était jolie, selon les canons de beauté anglais, avec ses traits fins, ses yeux bleus et ses cheveux d'un brun brillant. La fille d'Erith devait tenir de Joanna. Julian, lui, avait un type plus méditerranéen.

— Je...

Olivia eut pitié d'elle. Et se rappela ce qui était ici d'une importance capitale : il s'agissait de la fille bouleversée et bien-aimée de Julian.

— Lady Roma, si quelqu'un découvre que vous avez rendu visite à la maîtresse de votre père, c'en sera fini de votre réputation. Vous devez partir. Mes domestiques

306

vont appeler une voiture pour vous ramener, et vous sortirez par l'entrée de service. Je vous conseille de descendre quelques rues avant Erith House, afin que personne ne puisse vous associer à cette adresse.

La jeune fille crispa la mâchoire. Pendant un moment fugace, elle ressembla à son père lorsqu'il était dans une de ses humeurs les plus sombres.

— Je ne partirai pas tant que je n'aurai pas dit ce que j'ai sur le cœur.

— Je vous en prie, permettez-moi d'insister. Peut-être n'avez-vous pas évalué les risques de votre visite. Pardonnez ma franchise, mais votre inconséquence pourrait vous être fatale. Un merveilleux mariage vous attend, vous êtes la coqueluche de la haute société, mais vous risquez de tout perdre si l'on apprend que vous m'avez parlé. Plus vous restez ici, plus le danger que vous courez est grand.

— Je ne fais aucun mal, répliqua la jeune fille d'un ton boudeur.

— Dans votre monde, on ne voit pas les choses ainsi. Pour votre salut, pour celui de votre père, je vous en conjure, partez. Vous n'avez qu'à m'envoyer une lettre. Je vous promets de la lire.

— Je tiens à m'adresser à vous les yeux dans les yeux. Je veux que vous compreniez que vous gâchez ma vie. Ainsi que celle de mon frère. Et celle de mon père.

Olivia se rendit compte qu'elle ne convaincrait pas, hélas ! la jeune fille de mettre un terme à cette désastreuse rencontre. Il ne lui restait plus qu'à faire en sorte que cet entretien se termine le plus rapidement possible et sans conséquences néfastes.

— Asseyons-nous, voulez-vous ? suggéra-t-elle en désignant l'un des gracieux fauteuils Sheraton disposés de part et d'autre de la fenêtre.

Lady Roma se hérissa.

— Pourquoi ?

Olivia soupira. Autrefois, elle aurait pu devenir elle-même une jeune fille de bonne famille égoïste. Son père avait été un gentleman, suffisamment riche pour couver sa fille. Mais les événements avaient placé un abîme infranchissable entre elle et cette enfant têtue et gâtée.

D'une voix posée, elle répondit :

— Parce que j'ai voyagé toute la journée. Si une demoiselle assez jeune pour être ma fille a l'intention de me chapitrer, autant que je sois à mon aise.

— Je préfère rester debout.

— Vraiment ?

Olivia se laissa tomber dans un fauteuil.

— Dans ce cas, j'espère que vous excuserez mon impolitesse.

L'autre ne parut pas comprendre l'ironie de ses propos.

La porte s'ouvrit, et Latham entra avec un plateau.

— J'ai pris la liberté de faire préparer du thé, madame.

Il s'inclina vers lady Roma.

— Mademoiselle.

— Je ne veux pas de thé, Latham, fit-elle sèchement, confirmant le soupçon d'Olivia selon lequel son major-dome connaissait sa visiteuse importune.

— Merci, Latham. J'en prendrai volontiers. Le voyage a été long et poussiéreux.

— Très bien, madame.

Il ne réagit pas à la grossièreté de lady Roma. Tandis que la jeune fille restait debout sans rien dire à côté de la cheminée, il disposa le thé sur une table devant Olivia.

Après son départ, Olivia remplit une tasse et leva les yeux vers Roma.

— Êtes-vous certaine de ne pas en vouloir ?

La jeune fille se rembrunit.

— Je ne suis pas ici pour faire salon !

Olivia sourit de nouveau. Avait-elle jamais été aussi jeune ? Elle en doutait.

— Non, vous êtes ici pour vous quereller.

— Je suis ici pour vous prier de vous conduire de façon honorable. Si tant est qu'une femme comme vous connaisse le sens du mot « honneur ».

— Je me demande ce que vous savez d'une femme comme moi, répondit Olivia avec flegme.

Feignant de ne pas remarquer le regard foudroyant de Roma, elle remplit une deuxième tasse et la lui tendit.

— Désirez-vous du citron ?

À contrecœur, lady Roma secoua la tête.

— Non, merci. Juste un peu de sucre et de lait.

Avec une moue qui devait lui être coutumière, lady Roma accepta la tasse et, manifestement sans se rendre compte de ce qu'elle faisait, s'assit sur le fauteuil de l'autre côté de la table. Elle ôta même ses gants et dénoua son bonnet, qu'elle retira.

Olivia sirota son thé en regrettant amèrement qu'il ne s'agisse pas de brandy. Aurait-elle choqué lady Roma, si à cheval sur les bonnes manières ? Cela n'aurait fait probablement que lui confirmer que son père partageait avec sa maîtresse un lieu de débauche.

— Comment avez-vous appris mon existence ? Une jeune fille de bonne famille ne devrait pas être au courant des aventures galantes de son père. Ni de personne, au demeurant.

— Je ne suis pas idiote, répondit Roma d'un ton maussade, avant de porter la tasse à ses lèvres. Vous êtes connue. Et après cette scandaleuse comédie que vous et mon père avez jouée au bal de lord Peregrine Montjoy, tout Londres ne parle que de votre liaison.

— Je ne peux que m'en excuser.

Olivia posa sa tasse et fronça les sourcils.

— Votre père sera contrarié d'apprendre que les gens parlent dans son dos.

Elle lui tendit une assiette de sandwichs en pensant essuyer une rebuffade, mais lady Roma en accepta un assez volontiers. L'attente avait dû lui ouvrir l'appétit.

— Je me suis renseignée.

Lady Roma dévora son sandwich et en prit un autre, puis but une gorgée de thé.

— J'ai interrogé les domestiques.

Olivia se raidit.

— Cela ne se fait pas.

Roma reposa si brutalement la délicate tasse en porcelaine qu'elle renversa du thé dans la soucoupe.

— Qu'en savez-vous ? Vous n'êtes qu'une fille de joie.

— Je connais un peu les bonnes manières, répondit Olivia sans s'émouvoir.

La jeune fille lui fit la grâce de rougir de nouveau.

— On raconte que vous allez partir à Vienne avec lui.

Olivia poussa un soupir.

— Lady Roma, pardonnez-moi de m'exprimer ainsi, mais ceci ne vous regarde en rien. Si vous voulez bien suivre mon conseil, vous allez rentrer chez vous, préparer votre mariage et oublier notre entrevue. En tout état de cause, il n'est pas question que vous reveniez ici.

— Pourquoi vous préoccuper de ma réputation ? Vous n'avez fait que semer la zizanie depuis que mon père vous a rencontrée.

— Malheureusement, je pense qu'il serait d'accord avec vous, répondit Olivia, avant de reprendre avec sérieux : S'il vous plaît, expliquez-moi ce que vous voulez, et ensuite il faudra vraiment que vous partiez. Je suppose que vous n'êtes pas venue simplement pour me reprocher mes péchés.

— Non. Je suis venue vous demander…

La jeune fille se redressa et fixa Olivia de ses yeux bleus remplis de douleur et de désespoir. Elle prit une profonde inspiration, et les mots jaillirent :

— Si vous avez la moindre décence, vous rendrez mon père à sa famille.

310

Elle était si jeune et si vulnérable qu'Olivia ne put s'empêcher de penser à Leo.

— Je ne vous ai pas volé votre père, mon enfant.

Elle se pencha pour toucher la main de la jeune fille. Elle s'attendait que lady Roma la retire avec horreur, mais elle la regardait d'un air si malheureux que le cœur d'Olivia se serra avec compassion.

— Il vous aime beaucoup.

— Non, ce n'est pas vrai. C'est vous qu'il aime. Mais vous ne pouvez pas l'avoir. Il est revenu pour faire la paix avec sa famille. Laissez-le-nous ! Qu'est-ce qu'un homme de plus ou de moins, pour vous ? Vous trouverez bien assez vite un nouvel amant. Mais lui... il est le seul père que j'aie.

C'était la complainte d'une enfant gâtée. Mais une enfant dont le cœur était brisé.

— Il a le droit de mener sa vie à sa guise, lady Roma.

— Non, sa place est avec nous. Avec William et moi.

— Vous allez vous marier, fonder votre propre foyer.

— Je veux que mes enfants connaissent leur grand-père. Mieux que je n'ai connu mon père.

— Il compte repartir à Vienne, de toute façon.

— Uniquement parce que nous n'avons pas eu l'occasion de lui demander de rester. Il passe son temps ici, avec vous.

— Ce n'est pas vrai.

Mais Olivia se rendait compte qu'elle avait accaparé les pensées de Julian de même qu'il avait accaparé les siennes ; c'était ce qui arrivait quand on était amoureux.

— Si, c'est vrai. J'en veux à mon père de se soucier davantage de sa catin que de ses propres enfants. Je lui en veux de passer son temps avec vous et non avec la famille qui a attendu son retour pendant tant d'années. Il est ici, et pourtant il est absent.

Elle fondit en larmes.

— Oh, mon enfant, ne soyez pas si triste.

De sa main libre, Olivia chercha dans sa poche un mouchoir qu'elle tendit à la pauvre jeune fille.

Lady Roma referma ses doigts tremblants sur le carré de dentelle et l'appliqua sur son visage. D'une voix blanche, elle dit :

— Il fallait que je vous voie, que je vous demande de lui rendre sa liberté.

Olivia s'agenouilla à côté de lady Roma et lui prit les mains.

— Tout va bien se terminer, ne vous inquiétez pas.

Roma inspira profondément et plongea ses yeux rougis dans ceux d'Olivia.

— Par quel miracle ? Il va repartir et ne reviendra plus jamais. Comme après la mort de maman.

— Ma chérie, je sais combien c'est difficile pour vous.

Puis, comme elle l'aurait fait si elle avait trouvé Leo en proie à une telle détresse, elle passa ses bras autour des épaules tremblantes de la jeune fille et l'attira contre elle. Elle n'avait aucun droit de toucher cette enfant. Mais, devant l'ampleur de son chagrin, elle ne pouvait résister à l'envie de lui apporter du réconfort.

— La seule chose que je souhaite, c'est que mon père revienne. C'est la seule chose que j'aie jamais souhaitée.

Lady Roma s'agrippa en sanglotant à Olivia.

— Je sais, je comprends, ma pauvre chérie, ronronna Olivia comme elle le faisait avec Leo quand il était petit.

La jeune fille pleurait à chaudes larmes, donnant envie à Olivia de pleurer elle-même. La pauvre enfant avait perdu sa mère quand elle était beaucoup trop jeune, puis son père l'avait abandonnée. Julian était conscient des torts qu'il avait envers sa famille, mais Olivia soupçonnait qu'il n'avait aucune idée des profondeurs du malheur qu'il avait causé.

Comment lui en vouloir de ce qu'il avait fait ? Il était lui-même presque un enfant encore à la mort de

Joanna, et la douleur l'avait paralysé. Il s'était senti incapable d'élever deux enfants en bas âge.

Enfin, le chagrin de lady Roma s'apaisa. Elle s'écarta et s'essuya les yeux avec ses mains. C'était un geste si enfantin que le cœur d'Olivia se serra de nouveau.

Comment cette jeune fille pouvait-elle envisager de se marier dans quelques semaines ? Elle semblait à peine assez mûre pour sortir de l'école.

Olivia prit la tasse de thé refroidi.

— Tenez, buvez-en une gorgée. Cela vous fera du bien. J'appellerai tout à l'heure pour qu'on nous en rapporte.

Toute la combativité de sa visiteuse avait disparu. De même que, Dieu merci, le besoin d'insulter la femme qu'elle voyait comme une rivale vis-à-vis de son père.

Lady Roma hocha la tête et prit la tasse, qu'elle porta à ses lèvres. Sa main tremblait, et Olivia l'aida à la tenir.

La jeune fille but une gorgée et s'étrangla. Olivia se leva pour la prendre par les épaules en attendant qu'elle cesse de tousser.

— Là, doucement... Quelque chose me dit que vous êtes une créature impétueuse, mademoiselle.

Le gloussement de la jeune fille était encore mouillé de larmes.

— Je croirais entendre ma tante Celia. Je m'attire toujours des ennuis, car je ne réfléchis jamais assez avant d'agir.

Elle se calma et étudia Olivia de ses yeux bleus sérieux.

— Vous n'êtes pas comme je me l'imaginais.

Olivia sourit et s'enfonça dans son fauteuil.

— Une harpie peinturlurée à l'accent des faubourgs avec une robe qui lui arrive aux genoux ?

Lady Roma étouffa un nouveau rire.

— Je n'avais encore jamais rencontré de femme de mauvaise vie. Mais, bien sûr, je suis au courant des liaisons au sein de la haute société.

Olivia voulut froncer les sourcils, mais n'y parvint pas.

— Vous écoutez trop les ragots, mademoiselle.

— J'aime bien savoir ce qui se passe.

Elle reposa la tasse dans sa soucoupe et releva le menton.

— Je vous remercie. Vous avez été plus gentille que je ne le mérite. Je vous ai traitée bien durement.

— Vous étiez contrariée et bouleversée. À juste titre. Mais je ne puis…

— Dieu tout-puissant, Roma ! Que diable fais-tu ici ?

25

Julian occupait tout l'encadrement de la porte, son haut-de-forme dans une main et sa canne dans l'autre. Une expression horrifiée assombrissait son beau visage.

La gorge d'Olivia se noua. Elle eut le sentiment d'être une enfant surprise en train de faire une bêtise. Mais la fureur incendiaire de Julian chassa rapidement cette image anodine. Il donnait l'impression d'être prêt à tuer quelqu'un.

— Père...

Lady Roma bondit sur ses pieds avec un mouvement peu gracieux qui rappela brièvement à Olivia la façon dont elle montait à cheval. En se redressant, elle renversa le plateau du thé sur la table basse. Le service en porcelaine s'écrasa avec fracas contre les meubles et la porte.

— Ô mon Dieu !

La jeune fille se tordit les mains en contemplant le désastre. Elle jeta un coup d'œil affolé vers son père, puis à nouveau vers la vaisselle cassée.

— Cela n'a pas d'importance, déclara Olivia en accourant vers lady Roma pour passer un bras autour d'elle.

Elle fusilla du regard le grand homme furieux qui n'avait pas bougé.

— Lord Erith, vous terrifiez cette enfant. Pour l'amour du Ciel, entrez et asseyez-vous.

— Je la terrifie ?

La voix grave, qui pouvait être aussi chaude et caressante que de la zibeline, était glaciale et chargée d'un courroux difficilement contenu.

— Elle mériterait que je lui donne une fessée pour la punir de se comporter de manière aussi irresponsable !

— Père, s'il vous plaît...

Les yeux de la jeune fille s'emplirent de larmes, et elle se serra contre Olivia.

— Croyez-vous que ce serait judicieux ?

Olivia resserra son étreinte protectrice et s'obligea à déclarer d'un ton impérieux :

— Laissez cette pauvre enfant tranquille jusqu'à ce que vous soyez calmé.

— Calmé ?

Ses narines palpitaient d'un dédain aristocratique qui fit à Olivia l'effet d'une lame de rasoir.

En deux enjambées présomptueuses, il pénétra dans la pièce.

— Je trouve ma fille en grande conversation avec ma maîtresse, la courtisane la plus renommée de Londres, une femme dont on relate les exploits dans toutes les tavernes du pays, et vous espérez que je vais la féliciter ? Nom de Dieu, Olivia, c'est inadmissible !

Elle tressaillit et s'écarta de la jeune fille tremblante. Il était en colère et enclin à dire des choses qu'il ne pensait pas. Néanmoins, une douleur fulgurante la traversa.

Il s'était adressé à elle comme à une prostituée. Une prostituée qu'il méprisait.

Elle s'efforça de se raisonner. Il avait parfaitement le droit d'être outré. Elle était une courtisane notoire. Elle avait commis des actes honteux. Sa fille n'aurait jamais dû l'approcher.

Cela n'en rendait pas plus agréable le fait qu'il s'exprime sur ce ton. Devant témoin, qui plus est.

Les lèvres engourdies, elle s'obligea à répliquer :

— Ce n'est pas en rugissant que vous allez remédier à la situation.

— Comment diable est-elle même venue ici ? tonnat-il en décochant à Olivia un regard meurtrier. Bon Dieu, est-ce vous qui l'avez invitée ?

Olivia devint blême. À tâtons, elle chercha le dossier d'une chaise. Ses jambes se dérobaient sous elle. La pièce se mit à tourner tandis que la détresse et le choc lui donnaient le vertige.

Il ne la connaissait pas du tout.

Comment pouvait-il affirmer l'aimer et avoir une si piètre opinion de sa discrétion ou de son bon sens ? Comment pouvait-il la croire capable de mettre en danger la réputation de sa fille ? Comment pouvait-il se prétendre amoureux et s'adresser à elle avec une morgue aussi cinglante ?

Elle recourba les doigts autour du dossier et s'efforça de se ressaisir. Sa réponse émergea dans un croassement :

— Bien sûr que non.

Il ne prêta aucune attention à sa dénégation. Avec une violence contenue, il jeta sa redingote et sa canne sur le sofa.

— Je ne puis croire que vous encouragiez ma fille à se comporter avec aussi peu de discernement. Vous devez savoir que cela pourrait avoir des conséquences calamiteuses. Du moins, vous le sauriez si vous aviez réfléchi un tant soit peu à la question. Vous jouez un rôle dans ma vie, madame. Mais cela ne vous autorise nullement à vous insinuer dans mes affaires de famille.

— Père, vous êtes injuste, intervint Roma d'une voix mal assurée. Je...

— Roma, je t'interdis de défendre cette femme.

Il avait craché les deux derniers mots comme s'il décrivait une créature plus ignoble que de la fange.

— Je ne veux même pas t'entendre prononcer son nom.

— Mais, père...

— Mademoiselle, n'insistez pas, intervint Olivia pour détourner sur elle la colère d'Erith alors que son cœur se brisait en deux moitiés sanglantes.

Le supplice était monstrueux.

— C'est une histoire entre votre père et moi.

Elle ne parvint que trop bien à dévier sa rage. Elle chancela lorsque deux yeux furieux la transpercèrent.

— Vous avez dépassé les bornes de la bienséance, Olivia. Et de ce qui est admissible.

Elle avait du mal à croire que cet homme l'avait serrée tendrement contre lui pendant qu'elle sanglotait en lui racontant la trahison de son frère. Qu'il s'était enfoncé en elle si loin qu'elle avait cru qu'il touchait son âme. Qu'ils avaient ri et partagé un lien qui aurait presque pu être de l'amitié.

— Monsieur, écoutez-moi, dit-elle d'un ton pressant. Je n'ai pas invité lady Roma ici. Elle est venue de son propre chef et comprend à présent que c'était de la folie. Elle ne recommencera plus jamais. La punir ne servirait à rien.

Il haussa les sourcils avec arrogance, mettant ses propos en doute.

— Et comment a-t-elle su où vous trouver ?

Il était livide, et un muscle tressaillait sur sa joue. Certes, son inquiétude pour sa fille expliquait sa colère. Mais rien ne pouvait justifier ses accusations, ni son attitude.

Si c'est cela, son amour, il ne vaut rien.

Olivia fit appel à l'orgueil qui l'avait protégée pendant si longtemps et se redressa de toute sa hauteur. Sa colonne vertébrale était si rigide qu'elle craignit de la sentir craquer. Elle lâcha la chaise. Elle n'avait pas besoin de soutien autre que son indignation.

— Votre fille a des oreilles, monsieur.

Puis elle ajouta d'un ton acerbe :

— Apparemment, elle s'en est servie pour écouter beaucoup de commérages.

Julian avait atteint un tel paroxysme de colère que son ton et la façon formelle dont elle s'était adressée à lui ne lui firent aucun effet. Il semblait sourd à tout ce qui n'était pas son propre énervement. Il se dressa au-dessus d'elle, menaçant, et riva ses farouches yeux gris sur sa fille.

— Roma, nous partons.

La jeune fille recula gauchement.

— Je ne veux pas partir.

— Je me fiche éperdument de ce que tu veux. Je m'inquiète davantage de ce dont tu as besoin. À ce que je vois, c'est d'un chaperon.

Il serra les poings et ajouta d'une voix dure :

— Seigneur, ma fille, tu te maries dans quelques semaines ! Bientôt, tu seras mère, et pourtant tu te conduis comme si tu étais encore une enfant.

Lady Roma cessa soudain de reculer et carra les épaules. Elle adressa à son père un regard noir.

— Que savez-vous de la façon dont je me conduisais quand j'étais petite ? Vous n'étiez pas là.

— Ne commence pas, Roma, grogna-t-il en fronçant les sourcils. Je ne suis pas d'humeur.

— Quand serez-vous d'humeur ?

Olivia avait vu l'intrépidité dont était capable lady Roma lorsqu'elle était en colère. Si elle ne mettait pas rapidement un terme à cette dispute, les choses allaient s'envenimer, et le père et la fille détruiraient toute chance de réconciliation.

— Lady Roma, lord Erith, je vous en prie, asseyez-vous, dit-elle du ton avec lequel elle apaisait les compagnons de Perry quand les esprits s'échauffaient.

Julian la fusilla du regard sous ses sourcils en accent circonflexe. Il laissa fuser sa réponse comme si le simple fait de s'adresser à elle lui était odieux :

— Je ramène ma fille à la maison.

— Pas dans l'état où elle est, riposta Olivia avec la même fermeté. Lord Erith, vous vous comportez comme un abruti.

— Faites attention à ce que vous dites, madame. Je me comporte en père de famille. Bonté divine ! Il s'agit de ma fille. Vous n'avez aucun droit d'intervenir dans cette affaire.

Elle batailla pour contenir l'âcre nausée qui remontait de son ventre. Comment pouvait-il lui parler sur un ton aussi condescendant, aussi haineux ? Il l'avait suppliée d'avoir confiance en lui, et voilà que chacun de ses mots venimeux la trahissait.

Elle déglutit avec peine avant de répondre :

— Aucun droit, en effet. Mais le premier imbécile venu comprendrait que vous avez tous les deux besoin de recouvrer votre sang-froid avant d'affronter le monde.

— Allez au diable ! répliqua-t-il d'un ton cassant.

Elle désigna le sofa contre le mur, loin du champ de bataille de la table basse. Sa voix se durcit lorsqu'elle se tourna vers Julian.

— Lord Erith, je vous prie de maîtriser votre colère dans ma maison.

Le cœur battant, elle attendit qu'il proclame que la maison était à lui et qu'il la lui payait. Mais, malgré sa virulence, il n'alla pas jusque-là.

Elle le vit s'appliquer à se ressaisir. S'il n'avait pas piétiné ses sentiments, elle aurait pu éprouver de la compassion pour lui. Il ne cherchait qu'à protéger sa fille. Ce n'était pas un péché.

Son péché, en revanche, était d'avoir menti de manière aussi éhontée à Olivia en lui faisant croire qu'il la respectait et l'aimait. Cela, c'était impardonnable.

Au bout d'un moment, il reprit la parole d'un ton plus égal :

— Je vous prie de m'excuser, Olivia. Il est évident que vous n'avez pas invité ma fille ici. L'étourderie de Roma vous a entraînée dans nos soucis familiaux. Je comprends bien que vous ne tenez nullement à être impliquée là-dedans.

Il venait de se condamner davantage encore. Bien sûr qu'elle était impliquée. Elle l'aimait. Et il affirmait l'aimer.

Elle dissimula un sursaut de douleur et lui décocha le regard hautain de courtisane qui avait intimidé bien des hommes avant lui.

— Votre fille est la bienvenue ici et peut me rendre visite chaque fois qu'elle le désirera.

La bouche de Roma s'arrondit sous l'effet de la surprise.

— Est-ce... est-ce vrai ?

— Je n'attends pas que vous honoriez cette invitation, ajouta Olivia en lui adressant un petit sourire rassurant.

Puis elle plissa les yeux en direction de Julian.

— Je refuse de renvoyer une jeune fille en détresse simplement parce qu'un goujat en a décidé ainsi !

— Un goujat ?

L'irritation le fit rougir.

— Que diantre voulez-vous dire ?

— Je veux dire que si vous ne vous asseyez pas sur ce canapé, lord Erith, je demanderai à mes domestiques de vous montrer la porte.

Il tressaillit et, subitement, la rage aveugle s'effaça de son visage. Pour la première fois depuis qu'il avait pénétré dans la bibliothèque, il la dévisagea vraiment. Elle vit le moment précis où il comprit ce qu'il avait fait. Le choc et les remords s'imprimèrent dans son regard d'argent, qui devint d'un gris terne.

Olivia s'efforçait de garder une expression parfaitement neutre, mais il la connaissait assez pour soulever le masque. Plût à Dieu qu'il ne devine pas l'ampleur de son désespoir ! Elle refusait de lui montrer qu'il l'avait mortellement blessée.

Dieu tout-puissant, pourquoi une telle cruauté ? Fallait-il qu'il mette son âme en lambeaux ?

Il avait toutes les raisons d'être en colère. Mais il devait savoir qu'elle n'aurait jamais rien fait pour lui nuire, à lui ou à ses proches. Il devait savoir aussi qu'en la traitant de catin, il réduisait en cendres toute confiance qui avait pu s'établir entre eux.

Le dos de Julian se voûta, et son attitude moralisatrice et exaspérée disparut.

— Nom de Dieu, Olivia, je suis désolé. Vous ne méritez pas cela. Je me conduis comme un sauvage.

Il avait l'air consterné. Il était redevenu l'amant merveilleux, attentionné et passionné qui rendait ses nuits incandescentes.

L'amertume menaça d'étouffer la jeune femme. Comment pouvait-il encore se comporter comme s'il tenait à elle alors qu'il n'était qu'hypocrisie ? Il lui disait qu'il l'aimait, et pourtant, au fond de lui, il n'avait pour elle que du mépris.

Il passa la main dans ses cheveux ; ainsi ébouriffé, il avait un charme irrésistible. Olivia n'eut cependant aucun mal à ne pas succomber. Elle chercha en elle le noyau d'acier, ce noyau qui l'avait aidée à survivre à des épreuves qui auraient détruit la plupart des femmes.

Elle se tourna vers la jeune fille qui les observait avec un mélange d'appréhension et de curiosité.

— Lady Roma, voulez-vous vous asseoir, je vous prie ? Je vais demander qu'on apporte un autre plateau de thé et que les domestiques débarrassent cette vaisselle cassée.

— Le tapis est ruiné, constata Roma.

Le tapis, le service à thé, et indubitablement sa vie, faillit ajouter Olivia. Mais elle s'en abstint. L'après-midi avait déjà été assez riche en péripéties.

— Ce n'est pas grave.

Elle désigna le sofa. La jeune fille se décida enfin à s'asseoir, et Olivia se tourna vers Julian en espérant de tout son cœur qu'elle parviendrait à garder son sang-froid.

— Monsieur ?

Avec une impatience non dissimulée, il alla s'installer à côté de sa fille. Olivia sonna, et un silence tendu régna dans la bibliothèque pendant que le personnel nettoyait diligemment les débris de gâteau et de vaisselle.

Quand les domestiques eurent terminé, Julian avait cessé de fulminer, et lady Roma ne semblait plus partagée entre une nouvelle crise de larmes et l'envie d'attaquer son père avec un tisonnier.

Ce n'était pas le cas d'Olivia. Plus le temps passait, plus sa colère grandissait. Mais plus vive encore était sa douleur.

Il avait créé quelque chose de précieux et l'avait piétiné sans se soucier des conséquences.

Oh, si seulement elle ne l'avait jamais rencontré…

— Veuillez nous rapporter du thé, Latham.

— Non.

Julian se leva, son autorité naturelle revenue. Il attendit que le majordome soit sorti de la pièce avant de poursuivre. Sa froideur et son absence d'émotion lui rappelèrent de façon glaciale l'homme qu'elle avait accepté comme protecteur chez Perry. Elle n'avait pas aimé cet homme-là.

— Olivia, il faut que je ramène Roma à la maison. Plus elle restera ici, plus nous courrons le risque que quelqu'un parle. Les domestiques sont loyaux, mais…

— Mais ce sont des domestiques, termina Olivia à sa place.

Elle faisait tout son possible pour conserver un vernis de civilité. À quoi bon hurler son désespoir ? Une seule solution : ramasser les morceaux de son existence et tourner la page.

Julian regarda sa fille.

— Est-ce une simple et sotte curiosité qui t'a amenée ici ? Si tel est le cas, ton petit caprice pourrait te coûter bien plus que tu n'es disposée à payer.

Sa colère semblait avoir fait place à une profonde déception. L'humiliation rosit les joues de lady Roma, qui adressa à Olivia un regard gêné.

— Je voulais parler à Mlle Raines.

Olivia écarquilla les yeux. Qu'une demoiselle de son rang parle d'elle en des termes aussi déférents la stupéfiait. D'autant plus que lady Roma avait amorcé l'entrevue en la traitant de fille de joie et de prostituée de bas étage.

Le respect d'Olivia pour la jeune fille monta encore d'un cran. Certes, elle était gâtée et écervelée, mais elle n'était pas dépourvue de qualités. Elle espéra que Julian ne briserait pas son tempérament avant qu'il ait eu une chance de s'épanouir.

— Je ne puis imaginer de quoi, fit son père d'un ton tranchant.

Olivia s'interdit de grimacer. Bien évidemment, une vulgaire prostituée et sa douce et innocente enfant n'avaient rien en commun. Excepté leur amour pour lui, qui n'entrait pas en compte dans son évaluation de la situation.

— Laissez-la, monsieur, dit-elle froidement. Elle sait bien qu'elle n'aurait pas dû venir, et cela ne se reproduira plus.

Elle alla se placer à côté de lady Roma.

— Votre père a raison, mademoiselle. Je vais vous emmener à l'étage, que vous puissiez vous rafraîchir avant de partir.

— Merci, répondit Roma en se levant.

Olivia jeta un coup d'œil à Julian. Sa voix était froide, mais calme.

— Je suggère qu'elle sorte par l'entrée de service, puis que vous la fassiez monter dans votre voiture, monsieur.

Il la sonda du regard, mais ne releva pas le ton formel sur lequel elle s'exprimait.

— Oui, répondit-il. Personne ne s'étonnera de voir mon véhicule stationné devant votre porte.

Olivia emmena la jeune fille silencieuse dans l'escalier. L'âcre regret qui lui rongeait l'estomac lui donnait la nausée. Mais elle s'appesantirait sur ses malheurs une fois Roma en sécurité loin d'ici. Que Dieu lui vienne en aide, elle aurait même le reste de sa vie pour cela…

— Prenez votre temps. Quelques minutes supplémentaires ne feront aucune différence.

— Et laisseront à papa le temps de se calmer.

Ironiquement, Olivia se trouva obligée de défendre son amant.

— S'il est furieux, c'est parce qu'il vous aime.

Lady Roma la regarda tandis qu'elles atteignaient la chambre d'amis.

— Il a une étrange façon de le montrer, n'est-ce pas ?

Olivia émit un petit rire caustique.

— C'est un homme. Le contraire serait étonnant. Mais il est prêt à mourir pour vous épargner la moindre souffrance supplémentaire.

— Je sais. C'est dans le quotidien qu'il lui reste beaucoup de progrès à faire.

Les yeux de la jeune fille devinrent graves.

— En venant ici aujourd'hui, je vous haïssais.

Le sourire mi-figue, mi-raisin d'Olivia s'évanouit.

— Je suis navrée que vous ayez même appris mon existence.

Une pointe d'humour pétilla dans les yeux bleus de Roma, qui ressembla soudain de façon frappante à son père.

— Oh, je vous connais depuis des années. Vous êtes célèbre. Toutes mes amies aimeraient posséder la moitié de votre beauté. Et moi, je donnerais n'importe quoi pour monter à cheval avec la même grâce que vous. On dirait que vous êtes née sur une selle.

— C'est le cas.

Mais l'enfant passionnée de cheval n'avait plus rien à voir avec la femme désabusée qu'elle était devenue.

— J'ai l'agilité d'un sac de pommes de terre. Mon père a honte d'être vu avec moi.

— Peut-être pourriez-vous lui demander de vous donner des leçons. Je connais vos griefs envers lui, mais on doit parfois faire le premier pas, même quand on a été lésé.

— J'aimerais pouvoir vous connaître mieux, dit doucement lady Roma.

— Oh, mon petit…

Olivia se mordit la lèvre pour retenir des larmes idiotes. Les larmes ne servaient jamais à rien. Elle avait appris cette leçon il y avait bien longtemps.

— Allons donc… Mais je garderai précieusement dans mon cœur ce que vous venez de dire.

Elle se pencha pour serrer la jeune fille contre elle. Elle sentait sa fragilité désespérée derrière son attitude provocatrice. Pendant un bref moment, Roma resta rigide dans ses bras. Puis elle se laissa aller et étreignit à son tour Olivia avec une profonde émotion.

Si la vie avait suivi le cours envisagé par les parents d'Olivia lorsqu'ils avaient engagé des gouvernantes, des professeurs de dessin et des maîtres à danser pour leur précieuse fille, elle aurait pu avoir une enfant comme celle-ci. Une fille à guider et à aimer quand elle était blessée et perdue comme l'était si visiblement Roma.

Mais il ne restait rien à Olivia. Ni mariage brillant. Ni fille affectueuse. Ni époux aimant. Pas même un amant pour réchauffer son cœur meurtri. Juste un fils qu'elle adorait mais ne pourrait jamais reconnaître comme sien, et qui deviendrait bientôt plus distant lorsque le monde l'appellerait.

Mais elle survivrait. Elle survivait toujours.

Pour l'instant, toutefois, elle n'en voyait guère l'intérêt.

Elle rassembla son courage et se dégagea tendrement de l'étreinte de la jeune fille.

— Descendez quand vous serez prête.

— Père va me sermonner pendant tout le chemin du retour.

— Il a raison sur un point : vous n'auriez pas dû venir.

— Je ne le regrette pas.

Avant qu'Olivia ait pu trouver une réponse, lady Roma entra dans la chambre et referma la porte derrière elle.

Olivia redressa le dos et leva le menton. Pendant un bref et magnifique intervalle, elle avait cru qu'elle pouvait échapper à sa condition de courtisane froide et endurcie. Elle savait maintenant que c'était impossible.

Quand Olivia revint dans la bibliothèque, Julian fixait un point dans la cheminée d'un air renfrogné. Elle s'arrêta sur le seuil pour l'observer pendant un moment silencieux, tout en essayant d'apaiser le chagrin qui la déchirait.

Comment avait-elle pu se fourvoyer ainsi ? Après tant d'années passées à haïr les arrogants gentlemen de la haute société, comment avait-elle pu commettre l'erreur fatale de tomber amoureuse de l'un d'entre eux ?

Il releva la tête pour la regarder, et sa beauté masculine la transperça. Le bleu sombre de son gilet et le blanc éclatant de sa chemise et de son foulard mettaient en valeur son charme ténébreux.

— Je regrette que Roma vous ait rendu les choses difficiles, Olivia.

— Elle n'a rien fait de tel, lord Erith.

Olivia entra dans la pièce en prenant soin de garder ses distances.

— Je prie le Ciel pour que personne ne découvre son escapade d'aujourd'hui. Elle a déjà suffisamment souffert dans sa vie.

Il pinça les lèvres sur un rictus ironique.

— Je mérite cette pique.

Olivia s'assit dans un fauteuil.

— En effet.

— Olivia, je sais que je me suis emporté. Mais la vue de Roma...

Il se tut et eut un geste frustré.

— Nous n'avons pas le temps d'en discuter maintenant. Il faut que je ramène Roma à la maison, et ensuite j'ai un dîner de famille avec les Renton. C'est assommant, mais il est prévu depuis des semaines. Je ne pourrai revenir ici que tard.

— Ne vous pressez pas pour moi, lord Erith.

Un sourire sarcastique étira ses lèvres.

— Inutile de continuer à m'appeler ainsi. Je sais que vous m'en voulez.

— Je ne vous en veux pas.

Il alla s'asseoir sur le sofa et l'étudia avec attention, tel un potentat oriental examinant une femme de son harem. Mais sa mâchoire déterminée indiquait qu'il n'était pas aussi détendu qu'il désirait le paraître.

— Dans ce cas, vous jouez remarquablement bien la comédie.

— Je vous en voudrais si je ressentais quelque chose pour vous, déclara-t-elle tranquillement.

Un petit sourire moqueur se dessina sur les lèvres de Julian.

— Or, manifestement, vous êtes un monument d'indifférence.

— Les chamailleries ne mèneront à rien, décréta-t-elle d'un ton sec. Lorsque nous avons conclu cet arrangement, je vous ai dit que je me réservais le droit de mettre un terme à notre liaison. Eh bien, j'exerce cette prérogative.

La colère fit briller les yeux de Julian, et un cri de dénégation lui échappa.

— Et vous me dites cela maintenant, alors que je dois me rendre à un engagement que je ne puis annuler ?

Elle serra les mains sur ses genoux et s'attacha à retrouver le déchirement qui l'avait crucifiée lorsque Erith l'avait humiliée devant sa fille. C'était cela, la vérité. Pas ce jeu subtil d'attirance.

— Une prostituée n'est pas toujours maîtresse de son temps.

— Je ne vous ai jamais traitée en prostituée, protesta-t-il avec chaleur, le visage tendu.

— Aujourd'hui, si.

Il serra un poing sur l'accoudoir du sofa.

— Ce n'est pas juste. Aucun homme ne veut voir sa fille mettre en péril son avenir.

— Oui, vos actes de parent vous font honneur, malgré votre colère. Ce n'est pas le cas de vos actes d'amant.

Ses yeux s'assombrirent jusqu'à prendre la couleur ardoise d'un nuage d'orage. Il amorça un mouvement impulsif vers elle avant de s'interrompre.

— Mon Dieu, Olivia. Je suis désolé. En découvrant Roma ici, j'ai vu rouge. Je me suis comporté comme un imbécile. Mais vous devez savoir que mes paroles ont dépassé ma pensée. Je vous ai blessée – maudite soit ma colère ! Je vous jure que je n'en ai jamais eu l'intention.

— Je n'en doute pas.

Elle débitait les mots comme s'ils étaient découpés dans du verre.

— Mais un certain nombre de choses m'ont sauté aux yeux, et notamment que cette liaison est allée aussi loin qu'elle le devait.

— Pour l'amour du Ciel, cessez d'appeler cela une liaison !

Il renonça soudain à feindre le détachement. D'un bond, il fut à genoux devant Olivia. De ses mains tremblantes, il saisit les siennes.

— Je vous aime. Vous m'aimez.

Elle savait depuis le début que leur histoire ne pouvait pas durer. La rupture était inéluctable. Elle avait essayé de s'y préparer, mais rien n'aurait pu la prémunir contre le choc de se séparer de Julian. Cela revenait à s'amputer d'un membre.

Un membre gangrené.

Elle le regarda droit dans les yeux et arracha ses mains des siennes.

— Je suis heureuse de vous l'avoir fait croire. Après tout, vous avez dépensé une fortune pour voir vos fantasmes satisfaits. Par exemple, éveiller à la sensualité une femme frigide.

Les bras de Julian se raidirent, et son visage devint blême. Même ses lèvres pâlirent. Pendant un moment terrifiant, elle craignit qu'il ne la frappe.

Il posa une main tremblante sur le dossier du fauteuil à côté de l'épaule d'Olivia. Un nerf au coin de sa bouche tressautait.

— Que le diable vous emporte, vous mentez !

— S'il vous plaît de le croire, dit-elle calmement, alors que des bêtes sauvages hurlaient dans son cœur. De toute évidence, j'ai menti au sujet de quelque chose. À vous de décider ce qui était vrai et ce qui ne l'était pas.

— Bon sang, Olivia ! Je suis obligé de partir, mais nous avons beaucoup de choses à nous dire.

Il baissa la tête et la secoua. Lorsqu'il releva les yeux vers elle, ils étaient orageux.

— Lardez-moi de coups de couteau ce soir si vous le désirez, mais ne me quittez pas ainsi.

— Je ne changerai pas d'avis.

— Je pourrais vous y amener.

Il se leva vivement et la considéra, les sourcils foncés.

— Je m'éclipserai dès que possible de ce dîner avec la future belle-famille de ma fille, mais je ne puis laisser tomber Roma. Je l'ai déjà trop négligée.

Olivia se leva à son tour, avec sa grâce étudiée de courtisane.

— Adieu, lord Erith.

— Ce n'est pas un adieu, nom d'un chien !

Il la prit brutalement dans ses bras et la plaqua contre sa poitrine, dans laquelle elle sentit galoper son cœur affolé.

— Attendez ce soir. Vous me devez au moins cela.

Elle demeura aussi inerte qu'une poupée de son, malgré ses mains brûlantes qui menaçaient de faire fondre la chape de glace qui entourait son âme gelée.

— Vous n'avez plus le droit de me toucher.

— Ne faites pas cela.

— C'est fait.

Elle essaya de se libérer de son étreinte, mais il la serrait trop fort.

— Pas question !

Il prit sa tête entre ses mains et la maintint immobile pendant qu'il couvrait sa bouche de la sienne. Ce fut un baiser dur et impitoyable, presque insultant dans sa brutalité. Pourtant, elle se surprit à crisper les mains autour de ses épaules et à réagir avec toute la passion furieuse qui brûlait en elle.

Pendant un moment hors du temps, ils poursuivirent leur dispute avec leurs dents, leurs langues et leurs lèvres. Aucun d'eux ne voulait s'avouer vaincu. Aucun d'eux ne pouvait en sortir victorieux.

La chaleur torride de leur étreinte la brûlait jusqu'à la plante des pieds. Elle lui rendit son baiser, mais ne céda pas une once de sa détermination. Cette liaison était terminée. Elle était catégorique.

Puis le baiser changea.

Peu à peu, la tendresse desserra les mains crispées autour de son visage. Les lèvres qui ravageaient les siennes se firent moins insistantes, quémandèrent au lieu d'exiger. Olivia bascula dans un plaisir désespéré tandis que la bouche de Julian devenait un instrument de ravissement interdit. Son corps s'adoucit, ses muscles se détendirent, la chaleur naquit entre ses cuisses.

Elle voulut s'écarter, le repousser, rompre le charme. Mais elle était incapable de cesser de l'embrasser, bien que chaque mouvement de ses lèvres et de sa langue l'avertît du danger qu'elle courait entre ses bras.

Il s'arracha à elle. Dans ses yeux brillaient une faim et une rage auxquelles s'ajoutait quelque chose qui ressemblait à de l'angoisse.

— Et vous rejetez tout cela par amour-propre ?

Sa question la foudroya.

— C'est fini, dit-elle d'une voix écorchée.

Ses jambes tremblaient tant qu'elle avait du mal à tenir debout. La force de leur baiser résonnait encore en elle. Elle lui frappa la poitrine en s'écriant :

— Pour l'amour de Dieu, laissez-moi en paix !

Il lui immobilisa les mains.

— Vous ne serez jamais en paix tant que vous n'aurez pas admis votre amour pour moi.

— Je ne vous aime pas, gronda-t-elle en essayant de lui échapper.

— Dans ce cas, pourquoi êtes-vous si bouleversée ?

— Parce que vous ne me laissez pas partir.

— Vous ne voulez pas que je vous laisse partir.

— Si, je le veux.

La colère se peignit soudain sur le beau visage de Julian, et ses yeux lancèrent des éclairs argentés. Il resserra les mains autour de ses poignets, mais sans la blesser. Elle aurait voulu qu'il lui fasse mal. Elle aurait adoré avoir une bonne raison de détester lord Erith, hormis le fait irréfutable qu'elle ne pourrait jamais être une compagne convenable pour lui.

— Bon sang, Olivia, vous savez que je dois partir.

— Eh bien, partez, dit-elle avec obstination.

— Vous risquez de ne plus être là à mon retour.

Il plaça une main derrière sa nuque et l'obligea à relever la tête et à croiser son regard brûlant.

— Si vous avez l'ombre d'un sentiment pour moi, restez.

— Il n'y a plus rien à dire.

— Alors, accordez-moi une chance de ne rien dire. Je dois cette soirée à Roma. C'est ma faute si elle a pris ce risque stupide. Elle s'est conduite comme une écervelée, mais c'est ma fille et je ne peux l'abandonner.

— Julian... commença-t-elle.

Elle s'interrompit, ne sachant que dire.

— Je suis prête, père.

Lady Roma apparut sur le seuil.

Olivia s'attendait qu'Erith s'écarte vivement, embarrassé d'être surpris par sa fille étroitement enlacé avec sa maîtresse.

Mais ce fut lentement qu'il ôta ses mains des siennes, sans détacher son regard intense d'elle. Lorsque le contact entre eux cessa, elle ressentit un grand vide. Il ne la toucherait jamais plus, or ses caresses lui étaient devenues infiniment précieuses. Pendant quelques semaines d'illusion, il lui avait donné l'impression d'être aimée, vivante, pure.

— Mlle Raines peut certainement te prêter une voilette et un chapeau.

— J'ai les miens.

Roma se dirigea vers le fauteuil où elle avait laissé ses affaires. Elle demeura remarquablement indifférente à la façon dont son père bafouait ouvertement les conventions.

— Adieu, lady Roma, dit Olivia avec un regret dont elle fut la première étonnée.

La jeune fille releva les yeux et, à sa grande surprise, lui adressa un sourire charmant.

— Adieu, mademoiselle Raines. Je vous remercie de votre gentillesse.

— Tous mes vœux de bonheur pour votre mariage.

Sa voix était étranglée, et elle préféra éviter le regard intrigué de lady Roma.

— Roma, viens, dit Erith avec impatience.

Il se retourna et fit signe à sa fille de sortir de la pièce avant lui. Puis il adressa un regard sévère à Olivia.

— Il n'est pas question que vous partiez. Nous n'en avons pas terminé.

— Oh si, précisément, riposta-t-elle en le foudroyant d'un regard qui, dans un monde juste, l'aurait terrassé.

— C'est hors de question.

Il pivota sur ses talons avant qu'elle ait pu protester et disparut de cette foulée rapide et décidée qui le caractérisait. Elle entendit la porte se refermer derrière lui.

Il était parti.

26

Erith regagna la maison de York Street plus tôt qu'il ne l'aurait dû, plus tard qu'il ne l'aurait voulu. Extérieurement, rien n'avait changé. Le cœur battant, il grimpa rapidement les marches qui menaient au théâtre de leurs ébats et ouvrit en grand la lourde porte en chêne. La chambre à coucher était vide.

Le peignoir rouge vif qu'Olivia s'était approprié était jeté en travers du lit. Ses cosmétiques étaient toujours disposés sur la coiffeuse. Il sut sans avoir besoin de l'ouvrir que l'armoire renfermait encore la somptueuse garde-robe qu'il lui avait offerte.

Tout comme il était convaincu qu'elle l'avait quitté. Elle l'en avait menacé, et enfin, elle était partie. Il était allé trop loin. Le fait qu'elle ait laissé ses affaires ne voulait rien dire. Elle l'avait abandonné à une vie aussi stérile qu'un désert.

Maudite soit la colère qui avait causé sa fuite !

Le regret transforma son sang en glace. Il avait eu des heures pour se reprocher le mal qu'il lui avait fait. S'il l'avait pu, il aurait donné son bras droit pour reprendre les accusations qu'il avait lancées à la figure d'Olivia en découvrant Roma en sa compagnie. Il connaissait le délicat équilibre d'orgueil et de sensibilité dans lequel elle puisait ses forces et savait le courage qu'il lui avait

fallu pour lui avouer son amour. Ses propos inconsi-
dérés l'avaient sauvagement blessée.

Après sa grossièreté, il pouvait difficilement lui en
vouloir d'être partie. Que Dieu le pardonne, il n'avait
aucune excuse. Il savait parfaitement que jamais elle
n'aurait encouragé Roma à lui rendre visite.

Son cœur n'était qu'un jardin mort tandis qu'il se dirigeait vers le salon. Bien sûr, il ne l'y trouva pas non
plus. Il se sentait vide, engourdi, abandonné.

Il revint dans la chambre, cette chambre qui avait été
le témoin d'émotions désespérées, de moments fulgu-
rants, d'un lien dépassant tout ce qu'il avait connu.

Le lit. La porte. Le parquet. Les murs. Partout était
imprimé le souvenir d'Olivia frissonnant de passion
dans ses bras.

De toutes les femmes qu'il avait rencontrées durant
ces années stériles et trépidantes, seule Olivia avait
marqué son âme. De façon indélébile.

Et elle l'avait quitté.

Il saisit le peignoir comme si le vêtement pouvait lui
apprendre où elle était partie, et l'étoffe exhala une
bouffée de son odeur obsédante et évocatrice. Dessous,
le somptueux collier de rubis scintillait sur le couvre-lit.

Le message était clair.

Elle ne voulait plus entendre parler de lui.

Il émergea brutalement de sa torpeur. Avec un grognement, il enfouit son visage dans la soie rouge. Les
yeux fermés, il inspira profondément le parfum d'Olivia
en essayant de se convaincre qu'elle lui reviendrait.

En rouvrant les paupières, il aperçut Latham qui
l'observait depuis le seuil avec une compassion inac-
coutumée. Sans aucune gêne, Erith abaissa le peignoir
et demanda :

— Où est-elle ?

— Madame n'a rien dit, mais elle est sortie environ
une heure après vous, monsieur.

Un sursaut d'espoir le traversa.

— A-t-elle pris sa voiture ?

Dans ce cas, il pourrait interroger le cocher à son retour. Mais le majordome secoua la tête.

— Non, monsieur le comte. Elle est partie à pied.

À pied ? Où avait-elle pu aller ? Puis la réponse s'imposa à lui. C'était si évident qu'il en aurait ri s'il n'avait été sur le point de s'écrouler.

Il étouffa un juron, jeta le peignoir sur le lit et s'élança vers la porte.

Erith passa de force devant le majordome de lord Peregrine et entra dans le salon éclairé de bougies où Olivia et lui avaient conclu leur marché dénué d'émotion. Il était un homme différent, alors. Et elle n'était pas la même non plus...

Elle lui avait dit qu'elle l'aimait. À contrecœur, mais elle l'avait dit. Il aurait parié sa vie qu'elle n'avait pas menti, malgré ce qu'elle soutenait à présent. Et si elle l'aimait, il saurait regagner son cœur.

Mais d'abord, il fallait qu'il la retrouve.

Surpris par l'irruption d'Erith, Montjoy leva un regard choqué, mais ne retira que lentement son bras drapé autour du mince éphèbe qui se tenait à ses côtés. Erith vit immédiatement que le petit cercle en train de jouer au piquet au coin du feu ne comptait aucune rousse incendiaire.

— Lord Erith, fit Montjoy.

Il se leva et jeta ses cartes sur la table. Comme ses trois compagnons, il était en bras de chemise. À l'évidence, il n'attendait pas de visiteurs à une heure si tardive.

— À quoi dois-je le plaisir de votre visite ?

— Où est-elle ? demanda Erith sans se soucier d'être la risée de Londres le lendemain – un nouveau scandale dont Roma surprendrait les échos derrière les portes fermées.

— Elle ?

— Pour l'amour du Ciel, inutile de jouer à ce petit jeu avec moi.

Montjoy fronça les sourcils.

— Olivia ?

— Bien sûr, Olivia. Il faut que je la voie.

Montjoy s'adressa à ses amis en s'écartant de la table :

— Je reviens dans un instant. Freddie, ne triche pas. Interdiction de regarder mon jeu.

— N'interrompez pas votre partie.

Les poings d'Erith se fermaient et s'ouvraient nerveusement contre ses flancs. Il était à deux doigts d'employer la force pour soutirer à ce dandy l'information dont il avait besoin.

— Dites-moi seulement où elle se trouve.

— Nous ne pouvons avoir cette conversation ici, monsieur.

Ignorant le grognement impatient d'Erith et son air de violence contenue, Montjoy lui fit signe de le suivre dans le corridor mal éclairé.

Dès qu'ils se furent éloignés, Julian se tourna vers lui et lui expliqua hâtivement que s'il ne la retrouvait pas rapidement, Olivia lui glisserait définitivement entre les doigts. Elle avait de l'argent et des ressources. Elle pouvait aller n'importe où.

— Est-elle à l'étage ? Je vous jure que je ne désire que lui parler. Soyez certain que je ne lui ferai pas de mal.

Malgré l'éclairage parcimonieux, il vit l'expression perturbée de Montjoy tandis que ce dernier fermait la porte du salon.

— Je sais pertinemment que vous ne lui ferez pas de mal. Vous êtes amoureux d'elle.

Mortifié, Erith se sentit rougir. Olivia avait-elle trahi leurs confidences intimes ?

— Dieu tout-puissant, est-ce elle qui vous a dit cela ?

— Bien sûr que non, répondit Montjoy avec un petit sourire. Mais seul l'amour peut amener un homme réputé pour son arrogance à implorer le pardon d'une courtisane notoire.

Erith musela son agressivité. Montjoy avait raison. Cela n'aurait servi à rien de nier.

— Je ne suis pas le seul homme à l'avoir aimée, objecta-t-il.

Le sourire de Montjoy devint songeur.

— En effet, mais vous êtes le seul qu'elle ait aimé en retour.

Montjoy connaissait Olivia mieux que quiconque. Tous les doutes qui tourmentaient Erith quant aux sentiments de sa maîtresse se dissipèrent. Ce fut d'une voix plus posée qu'il reprit la parole :

— Je suis au courant de ce qui est arrivé avec votre père et de la relation particulière qui vous unit à Olivia.

Le beau visage de Montjoy pâlit.

— Vous savez donc que je ne suis pas son bon ami.

Erith haussa les épaules.

— Je l'avais deviné depuis longtemps.

L'expression de Montjoy s'altéra : il comprenait aussi que ce n'était pas la seule chose que Julian avait devinée. Mais ce dernier ne se souciait pas de ses inclinations sexuelles. La seule chose qui l'intéressait, c'était de retrouver sa bien-aimée.

— Pour l'amour de Dieu, mon vieux, cessez de me tourmenter.

— Elle vous a donc abandonné…

Au lieu de triompher, Montjoy paraissait inquiet.

— Temporairement.

Julian priait le Ciel pour que ce soit le cas. Montjoy secoua la tête d'un air sombre.

— Quand elle quitte un amant, c'est définitif.

— Je dispose d'un avantage. Elle m'aime. C'est très honorable de votre part de l'avoir protégée si longtemps et si loyalement. Certes, vous ne m'appréciez pas, mais, je vous en conjure, et sachez que je n'ai jamais supplié un homme, renvoyez-la à moi. C'est mon tour à présent de veiller sur elle.

Montjoy le considéra d'un air songeur avant de hocher la tête brièvement.

— Je crois que vous l'aimez réellement. Mais je ne vois pas ce que je peux faire.

— Laissez-moi lui parler.

Erith aperçut son reflet dans les miroirs qui tapissaient le couloir. Dans sa frénésie, il avait l'air à moitié fou.

— Ce serait avec plaisir, monsieur. Je suis un sentimental. Qu'une femme puisse mettre à genoux l'indomptable comte d'Erith me touche.

Il marqua une pause.

— Mais Olivia n'est pas ici.

— Où est-elle ?

— Je n'en ai aucune idée, répondit Montjoy en se rembrunissant encore. J'espère qu'elle va bien.

La colère d'Erith, qu'il maîtrisait difficilement depuis que la jeune femme l'avait quitté, resurgit soudain. Il attrapa Montjoy par le col et le souleva de terre.

— Dites-moi où elle est allée.

— Croyez-moi, mon vieux, je vous le dirais si je le savais, mais elle ne m'a fait aucune confidence.

Montjoy semblait étrangement peu contrarié d'être suspendu entre les mains d'Erith.

— En vérité, elle m'a raconté fort peu de chose sur votre liaison. J'aurais dû comprendre que cela ne pouvait qu'être synonyme d'ennuis.

— Si vous mentez, je vous jure que je vous tuerai.

— Vous pouvez m'étriller tout votre soûl, cela ne vous avancera à rien, répondit Montjoy sans s'émouvoir. Elle se cache quelque part. Elle l'a déjà fait. Vous ne la retrouverez que si elle en a envie. Or, je soupçonne qu'en l'occurrence, c'est précisément ce qu'elle veut éviter.

Erith comprit qu'il se ridiculisait. Il lâcha Montjoy et lui adressa un geste d'excuse.

— Je me conduis comme un imbécile.

— Je trouve cela plutôt rassurant, répondit Montjoy en se rajustant avec un admirable sang-froid. L'homme que j'ai rencontré dans mon salon il y a quelques semaines n'était qu'un poisson mort.

— Serait-elle partie rejoindre Leo ?

— Diantre, vous en avez appris beaucoup, l'ami ! Elle n'a jamais parlé de Leo à personne. C'est son dernier bastion.

— Non, c'est son cœur qui est son dernier bastion, marmonna Erith.

— Oui. Et cette forteresse n'est jamais tombée. Bonne chance, mon cher.

Montjoy inclina la tête comme s'il concédait un point lors d'une rencontre d'escrime. D'un ton sérieux, il déclara :

— Il est possible qu'elle soit allée le retrouver. J'aurais pensé qu'elle viendrait d'abord à moi, ne serait-ce que pour éviter le scandale. Mais sans doute craint-elle que je ne tente de la convaincre de retourner auprès de vous.

— Ce serait extraordinairement généreux de votre part, observa Julian, stupéfait.

Montjoy haussa les épaules.

— Olivia mérite d'être aimée. Et si j'en juge d'après votre fougue, il ne fait aucun doute que vous l'aimez. Alors, vous avez ma bénédiction. Elle est seule depuis trop longtemps. Savez-vous où trouver Leo ?

— Oui.

Erith s'apprêta à partir, puis il se ravisa et se retourna vers Montjoy.

— Merci, dit-il en tendant la main au ravissant jeune homme.

Montjoy fronça les sourcils.

— Vous avez compris ce que je suis, et pourtant vous me tendez la main ?

— Bien sûr.

Montjoy accepta sa main et la serra brièvement, avec une force qui surprit Erith. Cet homme était souverainement efféminé, mais il ne manquait pas de caractère. Et son affection pour la femme qu'Erith adorait ne faisait aucun doute.

Erith sortit de l'hôtel particulier à la décoration baroque. Soudain, son extravagance lui paraissait charmante, et non plus oppressante. Il avait réellement changé depuis le jour où, quelques semaines auparavant, il avait mis les pieds ici pour la première fois, sans autre objectif que de revendiquer comme sien le jupon le plus prestigieux de Londres.

C'était grâce à des décisions apparemment aussi anodines que la vie d'un homme pouvait se trouver bouleversée à jamais.

Une aube éclatante se levait quand Erith atteignit le presbytère en pierre où vivaient Marie et Charles Wentworth avec l'enfant que sa bien-aimée ne pourrait jamais reconnaître. Erith savait à quel point cela la rongeait. Elle avait enduré tant d'épreuves, avec grâce, courage et élégance. Il priait pour qu'elle envisage un avenir à ses côtés dans le même état d'esprit.

Il tira sur les rênes de son cheval et sauta à terre.

Dieu miséricordieux, faites que je la trouve ici.

Tout en attachant Bey au poteau dressé devant la cuisine, il entendit des bruits de vaisselle à l'intérieur. Les domestiques devaient être levés.

— Monsieur ?

Une jeune fille portant un broc d'eau le considérait avec nervosité. Comment lui en vouloir ? Cette maison isolée n'avait certainement jamais accueilli un noble hagard et poussiéreux au lever du soleil.

Il avait bien fait de retourner chez lui pour ôter son habit de soirée après avoir quitté Montjoy.

— Mme Wentworth est-elle déjà debout ?

— Oui, monsieur.

— Peut-être me fera-t-elle l'honneur de me recevoir. Voulez-vous bien lui annoncer que le comte d'Erith est ici ?

La jeune fille pâlit et effectua une révérence maladroite, en serrant contre elle le simple broc en grès blanc comme s'il s'agissait d'un bouclier.

— Oui, monsieur le comte. Tout de suite, monsieur le comte. Voulez-vous attendre à l'intérieur, monsieur le comte ?

— Merci.

Erith suivit la fille dans la cuisine et patienta à côté de la cheminée pendant qu'elle courait chercher sa maîtresse. Devant une vieille table en pin, une femme plus âgée et corpulente pétrissait du pain. Sans lui adresser un mot, elle remplit une chope de bière qu'elle lui tendit.

Il apprécia le geste. La veille, au dîner, il n'avait fait que grignoter, et il ne s'était pas accordé une minute de répit depuis qu'il avait découvert la disparition d'Olivia.

Il rongea son frein en silence, réprimant avec peine son envie de fouiller la tranquille demeure.

Il entendit quelqu'un arriver et leva les yeux, s'attendant à voir la cousine d'Olivia. Mais ce fut le regard d'un brun profond de Leonidas Wentworth qu'il rencontra. Le jeune homme le considérait avec méfiance.

— Lord Erith, dit-il avec un bref signe de tête.

Il portait une chemise blanche toute simple et un pantalon chamois, et ses longs doigts élégants étaient tachés d'encre.

— Leo.

Erith posa la chope vide sur la table.

— J'espérais voir Mme Wentworth.

— Elle n'est pas encore habillée. Elle m'a prié de descendre voir ce que vous désiriez. J'étais en train de travailler.

— Ah, Oxford.

— Oui.

Il y eut un silence, puis le garçon s'écarta et désigna la porte par laquelle il était entré.

— Venez au salon. Nous n'allons pas parler dans la cuisine.

Erith ne pensait qu'à une chose : secouer Leo jusqu'à ce qu'il le conduise à sa mère – sa vraie mère, pas la femme qu'il appelait ainsi. Le sang battait à ses tempes tandis qu'il le suivait dans le salon, une pièce petite mais bien tenue, sombre et froide à cette heure de la journée.

À l'intérieur, il pivota pour se retrouver face à Leo.

— Où est-elle ?

Le garçon ne manifesta ni surprise ni confusion.

— Je suppose que vous parlez de ma marraine, Mlle Raines ?

— Bien entendu. Elle n'est pas chez Montjoy. Est-elle ici ?

— Non.

Erith fit un geste de la main.

— Je ne vous crois pas.

— Vous pouvez fouiller la maison si vous le souhaitez, monsieur.

Après quelques semaines en compagnie d'Olivia, l'ironie du garçon lui était familière.

— Nous ne pourrons pas vous en empêcher.

Erith se rendit compte qu'il rudoyait le jeune garçon. Ce n'était pas la faute de Leo si Olivia avait pris la poudre d'escampette. Il respira un grand coup et s'efforça de maîtriser sa colère.

— Je ne suis pas venu pour vous tourmenter.

— C'est étrange, car c'est précisément l'impression que vous donnez, monsieur.

— Savez-vous où je peux la trouver ?

— Non. Elle est venue hier, mais repartie, et je ne l'ai pas revue depuis.

Soudain, Leo comprit.

— Elle vous a quitté.

Erith passa une main dans ses cheveux. La journée et la nuit avaient été longues, et il était à la fois épuisé et surexcité. La déception laissa un goût amer dans sa bouche. Il savait que Leo ne mentait pas. Olivia ne s'était pas refugiée chez ses cousins. Il aurait dû s'en douter. Le risque d'entacher la réputation de son fils était trop grand.

— Oui, admit-il, bien que sa fierté se révoltât devant cet aveu.

— Tant mieux.

Dans cette réponse austère, quelque chose frappa soudain Erith. Il releva la tête et étudia le visage du jeune homme.

— Vous êtes au courant, n'est-ce pas ?

Leo marcha jusqu'à la cheminée et s'y adossa. Avec les rideaux tirés et en l'absence de feu, la pièce était plongée dans une trop grande pénombre pour que Julian puisse déchiffrer son expression. Cependant, quelque chose lui disait que son hypothèse était exacte.

— Que Mlle Raines est ma vraie mère ? Bien sûr que je suis au courant.

— Elle croit que c'est un secret. Quand l'avez-vous découvert ?

Leo haussa les épaules.

— Je l'ai toujours su. Ma ressemblance avec lord Peregrine est frappante. Et sinon, pourquoi un homme tel que lui manifesterait-il de l'intérêt pour moi ?

Leo se méprenait sur l'identité de son père naturel, mais Erith ne le corrigea pas. Ce n'était pas à lui de trahir le secret, et il valait mieux laisser ce garçon penser que Montjoy était son père plutôt que de lui révéler quel vil dépravé l'avait engendré.

— Cela ne vous ennuie pas ?

— Non. Je les aime tous les deux.

Erith remarqua non sans ironie que Leo parlait d'amour avec une aisance qu'il n'avait certes pas héritée d'Olivia.

— Ils ont fait de leur mieux pour moi. Et mes parents adoptifs m'ont élevé avec affection et générosité.

— Vous êtes fier de votre mère, dit Julian tandis que le jour se faisait dans son esprit.

Leo se redressa de toute sa hauteur dégingandée, et Julian vit son regard furieux malgré la pénombre.

— Naturellement. C'est une femme remarquable, quoi que le monde en pense.

— Oui, c'est vrai. Et elle m'aime.

— C'est vous qui le dites.

— Elle me l'a dit.

Leo fit un pas en avant, et Erith discerna enfin son visage. Il avait l'air malheureux. Et choqué.

— Que Dieu lui vienne en aide !

— Je voudrais l'emmener à Vienne avec moi.

— Comme souvenir de votre séjour londonien ?

Ce garçon n'avait pas la langue dans sa poche. Même s'il n'avait pas su qui était la mère de Leo, Julian l'aurait deviné, après cet entretien.

— Vous êtes bien effronté, dit-il sans s'émouvoir.

— Allez-vous me défier ?

— Non. Et ne soyez pas si prompt à proposer un duel. S'il vous arrivait quelque chose, cela briserait le cœur de votre mère.

— C'est plutôt vous, hélas ! qui allez lui briser le cœur.

— Je ferai tout ce qui est en mon pouvoir pour que cela ne se produise pas, déclara Julian avec ferveur. Pouvez-vous me dire où elle se trouve ?

— Je l'ignore. Elle est partie hier, et j'ignore tout de la vie qu'elle mène à Londres, à l'exception des quelques ragots qui parviennent jusqu'à notre trou perdu.

Le garçon sourit avec une satisfaction jubilatoire.

— Il semblerait qu'elle vous ait échappé, monsieur.

— Jamais, affirma Erith avec assurance.

Il se redressa. Une détermination nouvelle l'aiguillonnait, qui effaçait la lassitude et le découragement.

— Je la retrouverai, dussé-je y consacrer le reste de mes jours.

— Lord Erith ? Qu'est-ce qui vous amène ici à cette heure ?

Mary Wentworth s'était habillée avec tant de précipitation que ses cheveux paraissaient sur le point de retomber sur ses épaules en une masse brune grisonnante. Elle fit une révérence. Il était difficile de croire que ce petit moineau sans éclat était la cousine de la glorieuse Olivia Raines.

— C'est un malentendu, madame Wentworth, répondit-il en s'inclinant. J'espérais voir Mlle Raines.

— Olivia ?

Elle semblait toute désemparée.

— Elle habite à Londres.

— C'est ce que j'ai cru comprendre.

Il soupçonnait à présent, après ce long voyage infructueux, que l'objet de ses recherches n'avait pas quitté Londres. Mais où Olivia se terrait-elle ? Le besoin impérieux de retourner à la capitale et de poursuivre sa quête sans délai le taraudait.

— Je vous prie de m'excuser de vous avoir dérangée.

— Mais pourquoi pensiez-vous qu'elle pouvait être ici ?

La femme ne semblait pas disposée à le laisser partir ainsi.

Leo posa une main sur son bras.

— Mère, ce n'est rien. Un simple quiproquo.

— Mais parcourir un tel chemin pour retrouver ma cousine…

Mme Wentworth fronça les sourcils.

— Je me demande ce que mon mari en penserait, s'il était là.

Erith devinait aisément les difficultés que pouvait représenter pour le pasteur le lien de parenté de sa femme avec la courtisane la plus célèbre de Londres. En tout état de cause, la générosité de l'homme qui avait élevé Leo comme son fils était un édifiant témoignage de charité chrétienne.

— Je ne peux que vous prier à nouveau de m'excuser et prendre congé, madame Wentworth.

Il s'inclina une fois de plus et se retourna. Son esprit travaillait furieusement. Où pouvait bien se trouver Olivia ? Montjoy avait raison : la diablesse s'était volatilisée.

— Je vous raccompagne, proposa Leo.

— Merci.

Dans un silence étonnamment agréable, ils regagnèrent l'endroit où Bey s'abreuvait au seau d'eau que quelqu'un avait posé près de lui.

— C'est une bête magnifique, dit Leo en s'avançant pour caresser la puissante encolure du cheval avec une envie non dissimulée.

— Je vous le donne si vous me dites où se trouve votre mère.

Il aurait volontiers sacrifié son écurie tout entière pour retrouver Olivia.

Leo ôta vivement sa main.

— Je ne vous ai pas menti, lord Erith. Je ne sais pas où elle est. Et si je le savais, je ne vous le dirais pas.

Ce garçon était extraordinairement courageux. Peu d'hommes osaient s'adresser à Julian avec un tel aplomb. Leo était assez intelligent pour comprendre que le comte était un homme influent, et pourtant, pour sauver sa mère, il lui tenait tête. L'admiration d'Erith pour le fils d'Olivia augmenta encore. Elle avait raison d'être fière de lui.

— Je ne lui veux aucun mal.

Erith rassembla d'une main les rênes de Bey et grimpa en selle.

Leo leva vers lui des yeux graves qui, pour une fois, ne recelaient ni méfiance ni animosité.

— Allez-vous lui dire que je sais qu'elle est ma mère ?

Erith secoua la tête et apaisa machinalement Bey, qui commençait à danser maintenant qu'il avait un cavalier sur le dos.

— Ce n'est pas à moi de le faire.

— Mais vous estimez que je devrais le lui dire.

— Elle souffre de dissimuler la vérité, et c'est pour vous qu'elle s'y contraint.

Erith se pencha en avant pour flatter l'encolure du cheval.

— Bonne journée, Leo.

Dans un claquement de sabots, il fit volter Bey et s'éloigna au galop. Il reprenait la direction de Londres, mais il n'avait aucune idée de l'endroit où chercher Olivia, à présent.

27

Erith fit retomber le heurtoir en cuivre en forme de tête de lion sur la porte noire de l'imposant hôtel particulier de Grosvenor Square. Il était tard. Trop tard pour une visite inopinée chez des gens qu'il connaissait à peine.

Il était fou d'inquiétude, le cœur alourdi par la prémonition de la défaite. L'odieux sentiment d'impuissance qui lui dévorait les entrailles lui rappelait les semaines sombres et inconsolables qui avaient suivi la mort de Joanna.

Il avait aimé deux femmes dans sa vie. Le destin était-il assez cruel pour les lui voler toutes les deux ?

Non, foi de Julian Southwood, cela n'arriverait pas !

Il avait passé une journée épouvantable à chercher Olivia dans tout Londres. À l'issue de cette quête frénétique, il ne disposait toujours d'aucun indice.

Pour une femme à la beauté si spectaculaire et à la notoriété sans égale, sa maîtresse avait disparu avec une efficacité impressionnante. Personne ne l'avait vue. Personne n'avait la moindre idée de l'endroit où elle avait pu se rendre.

Tout le monde savait à présent qu'elle avait quitté le comte d'Erith et qu'il la recherchait désespérément.

Il avait lu la pitié dans les yeux des hommes lorsqu'ils avaient appris que la célèbre courtisane avait encore abandonné un amant. La plupart lui avaient affirmé qu'il n'avait aucune chance de la voir revenir. Quand Olivia Raines disait adieu, elle ne changeait pas d'avis. Cela faisait partie de son mythe.

Erith avait traité ces affirmations absurdes avec le mépris qu'elles méritaient. Du moins jusqu'à ce que, à force de se répéter, ces réactions n'érodent son assurance.

Olivia s'était taillé une réputation légendaire en dupant ses amants. Son absence de plaisir sexuel était réelle, il le savait, mais ses simulations avaient berné bien des hommes avant lui. À mesure que la journée se muait en une épreuve d'endurance, une éventualité troublante s'était mise à germer dans son esprit : l'avait-elle mystifié, lui aussi ?

Elle lui avait dit qu'elle l'aimait.

La peste soit de cette diablesse ! Lui avait-elle menti ?

À mesure qu'il se renseignait sans succès dans des boutiques, chez les amis d'Olivia, dans tous les lieux auxquels il pouvait penser, il lui était devenu de plus en plus difficile de conserver son optimisme. Il avait même envoyé ses domestiques faire la tournée des hôtels et des auberges. En vain.

Elle avait disparu comme un filet de fumée un jour de vent.

Si Olivia avait entrepris de le punir pour son arrogance et sa vanité, c'était réussi. Son légendaire orgueil s'était misérablement racorni.

Il était près de minuit. L'heure sombre où l'espoir semble hors de portée. Julian s'était adressé à toutes ses connaissances, à toutes les sources possibles, et il ne l'avait pas trouvée. Il n'avait plus aucun recours.

Excepté celui-ci.

Il fit de nouveau retomber le heurtoir et entendit le son impérieux résonner à l'intérieur.

La porte s'entrouvrit sur un majordome qui s'était visiblement habillé en hâte. Le domestique resta bouche bée, médusé de découvrir un aristocrate à une heure si tardive sur le royaume immaculé de son perron.

— Monsieur ?

Après une journée entière de recherches échevelées, les vêtements d'Erith étaient froissés, sales, et une barbe naissante assombrissait son menton. S'il y avait pensé, il aurait pris le temps de se rendre présentable avant de frapper à cette porte. Mais, dans son désespoir fiévreux, il n'y avait pas songé.

— Dites au duc que le comte d'Erith désire le voir.

Puis il força le passage, au mépris des bonnes manières les plus élémentaires. Après un moment de résistance, le domestique recula en titubant et le fit entrer dans le vestibule plongé dans l'ombre.

— Qui est-ce, Gaveston ?

Erith leva les yeux. Une femme se tenait au milieu de l'escalier à double révolution, une bougie à la main. Malgré le chiche éclairage, malgré l'état d'épuisement de Julian, et bien qu'elle fût enceinte de sept ou huit mois, elle lui coupa le souffle. Sa beauté était d'une telle perfection qu'elle en était presque surnaturelle.

Il s'efforça de retrouver un semblant de civilité. Mais sa vie s'était désintégrée, et il eut toutes les peines du monde à articuler :

— Votre Grâce, veuillez, je vous prie, excuser cette intrusion tardive.

Verity Kinmurrie, duchesse de Kylemore, autrefois connue comme Soraya, la fameuse courtisane, devait s'être préparée pour se coucher. Son déshabillé de soie chinoise bleu marine ne dissimulait nullement son ventre proéminent. Sa lourde tresse de cheveux noirs était ramenée sur une de ses épaules.

Il l'avait vue une fois à Paris, quelques années plus tôt, lorsqu'elle était la maîtresse d'un baronnet anglais d'un certain âge. Il ne l'avait jamais oubliée. Aucun homme ne pouvait l'oublier. La seule femme capable de rivaliser avec elle était celle qui, espérait-il, avait cherché refuge sous ce toit.

— Qui diable se présente ici à cette heure ?

En bras de chemise et échevelé, le duc de Kylemore émergea de l'arrière de la maison. Des taches d'encre sur ses doigts indiquaient qu'il était en train de travailler.

Le mariage du duc et de Soraya, un an plus tôt, avait causé un scandale qui était parvenu jusqu'à Vienne, probablement même jusqu'à Moscou. L'arrivée récente des Kylemore à Londres pour l'accouchement de la duchesse avait ravivé les ragots qui ne tarissaient pas depuis leurs noces.

La plupart des hommes de la bonne société étaient malades de jalousie à l'idée que Kylemore avait mis dans son lit la sublime Soraya. Aucun, cependant, n'aurait été prêt à affronter la condamnation du monde en l'épousant et en transformant une passion illicite en union officielle.

— Je n'ai aucun droit de faire irruption ainsi chez vous, Votre Grâce, s'excusa Erith.

Derrière lui, le majordome referma la porte et demeura immobile, attendant les instructions.

Kylemore s'approcha.

— Seriez-vous lord Erith ?

— Oui.

Erith se tourna vers la duchesse, qui était descendue sur le carrelage noir et blanc du vestibule. De près, elle était encore plus exquise, avec une peau d'un blanc parfait et des yeux gris clair.

— Votre Grâce, nous n'avons pas été présentés. Je suis Julian Southwood, comte d'Erith.

— Monsieur.

Sa voix était grave et sensuelle, et elle s'exprimait avec une distinction tout aristocratique, à l'instar d'Olivia.

— Verity, vous n'avez aucune raison de rester debout. Je vais recevoir le comte dans la bibliothèque.

Kylemore vint se placer aux côtés de sa femme, et Erith reconnut l'amour qui couvait sous son impatience. Puis il se rendit compte d'une autre chose, révélatrice : ni l'un ni l'autre n'étaient surpris de le voir. Bien qu'il ne leur eût jamais parlé auparavant. Bien qu'il fût plus de minuit. Bien qu'il se fût présenté sans s'être annoncé ni avoir été invité.

Une certitude aveuglante l'envahit. Olivia était là.

— Elle est ici, n'est-ce pas ? dit-il simplement.

La duchesse lança à son mari un regard affolé qui la trahissait, avant de répondre à Erith :

— Je ne…

— Vous savez de qui je parle, dit Erith. Je désire uniquement m'entretenir avec elle.

— Verity, montez vous coucher. Les médecins vous ont recommandé de vous reposer. Comte, dans la bibliothèque, s'il vous plaît.

Kylemore lui adressa un regard hautain et condescendant. Malheureusement pour lui, Erith le dépassait en taille et n'était pas d'humeur à s'incliner devant l'autorité ducale.

— S'il le faut, je fouillerai cette maison de fond en comble pour la retrouver, déclara-t-il d'un air sombre.

— Vous reviendrez ici quand vous aurez appris les bonnes manières, monsieur.

Kylemore fit un pas menaçant vers Erith.

— Arrêtez, je vous en prie, tous les deux.

Erith leva vivement la tête et découvrit une femme en haut de l'escalier, perdue dans la pénombre. Le monde se réduisit pour lui à cette silhouette.

— Olivia ?

Tout son amour, son désir et sa colère s'incarnèrent dans ce seul mot, le transformèrent en une symphonie d'espoirs angoissés.

— Oui.

La réponse sévère ne lui apprit rien, et il ne pouvait distinguer son visage. Puis il la vit descendre lentement l'escalier, comme à contrecœur.

Elle portait une robe d'un bleu doux qu'il ne lui connaissait pas. Ses cheveux détachés formaient un rideau mordoré sur ses épaules. En entrant dans la lumière, elle lui parut jeune et vulnérable. Mais sa mâchoire était plus déterminée que jamais.

Erith serra les poings, combattant la pulsion qui l'incitait à s'emparer d'elle pour la ramener là où était sa place. Elle n'avait rien à faire ici. Elle aurait dû être en sécurité dans ses bras. Elle était à lui !

Erith fut vaguement conscient de Kylemore s'adressant au majordome.

— Ce sera tout, Gaveston.

Tandis que l'homme se fondait dans l'obscurité, Erith avança dans un brouillard ébloui jusqu'au pied de l'escalier. Olivia était encore deux marches au-dessus de lui, mais elle était assez près pour qu'il voie les traces de larmes sur ses joues blafardes. Elle avait l'air malheureux. Le ventre de Julian se serra sous le poids des regrets et de la culpabilité.

— Rentrons à la maison, mon amour.

Il lui aurait fallu déployer des trésors d'éloquence. Mais avec son cœur qui débordait, il ne put émettre que cette simple supplique.

Elle se raidit et crispa la main sur la rampe jusqu'à ce que ses articulations blanchissent. Puis elle secoua la tête, et sa chevelure brillante remua autour d'elle comme un nuage.

— Non.

— S'il vous plaît.

Il tendit une main vers elle.

Elle tressaillit comme s'il lui offrait une fiole de poison. Dieu tout-puissant, elle n'avait tout de même pas peur de lui ? Cette pensée lui était insupportable.

Elle releva le menton en tremblant, et ce geste de défi lui brisa le cœur.

— Erith, c'est fini.

— Jamais.

Il laissa retomber sa main. Sa douleur était telle qu'il ne prêtait même pas attention aux deux inconnus témoins de son humiliation. La seule personne qui comptait pour lui était la femme qui se trouvait devant lui.

— Venez dans la bibliothèque, dit doucement la duchesse. Ce n'est pas une discussion que l'on tient dans un vestibule.

Olivia lui jeta un regard accablé.

— Nous n'avons rien à nous dire.

— Oh que si, répliqua Erith avec une farouche détermination.

Maintenant qu'il l'avait enfin retrouvée, tous les démons de l'enfer n'auraient pu l'arracher à elle.

— Nous pouvons discuter ici ou ailleurs. À vous de décider, Olivia.

— Aucune femme ne quittera ma maison sous la contrainte, intervint Kylemore d'un ton catégorique.

— Je vous remercie, Votre Grâce, dit Olivia avec calme.

— Verity, allez vous coucher.

Le duc paraissait toujours impatient.

— Je veillerai à ce que tout se passe bien.

Sa femme lui lança un regard incrédule.

— Ne soyez pas ridicule, Justin. Il ne m'est rien arrivé d'aussi excitant depuis des semaines.

Kylemore passa une main agacée dans ses cheveux.

— Il ne vous faut pas d'excitation. Vous allez avoir un bébé.

— Et je suis forte comme un cheval. N'en faites pas toute une histoire.

Erith attendit que l'autocratique duc réprimande sa femme, mais Kylemore se contenta de pincer les lèvres et de désigner l'arrière de la maison, d'où il était venu.

Olivia hésita avant de descendre les dernières marches. Un instant, Erith la crut sur le point de remonter l'escalier en courant. Si elle le pensait trop fier pour la poursuivre à travers toute la maison, elle se trompait lourdement. Mais elle se décida à emboîter le pas aux Kylemore. Elle évita soigneusement de regarder Erith et décrivit un large détour pour ne pas le frôler.

Elle le traitait comme un chien galeux. Jamais aucune femme ne lui avait donné cette impression. Il détestait cela... Maudite soit-elle ! Il la suivit, fulminant et désespéré.

Comme le reste de la gigantesque maison, la bibliothèque était peu éclairée. Kylemore s'approcha d'une desserte.

— Voulez-vous un brandy, Erith ?

— Lord Erith ne reste pas, déclara Olivia d'une voix mal assurée.

— Dans ce cas, je vous laisserai jeter vous-même cette fripouille dehors, mademoiselle Raines. Si je me bagarre avec lui ici, cela va contrarier ma femme.

Kylemore leva la carafe à moitié pleine en direction d'Erith.

— Comte ?

Erith avait passé la journée dans un état d'agitation indescriptible. La perspective d'un verre d'alcool était extrêmement séduisante.

— Volontiers, merci.

— Bien.

— Asseyez-vous à côté de moi, Olivia, suggéra la duchesse en prenant place sur le sofa.

Olivia obéit docilement. La lumière d'une lampe jetait des reflets obliques sur ses cheveux et leur donnait de mystérieux éclats bronze et or. Peut-être parce qu'il avait redouté de ne jamais plus la revoir, Erith trouva sa beauté plus bouleversante encore qu'à l'accoutumée. Olivia le subjuguait tout comme la première fois qu'il l'avait vue, lorsqu'elle choisissait si froidement un amant parmi la foule présente chez Montjoy.

— Comte.

La voix grave de Kylemore était presque aimable. Le duc se tenait devant lui, un verre à la main. Une chaleur embarrassante se logea dans les joues d'Erith lorsqu'il se rendit compte qu'il dévisageait sa maîtresse tel un garçon d'écurie béat devant une fille de ferme.

— Merci.

Il accepta le brandy et en avala une rapide gorgée pour maîtriser ses émotions tumultueuses. L'alcool explosa dans son estomac vide.

Il s'assit dans un fauteuil en cuir en face du canapé. Il avait atteint un tel degré d'épuisement que chaque détail de la pièce lui apparaissait avec une netteté excessive. La lumière douce. La grande taille du duc. La belle duchesse. Sa chère Olivia, magnifique et douloureusement blessée, qui le regardait comme s'il était un étranger effrayant.

— Je n'aurais pas dû venir ici, soupira Olivia en étudiant les mains tremblantes qu'elle avait jointes sur ses genoux.

— Bien sûr que si.

Soraya leva la tête et lança un regard furibond à Erith.

— Je n'ai pas honte de celle que j'étais, décréta-t-elle.

— Mais je vous cause des problèmes, insista Olivia.

— Croyez-vous ? Je ne le pense pas. Lord Erith désire simplement vous parler, puis il s'en ira.

Les remarquables yeux gris de la duchesse le clouaient sur place.

— N'est-ce pas, comte ?

Il inclina brièvement la tête.

— Votre Grâce.

Ce n'était pas un acquiescement, mais il lui reconnaissait son droit à faire cette requête.

— J'aimerais m'entretenir avec Olivia en tête à tête.

Soraya se tourna vers Olivia. En voyant les deux femmes ensemble, il était aisé de comprendre qu'elles aient mis tout Londres à genoux. La beauté parfaite de Soraya, même fatiguée, enceinte et sans apprêt, rappelait celle d'une perle, tandis qu'Olivia étincelait de vie et d'ardeur. Bien qu'elle fût nerveuse et bouleversée, Erith avait l'impression qu'il aurait pu tendre les mains et les réchauffer à sa force vitale. Il voulait cette chaleur auprès de lui pour toujours. L'idée de revenir à sa froide solitude était aussi séduisante qu'un rendez-vous avec la mort.

— Que souhaitez-vous, Olivia ? demanda Soraya. Vous êtes notre invitée. Ce sont vos désirs qui comptent avant tout.

Olivia regarda Erith de l'autre côté de la pièce. Ses yeux topaze ne révélaient rien. Pendant deux semaines, ils avaient partagé une telle intimité... et ce soir, il n'avait aucune idée de ce qu'elle pensait.

Enfin, elle eut un bref hochement de tête.

— Je veux bien lui parler. J'ai suffisamment abusé de votre bonté. Je peux résoudre cette crise toute seule.

Kylemore tendit la main à sa femme. Devant le naturel avec lequel Soraya acceptait le contact de son mari, Erith éprouva une bouffée d'amertume en songeant à la façon dont Olivia avait évité sa main dans le vestibule.

— Je reste, déclara Kylemore en lui adressant un regard sévère. Et sachez que je considérerai toute insulte envers Mlle Raines comme une insulte à mon endroit.

Soraya rit doucement et tira la main de son mari.

— Venez, mon amour. Nous n'avancerons à rien ainsi.

Elle se tourna vers Olivia.

— Nous serons à côté, dans le petit salon.

— Je vous remercie, Votre Grâce.

Elle esquissa un sourire tremblant.

Erith n'appréciait pas son air de martyre s'apprêtant à être jetée dans la fosse aux lions. Bon sang, c'était de son plein gré, et avec enthousiasme, qu'elle avait partagé son lit ces dernières semaines ! Elle avait vécu avec lui des choses qu'elle n'avait connues avec personne d'autre.

Elle avait beau nier qu'elle aimait, maintenant qu'il la voyait, ses doutes s'envolaient. Oui, elle l'aimait. Et cela la terrifiait.

Il était si occupé à étudier la femme de ses rêves qu'il remarqua à peine le départ de la spectaculaire duchesse et de son mari rustre et dominateur. Son attention était tout entière consacrée à la divine créature qui restait seule sur le sofa, le menton relevé, les yeux éclairés d'une lueur de défi et les joues striées de larmes séchées.

Il se frotta la mâchoire distraitement ; sa barbe le grattait. Seigneur, il devait ressembler à un voyou !

Comment diable s'y prendre ? Son avenir dépendait de ce moment.

— Vous avez pleuré, dit-il doucement lorsqu'ils furent seuls.

Elle rougit et détourna les yeux.

— Cela ne veut rien dire, se défendit-elle.

Il se leva d'un mouvement soudain impatient et vint s'asseoir à côté d'elle. Il voulut lui prendre la main, puis se rappela ce qui s'était passé dans le vestibule et suspendit son geste.

Que lui arrivait-il ? Il était d'ordinaire si sûr de lui, en particulier avec les femmes...

Mais cela faisait bien longtemps qu'une femme n'avait pas compté plus qu'une autre.

Et cette femme-là comptait plus que sa vie.

Il continua de parler d'une voix basse et posée :

— Cela veut dire que vous êtes malheureuse. Je déteste l'idée que ce soit à cause de moi, mon amour.

Elle recula contre le tissu de velours doré.

— Ne m'appelez pas ainsi.

— Que je vous dise « mon amour » ou non ne change rien à la vérité, Olivia.

Elle serra le poing et se donna un coup sur la cuisse à travers la mince jupe bleue.

— Je ne veux pas être votre amour.

Oh oui, cela, il le croyait. Tout comme il croyait qu'elle ne voulait pas l'aimer. Et pourtant, elle l'aimait. À chaque seconde, il en était plus certain.

Il chercha désespérément les mots susceptibles de la convaincre de revenir à lui.

— Ne m'obligez pas à vivre sans vous. Je veux que vous soyez ma maîtresse. Je veux que vous veniez à Vienne avec moi.

Elle pinça les lèvres comme si elle avalait quelque chose d'amer.

— Et que je sois votre maîtresse officielle.

— Naturellement. Ma précieuse maîtresse adorée.

Il crut soudain comprendre ce qui l'inquiétait.

— Craignez-vous que je sois infidèle ? Vous comprenez, je pense, que toutes ces femmes n'étaient qu'une tentative de combler le néant qu'était ma vie après la mort de Joanna. Cela paraît bien insensible. Mais *j'étais* insensible. Aucune n'a souffert de m'avoir connu, et nous nous sommes toujours quittés bons amis. Je suis resté fidèle à Joanna. Je vous resterai fidèle. Vous n'avez rien à craindre des autres femmes.

— Je suis une prostituée.

Il fronça les sourcils. Il ne voyait pas où elle voulait en venir. Jadis, il avait cru que sa condition ne lui inspirait aucune culpabilité, mais il la connaissait assez maintenant pour comprendre que ses sentiments à cet égard étaient ambigus.

— Vous avez été contrainte d'embrasser cette vie, dit-il avec une sincérité issue des profondeurs de son âme. Vous attendez-vous que je vous reproche ce que

361

vous êtes ? Comment le pourrais-je ? Mon propre comportement n'a rien eu d'admirable.

Elle crispa les mains sur ses genoux et les regarda fixement.

— Et pourtant, à vos yeux, je ne puis en aucun cas être associée à votre fille.

Sa voix était très grave et très triste.

Il aurait dû s'en douter. Il avait été bien présomptueux de penser que quelques mots doux et une promesse de dévotion éternelle sur le continent la rallieraient à sa cause. Il avait intérêt à se montrer très prudent, sans quoi il la perdrait pour toujours.

Avec les conséquences désastreuses qu'il connaissait.

Il s'appliqua à garder une voix calme et raisonnable, alors qu'il n'avait qu'une envie : la prendre dans ses bras et l'embrasser à en perdre haleine. Mais elle était forte et intelligente, et à moins qu'elle ne soit consentante, il ne pourrait l'avoir. De cela, il était certain.

— Olivia, vous savez aussi bien que moi comment fonctionne ce monde. Probablement mieux, car vous avez souffert davantage de la réprobation de la bonne société. Je dois faire passer l'intérêt de ma fille avant tout, ne serait-ce que pour essayer de compenser un peu mon horrible égoïsme à son égard. Vous n'imaginez pas autre chose, j'espère ?

Les yeux qu'elle posa sur lui étaient voilés par la détresse. Il avait voulu que sa colère retombe, mais ce désarroi était pire.

— Non, bien sûr, je n'imagine rien d'autre.

Il commençait à s'inquiéter sérieusement.

— Que signifie tout cela ?

Elle ne répondit pas tout de suite et fixa un point quelque part dans l'obscurité. Sa bouche sensuelle était tendue par la détresse.

Il l'observait de si près qu'il vit remuer sa gorge délicate quand elle déglutit. Son corps tout entier vibrait sous l'effet de la tension.

362

— Mon père était sir Gerald Raines, un baronnet qui possédait un domaine à côté de Newbury.

Julian mit un moment à enregistrer ces mots calmes.

Le choc et un élan de pitié fulgurant pour ce qu'elle avait enduré le firent sursauter.

— Mon Dieu ! Je savais que vous étiez issue d'une bonne famille, mais je n'avais aucune idée que vous veniez...

— Du même monde que vous ?

Les lèvres d'Olivia se tordirent en un sourire acerbe et sans joie.

— Si mon frère ne m'avait pas vendue, je serais en réalité une compagne idéale pour votre fille.

Il fronça les sourcils.

— À mes yeux, vous en êtes une. Ne confondez jamais ce que je pense avec le jugement de la société.

— Vous avez eu l'air écœuré lorsque vous m'avez vue avec Roma.

— Vous savez pourquoi.

— Oui, hélas, je le sais.

Il passa des doigts frustrés dans ses cheveux. Pourquoi avait-il l'impression d'essayer de soutenir une conversation dans une langue qu'il ne connaissait pas ?

— Olivia, que cherchez-vous à me dire ? Vous savez bien que votre milieu d'origine, même s'il est plus élevé que je ne le soupçonnais, n'a rien à voir avec les sentiments que je nourris à votre égard.

— Si mon frère ne m'avait pas vendue à lord Farnsworth après avoir dilapidé tout son héritage pour payer ses dettes de jeu, nous nous serions rencontrés dans un contexte complètement différent.

Malgré le risque de rebuffade, il dénoua ses doigts crispés, prit une de ses mains et la serra fort entre les siennes.

— Il est trop tard pour les regrets, Olivia, dit-il d'un ton pressant. Vous ne pouvez pas défaire ce qui a été fait. Mon Dieu, je tuerais votre frère à mains nues s'il était encore de ce monde. Mais même si je faisais cela, cela ne vous rendrait pas l'existence que vous auriez dû avoir. Cette vie-là est perdue à jamais. Songez à une vie nouvelle. Avec moi.

Il pensa qu'elle allait se dérober, mais elle laissa sa main tremblante reposer dans les siennes. Il sentait les frémissements qui parcouraient son corps. Son pouls battait frénétiquement à la base de sa gorge pâle.

— Je sais, dit-elle avec un tel chagrin que le cœur de Julian se serra. Mais j'ai été victime d'une grande injustice.

— Oui, c'est vrai.

Il replia les doigts autour des siens, essayant d'infuser sa chaleur dans sa chair glacée.

— Autrefois, j'aurais pu envisager un beau mariage. Avec le comte d'Erith, par exemple.

— Mais vous...

Les mots lui manquèrent soudain tandis qu'il réalisait où menait cette conversation étrange et difficile. Un éclat de glace le transperça.

— Ah.

— Vous me répétez que je suis magnifique et merveilleuse et que vous n'êtes pas choqué par la vie que j'ai menée. Vous dites regretter la façon dont vous m'avez parlé hier, vous affirmez que vous me respectez et m'honorez.

Les yeux qu'elle planta dans les siens brûlaient comme un brasier.

— Prouvez-le-moi.

— En vous épousant ?

Le regard tranquille qu'elle posait sur lui confirmait sa supputation choquée.

— Oui.

Il bondit sur ses pieds et la considéra avec une horreur incrédule.

— Vous me mettez à l'épreuve. De la même façon que vous l'avez fait en m'attachant à votre lit.

— Peut-être.

— Vous savez que c'est impossible.

Un frisson lui parcourut l'échine.

— Croyez-vous ?

D'un geste de la main, elle désigna la bibliothèque.

— Le duc de Kylemore a bien épousé Soraya.

Kylemore est un imbécile.

Erith ne le dit pas à voix haute. Olivia était terriblement sérieuse. Il ne pouvait prendre le risque de la faire fuir en rejetant son idée insensée avec la dérision qu'elle méritait.

— Olivia, ma chérie, choisissez un autre moyen pour moi de vous prouver mon amour.

Elle secoua la tête avec une moue de regret.

— Il n'existe pas d'autre moyen.

Dans un éclat irrité, il pivota vers le mur tapissé de livres.

— Vous savez bien que je ne puis vous épouser. Cette fois, vous êtes allée trop loin.

Son soudain emportement la laissa de marbre. Ce fut d'un ton égal, et avec une conviction dont il ne pouvait douter, qu'elle conclut :

— Dans ce cas, il ne peut plus rien y avoir entre nous.

28

— Vous n'êtes pas raisonnable.

Julian se tourna face à Olivia. Ses yeux étincelaient de colère et de détermination. Et, ô horreur, d'une incrédulité offensée. Ce fut cette incrédulité qui brisa le cœur de la jeune femme.

— Je sais.

Elle redressa le menton et soutint son regard pendant que le malheur hurlait en elle.

Bien sûr qu'il ne pouvait pas l'épouser.

Il était le comte d'Erith et elle, une catin notoire. Le seul avenir que leur monde leur autorisait était celui qu'il lui proposait. Soraya, toute duchesse qu'elle était, était rejetée par la haute société.

— Si vous le savez, pourquoi vous entêter dans cette aberration ?

Julian la fixait d'un œil noir, comme si elle était devenue folle. Peut-être était-ce le cas.

Elle prit une longue inspiration tremblante et chercha les mots pour se faire comprendre, tout en sachant qu'aucune explication ne le convaincrait.

— En tout point, excepté un seul, je constitue pour vous un parti approprié. Même ma stérilité ne pose pas de problème, puisque vous avez deux enfants en bonne santé.

— Deux enfants en bonne santé qui n'ont pas besoin que leur père provoque un monstrueux scandale en épousant sa maîtresse.

Il avait raison, mais sa réaction ne fit que remuer le couteau dans la plaie. Elle ravala des larmes amères. Durant ses longues heures de veille misérables, allongée dans sa gigantesque chambre du premier étage, elle avait compris ce qu'elle voulait. Et elle avait compris aussi que son rêve ne pouvait pas se réaliser. Depuis ce jour noir où son méprisable frère l'avait vendue, rien de ce à quoi elle aspirait ne se réalisait jamais.

Il était injuste d'exiger de Julian des concessions aussi extrêmes. Son intelligence le lui disait, mais son cœur déchiré n'écoutait ni la raison ni les convenances. Son cœur déchiré n'accepterait que le mariage comme preuve sans équivoque de ce qu'elle représentait à ses yeux. La veille, douloureusement blessée par ses paroles cruelles, elle avait cru qu'il ne l'aimait pas. Une fois calmée, elle s'était rendu compte que si, bien sûr, il l'aimait. La question était : l'aimait-il suffisamment ?

Erith devait tuer les dragons qui ravageaient son existence et lui offrir un dénouement de contes de fées. Sans quoi, son amour avait aussi peu de valeur qu'un bibelot remporté dans une fête foraine.

— Damnation, Olivia, dit-il entre ses dents, en passant une main dans ses cheveux.

Son juron lui prouva qu'il était à deux doigts de perdre son sang-froid.

— Ne me faites pas cela.

— Je le dois.

Elle avait jadis été digne de l'épouser. Intrinsèquement, elle le demeurait. S'il était incapable d'admettre cela, leur histoire ne signifiait rien.

— Ce que mon frère et lord Farnsworth m'ont fait était atroce. À ma façon, depuis, j'ai cherché à me venger des hommes. Puis je vous ai rencontré. Vous, le premier que j'aie jamais respecté. Le premier qui me corresponde. Vous êtes aussi fort que moi. Plus fort.

— Non. Je ne suis pas plus fort.

Il riva les yeux sur le parquet, et un muscle tressaillit dans sa joue. Il parlait d'une voix sourde, en serrant les poings comme s'il luttait contre l'envie de la secouer pour lui faire entendre raison.

— Vous êtes le premier de mes amants que je ne méprise pas.

— Je suis le premier qui vous ait fait connaître le plaisir.

Il releva la tête, et elle ne put se méprendre sur le désespoir qu'exprimait son visage. La culpabilité lui mordit le cœur. Elle le blessait, et c'était odieux.

— Oui.

D'une voix tendue, il dit :

— Vous m'avez donc menti, hier.

— Vous m'aviez profondément meurtrie. Je voulais vous faire du mal.

Elle se mordit la lèvre et ajouta :

— Je suis désolée.

— Et vous m'aimez.

C'était une affirmation.

— Oui.

— N'est-ce pas suffisant ? Je vous aime, vous m'aimez.

Il leva une main en l'air comme pour prévenir ses objections.

— À quoi peut bien servir un maudit morceau de papier ? Rien ne nous empêchera de nous aimer jusqu'à la fin de nos jours. Êtes-vous prête à renoncer au paradis parce que vous souhaitez un beau geste dont vous savez parfaitement que je ne puis l'accomplir ?

— Peut-être est-ce précisément la beauté de ce geste qui me convaincra que nous sommes réellement au paradis, chuchota-t-elle avec désespoir.

Elle détestait le blesser ainsi. Mais rien, pas même son tourment manifeste, ne pouvait affaiblir sa détermination. Seul cet acte extrême lui prouverait qu'il la jugeait digne de se tenir à ses côtés.

Il se laissa tomber sur le sofa et saisit ses mains tremblantes, qu'il plaqua contre sa poitrine. Sous ses paumes, elle sentit son cœur battre à toute vitesse.

— Olivia, s'il ne s'agissait que de moi, je le ferais. Je le ferais dès demain. Mais je dois penser à Roma et à William.

Il pressa ses mains si fort qu'il lui fit presque mal.

— Et il y a aussi Joanna.

Elle poussa un cri sourd et voulut se libérer de son étreinte, mais il ne la laissa pas aller.

— Vous estimez que m'épouser souillerait sa mémoire.

— C'est ainsi que le verrait le monde.

La contrariété et l'incompréhension empourpraient le visage de Julian.

— Vous accordez donc tant d'importance à ce que pense le monde ? Vous prétendez ne pas me considérer comme une prostituée, et c'est pourtant ce que vous faites chaque fois que vous ouvrez la bouche.

— Simplement parce que je ne veux pas détruire ma famille en vous épousant ?

Avec raideur, il ajouta :

— Vous ne pouvez pas exiger un tel sacrifice. Pas vous. Pas la femme qui a protégé Leo pendant toutes ces années et aimé Perry en dépit de ce qu'il est. Pas la femme qui a tout fait pour épargner le scandale à Roma hier.

— Mais j'ai besoin de croire que je vaux ce sacrifice, bafouilla-t-elle. Si vous n'êtes pas disposé à renoncer au monde pour moi, je préfère me passer de vous.

Elle tressaillit en voyant sa colère.

— Vous demandez plus qu'un homme ne peut donner, quel qu'il soit.

À travers ses lèvres pincées, elle s'obligea à exprimer la difficile vérité qu'il ne voulait pas entendre.

— Kylemore l'a fait pour Soraya.

Il laissa échapper un grognement de frustration.

— Avec tout le respect que je dois au duc, il nous faut vivre dans ce monde que vous êtes si désireuse d'abandonner. Du moins, moi, j'y suis contraint. J'ai un travail à Vienne.

— Dont vous vous lassez. J'ai bien vu votre visage quand nous traversions le Kent l'autre jour, Julian. Vous avez été élevé à la campagne. Au fond de votre cœur, vous êtes un propriétaire terrien.

— C'est possible. Mais je ne puis pour autant humilier mes enfants. Dieu tout-puissant, Roma s'apprête à faire le plus beau mariage de la saison ! Comment sa belle-famille réagira-t-elle si son père épouse la reine du demi-monde ?

Olivia se souciait, bien entendu, de ses enfants et de sa réputation. Et le prix à payer pour lui, pour elle, pour ceux qu'il aimait, la déchirait. Mais, malgré tout, son cœur refusait d'abandonner cette croisade obstinée.

En dépit de tous ses efforts, une grosse larme coula sur sa joue.

— Et moi dans tout cela, Julian ?

— Venez à Vienne.

Il desserra ses mains, qui se firent caressantes sur les siennes.

— Vous ne porterez pas mon nom, mais vous serez ma femme en tout. Vous serez aimée, en sécurité et protégée légalement. Je ferai établir des contrats. Vous aurez des biens. Une rente annuelle. Vous aurez tout ce que vous pouvez souhaiter.

— Excepté ce que je désire réellement, dit-elle avec un désespoir aride. Un homme qui me dit, et qui dit au monde entier, que je suis digne de son amour.

— N'anéantissez pas notre histoire parce que vous ne pouvez pas tout avoir.

Il baissa la voix, et son timbre grave s'insinua dans le corps d'Olivia. Elle adorait sa voix. Comment pourrait-elle vivre sans plus jamais l'entendre ?

— Je vous aimerai jusqu'à la fin de mes jours, mais je ne peux changer le passé.

Elle se rendit compte qu'elle se penchait vers ce baryton suave comme un oiseau affamé se tordant le cou pour attraper une miette dans la main du chasseur. Elle recula vivement, et cette fois il n'essaya pas de la retenir.

Elle essuya les larmes qui coulaient maintenant à flots sur son visage, mais elles semblaient intarissables. La peste soit de Julian ! Avant de le rencontrer, elle ne pouvait se rappeler la dernière fois qu'elle avait pleuré.

— Je revendique mon droit de naissance, dit-elle avec obstination alors même que son cœur, ce traître, lui murmurait d'accepter l'amour qu'il lui offrait avec une telle prodigalité.

De l'accepter et d'oublier que, dans cette épreuve ultime, il ne se montrait pas à la hauteur.

— Au prix du bonheur de mes enfants ? Je ne puis croire cela de vous, Olivia. Je vous connais, c'est tout bonnement impossible.

Chacun de ses mots envoyait ses rêves de plus en plus loin, hors de portée. Pourtant, elle n'en était que plus aveuglément déterminée à tenir bon. Maintenant qu'elle avait découvert ce qu'était le véritable amour, elle refusait de se contenter de ce qu'il lui proposait. Si elle laissait Julian la traiter comme un deuxième choix, c'était le statut qu'elle conserverait à tout jamais. Vivre en sachant cela finirait par la détruire. Pire, cela corromprait les sentiments qu'ils nourrissaient l'un envers l'autre.

— Je ne veux détruire le bonheur de personne, dit-elle, les lèvres engourdies.

Pourquoi fallait-il que ce soit si pénible ? Elle avait l'impression de se flageller.

— La seule chose que je sais, c'est que je ne peux exister dans l'ombre. Je mérite mieux. Notre amour mérite mieux. Soit vous êtes fier de moi et le prouvez au monde entier, soit je me retire de votre vie.

— Je n'aime pas les menaces, riposta-t-il d'un ton cassant.

— Ce n'est pas une menace, dit-elle avec tristesse. Offrez-moi le mariage comme gage du respect que vous me portez.

Il plissa les yeux.

— Nom d'un chien, Olivia, vous savez bien que c'est inenvisageable !

Sa colère ne l'impressionna pas. Lorsqu'elle reprit la parole, la conviction résonnait dans ses mots :

— Je sais que vous êtes l'homme que j'aime et que vous êtes capable de tout. Vous êtes intelligent, résolu et fort.

Sa voix s'enroua et prit une note implorante :

— Si vous le désirez suffisamment, vous pouvez accomplir ceci, Julian. Faire en sorte que vos enfants ne souffrent pas. Faire en sorte que nous soyons heureux. Faire en sorte que nous soyons ensemble.

Il secoua la tête avec consternation.

— Vous me demandez l'impossible.

— Si vous m'aimez, vous y parviendrez.

Ses mots tombaient dans l'oreille d'un sourd. C'était sans issue.

— Ce que je vous demande, c'est de vous comporter en homme d'honneur.

— En déshonorant tout le reste de ma vie ! lança-t-il, presque hargneux.

Elle détourna les yeux avec honte. Elle n'était pas idiote. Rien ne pourrait racheter son innocence ni lui rendre sa position sociale. Mais si Julian l'épousait, au mépris de la raison et de son propre intérêt, elle saurait qu'elle pourrait lui faire confiance à tout jamais. Elle déglutit et, la gorge nouée, déclara :

— Si c'est ce que vous ressentez, il n'y a rien à ajouter.

— C'est donc terminé ? demanda-t-il d'une voix blanche.

— Oui.

Le cœur brisé, elle attendit qu'il se lève et s'en aille. Au lieu de cela, il lui saisit les poignets et l'obligea à le regarder. Une étincelle de défi brillait dans ses prunelles.

— Et ceci ? dit-il avec ferveur.

Il la prit dans ses bras et l'embrassa avec une ardeur mêlée d'angoisse. Elle ne put dissimuler sa réaction immédiate et avide. Ce serait la dernière fois qu'il la toucherait ainsi. Elle le savait.

Les lèvres de Julian étaient rivées aux siennes. Jamais il ne l'avait embrassée aussi violemment, même dans les affres de la passion. Elle se remit à pleurer, incapable d'endiguer la tristesse qui l'étreignait.

— Oh, mon amour, gémit-elle tandis qu'il l'inclinait contre l'accoudoir du canapé et remontait maladroitement sa robe bleue.

— Oui, souffla-t-il dans sa bouche.

Comme il était terrible de se dire qu'elle avait reçu si peu de baisers dans sa vie avant de le rencontrer... Seigneur, que cette bouche sur la sienne allait lui manquer !

Elle ne résista pas lorsqu'il écarta ses jambes pour caresser son sexe. Elle sentit le bas de son ventre réagir aussitôt. Mais chaque moment de plaisir lui lacérait le cœur. Jusqu'à Erith, elle n'avait jamais connu la jouissance. Après Erith, elle lui serait pour toujours refusée.

Les yeux de Julian étaient presque noirs sous l'effet de l'émotion. Il tremblait d'une passion désespérée. Elle savait dans quel but il faisait cela. Mais, tandis que son propre désir montait en flèche, elle ne pouvait trouver la volonté de protester.

C'était la dernière fois.

Sans la quitter des yeux, avec une lenteur délibérée, il porta ses doigts humides à sa bouche et les suça, la savourant avec volupté. Le voir ainsi la goûter la bouleversa, et tous ses muscles se contractèrent. Le sang dans ses veines se transforma en lave.

Ses yeux gris luisaient d'un désir insoutenable. Il lui disait silencieusement qu'ils étaient tous deux prisonniers de leur passion et qu'elle tentait de s'échapper à ses risques et périls.

— Non, gémit-elle, tout en se cambrant vers lui avec avidité.

— Si, répondit-il, implacable.

Ses mains étaient tout aussi impitoyables lorsqu'il souleva Olivia et enfouit sa tête entre ses jambes. Il avait déjà fait cela, lors de ces nuits frénétiques durant lesquelles elle s'était soumise à l'amour. Mais quelque chose dans sa détermination, dans la manière gracieuse dont il baissa sa tête noire, dans l'ardeur de sa bouche contre elle, fit naître dans son corps un regain de volupté.

Il goûta d'abord son intimité trempée, avant de la prendre dans sa bouche et de l'aspirer. Le corps d'Olivia tressaillit sous l'effet d'un ravissement ébloui, et elle porta une main tremblante à ses lèvres pour étouffer son cri. Elle s'abandonna à la lueur qui l'aveuglait. Elle voulait que cet amour unique et exceptionnel explose dans les étoiles. Quand elle ferma les yeux, elle vit de radieux soleils tournoyer, danser, entrer en combustion... Un plaisir étourdissant la frappa avec la force de la foudre.

Elle tremblait encore quand il recommença à la lécher. Elle était si sensible que le léger effleurement de sa langue l'emporta vers un nouvel orgasme, d'une telle violence que son cœur cessa de battre. Sans même savoir ce qu'elle faisait, elle enfouit ses mains frémissantes dans l'épaisse chevelure brune. Les larmes coulaient le long de son visage, et elle se mordit furieusement la lèvre inférieure pour réprimer ses sanglots de tristesse et ses cris de plaisir.

Elle remua les hanches comme elle le faisait quand son membre était enfoui profondément en elle, et il empoigna plus fermement ses cuisses, qu'il écarta pour mieux accéder à elle. Sa langue la pénétra, et les muscles intimes d'Olivia se contractèrent pour la retenir. Le musc féminin les entourait d'un nuage sensuel.

Et ce fut de nouveau l'escalade vers l'extase. Avant même que son orgasme soit retombé, la bouche diaboliquement agile de Julian la fit grimper derechef dans un ciel de braise.

— Julian !

Sa voix se brisa.

— Oh, Julian !

Elle se cambra encore. Quelque part au-delà du fabuleux éblouissement de sensations, telle une ombre derrière le soleil, le spectre de l'inéluctable dévastation rôdait.

C'était la dernière fois.

Pendant un moment suspendu, elle resta accrochée aux vertigineuses et incandescentes hauteurs de la jouissance, étrangère à tout ce qui l'entourait, excepté lui.

Son amour. Son seul amour. Son amour perdu.

Vaguement, elle le sentit remuer, puis enfoncer son sexe dans ses chairs enflées.

— Ouvrez les yeux, Olivia.

Son ordre émergea en un souffle saccadé. Il avait l'air furieux. Et féroce, comme si l'amour l'entraînait à la lisière de la folie.

Silencieusement, elle lui obéit.

Le visage de Julian était hagard. Il semblait la proie d'une véritable torture. Sa peau paraissait trop tendue pour ses os.

La détermination affermit sa mâchoire lorsqu'il croisa son regard.

— Je veux que vous me regardiez pendant que je vous prends, ordonna-t-il durement.

Il s'enfonça un peu plus dans son corps.

— Je veux que vous sentiez ma lente progression. Et ensuite, je veux vous entendre me dire que vous allez me quitter.

Il était penché au-dessus d'elle, en appui sur ses bras tendus ; sa poitrine puissante et ses épaules la dominaient complètement. Ses yeux gris scintillants étaient rivés aux siens. Impitoyable, il bougea les hanches pour la remplir entièrement.

Puis il commença à aller et venir en elle. Rude, arrogant, impérieux.

Chaque poussée revendiquait son droit sur elle.

Elle lui étreignit le dos tandis que ses impétueux coups de reins la projetaient contre l'accoudoir du sofa. Un déferlement de sensations la prit d'assaut. La virilité de son corps dans le sien. L'âcre picotement de la sueur et du désir. Sa réaction incontrôlable, un véritable ruissellement. Le souffle râpeux de Julian tandis qu'il la possédait, la marquait de son empreinte.

Elle se hissa vers lui et gémit lorsqu'il s'enfonça plus loin encore. Il l'avait prise bien des fois, mais jamais son corps n'était ainsi devenu une extension du sien.

Et pendant tout ce temps, ses yeux gris ne quittaient pas les siens, observant le plaisir qui montait.

D'un certain côté, elle se désolait de la facilité avec laquelle il la soumettait, mais d'un autre, son âme avide s'emparait du plaisir tant qu'elle le pouvait. Jamais Olivia n'avait ressenti cela. Chaque seconde était précieuse, parfaite, irremplaçable.

Sans relâche, il s'enfonçait, l'emmenait plus haut, toujours plus haut.

Après l'extase que sa bouche lui avait procurée, Olivia pensait qu'elle n'avait plus rien à lui donner. Elle se trompait.

Elle battit des bras désespérément dans le vide. Le plaisir ultime lui échappait. La pression grimpa,

grimpa encore, jusqu'à ce qu'elle se sente prête à voler en éclats.

Elle lâcha un sanglot étranglé et enfonça les ongles dans son dos. S'il avait été nu, elle y aurait laissé une trace ensanglantée. Elle ferma les yeux et se cambra, cherchant aveuglément la jouissance finale.

Julian se retira à l'orée de son corps, et elle attendit qu'il replonge en elle.

Rien.

Elle rouvrit les paupières.

— Julian ?

— Regardez-moi.

Sa voix était rauque et tremblait sous le contrôle surhumain qu'il s'imposait.

— Je vous regarde, dit-elle dans un souffle frénétique et affamé.

Elle remonta encore les hanches en enfonçant les poings dans son gilet.

— Et vous m'aimez.

— Je vous aime, dit-elle dans un râle fiévreux. Ne vous arrêtez pas.

— Jamais.

Enfin, il revint en elle, presque brutalement, et tout autour d'elle explosa dans un éclat de blanc aveuglant.

Poussant un cri, elle s'agrippa à son dos tandis que son corps était saisi d'un spasme de plaisir plus intense, plus pur que tout ce qu'elle avait jamais éprouvé.

Elle l'entendit grogner, puis le sentit frissonner longuement tandis qu'il se répandait en elle. La perfection du moment la laissa suspendue dans le plaisir et l'angoisse, pendant qu'elle absorbait son essence.

Les yeux remplis de larmes, elle le regarda au-dessus d'elle, la tête rejetée en arrière, les cheveux humides de sueur, le visage crispé. Elle imprima en elle ce souvenir, tout en continuant à le serrer contre elle comme si elle voulait qu'il ne la quitte jamais.

Ce qui était le cas.

Elle tremblait encore de plaisir lorsqu'il se retira. Avec un long gémissement, il s'affala contre le dossier du sofa, tandis qu'elle restait étendue là où il l'avait laissée, le visage humide de larmes et meurtri par sa barbe naissante.

Elle avait mal partout. Il n'avait pas été tendre. Mais comment regretter ce qui venait de se passer ? Ils avaient partagé un plaisir inouï.

Le pouls de Julian battait follement à la base de sa chemise tandis qu'il cherchait désespérément à reprendre son souffle. Ses cheveux noirs étaient emmêlés et une mèche tombait sur son front. Ses vêtements froissés étaient humides de sueur. Quelque part dans le feu de leur passion, elle avait arraché son foulard.

Pendant un long moment, ils gardèrent le silence. Puis il la regarda, avachie, les jambes écartées, sa robe bleue tire-bouchonnée autour d'elle.

— Vous avez l'air parfaitement satisfaite.

Sa voix était calme et heureuse.

— Je suis parfaitement satisfaite, confirma-t-elle. Je crois que nous avons ravagé le canapé.

— Kylemore peut s'en offrir un neuf.

La bouche magnifique de Julian esquissa un sourire sensuel.

— Quoi qu'il en soit, pour revivre cela, je suis tout à fait disposé à lui en acheter une centaine.

Il se tut, et son sourire s'évanouit lentement pour être remplacé par un regard intense.

— Venez-vous à Vienne ?

La vénéneuse réalité éteignit le plaisir d'Olivia aussi rapidement qu'une vague froide effaçant des empreintes sur une plage. Ses lèvres étaient pincées lorsqu'elle s'obligea à poser l'incontournable question :

— Pour y être votre maîtresse ou votre épouse ?

Il se rembrunit.

— Vous connaissez la réponse. C'est la seule que je puisse vous donner. Après ce que nous venons

378

de partager, vous ne pouvez pas sérieusement me repousser…

Elle se redressa et s'assit. La douleur pesait dans son ventre comme un poids mort, et dans son cœur résonnait un morne glas d'adieu. Elle avait sa réponse : il l'aimait, mais pas suffisamment. L'inévitable moment était venu.

Elle avait l'impression de vaciller en équilibre au bord d'un gouffre. Elle prit une inspiration douloureuse et s'écarta de l'abîme.

— Si, je le peux, répondit-elle d'une voix grave mais ferme. Adieu, Julian.

La colère contracta sa mâchoire, et il bondit sur ses pieds en boutonnant son pantalon avec des mouvements heurtés.

— Allez au diable, Olivia ! J'en ai par-dessus la tête de vous supplier. J'en ai par-dessus la tête de me traîner dans la poussière devant vous pour mieux recevoir vos coups de pied.

Effarée, elle le dévisagea. À l'entendre, elle venait de lui transpercer le cœur. Elle tendit une main tremblante dans sa direction.

— Julian…

Il ne sembla même pas la voir.

— Prévenez-moi quand vous changerez d'avis. Car vous changerez d'avis. Mais je vous préviens, madame, ne comptez pas sur moi pour attendre longtemps.

Elle eut du mal à ravaler la boule dure qui obstruait sa gorge.

— Je ne compte pas sur vous pour attendre du tout, répondit-elle, bien que l'idée qu'il puisse aimer une autre femme lui donnât envie de hurler et de se jeter sur lui comme une tigresse enragée. Je vous l'ai dit avant que vous ne m'offriez l'adieu le plus mémorable qui soit : c'est terminé.

Il lui décocha un regard glacial. Comment des yeux si ardents quelques secondes plus tôt pouvaient-ils être à présents aussi froids ?

— Je vous ai implorée à maintes reprises, je ne m'humilierai plus devant vous, reprit-il d'une voix dure et hautaine. Il s'agit d'une stupide question d'orgueil, Olivia. Eh bien, soyez heureux, vous et votre orgueil.

Il fit volte-face et se dirigea vers la porte. Elle laissa retomber son bras contre son flanc, saisie d'un immense désarroi. Julian posa une main sur la poignée... et attendit.

Il lui tournait le dos, mais elle n'avait pas besoin de voir son visage pour savoir ce qu'il espérait. Des propositions de compromis impétueuses se formaient dans sa gorge, mais elle garda la bouche obstinément fermée. La volonté d'acier qui l'habitait repoussait les concessions que rêvait de faire son cœur brisé.

Après une dernière seconde de silence pesant, il ouvrit la porte et sortit dans le corridor. Elle entendit des murmures au-dehors. Kylemore les avait peut-être bel et bien attendus.

Une vague de honte la submergea. Elle s'était conduite comme une marie-couche-toi-là. Malgré sa vaillante détermination, elle se sentait terriblement seule, et elle avait désespérément besoin des bras d'Erith autour d'elle pour l'empêcher de claquer des dents.

Ses bras ne se refermeraient plus jamais autour d'elle.

Soraya apparut sur le seuil, son beau visage empreint de compassion.

— Oh, ma pauvre chérie.

— Le comte est-il parti ?

— Oui.

Malgré le gouffre qui s'ouvrait au fond d'elle, Olivia s'obligea à proférer un pathétique mensonge :

— J'en suis fort aise.

— Oh, Olivia. Vous n'avez pas besoin de faire semblant, s'exclama Soraya en se précipitant à ses côtés.

Un sanglot étreignit la gorge de la jeune femme.

— Si.

Le sanglot s'échappa et elle se mit à pleurer, à grands hoquets bruyants. Le monde n'était plus qu'une incommensurable douleur. Toute à son chagrin, elle sentit à peine Soraya la prendre dans ses bras et n'entendit pas les paroles de réconfort qu'elle lui murmurait.

29

Olivia souleva le lourd seau et lança l'eau sale sur le rosier dont les fleurs roses grimpaient le long de son joli cottage blanchi à la chaux. En cette douce soirée d'août, leur parfum flottait dans l'air telle une bénédiction.

Elle se redressa avec un soupir fatigué et jeta un coup d'œil absent dans la direction de l'imposante grille en fer forgé de la propriété. Un homme chevauchant un grand cheval gris remontait au petit galop l'allée bordée de tilleuls. Les longs rayons du soleil déclinant embrasaient de leurs feux dorés le cavalier et sa monture.

Son cœur bondit follement. Elle crispa la main sur l'anse du seau. Le souffle court, en proie à un impétueux mélange d'anxiété, d'excitation et de désarroi, elle attendit.

— Lord Erith, dit-elle avec un calme de façade lorsqu'il fut assez proche pour l'entendre.

Elle savait qu'il l'avait cherchée, après cette démonstration sans équivoque de leur passion mutuelle et l'adieu qu'il refusait d'accepter comme définitif. Après avoir trouvé refuge en ce lieu, elle avait passé les premiers temps sur des charbons ardents, à attendre qu'il arrive en galopant tel le héros d'une épopée et l'attrape au vol pour la mettre sur sa selle. Mais les jours s'étaient transformés en semaines, et il ne l'avait pas retrouvée.

Jusqu'à ce soir. *Miséricorde.*

Sans sourire, il ôta son chapeau et s'inclina comme si elle était une grande dame.

— Olivia.

Son cœur se serra lorsqu'elle se rappela leurs derniers moments ensemble. Il l'avait transportée sur les sommets d'un plaisir vertigineux, puis abandonnée à son implacable détresse.

Pendant un instant tendu, le souvenir de cet épisode fiévreux dans la bibliothèque du duc de Kylemore jaillit entre eux, aussi affûté et luisant qu'une lame neuve.

Délibérément, elle rompit le charme et plaqua devant elle le seau en bois en guise de bouclier.

Que voyait Erith en la regardant ? Ces derniers temps, il ne restait plus grand-chose de l'élégante Olivia Raines, point de mire scintillant du demi-monde. Elle venait de passer des heures à préparer des conserves et se rendit compte, mortifiée, que sa vieille robe en lin délavée et son tablier étaient tachés et froissés. Elle portait des sabots. Ses mains étaient rendues calleuses par le labeur physique, et les journées de jardinage avaient fait ressortir les taches de rousseur qu'elle avait mis des années à vaincre. Quant à sa bouche, elle était poisseuse de la confiture qu'elle avait goûtée.

Elle aurait adoré se moquer de ce qu'il pouvait bien penser. Mais avant d'avoir pu s'en empêcher, elle porta une main à ses cheveux pour y remettre un peu d'ordre. Ils étaient remontés négligemment au-dessus de sa tête. Avec la chaleur de l'été, quelques mèches folles collaient à son cou humide et lui chatouillaient les joues.

Elle avait l'air d'une souillon, tandis que lui, comme toujours, était une véritable gravure de mode. Sa redingote bleu foncé et son pantalon chamois lui allaient à la perfection. Même après la chevauchée poussiéreuse depuis Londres par cette chaleur, ses bottes luisaient et son foulard était immaculé.

Le contraste entre eux n'aurait pu être plus saisissant. Il devait se demander ce qu'il avait bien pu lui trouver.

Elle releva le menton et essaya d'adopter une attitude de défi. Mais ce n'était pas aisé, avec son cœur qui tambourinait.

— Que désirez-vous ? interrogea-t-elle avec un soupçon d'hostilité.

Il ne pouvait y avoir qu'une raison à sa présence ici : il voulait l'attirer de nouveau dans son lit. Sous son regard assuré, elle s'agitait comme une pouliche nerveuse.

— Vous m'en avez fait voir de toutes les couleurs, dit-il avec calme.

Toute son attitude était détendue. La main qui tenait son chapeau était posée avec légèreté sur sa cuisse. La brise jouait avec ses luxuriants cheveux noirs. Sous la sensuelle lourdeur de ses paupières, ses yeux étincelaient d'un éclat métallique.

Olivia sentit renaître un picotement de vie dans ses veines. C'était cruel de la part du comte de venir ainsi sans prévenir fracasser la sérénité qu'elle avait eu tant de mal à trouver... même si, pour être honnête, elle devait admettre qu'elle n'avait jamais eu cette sérénité. Au contraire, elle avait en permanence l'impression que quelqu'un lui avait arraché le cœur et l'avait piétiné avant de le jeter dans une rivière glaciale.

Maudit soit Julian de l'avoir retrouvée ! Il allait lui falloir livrer de nouveau la longue et douloureuse bataille consistant à l'oublier. Une bataille que, pour l'instant, elle perdait de façon spectaculaire malgré tous ses efforts.

— Ce sont les Kylemore qui vous ont dit où j'étais ?

Elle vivait sur une propriété appartenant au duc de Kylemore, qu'il avait héritée l'année précédente d'un obscur cousin. Après le départ houleux d'Erith, Soraya et son intimidant mari lui avaient proposé ce refuge dans le Kent. Incapable de supporter l'idée de rester à

Londres et d'y croiser Erith, Olivia avait accepté avec gratitude de pouvoir se cacher jusqu'à ce qu'elle se sente de nouveau capable de se frotter au monde.

— J'avais fini par le deviner. Ils n'ont fait que me le confirmer.

Sa voix suave de baryton vibrait jusque dans ses orteils. Pendant quelques secondes hors du temps, elle ferma les yeux et se rappela cette voix murmurant des mots d'amour.

Quand elle rouvrit les paupières, elle lut dans son regard qu'il avait deviné la nature de ses pensées.

Rien d'étonnant à cela. Leur liaison n'avait duré que quelques semaines, mais il la connaissait si bien...

Il poursuivit, comme si cet étrange moment n'avait pas existé :

— Je me doutais que vous choisiriez un endroit pas trop éloigné de Leo. Il a dû vous raconter que j'étais allé vous chercher à Wood End.

— Non, il ne m'en a pas parlé.

Leo était venu lui rendre visite régulièrement tout l'été.

— Il sait que je suis sa mère.

— J'ai gardé le secret, affirma Erith.

— Il m'a dit qu'il l'avait toujours su.

Elle ne put s'empêcher de sourire. Maintenant qu'elle n'était plus obligée de mentir, sa relation avec son fils avait pris une profondeur et une intimité nouvelles.

— C'est un garçon intelligent.

— Vous n'êtes pas venu jusqu'ici pour parler de Leo.

Elle se redressa et toisa durement Erith, oubliant que les regards sévères ne menaient pas bien loin avec lui. Il se contenta de hausser un sourcil moqueur.

— Cela me fait plaisir de parler de Leo. Je ne suis pas pressé.

L'éclat de ses yeux gris s'accentua.

— Mais la route depuis Londres était longue et poussiéreuse. N'allez-vous pas me faire entrer ? Me proposer à boire ?

— Généralement, vous n'attendez pas d'y être invité, riposta-t-elle d'un ton aigre-doux.

Elle avait tellement envie d'être en colère, de le détester. Mais c'était impossible quand il la regardait avec cette lueur espiègle dans les yeux. Il incarnait la réponse à toutes les prières qu'elle avait chuchotées pendant tant de nuits blanches désespérées.

— Peut-être ai-je appris quelques bonnes manières au fil des longues et mornes journées qui ont suivi votre départ.

À le voir, on n'aurait pas cru que ses journées avaient été longues et mornes. Il était aussi détendu que s'il bavardait poliment avec une connaissance. Puis elle vit la poussière et la sueur sur la robe du cheval et se rappela que Londres était loin.

— Quand avez-vous découvert où j'habitais ?

— Cet après-midi.

Il avait dû galoper pendant presque tout le trajet, ce qui démentait son attitude désinvolte. Il avait l'habitude de dissimuler ses sentiments. Elle aussi. Pendant un bref moment de grâce, ils avaient été honnêtes l'un envers l'autre. Mais cette période avait disparu pour toujours.

— Votre cheval doit mourir de soif.

Elle se tourna vers la pompe et plaça le seau sous le bec avec une brutalité inutile.

— Je vous en prie, occupez-vous d'abord de l'animal, dit-il avec une pointe d'ironie.

En relevant les yeux, elle remarqua une tension dans sa bouche indiquant qu'il n'était pas aussi maître de lui qu'il voulait bien le paraître.

— Pourquoi Kylemore ne vous a-t-il pas installée dans le manoir ?

Elle se mit à pomper, et l'eau jaillit dans le seau.

— Telle était son intention, mais je considérais que ce n'était pas ma place.

— Mazette, quelle humilité, mademoiselle Raines !

Elle le tança du regard.

— Si vous désirez que votre cheval ne soit pas le seul à être abreuvé, vous feriez bien de tenir votre langue.

— Ou de l'utiliser à quelque chose de plus agréable, murmura-t-il.

Olivia feignit de ne pas avoir entendu, mais se trahit en rougissant à la pensée de ce qu'il lui avait fait la dernière fois qu'ils s'étaient retrouvés seuls. Comme ils l'étaient à présent. Sa bonne était rentrée chez elle, et cette maison était isolée du village.

Sans grâce, elle posa le seau sous le nez du cheval. Tandis que l'animal s'abreuvait avec un enthousiasme bruyant, elle leva un œil glacial vers Erith.

— Vous feriez aussi bien d'entrer. De toute façon, je ne peux vous en empêcher.

— Je crois que non, en effet.

Il avait l'air parfaitement imperméable à son humour caustique. Même la brève incertitude qu'elle avait cru remarquer sur son visage avait disparu. Avec une élégance puissante qui fit s'envoler son cœur, il mit pied à terre et se dressa devant elle.

Olivia demeura clouée sur place et inspira profondément le merveilleux parfum qui s'échappait de lui. Il sentait le cheval, la poussière, la sueur fraîche et, surtout, sa propre odeur.

Il ne paraissait pas pressé non plus de bouger et ne la quittait pas des yeux. Elle se ressaisit dans un sursaut. Si elle n'y prenait garde, Erith saurait qu'elle était horriblement désarmée face à lui.

Imbécile, bien sûr qu'il le sait. Pourquoi crois-tu qu'il est ici ?

C'était si douloureux, mais si bon de le revoir ! Subitement, l'air crépitait d'une électricité particulière, la lumière était plus brillante. Elle se sentait vivante pour la première fois depuis des mois.

— Entrez, dit-elle d'une voix d'outre-tombe. Il y a de la bière dans le garde-manger. Et vous devez avoir faim.

Il lui adressa un regard mélancolique tandis qu'il ôtait ses gants de cuir.

— La route est longue…

— Depuis Londres. Je sais, vous me l'avez dit.

Ses jupes froufroutèrent lorsqu'elle se retourna pour se diriger vers la cuisine.

— Venez vous restaurer. Ensuite, vous pourrez repartir.

Un rapide coup d'œil par-dessus son épaule lui apprit qu'il ne la suivait pas : debout à côté de son cheval, il faisait distraitement claquer ses gants sur son pantalon. Miséricorde, l'image parfaite de la virilité.

— Partir où ? demanda-t-il doucement.

Elle s'arrêta sur le seuil de la porte et lui décocha un regard ironique.

— En ville. À Maidstone. À Douvres. Au diable, pour ce que cela m'importe.

— Mais il va bientôt faire nuit. Et Bey est fatigué. Une âme charitable me proposerait un lit.

Elle pinça les lèvres avec impatience. Comme elle aurait aimé demeurer insensible à son humour ! Mais elle y avait toujours été incurablement réceptive.

— Vous êtes trop vieux pour mettre en avant votre charme juvénile, Erith.

— Avant, vous m'appeliez Julian.

— Bien des choses ont changé depuis. Allez-vous entrer ?

— Avec plaisir.

Il insista sur le dernier mot, et elle ne put réprimer un frisson. C'étaient les mots qu'il avait prononcés lors de leur première soirée à York Street.

Doux Jésus, elle allait devoir enrayer l'insidieux enchantement des souvenirs, sans quoi Erith l'allongerait sur le dos avant qu'elle ne franchisse le seuil de la maison ! Non que la perspective d'une dernière nuit de plaisir avec le comte lui répugnât. Mais à quoi cela servirait-il ? Elle ne se sentirait que plus seule et plus malheureuse après son départ.

Elle pénétra dans la fraîche pénombre de la cuisine dallée. Il lui emboîta le pas, et la pièce parut soudain beaucoup trop petite à Olivia.

— C'est joli.

Il s'assit sans y avoir été invité sur la banquette placée sous la fenêtre et regarda autour de lui avec une curiosité non dissimulée. Après les malhabiles débuts d'Olivia dans la préparation de confitures, la cuisine était en pagaille. L'atmosphère, saturée des odeurs de sucre chaud et de fruits, était écœurante. Elle essaya de ne pas s'en soucier, mais son amour-propre souffrait du désordre.

Elle sortit le pichet de bière du garde-manger, en versa dans une chope et la lui tendit en prenant soin de ne pas effleurer ses doigts.

— Merci.

— Vous trouvez cela humble et étriqué.

Il accepta la boisson et en but une longue gorgée.

Elle s'efforça de ne pas le regarder incliner la tête en arrière et déglutir. Sa présence masculine était profondément envahissante. Il fallait qu'elle résiste à cette invasion de sa maison. Mais son cœur était trop occupé à exécuter une petite danse euphorique.

Pauvre cœur imbécile.

Pauvre Olivia imbécile.

Il baissa la chope et lui lança un regard vif.

— Non, pas du tout. Je trouve cela charmant. Mais ce n'est pas exactement ainsi que je vous imaginais vivre.

— Vous imaginiez que je prendrais un autre amant roulant sur l'or, dit-elle avec amertume.

Elle ne pouvait cependant lui en vouloir. C'était la voie naturelle pour la courtisane la plus célèbre de Londres.

Il tordit les lèvres en un petit sourire qui n'en était pas un.

— Je vous connais mieux que cela.

Elle fit claquer sa main sur la table tachée de baies rouges, soudain lassée de cette petite joute.

— Vous ne me connaissez pas du tout, monsieur. Veuillez, je vous prie, dire ce qui vous amène et vous en aller.

— Je voulais vous voir.

Il fit glisser sa chope vide sur la table.

— Je vous ai cherchée partout depuis le mois d'avril.

Elle pivota et fixa d'un œil absent le couloir qui menait au reste de la maison.

— C'est inutile. Je ne viendrai pas à Vienne pour y être votre maîtresse.

— Attendez au moins que je vous le demande, dit-il doucement.

Elle se tourna vers lui, furibonde.

— Ne me faites pas croire que vous n'êtes pas venu dans l'intention de me reconquérir. Vous avez beau afficher un air désinvolte, je sens votre désir.

À présent, il ne souriait plus du tout.

— Bien sûr que je vous veux.

— Ce n'est pas...

Elle se tut soudain, avant de reprendre :

— Vous aviez dit que vous retourneriez à Vienne après le mariage de Roma en juin.

— Elle n'a pas épousé Renton, finalement.

Il souleva une jambe bottée et noua ses doigts autour de son genou. Il avait certes admis qu'il la désirait toujours, mais toute son attitude exprimait un parfait détachement.

— Je pensais que vous l'aviez entendu dire.

— Les ragots n'arrivent pas jusqu'ici. Et aucun de mes amis londoniens ne sait où me trouver. À l'exception de Perry, bien sûr.

— Le menteur ! Il m'a dit qu'il ne savait rien.

— Je lui ai fait promettre de garder le secret. Il ne devait surtout pas vous en parler.

— Savez-vous que la duchesse de Kylemore a mis au monde une petite fille au mois de mai ?

— Nous sommes sur des terres Kylemore. Ce genre de nouvelle ne s'apparente pas à un commérage. Parlez-moi plutôt de Roma.

C'est alors qu'une horrible pensée balaya soudain son amertume.

— Les Renton n'ont pas découvert qu'elle m'avait rencontrée, au moins ? Je vous jure que je n'ai jamais eu l'intention de lui nuire, Julian.

Le prénom lui avait échappé.

S'il en profitait pour proférer quelque observation infatuée, elle le frapperait avec l'une des grosses casseroles en cuivre accrochées au-dessus du fourneau. Mais il ne parut rien remarquer. Elle savait à quoi s'en tenir, cependant. Ses yeux perçants et son esprit affûté ne rataient jamais rien.

— Non. La visite que vous a rendue Roma est restée secrète, Dieu merci. Mais elle aura désormais la réputation d'être celle qui rompt ses engagements.

— C'est elle qui a rompu les fiançailles ? s'exclama Olivia en fronçant les sourcils, perplexe. Cela ne semble pas vous bouleverser.

Il haussa les épaules.

— Ce garçon m'a toujours paru pédant et ennuyeux.

— Comparé à vous, il l'est probablement, ne put-elle s'empêcher de dire.

Il laissa fuser un petit rire.

— En voilà un coup bas, mon amour.

Ignorant son regard incendiaire, il poursuivit :

— Elle est encore très jeune. Et immature pour son âge. Renton était un beau parti, mais je préfère qu'elle épouse un homme qui ait autant d'esprit et d'intelligence qu'elle.

— Je pense qu'elle cherchait quelqu'un pour vous remplacer. Quelqu'un qui pourrait lui donner la famille dont, estime-t-elle, vous l'avez dépossédée.

Cela lui avait terriblement manqué... Bavarder ainsi avec lui. Le sentir près d'elle. Tout lui avait manqué. Elle érigea frénétiquement une barricade pour vaincre le ramollissement qui s'insinuait dans son cœur. Elle n'avait pas d'avenir avec cet homme. Il fallait qu'elle s'en souvienne.

L'ombre d'un regret traversa le beau visage d'Erith.

— Peut-être avez-vous raison. Nous sommes devenus beaucoup plus proches, tous les deux. Mais elle continue à monter à cheval avec la souplesse d'une miche de pain. Difficile d'imaginer que ma fille puisse être aussi peu douée sur une selle.

— La rupture des fiançailles a dû provoquer un terrible scandale. Est-ce qu'elle va bien ?

Le cœur d'Olivia se serra à la pensée que la jeune fille puisse souffrir de la réprobation de la bonne société.

— Si elle va bien ?

Un sourire ironique se dessina sur ses lèvres.

— Elle se porte comme un charme ! Et elle a complètement renouvelé sa garde-robe, en s'inspirant de ce que vous mettiez cette saison. Désormais, vous exercez à votre insu un ascendant considérable sur elle.

Elle chercha en vain une pointe de ressentiment dans sa voix.

— Vous devez détester cela.

— Uniquement parce que cela me rappelle que vous m'avez quitté. Mais, à vrai dire, je n'ai guère besoin qu'on me le remémore.

— Julian... commença-t-elle en guise d'avertissement.

En même temps, bien qu'il n'eût fait aucun mouvement pour la toucher, elle recula vers la cheminée éteinte.

Il reprit la parole avant qu'elle puisse aller au bout de sa réprimande.

— Pour tout vous avouer, je préfère cette nouvelle Roma éblouissante à la jeune fille boudeuse que j'ai trouvée à mon retour. Elle m'a l'air déterminée à devenir une originale. Je suis sûr qu'elle tombera sur un garçon qui la reprendra en main avant qu'elle n'aille trop loin. Si seulement elle pouvait apprendre à monter comme vous, je serais un père comblé.

Il y avait dans sa voix une nouvelle tendresse lorsqu'il évoquait sa fille. Olivia sourit. Elle savait à quel point l'éloignement d'avec sa famille avait rongé Julian.

— Je suis heureuse pour vous. Et votre fils ?

— William s'amadoue tout doucement, en particulier maintenant qu'il a perdu en la personne de Roma son alliée contre moi. Au moins, il accepte de causer un peu avec moi, depuis quelque temps. Apparemment, il n'aimait pas non plus Renton.

— Ainsi, vous avez atteint le but que vous poursuiviez en revenant à Londres.

— On pourrait dire cela, répondit-il d'une voix lente et posée.

Il continuait à la regarder fixement. Cela aurait dû la mettre mal à l'aise. Elle avait l'air d'une paysanne, et il était venu lui demander une chose qu'elle ne pouvait lui donner. Pourtant, il lui semblait parfaitement naturel que le regard de Julian soit rivé sur elle. De même qu'il lui semblait parfaitement naturel de bavarder avec lui.

— Est-ce la raison pour laquelle vous avez retardé votre retour à Vienne ?

— Je ne retournerai pas à Vienne. J'ai démissionné de mes fonctions.

Il marqua une pause et prit une profonde inspiration avant de poursuivre :

— J'ai acheté un château en France où je vais élever des chevaux.

— En France ?

Sa question avait été presque inaudible. Le choc raidissait tous ses muscles.

— Je croyais que vous vouliez rester en Angleterre.

— Mes plans ont évolué.

— Et vos propriétés ?

Olivia essayait de se dire que rien de tout cela ne la regardait. Elle n'avait aucunement l'intention de lui revenir. Ni en Angleterre, ni en France, ni à Tombouctou. Il était perdu pour elle quel que soit l'endroit où il élirait domicile. Alors, pourquoi diable avait-elle l'impression que sa vie venait d'être anéantie parce qu'il avait pour projet de vivre à l'étranger ? Pour l'amour du Ciel, elle l'avait cru déjà reparti à Vienne !

— William s'en occupera lorsqu'il aura terminé ses études à Oxford.

— Mais… ne serait-ce pas plus commode pour vous, pour votre famille, que vous vous installiez dans l'une de vos maisons ?

Il reprit sa chope et la fit tourner entre ses mains en regardant les reflets de la lumière déclinante sur l'étain.

— Après toutes ces années sur le continent, je trouve l'Angleterre trop étriquée pour moi. Je me faisais une image romantique de ma terre natale et je l'aimerai toujours, mais, après réflexion, la France me conviendra bien mieux. Il s'agit d'une propriété en Normandie, suffisamment proche pour des visites régulières de part et d'autre. Tous mes arrangements bénéficient de l'entière approbation de mes enfants.

— J'ai du mal à le croire.

Avec un sourire mi-figue, mi-raisin, il répondit :

— Je n'ai pas dit l'approbation *immédiate*. Mais, après de longues discussions, je les ai ralliés à mon point de vue.

Pour dissimuler sa détresse, Olivia injecta une note de dérision dans sa question :

— Ainsi, le comte d'Erith, notoire et éblouissant débauché, s'installe comme simple fermier ?

— Oui, et avec une grande impatience. De plus, je compte voyager beaucoup. Ma future femme souhaite connaître des pays étrangers.

Quand il releva la tête, ses yeux étaient clairs et brillaient d'un bonheur sans mélange.

— Olivia, je vais me marier.

30

Olivia recula avec un cri étranglé. Sa tête résonnait comme s'il l'avait violemment giflée.

Se marier ? Bien sûr, il voulait se marier. Mais pas avec elle, voilà tout.

Tremblante, aveuglée, elle chercha à tâtons le dossier d'une des rustiques chaises en paille. Elle ne pouvait pas tomber. Il n'en était pas question. Ce serait trop humiliant. Mais ses jambes étaient en flanelle, et la buée qui obstruait sa vision devenait du même gris profond que les yeux de Julian. Tout disparut autour d'elle, et elle se sentit dégringoler dans un gouffre ténébreux.

De très loin, à travers la détresse qui la faisait suffoquer, elle entendit un tintement lorsque Julian laissa tomber sa chope, puis un claquement sourd quand la chaise à laquelle elle essayait de se cramponner se renversa sur le sol.

Il va épouser une autre femme. Comment pourrai-je le supporter ?

Quatre mois plus tôt, elle lui avait rendu sa liberté. Il avait dû consacrer son temps depuis à trouver une épouse honorable. Une créature exemplaire digne de devenir la nouvelle comtesse d'Erith. Une femme avec qui fonder un nouveau foyer… Seigneur, elle en avait la nausée… et avoir les bébés qu'Olivia ne pourrait jamais lui donner.

Elle chancela. Pourquoi diable ne pouvait-elle plus respirer ? Il fallait qu'elle respire. Ses poumons étaient trop gros. Elle avait froid. Horriblement froid.

— Olivia ? Olivia, ma chérie, tout va bien.

Dans le brouillard, elle sentit les bras forts qui l'encerclaient. Puis elle fut désorientée lorsqu'il la souleva de terre et la porta vers le couloir.

Il va épouser une autre femme.

Elle frissonnait avec une telle violence que rien n'aurait pu l'empêcher de s'accrocher à sa chaleur familière. Pas même cette monstrueuse nouvelle.

— Reposez-moi, articula-t-elle à travers des lèvres qui lui parurent être en coton.

Il ne l'écouta pas. Peut-être ne l'avait-il pas entendue.

— Vous devez bien avoir un salon. Je refuse de continuer à vous parler dans la cuisine.

Il va en épouser une autre.

Les mots vénéneux martelaient son cerveau, inlassablement.

Il ne pouvait pas la porter comme si elle était son trésor le plus précieux. Il ne pouvait pas l'appeler sa chérie. Il ne pouvait même pas lui parler sans chaperon. Il aurait dû être à Londres, en train de faire la cour à sa fiancée.

Sa conscience l'incitait à protester. Mais elle n'avait jamais été hypocrite. Elle enroula un bras autour de son cou et posa sa joue contre sa poitrine. Sous son oreille, le cœur de Julian battait à un rythme lent et régulier.

Elle revint progressivement à la vie et étudia son profil volontaire. Ses pommettes lui parurent plus prononcées, comme s'il avait perdu du poids. Et le pli sévère qu'avaient pris ses traits semblait indiquer qu'il n'avait pas beaucoup souri depuis qu'elle l'avait quitté.

Allons donc, elle rêvait. Il ne s'était pas langui d'elle. Il avait séduit une autre femme.

— Je suis trop lourde.

Il émit le petit rire qu'elle adorait, amusé malgré lui.

— Vous êtes parfaite.

Il lui fit franchir l'étroit passage conduisant au salon et baissa la tête sous le linteau bas.

— Je peux tenir debout, protesta-t-elle sans grande conviction.

— Non. Vous allez encore vous évanouir.

Il s'assit dans le fauteuil, à côté de la cheminée, et l'installa sur ses genoux.

— Je ne me suis pas évanouie.

Ses jambes étaient devenues toutes molles, et elle avait eu l'impression qu'elle allait s'écrouler, mais elle ne s'était pas évanouie. Olivia Raines ne s'évanouissait pas.

— Si vous le dites. Pour l'amour du Ciel, femme, cessez de vous débattre !

Oh, à quoi bon ? Elle se calma en poussant un soupir désespéré. Aussitôt, les battements frénétiques de son cœur s'apaisèrent. Elle capitula, incapable de se résoudre à mettre un terme à cet exquis moment.

— Voilà, voilà… dit-il doucement en enfouissant son visage dans ses cheveux.

Elle ferma les yeux et laissa la présence d'Erith l'envelopper. Le plaisir était fragile, trompeur, mais elle était impuissante à s'écarter. Pour la première fois depuis qu'ils étaient séparés, après ces interminables et austères semaines, elle goûtait à quelque chose qui se rapprochait du bonheur.

— Julian, cessez de me tourmenter, le supplia-t-elle d'une voix brisée. C'est trop cruel.

— Cruel ? Voilà qui est fort ! Vous m'avez fait vivre quatre mois d'enfer, dit-il dans ses cheveux.

Il resserra ses bras en un mouvement convulsif qui révéla à Olivia combien elle lui avait manqué.

Elle ne comprenait pas ce qu'il voulait. Il lui annonçait qu'il avait trouvé une femme, qu'il partait pour la France. Et pourtant, il la serrait si fort et si tendrement qu'on aurait dit qu'il voulait la garder contre lui pour toujours.

Ridicule illusion.

Une petite voix lui soufflait de rassembler son courage, de se lever et de le renvoyer. Il n'était pas pour elle. Il ne serait jamais pour elle. Il devait retourner auprès de sa fiancée. Alors, peut-être aurait-elle une chance de glaner quelque satisfaction dans les années insipides qui s'annonçaient.

Il devait partir.

Mais pas encore. Doux Jésus, pas encore.

Olivia avait beaucoup de mal à admettre qu'il appartenait à une autre. Le lien qui les avait unis pendant ces longues nuits de passion à York Street était aussi fort qu'auparavant. Davantage, même, maintenant qu'il avait été éprouvé par la séparation et l'angoisse.

Elle se faisait probablement des idées, mais il lui semblait qu'il l'aimait encore.

Et quand bien même ? Elle n'avait pas l'intention de fléchir. Ses conditions n'avaient pas changé. Mais cela allait lui briser une nouvelle fois le cœur de le repousser.

Il releva la tête et la regarda, les yeux brillants.

— Vous sentez la fraise.

— J'ai fait des confitures.

— Ah.

Il lui releva le menton.

— Voyons cela.

Le cœur d'Olivia s'élança au galop, et elle attendit en tremblant ce qui allait fatalement advenir. Une femme plus avisée aurait repoussé ses baisers. Mais il lui avait tellement manqué... Un seul baiser, cela comptait-il ? Sûrement, elle méritait bien cette petite dose de joie avant de plonger de nouveau dans un malheur glacial.

Lentement, pour lui laisser le temps de se refuser à lui, il baissa la tête. Ses yeux gris rayonnaient. Il entrouvrit les lèvres en relâchant peu à peu son souffle. Quand il appuya tendrement sa bouche sur la sienne, la divine douceur de ce contact la fit fondre.

Tout doucement, il la goûta. Jamais auparavant il ne l'avait embrassée ainsi. De façon presque… innocente.

Il releva la tête trop vite. Rendue fébrile par le désir, elle attendit qu'il reprenne ses lèvres, qu'il transforme la tendresse en passion.

— Mmm, c'est délicieux.

Son sourire était aussi suave que le baiser. Le cœur indiscipliné d'Olivia cessa de galoper, cessa tout simplement de battre.

— Julian… murmura-t-elle d'une voix étranglée.

Elle s'efforçait de se rappeler qu'il était promis à une autre, mais il était ici, et cette fiancée, quelle qu'elle soit, ne représentait qu'une ombre indistincte. Elle ferma les yeux et lutta contre les larmes.

Comme s'il comprenait qu'elle était sur le point de se briser, il l'enveloppa plus étroitement de ses bras et fourra son visage dans sa poitrine. Olivia sentait encore sur ses lèvres son baiser fugitif, plus enivrant que n'importe quel vin. Cela faisait si longtemps qu'elle aspirait à le sentir de nouveau contre elle !

— Je vous ai apporté un cadeau, dit-il enfin.

Sa voix était aussi grave qu'elle l'avait été lorsqu'il lui avait dit qu'il l'aimait.

Une vague de déception la parcourut, gâchant ce petit moment de bonheur. Espérait-il la soudoyer une nouvelle fois ?

— S'agit-il encore de bijoux ?

— Non. Mais je vous achèterai tous les diamants de Londres si vous le désirez.

— Non.

— Il n'empêche, je vous les achèterai, murmura-t-il en enfouissant son nez dans son oreille.

Un petit frisson la parcourut, qu'elle essaya de réprimer.

— Je les jetterai, répondit-elle d'une voix rauque.

Il inclina la tête afin de voir son visage.

— Prenez le morceau de papier qui se trouve dans ma poche intérieure.

— S'il s'agit de l'acte de propriété d'une maison, je n'en veux pas non plus.

Une étincelle amusée éclaira les yeux de Julian.

— Voilà qui me soulage. Il ne s'agit pas d'un titre de propriété.

Personne d'autre ne la taquinait. Pourquoi avait-il fallu qu'elle tombe amoureuse du seul homme sur terre qui le fasse ?

— Julian Southwood, vous êtes l'individu le plus exaspérant que j'aie jamais rencontré, grommela-t-elle.

— Je n'en doute pas, répondit-il avec un autre de ses petits rires. Dans ma poche intérieure, Olivia.

Elle glissa la main sous sa redingote et tâtonna jusqu'à ce que ses doigts entrent en contact avec du papier. Elle le sentit retenir son souffle, puis respirer plus vite lorsqu'elle le toucha à travers sa chemise.

Lentement, elle sortit le document en caressant délibérément son corps.

— Qu'est-ce donc ?

Il la contemplait avec, dans les yeux, un éclat intense qu'elle ne lui connaissait pas.

Elle s'était moquée de lui en disant qu'il était trop vieux pour exercer un charme juvénile, mais il lui paraissait soudain très jeune et très peu sûr de lui. *Timide*. Un mot qu'elle n'aurait jamais cru associer au sophistiqué comte d'Erith.

Ses yeux brillaient de tendresse, et sa bouche expressive semblait frémir, sur le point de former l'un de ses merveilleux sourires. Elle se retint juste à temps de se pencher pour l'embrasser.

Il désigna le papier d'un signe de tête.

— Eh bien, lisez-le.

À contrecœur, elle déplia le document. Il avait certainement accompli quelque geste extravagant pour la convaincre de redevenir sa maîtresse.

Le crépuscule de cette fin d'été offrait suffisamment de lumière pour qu'elle déchiffre l'écriture qui recouvrait la page.

Malgré cela, elle dut la relire trois fois avant de comprendre ce qu'elle tenait entre ses mains tremblantes.

Lorsqu'elle le regarda, choquée, il resserra son étreinte comme s'il avait peur qu'elle s'enfuie.

— C'est un certificat de mariage, dit-elle d'une voix blanche.

— Oui.

L'éclat de ses yeux faillit l'aveugler. Ou peut-être étaient-ce les larmes qui lui brouillaient la vue.

La pomme d'Adam de Julian remonta tandis qu'il déglutissait. Elle découvrit avec émotion que cet homme si sûr de lui attendait sa réponse avec nervosité. Cela lui serra le cœur.

Et lui apporta une calme assurance qu'elle n'avait encore jamais éprouvée.

Elle tendit une main et lui caressa la joue.

— Demandez-le-moi, Julian, chuchota-t-elle.

Il s'éclaircit la gorge. Une fois. Puis encore une fois.

Mais sa voix était grave et ferme lorsqu'il demanda :

— Ma belle, intelligente, sage et merveilleuse Olivia, amour de mon cœur, voulez-vous m'épouser ?

Remerciements

Un grand merci à toute l'équipe d'Avon Books : c'est un bonheur de travailler avec vous. Merci tout particulièrement à mes éditrices, Lucia Macro et May Chen, à l'équipe artistique de haute volée et au service marketing, qui n'a pas son pareil pour faire savoir au monde entier qu'un nouveau roman d'Anna Campbell va paraître. Je tiens également à remercier Linda Funnell et son équipe d'Avon Australia, qui ont apporté un soutien sans faille à la nouvelle auteure de romans d'amour australienne que je suis. Je n'oublie pas non plus mes excellents agents, Paige Wheeler et Nancy Yost.

Comme toujours, je remercie du fond du cœur ma chère amie Annie West pour son regard exigeant. Annie, que ferais-je sans toi ? Ma sincère gratitude également à Christine Wells, à Vanessa Barneveld et à Sharon Arkell, pour leur aide et leur amitié. Un grand merci aussi à toutes mes amies du blog Romance Bandits. Vous me donnez le sourire et me rappelez qu'écrire des romans d'amour est le plus formidable métier du monde ! Merci enfin à mon amie Susan Parisi, dont les récits sombres et fascinants m'ont lancée dans l'écriture.

Par-dessus tout, ma gratitude va à tous les lecteurs et lectrices qui m'ont contactée pour me dire à quel point ils avaient apprécié mes livres précédents. Ma plus grande récompense est le plaisir que vous prenez à lire mes histoires.

*Découvrez les prochaines nouveautés
des différentes collections J'ai lu pour elle*

Le 2 octobre

Inédit ### *La trilogie Fitzhugh - 2 - Elle, et aucune autre*

ଔ **Sherry Thomas**

Fou amoureux d'Isabelle, lord Fitzhugh a dû se résoudre à épouser Millie, héritière d'un riche industriel. Une jeune fille si banale comparée à la fougueuse Isabelle. Révolté, il a exigé que leur mariage reste platonique. Huit ans après, Isabelle revient des Indes, veuve et libre. Fitz va enfin pouvoir la retrouver. C'est compter sans Millie qui va soudain se montrer sous un autre jour.

Inédit ### *Dame de cœur, atout pique*

ଔ **Cecilia Grant**

1816, Londres. Lydia Slaughter, prostituée, s'y connaît aussi bien aux jeux qu'en hommes et n'hésite pas à user de tous les artifices pour arriver à ses fins. Lors d'une soirée, elle va plumer purement et simplement Will Blackshear. Ce dernier est un homme audacieux et, tout comme elle, il a impérativement besoin d'argent. Une alliance pourrait s'avérer très rentable pour tous les deux. Mais cet arrangement implique des paris risqués en échange de délices charnel.

N'aimer qu'une fois ଔ **LaVryle Spencer**

1837. Île de Nantucket. Lorsque son époux, Rye Dalton disparaît en mer, Laura se réfugie dans les bras de Dan, son ami d'enfance. Son enfant aura besoin d'un père. Quatre ans plus tard, Laura mène une existence paisible avec son fils Josh et son mari. Alors, quand Rye réapparaît, Laura est tiraillée entre deux hommes. Incapable d'oublier celui qu'elle n'a jamais cessé d'aimer, elle doit faire un choix : trahir son cœur ou sa parole.

Le 16 octobre

Inédit *Un mari apprivoisé* cx **Hope Tarr**

1860. Après avoir passé toute son enfance à l'orphelinat, Patrick O'Rourke est devenu un homme d'affaires prospère. Il lui faut désormais penser à se marier. Lors d'une réception, il tombe sous le charme de lady Katherine Lindsey, jeune et belle aristocrate. Une femme inaccessible. Mais lorsqu'elle va mettre au point un chantage dans le but d'accepter un mariage de convenance avec Rourke, Katherine lui montre une autre facette de sa personnalité. Rapidement naît entre eux une passion dévorant

Inédit *Maîtres et seigneurs - 2 - Le maître de mes tourments* cx **Karin Tabke**

1067. Comme ses compagnons, Wulfson de Trevelyn, s'est engagé à servir le roi Guillaume le Conquérant. Chargé d'exécuter la princesse Tarian, qui est accusée de meurtre et de traîtrise, il se rend au domaine de Draceadon. Il y découvre une magnifique jeune femme en détresse et tombe sous le charme de cette Saxonne à la beauté ensorcelante. Dès lors, Wulfson ne se pose plus qu'une seule question : sa fidélité au roi résistera-t-elle à son amour pour Tarian?

La fraternité royale - 2 - Escorte de charme cx **Sabrina Jeffries**

Marcus North, vicomte Draker, n'a pas pardonné à sa mère de l'avoir conçu hors mariage. Redoutant que sa sœur ne suive le même chemin, il la surveille de près et lui interdit de revoir Simon Tremaine. N'ayant pas l'habitude de recevoir de la visite, il tombe des nues lorsque Régina Tremaine se présente à l'improviste pour plaider la cause de son frère. Marcus refuse de l'écouter. Mais, lorsqu'elle évoque l'éventualité de rencontres secrètes, il lui propose un marché : si elle l'autorise à lui faire la cour, il acceptera que Simon revoie sa sœur !

CRÉPUSCULE

Le 2 octobre

Inédit *Les ombres de la nuit - 9 - La prophétie du guerrier* cx **Kresley Cole**

Assassiné avant d'avoir pu épouser la sublime Regin, Aidan le Fier n'a de cesse de poursuivre sa bien-aimée. Depuis l'éternité, il arpente le monde des vivants sous différentes identités, en quête de son amour perdu. Réincarné aujourd'hui en un puissant guerrier celte, il est prêt à tout pour réintégrer le monde qui lui est interdit et conquérir sa promise…

Le 16 octobre

Inédit *Les exilés d'Austin - 1 - Insolente créature* cx **Jennifer Ashley**

Créatures redoutées, les Garous inspirent peur et méfiance à tout humain qui se respecte. Excepté Kim Fraser. Choquée par les accusations portées contre Brian Smith dans une affaire de meurtre, Kim décide de faire justice elle-même en prouvant l'innocence du jeune Garou. Et pour élucider cette affaire, elle ne pourra compter que sur l'aide du séduisant et dangereux Liam Morrissey…

PROMESSES

Le 2 octobre

Inédit   *Un amour à négocier* ∞   **Inara Scott**

À bientôt trente ans, Lisa Anderson est accaparée par son job d'avocate et par sa mère, atteinte d'Alzheimer. Aussi résiste-t-elle d'emblée aux avances de Brit Bencher, brillant homme d'affaires, rencontré lors d'une cession d'entreprise. D'ailleurs, que ferait ce légendaire amateur de mannequins avec une fille comme elle, un peu ronde, débordée de boulot ?

Le 16 octobre

Inédit   *Destiny - 3 - La cascade aux murmures*

∞   **Toni Blake**

Incroyable ! Qui Tessa vient-elle de reconnaître en la personne de son nouveau voisin, ce motard tatoué et baraqué, terriblement sexy ? Lucky Romo, le bad boy qui faisait les quatre cents coups à Destiny au temps du lycée. Il serait donc revenu alors que tout le monde le croyait mort ? Contre toute attente, Lucky engage Tessa pour ses talents de décoratrice. La jeune femme, séduite, décide de donner un coup d'accélérateur à sa vie un peu trop paisible. Lucky l'entraîne alors dans son univers excitant, dangereux. Mais les secrets de son lourd passé vont bientôt les rattraper...

$\mathscr{P}$assion
intense
Des romans légers et coquins

Le 2 octobre

H.O.T. - 2 - Exquise luxure

cx **Lacey Alexander**

Ex-membre des H.O.T. désormais avocat, Ethan file le parfait amour avec Mira Adams. Leur relation est stable, or la jeune femme se sent délaissée par Ethan, trop investi dans son travail. Pour se rattraper, à l'occasion de l'anniversaire de sa bien- aimée, il lui organise donc la plus folle des surprises : un week-end passionné… à trois, avec Rogan Wolfe, l'ex-petit-ami de Mira.

Le 16 octobre

Les frères McCloud - 4 - L'aube de minuit

cx **Shannon McKenna**

La vie de Sam McCloud a basculé à l'âge de 19 ans, à la mort de son frère jumeau. Depuis, chaque année à la date anniversaire, Sam noie son chagrin dans l'alcool et la débauche. Jusqu'au jour où il se réveille au côté de la divine Liv Endicott. Malgré la passion qu'elle lui inspire, Sam coupe tout contact avec elle. Or quand il comprend que Liv court un grand danger, il abandonne toute mélancolie et passe à l'acte…

Et toujours la reine du roman sentimental :

Barbara Cartland

« Les romans de Barbara Cartland nous transportent dans un monde passé, mais si proche de nous en ce qui concerne les sentiments. L'amour y est un protagoniste à part entière : un amour parfois contrarié, qui souvent arrive de façon imprévue.
Grâce à son style, Barbara Cartland nous apprend que les rêves peuvent toujours se réaliser et qu'il ne faut jamais désespérer. »
Angela Fracchiolla, lectrice, Italie

Le 2 octobre
Pour l'éternité
Princesse d'un jour

10503

Composition
FACOMPO

Achevé d'imprimer en Italie
par GRAFICA VENETA
le 5 août 2013.

Dépôt légal : août 2013
EAN 9782290064610
L21EPSN001002N001

ÉDITIONS J'AI LU
87, quai Panhard-et-Levassor, 75013 Paris

Diffusion France et étranger : Flammarion